KRISTINA STEFFAN | Nicht die Bohne!

Zum Buch

Gerade hat Paula sich von ihrem langjährigen Freund Olaf getrennt. Der Grund: Er wollte Kinder, sie Karriere. Jetzt ist Paula trotzdem schwanger – schuld war der Abschiedssex. Eigentlich kommt ein Kind für Paula nicht infrage, doch der Anblick der kleinen Bohne auf dem Ultraschall, die sogar schon über einen Herzschlag verfügt, geht ihr unerwartet nahe. Ehe Paula sichs versieht, ist das Bohnen-Projekt angelaufen. Ihre Karriere dagegen nimmt ein jähes Ende, als der cholerische Chef ihr fristlos kündigt. Doch der neue Job auf dem Ökohof stellt sich als echter Glücksgriff heraus: Elena, Harry und Co. sind die besten Kollegen der Welt, es gibt gratis frisches Gemüse, und dann wäre da noch Simon. Denn auch wenn Paulas Leben eigentlich schon kompliziert genug ist, geht ihr der gut aussehende und ein wenig geheimnisvolle Tischler einfach nicht mehr aus dem Kopf.

Zur Autorin

Kristina Steffan lebt in Norddeutschland, ist Mitglied einer großen Patchworkfamilie und arbeitet als Mediatorin und systemischer Coach. *Nicht die Bohne!* ist ihr erster Roman im Diana Verlag. Als Kristina Günak ist sie die Autorin der Elionore-Brevent-Serie *Eine Hexe zum Verlieben* (2011–2013) und des paranormalen Liebesromans *Die Drachenbraut* (2012).
www.kristina-steffan.de

KRISTINA STEFFAN

Nicht die Bohne!

Roman

Diana Verlag

MIX
Papier aus verantwortungsvollen Quellen
FSC® C014496
www.fsc.org

Verlagsgruppe Random House FSC-DEU-0100
Das für dieses Buch verwendete FSC®-zertifizierte Papier *Holmen Book Cream* liefert Holmen Paper, Hallstavik, Schweden

Originalausgabe 05/2013

Redaktion | Dr. Katja Bendels
Umschlaggestaltung | t.mutzenbach design, München, unter Verwendung von Motiven von © mauritius images / Glasshouse und shutterstock
Satz | Greiner & Reichel, Köln
Druck und Bindung | GGP Media GmbH, Pößneck

Printed in Germany 2013
ISBN | 978-3-453-35742-6

www.diana-verlag.de

Kapitel 1

Ach du Scheiße. Eine blaue Linie. Zwei blaue Linien. Ich bin schwanger. Zusammengekrümmt hocke ich auf dem Badewannenrand und versuche eine Schnappatmung zu verhindern. Mir ist kotzübel. Auch mein Sprachzentrum scheint schockbedingt etwas in Mitleidenschaft gezogen zu sein, denn außer »Scheißescheißescheißescheiße« kommt nichts aus meinem Mund, und ich sehe mich nicht in der Lage, diese wenig variationsreiche Wortflut einzudämmen.

Zu meiner Verteidigung: Das kann einfach nicht wahr sein! Ich hatte dieses Jahr genau ein Mal Sex, und wir haben immerhin November. Ein Mal! Kein Mensch wird nach einem Mal Sex schwanger.

Ich kann also, rein logisch betrachtet, gar nicht schwanger sein. Was ich hier in Form eines kleinen blauen Kreuzes auf dem Schwangerschaftstest in den Händen halte, muss technischem Versagen geschuldet sein. Das Ding ist kaputt, da haben wir's. Ich atme erleichtert aus und ignoriere den kleinen Aufdruck auf der Packung, der mir eine 99-prozentige Sicherheit beim Aufspüren von Schwangerschaften verspricht.

Im Schlafzimmer krame ich meine grauen Chucks unter dem Bett hervor und finde dort praktischerweise auch gleich meine Autoschlüssel. Keine Ahnung, wie die da hingekommen sind. Ich schnappe mir meinen karierten Wintermantel von der Garderobe, stopfe meine widerspenstigen hellbraunen Locken unter meine Lieblingsmütze und begebe mich im Eilschritt zu meinem Golf. Meine Schwester wird Rat wissen. Sie ist die Fachfrau zum Thema Schwangerschaft. Immerhin hat sie zwei davon erfolgreich mit der Produktion von Nachwuchs abgeschlossen. Also gehe ich einfach mal davon aus, dass sie sich auch mit dem technischen Versagen von Schwangerschaftstests auskennt.

Bei diesem Gedanken geht es mir gleich viel besser. Trotzdem zittern meine Hände auf der Fahrt so sehr, dass ich Schwierigkeiten habe, den Blinker zu setzen. Vermutlich fahre ich sogar Schlangenlinien, aber ich schaffe es unfallfrei bis vor Andreas Haustür. Energisch drücke ich auf die Klingel des rot geklinkerten Reihenendhauses, das meine Schwester und ihr Mann Johannes ihr Eigen nennen. Hinter der blauen Holztür mit dem obligatorischen Familienangehörigen-Informationsschild aus Salzteig ertönen tapsende Schritte, und Sekunden später schwingt sie langsam auf. Mein Neffe Julian steht breit grinsend vor mir.

»Allo!«, schmettert er mir entgegen, und ein unverständlicher Strom von Worten folgt aus seinem kleinen Mund. Julian ist drei, und ich verstehe bisher leider nur etwa fünfundvierzig Prozent der Dinge, die er so von sich gibt. Der Rest ist eine Sinfonie – oder auch Kakofonie – aus scheinbar willkürlich zusammengesetzten Buchstabenketten. Er hat anscheinend Nachholbedarf, weil er erst mit zwei geschnallt hat, dass er mit dem Mund Laute produzieren kann. Leider hört er seit dieser Entdeckung nicht mehr damit auf, was seine Anwesenheit ausgesprochen anstrengend gestaltet. Nach Angaben meiner Schwester quatscht er sogar im Schlaf. Die gesamte Familie hofft, dass er irgendwann endlich die korrekte Aussprache des deutschen Alphabets lernt oder einfach in die übliche männliche Schweigsamkeit verfällt.

Ich bücke mich zu ihm hinunter und schiebe ihn etwas unsanft zurück in den Flur, wobei ich mich um einen freundlichen und interessierten Gesichtsausdruck bemühe.

»Julian, du sollst nicht einfach die Tür aufmachen!«, donnert die Stimme meiner Schwester uns entgegen.

»Hallo«, antworte ich kläglich und blicke zu ihr auf. Sie hat ihre blonden Haare zu einem praktischen Zopf am Hinterkopf festgezurrt und trägt einen schwarzen Pullover und am Saum zerfranste Jeans. Sie sieht gestresst aus. Da Julian völlig ungerührt weiterplappert, kann ich mir gut vorstellen, warum. Schließlich hat sie die Oberaufsicht über zwei von diesen kleinen sonderbaren Wesen. Nummer eins ist eine echte Zickenprinzessin und Nummer zwei ein Kommunikationswunder ohne Aus-Knopf.

Ich richte mich auf und platziere ein schiefes Lächeln in meinem Gesicht. Jetzt bloß nicht heulen, Paula!

»Was ist los, Süße?«, fragt Andrea argwöhnisch und schnappt sich ihren Jüngsten, um ihn ins Wohnzimmer zu tragen. Ich laufe hinterher und werde gleich darauf stürmisch von meiner Nichte, Prinzessin Klara, begrüßt.

Geschickt montiert Andrea Julian auf dem Sofa und greift sich zeitgleich die Fernbedienung sowie ihre Tochter, die sie direkt neben Julian setzt.

»So, ihr beiden Hübschen, jetzt dürft ihr ein bisschen Benjamin Blümchen schauen. Ist das nicht toll?«, flötet sie. Sekunden später trötet der debile Elefant lautstark durch das Wohnzimmer, und Andrea fasst mich am Arm, um mich vor sich her in die Küche zu schieben. Sie nimmt mir den Mantel ab und legt ihn sorgfältig über eine Stuhllehne. Dann montiert sie mich genauso energisch wie gerade eben Julian auf einem der Küchenstühle und setzt sich schwungvoll daneben.

»Also?« Lauernd betrachtet sie mich. Ich ziehe die Mütze vom Kopf und ordne mit zittrigen Fingern meine Haare, um Zeit zu gewinnen. Die brillante Idee, meine schwangerschaftserfahrene Schwester zu befragen, kommt mir just in diesem Moment gar nicht mehr so brillant vor. Was passiert, wenn sie technisches Versagen bei diesen kleinen Plastikröhrchen, die die Zukunft voraussagen können, für ausgeschlossen hält?

»Paula! Du siehst aus, als ob du jeden Moment auf meinen zum Glück abwischbaren Küchenfußboden kotzen musst. Was ist los?«

Betreten schaue ich ihren Küchenfußboden an. Fliesen in Rosa. Pardon: Terrakotta. Abwaschbar, definitiv. Ein Grund zur Freude. Also sage ich leise: »Ich bin schwanger!«

Schweigen. Andrea starrt mich an.

Ich sollte an dieser Stelle kurz erwähnen, dass ich Kinder nicht besonders gut leiden kann. Ganz vorsichtig ausgedrückt: Ich bekomme keine tränennassen Augen, wenn mir jemand mit Stolz und Muttermilch gefüllter Brust seinen frisch gepressten Nachwuchs unter die Nase hält und ein Lob erwartet. Meistens finde ich diese kleinen Wesen sogar sehr befremdlich, und noch befremdlicher finde ich diese Wesen, wenn sie heranwachsen und mit dreckigen Händen an mir herumtatschen und Krach machen. Genauso befremdlich finde ich Mütter, also die Produktionsleiterinnen dieser kleinen, dreckigen Wesen. Wenn die sich nämlich mit wissendem Lächeln über Windelinhalt und blutige Brustwarzen unterhalten, verfalle ich in eine Art Schockstarre. In meinem fortgeschrittenen Alter von zweiunddreißig Jahren ist es allerdings fast unmöglich, diesen Müttern aus dem Weg zu gehen, da sie sich in meinem Freundes- und Bekanntenkreis stetig vermehren.

Meine Schwester weiß das alles. Deswegen starrt sie mich schweigend an, ungefähr so, wie man eine Osterglocke zu Weihnachten anstarren würde. Nach einigen Sekunden steht sie wortlos auf und geht zum Kühlschrank. Sie öffnet die mit Kinderbildern behängte Tür und zieht eine Flasche Martini Bianco hervor. Ohne mich eines Blickes zu würdigen, dreht sie den Deckel ab und nimmt einen tiefen Schluck. Ich öffne den Mund und möchte sie dezent auf die prekäre Situation hinweisen, in der ich stecke, als sie mich ansieht und erneut die Flasche ansetzt. Da der Konsum von alkoholischen Getränken vor der Tagesschau von meiner Schwester als Kapitalverbrechen geahndet wird, bedeutet das wohl, dass es noch schlechter um mich steht als befürchtet, und ich breche in Tränen aus.

Seufzend dreht sie die Flasche wieder zu, stellt sie zurück und setzt sich neben mich. Dann holt sie – verbal, versteht sich – zum Schlag aus: »Bist du denn zu blöd zum Verhüten?«

Mir klappt der Unterkiefer runter, und ich verschlucke mich an der ganzen Rotze in meinem Hals. Prustend ringe ich nach Luft. Andrea zerrt ein zerfetztes Taschentuch, die Grundausstattung einer jeden Mutter, aus ihrer Hosentasche und hält es mir entgegen.

Das Taschentuch ist feucht. Vermutlich hängen mindestens eine Million Kinderrotzbakterien seit Tagen darin herum, aber mein Mut reicht nicht aus, um sie um ein frisches zu bitten. Beherzt leere ich meinen Naseninhalt in den feuchten Papierstoff und wische mir mit dem Ärmel meines Shirts die Tränen weg.

»Jetzt erzähl mal«, fordert Andrea mich in etwas sanfterem Tonfall auf, und ich zerre den Schwangerschaftstest aus meiner Handtasche.

»Können die sich irren?«, schluchze ich und halte ihr das Plastikröhrchen unter die Nase. Andrea nimmt das weiße Ding ohne jegliche Berührungsangst entgegen (immerhin habe ich da draufgepinkelt, aber Mütter schockt so ein bisschen Pipi anscheinend nicht mehr) und betrachtet das kleine blaue Kreuz.

»Wie lange bist du denn überfällig?«, fragt sie.

»Sechs Tage«, antworte ich wie aus der Pistole geschossen.

»Na ja, Süße«, sagt Andrea leise und greift vorsichtig nach meiner Hand. »Die Dinger sind da schon ziemlich sicher.«

Als sie meinen frohlockenden Gesichtsausdruck bei dem Wort ziemlich sieht, setzt sie hinzu: »Eigentlich hundert Prozent sicher, wenn sie positiv ausfallen. Es geht um dieses Schwangerschaftshormon. Und wenn das da ist, ist es da!«

In diesem für mich so bedeutenden Moment fliegt die Küchentür auf, und das Plappermaul Julian betritt die Bühne.

»Mama!«, kräht er fröhlich. »Wolln Apelsap!«

Entgeistert starre ich meinen Neffen an. Die Apokalypse bricht über mich herein, und der Bengel verlangt nach Apelsap. Völlig ungerührt steht Andrea auf, fischt zwei bunte Plastikbecher aus der Geschirrspülmaschine und gießt Apfelsaft hinein. Julian langt mit seinen kleinen Händchen danach, doch sie hält die Becher außer Reichweite und sagt zu mir: »Ich bringe ihnen den Saft, sonst landet er auf dem Teppich.« Mit diesen Worten zieht sie mit dem immer noch krähenden Julian von dannen. Schon klar, der Teppich ist nicht abwaschbar.

Regungslos bleibe ich sitzen und starre die offene Küchentür an. Eine halbe Minute später ist sie wieder da und setzt sich wieder hin, als wäre nichts gewesen.

»Paula, du bist ziemlich sicher schwanger. Von wem?«, fragt sie und zieht dabei eine Augenbraue in die Höhe.

»Äh«, stottere ich und kann noch den Apfelsaftgeruch wahrnehmen, der in der Küche hängt.

»Hm?«, brummt sie mich auffordernd an und greift wieder nach dem Unglück verheißenden Schwangerschaftstest.

»Olaf«, seufze ich. Sie nickt zufrieden und schenkt mir ein Lächeln. Auch wenn es sie erfreut – das ist alles andere als gut. Olaf und ich sind nämlich seit genau achtundzwanzig Tagen nicht mehr zusammen. Weil ich mich von ihm getrennt habe. Weil er nämlich wollte, dass ich für ihn und nach seinen Regeln die genetische Reproduktion beginne. Was ich wiederum nicht wollte. Meine Verweigerung in diese Richtung ist auch schuld daran, dass wir in diesem Jahr genau ein Mal Sex hatten. Den Beziehungs-Beendungs-Sex, der für das blaue Kreuz verantwortlich ist.

Ich stecke echt tief in der Scheiße. Da brauche ich fast zweihundertachtzig Tage, um mich von ihm zu trennen, und jetzt das.

»Ich will auch Martini«, japse ich und mache Anstalten, vom Stuhl zu rutschen, um auf den Kühlschrank zuzurobben. Ich persönlich habe nämlich kein Problem mit alkoholischen Getränken vor der Tagesschau, aber meine Schwester packt mich fest am Arm.

»Alkohol in der Schwangerschaft geht gar nicht!«, zischt sie mich an.

»Aber das hier ist eine Notsituation, außerdem weiß ich doch gar nicht, ob ich schwanger bleibe«, jammere ich und versuche ihr meinen Arm zu entreißen. Sie wirft mir einen vernichtenden Blick zu und lockert ihren Griff nicht einen Millimeter. Es muss einen Pitbull in unserer Ahnengalerie geben.

»Willst du abtreiben?« Ihre blauen Augen sprühen Funken. Ich erstarre und denke: *»Will ich abtreiben?«*

Schließlich sage ich matt: »Ich weiß doch erst seit einer halben Stunde, dass ich schwanger bin. Ich muss überhaupt erst mal wieder anfangen zu denken.«

»Entschuldige«, sagt sie und lässt endlich meinen Arm los. Vermutlich hat sie bei ihrer »Schützt das ungeborene Leben«-Aktion einen dunkelblauen Fleck auf meinem Oberarm hinterlassen. »Du hast recht. Komm erst mal zu dir.«

Dafür bleibt mir allerdings nicht allzu viel Zeit, denn durch die geschlossene Küchentür dringen plötzlich heftige Kampfgeräusche zu uns. Ich vermute rivalisierende, rollige Katzen hinter dem Spektakel. Andrea vermutet einen Kleinkrieg innerhalb der Brut und steht zügig auf, um Schlimmeres zu verhindern. Ich folge ihr ins Wohnzimmer, wo Klara und Julian ineinander verkeilt und laut brüllend über den Couchtisch kullern.

Andrea greift beherzt und sehr mutig ein, während ich ein lautes »Tschüss!« rufe und fluchtartig das hübsche Eigenheim meiner Schwester verlasse.

Im Auto fällt mir auf, dass ich »das Plus« vergessen habe. Da ich aber eine natürliche Abneigung gegen lärmende Kleinkinder habe und vermute, dass der Kampf noch nicht vorbei ist, fahre ich ohne Plus nach Hause. Es geht mir jetzt zwar nicht besser, aber zumindest bin ich nicht mehr so panisch.

Langsam kehrt die Denkfähigkeit in mein schockbedingt leer gefegtes Hirn zurück, und ich mache einen Abstecher zur Apotheke. Der Apotheker schaut bei meiner Bestellung etwas irritiert aus der weißen Wäsche, und ich fühle mich genötigt, ihm zu erklären, dass gleich zwei von meinen Freundinnen glauben, schwanger zu sein. Außerdem, füge ich hinzu, soll man ja laut Arzt mindestens zwei Tests machen. Um ganz sicherzugehen. Freundlich lächelnd verlasse ich die Apotheke wieder, um im Auto erneut in Tränen auszubrechen.

Kapitel 2

Ich habe auf fünf Tests verschiedenster Hersteller gepinkelt. Das hat insgesamt fast drei Stunden gedauert, weil ich ja im Vorfeld für ausreichend Blasenfüllung sorgen musste. Ich habe also Eistee, Apelsap und Cola in rauen Mengen in mich hineingeschüttet und jeden Tropfen, der unten wieder rauskam, sinnvoll genutzt. Ich habe mich zusammengerissen und kurzzeitig mit dem Heulen aufgehört, damit nichts an Flüssigkeit für eine so sinnlose Tätigkeit verschwendet wird.

Das Ergebnis: Ich bin definitiv schwanger. Ich verfüge jetzt über eine stolze Sammlung von doppelten rosa Linien und blauen Pluszeichen. Ein Test sagte mir sogar wortwörtlich: Schwanger! Ich rufe Andrea an, die nach der Lautstärke im Hintergrund zu urteilen immer noch – oder schon wieder – an vorderster Front kämpft, und berichte ihr von den vielen positiven Ergebnissen. Die Kampfhandlungen in ihrem Wohnzimmer halten sie leider davon ab, ein ausführliches Gespräch mit mir zu führen, und sie beauftragt mich mit leicht gehetzter Stimme, in mich zu gehen und mir zu überlegen, wie ich weitermachen will.

Matt sitze ich auf meinem Sofa, während der Novemberregen gegen die Scheiben trommelt. Ich würde so gern mit jemandem reden, aber ausgerechnet in dieser Situation, in der ich dringend Beistand bräuchte, ist die Auswahl mehr als begrenzt. Verzweiflung macht sich breit, und ich gönne mir, nachdem ich meine Körperflüssigkeiten nun wieder maßlos verschwenden kann, eine weitere Runde Tränen.

Meine beste Freundin Justine versucht seit zwei Jahren schwanger zu werden und fällt als Gesprächspartnerin in diesem Fall definitiv aus. Die Muttis unter meinen Freunden und Bekannten werden mir gratulieren und mich in ihrem Kreise herzlich willkommen heißen. Dass ich ja überhaupt nicht schwanger sein möchte, könnte dort auf Missfallen stoßen. Meine weise Freundin Jutta ist für zwei Wochen auf den Malediven und hat demonstrativ ihr Handy zurückgelassen. Und Mara, meine karrierebewusste, Manolo Blahnik tragende Freundin, würde ohne viel Federlesens meinen Gynäkologen anrufen und den Abtreibungstermin höchstpersönlich in meinem Kalender eintragen. Dann würde sie mir auf die Schulter klopfen und mir freundlich mitteilen, dass das Problem gelöst sei.

Leider ist es nicht ganz so einfach, wie ich feststelle. Und leider habe ich auch keinen Notfallplan in petto. Ich habe mir nämlich noch nie in meinem Leben die Frage gestellt, was ich tun würde, wenn ich schwanger wäre. Vielmehr habe ich das schlicht und einfach ausgeschlossen. Paula Schmidt wird doch nicht schwanger. Schon gar nicht ungewollt. Schließlich bin ich die Meisterin der Verhütung: Meine Pille und ich sind echte Freundinnen. Niemals vergesse ich, sie mir abends um Punkt 21.30 Uhr in den Mundwinkel zu schieben. Nur ein einziges Mal in meinem Leben wurde mein Verhütungstrieb durch andere Dinge überlagert.

Vor ungefähr vier Wochen war ich nämlich beruflich in New York. Und Zeitverschiebung sowie Schlafmangel haben tatsächlich dazu geführt, dass ich die kleine weiße Pille in meinem

Kulturbeutel vergessen habe. Zwei Abende hintereinander. Und auch noch die ersten beiden aus der neuen Packung.

Grundsätzlich ist das kein Problem … wenn frau keinen Sex hat. Es wird zu einem großen Problem, wenn frau kurz davor doch Sex hatte und aufgrund der heimeligen Sicherheit, in den vergangenen Jahren die Pille immer ordnungsgemäß eingenommen zu haben, vergisst, dass sie sie vergessen hat.

Irgendwo in meinem Hinterkopf gab es wohl immer die Annahme, dass ungewollte Schwangerschaften nur die blödesten unter uns Schwestern treffen und das Problem mit einer Abtreibung schnell wieder in den Griff zu bekommen ist.

Jetzt gehöre ich selbst zu den blödesten unter uns Schwestern, und der Gedanke an eine Abtreibung jagt meinen Puls in die Höhe. Irgendeine bisher unbekannte Instanz in meinem Hirn souffliert mir seltsame Dinge wie: *Es zu bekommen wäre eine Alternative. Und vielleicht auch ganz schön!*

Hier ist nichts schön, verdammt! Und eine Alternative zu was? Karriere machen? Diese seltsame Stimme aus dem Off scheint mich nicht gut genug zu kennen: Ich mag keine Kinder! Energisch setze ich sie über diese Tatsache in Kenntnis, aber sie quatscht unverdrossen weiter. Erzählt was von Verantwortung dem ungeborenen Leben gegenüber, dass ich ja schon zweiunddreißig Jahre alt bin und so ein kleiner Mensch …

Blabla! Hallo?! Ich habe dem Spermaspender dieser wachsenden Zelle gerade den Laufpass gegeben. Dazu habe ich einen echten Traumjob. Gut, zurzeit ist es eher ein 24-Stunden-Hammerjob, aber meine weitere Karriereplanung sieht eindeutig vor, den ultimativen Traumjob allerspätestens in drei Jahren ergattert zu haben. Schließlich habe ich nicht umsonst BWL studiert.

Ich kann jetzt nicht schwanger sein und ein Kind bekommen. Dafür habe ich gar keine Zeit. Das ist völlig ausgeschlossen. Und außerdem: Ich mag keine Kinder!

Ich weine noch ein bisschen und gehe dann unter die Dusche. Am Abend treffe ich mich mit meiner Mädels-Runde, die aus fünf kinder- und männerlosen Frauen besteht. Meine Alkoholenthaltsamkeit erkläre ich meinen Freundinnen mit einer Magenverstimmung. Nur mir selbst gegenüber kann ich sie nicht so recht erklären. Wenn ich doch dieses Kind, sagen wir besser diese Zelle, nicht bekommen werde, könnte ich doch saufen wie eine bengalische Bergziege. Aber der Gedanke an Prosecco und Co. lässt leichte Übelkeit in mir aufsteigen.

Den Rest des Wochenendes verbringe ich in einem Zustand völliger Verwirrung. Ich laufe desorientiert durch meine Wohnung und zähle die Stunden, bis ich endlich meinen Gynäkologen anrufen und ihn mit der erschütternden Tatsache meiner ungewollten Schwangerschaft konfrontieren kann.

Unpassenderweise gratuliert mir die debile Sprechstundenhilfe, die ich am Montagmorgen um acht am Telefon über meinen unfassbaren Zustand in Kenntnis setze, sehr freundlich. Darüber hinaus verweigert sie mir einen sofortigen Termin. Ich solle noch ein wenig abwarten, in der Regel könne man den Herzschlag erst ab der siebten Woche sehen. Wie wäre es mit einem Termin Ende nächster Woche?

»Ich bin schwanger, verdammt«, zische ich in mein Handy und setze zu einem Sprint um die Häuserecke an, als mir ein Pulk Anzugträger entgegenkommt. Nur mit größter Mühe habe ich es überhaupt geschafft, mein Büro Punkt acht zu verlassen, um dieses elementare Telefonat zu führen, und jetzt will die blöde Kuh mich vertrösten. Der Ernst der Lage ist nicht bei ihr angekommen.

Also noch einmal: »Ich bin schwanger. Und ich muss JETZT einen Termin bekommen. Weil ich DRINGEND mit dem Arzt sprechen muss.«

Am anderen Ende herrscht verblüfftes Schweigen. Im Hintergrund klingelt ein Telefon, ich höre Stimmen. Ich schiebe mir die freie Hand in die Achselhöhle, um wenigstens an einem Körperteil keine Erfrierungen davonzutragen. In der Annahme, dass das Telefonat schnell erledigt wäre, habe ich meinen Mantel im Büro gelassen und zittere nun vor Kälte gleichmäßig vor mich hin.

»Ja, … äh …«, sagt die Sprechstundenhilfe schließlich leise. »Das ist eigentlich nicht nötig, aber wenn es soooo dringend ist, können Sie heute Abend gegen sechs kommen. Das kann dann aber etwas dauern, weil ich Sie dazwischenschieben muss.«

»Wunderbar!«, zische ich wieder und drücke hektisch auf Auflegen, dann jage ich zurück in mein Büro.

Mein Chef steht verwirrt vor meinem Schreibtisch und bestaunt den leeren Platz, an dem er sonst immer fleißig und brav seine persönliche Vorstandsassistentin sitzen sieht. Ich schieße an ihm vorbei und lasse mich auf meinen Schreibtischstuhl plumpsen. Dann blicke ich ihn an und nicke.

»Äh, wo waren Sie?«, fragt er und deutet leicht verwirrt auf die Richtung, aus der ich in sein Sichtfeld geschossen kam.

»Ich musste kurz mal weg«, informiere ich ihn sachlich. Meine Mundwinkel sind in einer Wölbung nach oben erstarrt, und ich blicke ihn abwartend an.

»Ich habe hier noch eine Vorstandsvorlage. Die müssten Sie bis heute Abend fertig machen.« Er legt mir ein Blatt Papier auf den Tisch und wendet sich ab, dreht sich aber gleich noch einmal um. »Außerdem könnte ich mal einen Kaffee vertragen.«

Vertraulich grient er mich an, bleckt sein gelbes Pferdegebiss und wandert bedächtigen Schrittes zurück in sein Büro.

Punkt 1: Er hätte sich seinen Kaffee gleich mitnehmen können.

Punkt 2: Er hätte sich seinen Kaffee sogar gleich selbst eingießen können. Die Kanne steht auf dem kleinen Tisch direkt vor meinem Schreibtisch.

Punkt 3: Er ist ein lebensunfähiger Arsch. Wenn seine Frau in den Urlaub fährt – und das muss sie hin und wieder, um die Ehe mit ihm ohne Depression zu überleben –, kommt jeden Tag die Putzfrau. Weil er vermutlich noch nicht einmal in der Lage ist, den Kühlschrank alleine zu öffnen, geschweige denn eine Tasse in die Geschirrspülmaschine zu stellen.

Punkt 4: Ich bin schwanger. Aber das tut hier wohl nichts zur Sache.

Also erhebe ich mich wieder, gieße Kaffee in eine Tasse, füge die genau definierte Menge an Milch und Zucker hinzu und folge ihm. Ich sage laut: »Bitte schön!«, und platziere die Tasse auf seinem Schreibtisch. Er gibt einen unartikulierten Laut von sich, und ich laufe den gleichen Weg wieder zurück. Dann gieße ich mir selbst einen Kaffee ein und setze mich an meinen Schreibtisch. Während ich meine Mails öffne, nehme ich einen Schluck und erstarre.

Erstaunt linse ich in die Tasse. Der Inhalt sieht aus wie Kaffee. Er riecht auch wie Kaffee. Aber er schmeckt wie Moppelkotze oder Klostein. Je nachdem, welche Geschmacksknospen in meinem Mund mit dem Gebräu in Kontakt kommen. Angewidert schlucke ich es runter und greife mir die Kanne. Gleiches Ergebnis: riecht wie Kaffee, sieht aus wie Kaffee, schmeckt grauslich. Vermutlich hat der Interne Einkauf uns mit einem Sonderangebot von armen Kaffeepflückern aus Guatemala versorgt. Ich schütte den Kaffee in den Ausguss und mache mir einen Tee. Dann notiere ich mir auf einem Post-it, unbedingt die entsprechende Abteilung zur Rede zu stellen. Den gilligelben Post-it klebe ich zu seinen Freunden an den Bildschirmrand des Computers und widme mich jetzt endlich meinen Mails.

Ärger und Stress, so weit das Auge blicken kann. Irgendwie sind in diesem Unternehmen alle immer sauer aufeinander. Das scheint zur Firmenphilosophie zu gehören. Dabei sollten wir eigentlich Autoteile bauen, aber das kann man bei meinem mit wüsten Anschuldigungen und Vorwürfen prall gefüllten Posteingang allerdings schnell aus den Augen verlieren. Vielmehr sind wir ein Vorzeigeunternehmen in Sachen schlechte und wenig zielführende Kommunikation.

Seufzend tröste ich mich damit, dass ich hier nicht ewig hocken werde, sondern dieser Job das ultimative Sprungbrett nach oben ist, und befasse mich mit der Vorstandsvorlage, den bedenklich hohen Stapeln an Unterlagen auf und neben meinem Schreibtisch und den wüsten Anschuldigungen von Abteilung X an Abteilung Y, sie über dies und jenes nicht korrekt und nach Norm informiert zu haben.

Ich bin so beschäftigt, dass ich zwischendurch sogar das Plus vergesse und mich erst das unsanfte Piepen meines Handys darauf aufmerksam macht, dass der Termin zur Rettung meines Lebens kurz bevorsteht. Hektisch fahre ich den Computer herunter und stelle mein Telefon um. In Rekordgeschwindigkeit verlasse ich das Firmengelände und rase zur Praxis meines Gynäkologen.

Dort werde ich erst mal im Wartezimmer geparkt. Mein Blutdruck könnte dem eines DSDS-Kandidaten kurz vor dem Finale Konkurrenz machen. Verzweifelt versuche ich mich mit einer der vielen Zeitschriften abzulenken und nicht auf die dickbäuchigen Frauen zu achten, die mich umringen. Allein die Anwesenheit dieser so offensichtlich sehr schwangeren Frauen macht mich noch nervöser. Eine nach der anderen verlässt das Wartezimmer, bis ich ganz alleine zurückbleibe. Es ist mittlerweile kurz vor sieben. Knapp vor einem Nervenzusammenbruch meinerseits steckt die Sprechstundenhilfe den Kopf durch die Tür und nickt mir freundlich zu. Es ist dieselbe Frau, die ich heute Morgen am Telefon hatte, und ich schäme mich kurz, weil ich sie so angezischt habe. Schließlich ist sie ja nicht schuld an meinem Dilemma.

»Ich habe Ihnen ja gesagt, dass es dauern kann, aber jetzt können Sie schon mal in Behandlungszimmer 1 gehen. Der Doktor kommt dann gleich.« Sie lächelt mich an, und meine Mundwinkel zucken in dem verzweifelten Versuch, ebenfalls eine halbwegs sozialverträgliche Miene zu produzieren.

In Behandlungszimmer 1 ist es schummrig dunkel. Allerdings nicht dunkel genug, um das große Plakat an der Wand neben dem Schrank zu übersehen. Auf dem Plakat ist eine Zelle. Eine Zelle, die von Bild zu Bild immer größer wird und schließlich als kleiner zerknautschter Säugling in den Armen einer glückselig grinsenden Frau liegt. Erschrocken atme ich ein und stecke meine eiskalten und zitternden Hände in die Taschen meiner Anzughose. Bild Nummer eins ist also das, was da gerade in meinem Uterus herumschwimmt.

Hinter mir fällt die Tür ins Schloss, das Licht geht an, und ich wende den Blick von dem Plakat ab. Dr. Ganter steht vor mir und streckt mir seine Hand entgegen.

»Hallo, Frau Schmidt, was ist denn so dringend?«, brummt er väterlich und setzt sich an seinen Schreibtisch, während er mich mit einer einladenden Geste dazu auffordert, auf einem der Stühle davor Platz zu nehmen.

Ich setze mich und sage: »Äh!« Mein Hirn ist noch mit dem Verarbeiten der Bilder auf dem Plakat beschäftigt, und ich brauche ein paar Sekunden, um mich zu sortieren.

»Ich bin schwanger«, flüstere ich dann schließlich, und weil mich der Doktor so freundlich und einfühlsam anblickt, schießen mir die Tränen in die Augen.

»Na«, sagt er und reicht mir eine Kleenexbox, die er unter seinem Schreibtisch versteckt zu haben scheint. »Das ist ja erst mal kein Grund zum Weinen!«

»Haben Sie eine Ahnung«, erwidere ich zaghaft und erzähle ihm, warum es eben doch ein Grund zum Weinen ist. Die Tatsache, dass ich Kinder nicht mag, lasse ich in diesem Bericht allerdings weg. Das erscheint mir einem Menschen gegenüber, der hauptberuflich Kinder zur Welt bringt, irgendwie unpassend.

Aber die Fakten sprechen auch so für sich. Nachdem ich meine dramatische Darstellung beendet habe, sagt er nachdenklich: »Lassen Sie uns mal schauen«, und deutet auf seinen von mir sehr gefürchteten Untersuchungsstuhl. Nichts ist erniedrigender, als sich unten herum frei zu machen und genau dort Platz zu nehmen. Aber heute habe ich es eilig. Ich reiße mir förmlich die Klamotten vom Leib, während er wieder das Licht dimmt und dabei irgendetwas erzählt. Das soll wohl der Beruhigung dienen, aber ich habe gerade keinen Kopf für Geplapper und denke nur: Mach hin, Gynäkologe!

Außerdem ist mir schlecht – um genau zu sein: kotzübel. Geübt schiebt er den Ultraschallkopf in mich hinein und blickt dann aufmerksam auf seinen Bildschirm. Er brummt ein bisschen vor sich hin, und ich kneife die Augen zu.

Erst sein fragendes »Frau Schmidt?« veranlasst mich, sie wieder zu öffnen.

»Ja?«, frage ich zurück und vermeide den Blick auf den Bildschirm, indem ich ihm fest in die braunen Augen starre.

»Wann genau hatten Sie ungeschützten Geschlechtsverkehr?«, erkundigt er sich und tippt einhändig auf der Tastatur des Gerätes herum. Ich antworte knapp: »Vor etwa vier Wochen.«

»Dann ist das ein wenig ungewöhnlich«, kommt seine Antwort.

Ich presse ein: »WAS ist ungewöhnlich?« hervor.

»Schauen Sie mal!«, fordert er mich energisch auf, und ich folge langsam seinem Blick.

Da blubbert was. Auf dem sonst so dunklen Bild des Monitors sehe ich eine kleine, weiß umrandete Bohne. Zumindest sieht das Ding so aus, und es beherbergt etwas, das im Rhythmus einer schnell laufenden Nähmaschine vor sich hin zuckt.

»Was ist das?«, hauche ich schwach.

»Das Herz«, antwortet er ernst und bewegt den Schallkopf ein wenig hin und her. Das Bild wird noch deutlicher. Vielleicht ist mir das Herz in die Hose gerutscht? Wie gebannt betrachte ich das zuckende Etwas auf dem Bildschirm.

Da schlägt also ein Herz in mir. Ein zweites Herz. Und dieser bescheuerte Arzt zeigt es mir auch noch. Vermutlich ist das Absicht. Er will dieses Herz zur Welt bringen. Purer Eigennutz. Er glaubt, wenn er es mir zeigt, kann ich es nicht mehr »wegmachen« lassen.

»Es ist ungewöhnlich, dass man den Herzschlag so früh schon so deutlich sehen kann«, sagt Dr. Ganter und lächelt mich an. Ja klar, es ist also ein Zeichen, füge ich seinen Worten im Stillen hinzu.

Dr. Ganter beendet den Ultraschall, und ich darf mich anziehen. Verwirrt und leicht zittrig nehme ich wieder auf dem Stuhl vor seinem Schreibtisch Platz.

»Sie sind jetzt am Ende der fünften Schwangerschaftswoche«, informiert er mich. Ich bin nicht gut in Kopfrechnen, aber selbst ich bemerke, dass das nicht stimmen kann. Er sieht meinen verwirrten Gesichtsausdruck und erklärt: »Man geht bei der Berechnung vom ersten Tag Ihrer letzten Periode aus. Insgesamt ergeben sich daraus dann die vierzig Schwangerschaftswochen.«

Dr. Ganter lächelt mich mitfühlend an. »Sie sollten da noch mal drüber nachdenken, Frau Schmidt. Es ist nicht das Ende der Welt. Es ist nur ein Kind.« Und mit diesen Worten überreicht er mir ein kleines Stück Papier. Ein Herzschlagbild. Na toll, er hat sogar ein Beweisfoto gemacht und nötigt es mir nun auf.

»Haben Sie jemanden, mit dem Sie darüber sprechen können?«, höre ich ihn aus weiter Ferne fragen, während ich auf das Bohnenbild starre. »Vor einem Abbruch muss immer ein Beratungsgespräch geführt werden. Die Menschen hier«, er reicht mir erneut ein Stück Papier, nur diesmal mit einer Adresse drauf, »kennen sich mit der Situation, in der Sie stecken, sehr gut aus. Wenn Sie Probleme haben, mit Ihrem privaten Umfeld darüber zu sprechen, können Sie dort auch vor dem offiziellen Beratungstermin Hilfe bekommen.« Jetzt starre ich auf die Adresse von pro familia.

»Der errechnete Termin ist übrigens der erste Juli«, fügt er noch hinzu und tippt fleißig auf der Tastatur seines Computers herum.

»Der errechnete Termin für was?«, frage ich.

»Der Geburtstermin«, antwortet er und lächelt mich schon wieder an.

Jetzt ist es offiziell: Mein Frauenarzt ist hinterhältig und berechnend.

»Was soll ich denn jetzt bloß machen?«, frage ich und starre ihn an.

»Sehen Sie, Frau Schmidt«, er tippt noch einmal energisch auf eine Taste und wendet sich dann wieder mir zu, »ich habe in meiner Praxis unglaublich viele Frauen, die nichts lieber wollen, als ein Kind zu bekommen. Aber sie werden nicht schwanger. Manchmal kann auch die Medizin ihnen nicht dabei helfen. Es ist keine Selbstverständlichkeit, schwanger zu werden. Alles, was Sie mir an Gegenargumenten genannt haben, kann ich verstehen. Ich bitte Sie nur um eins: Denken Sie in Ruhe darüber nach, ob es nicht doch eine Möglichkeit gibt, dieses Kind zu bekommen. Wenn Sie sich jetzt gegen diese Schwangerschaft entscheiden, ist das vielleicht eine Entscheidung für immer. Außerdem kann ich Ihnen nur ans Herz legen, mit dem Vater zu sprechen.« Damit steht er auf, tätschelt mir noch einmal die Schulter und entschwindet aus der Tür.

Ich bleibe mit den Zetteln in der Hand sitzen. Ich hatte mir von ihm eine Lösung des Problems erhofft. Jetzt weiß ich, dass das Problem aussieht wie eine Bohne, über einen Herzschlag verfügt und am ersten Juli zur Welt kommen wird.

Wenn ich es denn lasse. Schlagartig wird mir bewusst, dass diese Entscheidung nicht mehr nur mich betrifft. Da hängen jetzt verdammt viele Leute drin. Sie betrifft Olaf als Vater, mich als Mutter und die Bohne als Kind.

Plötzlich ist die Welt grau vor lauter Verantwortung, die auf meinen Schultern lastet oder besser: in meinem Uterus lauert.

Ich stopfe die Zettel in meine Handtasche und gehe. Die Praxis ist leer. Die Tür fällt geräuschvoll hinter mir ins Schloss. Dann fahre ich nach Hause, lege mich auf mein Sofa, ziehe mir meine karierte Kuscheldecke über die Ohren und beginne einen Heul- und Schluchzmarathon, der bis Mitternacht dauert.

Als ich damit fertig bin, gehe ich ins Bett und schlafe. Traumlos und leer geweint.

Kapitel 3

Als der Wecker am nächsten Morgen klingelt, brauche ich sehr lange, bis es mir gelingt, die Augen zu öffnen. Ich wundere mich über meine schweren Lider und lasse den gestrigen Tag langsam im Kopf Revue passieren, als mich die Erkenntnis kalt und aus dem Hinterhalt trifft: Ich bin schwanger!

Schlagartig ist alles wieder da – die vielen blauen Pluszeichen und der Besuch bei meinem Gynäkologen. Und wie auf Befehl wird mir schlecht. Nicht nur ein bisschen schlecht, sondern gleich das volle Programm.

Ich springe hektisch aus dem Bett, bleibe mit dem rechten kleinen Zeh schmerzhaft am Türrahmen hängen und schaffe es mit einem plumpen Hechtsprung gerade noch, die rettende Kloschüssel zu erreichen. Diese umklammere ich dann Halt suchend gefühlte zwei Stunden lang, während meine Knie langsam blau werden und ich vor Kälte schlottere.

Nachdem mein Magen sich wieder beruhigt hat, wanke ich völlig zerschlagen in die Küche. Etwas verloren stehe ich vor dem geöffneten Kühlschrank und starre hinein. Die Übelkeit ist Hunger gewichen. Nagendem, brennendem Hunger auf irgendetwas. Ich wühle mich durch die Fächer und zerre schließlich eine Viererpackung grünen Wackelpudding hervor. Mit einem Löffel und dem Pudding bewaffnet, lasse ich mich auf meinen alten Ledersessel fallen. Auf dem Weg dorthin greife ich noch mein wild blinkendes Handy, und während ich den grünen Glibber in mich hineinschaufle, öffne ich die eingegangene SMS. Es ist die Aufforderung von Andrea, mich UMGEHEND (groß geschrieben, mit fünf Ausrufungszeichen) zu melden. Das tue ich. Während es klingelt, inhaliere ich bereits den zweiten Becher Wackelpudding.

»Bist du bescheuert? Du wolltest dich gestern melden!«, faucht Andrea mir ins Ohr.

»'tschuldigung. Hab ich vergessen«, nuschle ich. Vergessen habe ich sie nicht wirklich. Aber die Last der Welt war gestern Abend einfach zu übermächtig, als dass ich meine pragmatische Schwester daran hätte teilhaben lassen können. Schließlich musste ich heulen und mich in Selbstmitleid suhlen.

»Wie war es denn jetzt beim Arzt?«, übergeht sie meine Entschuldigung, und ich halte in meiner Wackelpudding-Orgie inne. Es wäre sicher besser, wenn ich den Herzschlag der Bohne nicht erwähnen würde. Eine Zelle ohne Herzschlag ist immerhin nur eine Zelle. Ich könnte ihr auch erzählen, dass der Termin gut war und ich jetzt nur noch einen Beratungstermin bei »pro familia« brauche. Das alles schießt mir im Bruchteil einer Sekunde durch den Kopf.

Doch was ich sage, ist Folgendes: »Es hat ein Herz. Und ich muss mit Olaf reden. Und ich habe ein Foto. Und ich habe heute Morgen gekotzt. Und ich weiß nicht, was ich tun soll!«

»Okay«, antwortet sie gedehnt. »Wir zwei müssen reden. Am besten gleich. Kannst du dich krankmelden?«

»Krankmelden?« Empört über diesen Vorschlag, linse ich zu meiner Küchenuhr. Es ist halb acht. Eigentlich bin ich nach der innigen Zwiesprache mit meiner Kloschüssel sowieso schon zu spät. Zumal die Wiederherstellung eines angemessenen Äußeren nach dem gestrigen Heulabend etwas mehr Zeit in Anspruch nehmen würde.

»Krankmelden«, wiederhole ich leise und schaue Hilfe suchend aus dem Fenster. Außer dem üblichen Novemberregen entdecke ich dort leider nichts, was mir meine Entscheidung erleichtern könnte.

»Süße!«, dringt Andreas energische Stimme an mein Ohr. »Wir müssen jetzt erst mal einen Plan machen. Gönn dir bitte einen Tag Ruhe. Ich bringe die Kinder in den Kindergarten und komme dann vorbei.« Ende der Durchsage. Sie legt auf. Ich blättere mich durch meine Telefonbucheinträge und rufe meinen Chef an.

Mit matter Stimme erkläre ich ihm, dass ich krank bin und heute zu Hause bleibe. Er fragt nicht, was ich habe, sondern zählt lediglich pikiert auf, was heute alles Dringendes ansteht. Ich krümme mich innerlich, schließlich bin ich eine wirklich fleißige Arbeitsbiene und vertrete die Auffassung, dass ohne mich in diesem Laden nichts mehr läuft. Schon gar keine Autoteile vom Produktionsband. Aber in diesem Fall hat Andrea recht.

Ich muss mich sortieren, und das geht im Büro nicht, schon gar nicht im Beisein meines Chefs. Also verweise ich auf meine übliche Urlaubsvertretung Frau Karmon und biete ihm an, sie telefonisch über die wichtigsten Dinge in Kenntnis zu setzen. »Tun Sie das«, antwortet er kühl, und damit ist das Gespräch beendet.

In den zwei Jahren, in denen ich jetzt für ihn arbeite, war ich nicht ein Mal krank. Oder zu spät. Ich habe in diesem Jahr noch einundzwanzig Urlaubstage, und es ist, wie gesagt, bereits November. Und mein Chef bringt kein »Gute Besserung, Frau Schmidt!« über die Lippen?

Das ist meinem eh schon stark gebeutelten Seelenzustand

nicht gerade zuträglich, und ich muss mich erst einmal sammeln, ehe ich meine Kollegin Brigitte Karmon mit einem Haufen Zusatzaufgaben erfreue.

Brigitte erleichtert mich ein wenig von meinem nagenden schlechten Gewissen und verspricht, sich um alles Brennende auf meinem Schreibtisch zu kümmern. Ich solle mich ganz in Ruhe auskurieren und mal nicht an die Arbeit denken. Zutiefst dankbar über ihre Ruhe und Freundlichkeit kommen mir, mal wieder, die Tränen, und ich schaffe es gerade noch aufzulegen, bevor ich Rotz und Wasser heule.

Ich heule und schluchze, bis Andrea um Viertel nach acht auf der Matte steht. Und dann heule und schluchze ich weiter. Langsam beschleicht mich die Befürchtung, dass ich mit dieser Heulerei vielleicht nie mehr aufhören kann. Wie soll ich das bloß im Büro erklären? Dauer-Heuschnupfen im November?

Andrea dagegen ist die Ruhe selbst und ignoriert mich und meine Tränenflut erst mal weitestgehend. Ganz entspannt kocht sie Tee. Dann holt sie aus ihrer überdimensionierten Handtasche eine kleine Tüte mit frischen Donuts. Energisch drückt sie mir eins von den klebrigen Dingern in die Hand und manövriert mich zurück zu meinem Sessel.

»Hast du die zum Frühstück gegessen?«, fragt sie erstaunt, als sie die stummen Zeugen meiner Wackelpudding-Orgie in Form der leeren Becher entdeckt, und ich nicke zögernd.

»Sag jetzt nichts, ich liebe Wackelpudding«, murmele ich, und als ich ihre hochgezogenen Augenbrauen sehe, füge ich ein trotziges: »Immer schon und auch zum Frühstück!« hinzu. Mir ist selbst klar, dass ich gerade sämtliche Klischees zum Thema Schwangerschaft erfülle.

Und prompt erwidert Andrea: »Ich würde eher sagen: Schwangerschaftsgelüste.« Energisch räumt sie die leeren Becher in den Mülleimer. Meine Schwester leidet, seitdem sie Kinder hat, unter diversen sehr interessanten Zwängen. Sie kann zum Beispiel niemals auch nur das kleinste Fitzelchen Müll entdecken, ohne es sofort aufzuklauben und ordnungsgemäß zu entsorgen. Seit sie unter diesem Müllentsorgungszwang leidet, sind Menschen, die nicht aktiv und voller Freude an der Mülltrennung teilnehmen, »die Geißeln unserer Gesellschaft« (Originalton Andrea).

»Jetzt zeig mir das Bild!«, ranzt sie mich an, und erschrocken über den militärischen Ton springe ich auf, um Gefordertes unter den zerwühlten Sofakissen hervorzuzerren. Ich streiche den schwarz-weißen Ausdruck glatt und reiche ihn ihr. Sie schaut und schweigt. Eine gefühlte Stunde lang starrt sie das Bild an. Vermutlich sind es nur ein paar Sekunden – so viel gibt es nun auch nicht darauf zu sehen –, aber es kommt mir unendlich lange vor, bis sie endlich wieder aufblickt. Und zwar mit Tränen in den Augen.

Na super!

»Scheiße!«, flüstert sie, als ich ihr das Bild energisch aus den Fingern nehme. Ich darf hier heulen. Sie nicht. Außerdem dachte ich, dass das Wort »Scheiße« in ihrem aktiven Wortschatz gar nicht mehr vorkommt, seitdem sie Super-Mom ist und vehement gegen alle bösen Worte dieser Welt kämpft.

»Ja, große Scheiße!«, stimme ich zu, dankbar, dass sie nicht sofort ihren üblichen Standardsatz »Das sagt man nicht!« von sich gibt. Vielmehr steht sie auf und sagt sehr laut: »Scheißescheißescheiße!«

Ich diagnostiziere einen Fäkalwort-Stau – kein Wunder bei fünf Jahren ohne »Scheiße!« –, und stimme energisch nickend zu. Sie lässt sich neben mich aufs Sofa sinken und sagt: »Du bist ja richtig schwanger!«

Ach nee. Genau DAS ist schließlich mein Problem. Und eigentlich dachte ich, sie sei hier, um genau dieses Problem durch die Erstellung eines ausgeklügelten Plans in den Griff zu bekommen.

»Hast du einen Termin?«, fragt sie mich leise und blickt dabei starr auf die Küchenwand.

Etwas verwirrt antworte ich: »Der erste Juli.« Als sie mich entgeistert anstarrt, füge ich bekräftigend hinzu: »Das sagt der Arzt!«

»Ich meine doch nicht den Geburtstermin. Sondern den Termin zum …« Sie hebt die Hände und versinkt wieder in die stumme Kommunikation mit meiner Küchenwand.

Endlich begreife ich, was sie meint, und sage: »So einfach ist das nicht. Vorher muss noch ein Beratungsgespräch stattfinden. Und mit Olaf sollte ich auch reden.«

Verstohlen blicke ich sie von der Seite an. Ob ihr meine Küchenwand irgendwelche Geheimnisse anvertraut?

»Und, was wirst du jetzt machen?« Sie wirft meiner Wand einen fragenden Blick zu.

»Andrea! Ich bin schwanger. Das war in meiner Lebensplanung bisher nicht vorgesehen. Außerdem hab ich mich vom Erzeuger dieser Zelle getrennt. Und bringen wir es doch einmal auf den Punkt: Meine berufliche Zukunft lässt sich definitiv nicht mit einem Kind vereinbaren.« Hilflos zucke ich mit den Schultern. »Das sind die Fakten, die ich bis jetzt zu meiner Entscheidungsfindung einbezogen habe. Ich habe so was von keine Ahnung, was ich tun soll.«

»Du schließt es nicht grundsätzlich aus, dieses Kind zu bekommen?«, fragt sie und sieht mich durchdringend an.

Ich erwidere ihren Blick und versuche mich innerlich zu sortieren. Was haben wir denn da … also: Die Fakten sprechen definitiv gegen ein Kind. Allerdings scheint mein Unterbewusstsein eine gewisse Affinität dieser Bohne mit Herzschlag gegenüber zu haben, sonst hätte ich ja wohl schon diesen Beratungstermin. Was wiederum bedeutet, dass … ich es tatsächlich für möglich halte, dieses Kind zu bekommen? Erschrocken blinzele ich Andrea an. Ich lehne mich verwirrt zurück und schweige.

»Sieh mal«, sagt Andrea und nimmt meine Hand. »Das ist genau der Punkt. Als du Samstag bei mir warst, dachte ich: Du wirst das schon managen wie alles in deinem Leben. Du sortierst die Fakten, triffst eine Entscheidung und setzt sie um. So bist du. Jetzt erlebe ich dich völlig aufgelöst. Die Tatsache, ein Baby im Bauch zu haben …«

Hektisch unterbreche ich sie: »Eine Zelle! Es ist eine Zelle, klar?!«

Ungerührt fährt sie fort: »… ein Baby im Bauch zu haben, lässt dich nicht kalt. Und genau deshalb musst du in Ruhe darüber nachdenken. Ich verstehe deine Unsicherheit und deine Angst, denn das hier ist eine andere Entscheidung als die Wahl eines Studiengangs oder eines Jobs. Du musst aber auch bedenken, dass du Elterngeld bekommen wirst und dein Arbeitgeber dir nach der Elternzeit wieder einen Job geben muss. Und was Olaf angeht: Ihr müsst nicht zusammenleben, um Eltern zu sein. Das wäre zwar der Idealfall, aber es kann auch anders funktionieren.« Angesichts ihrer nüchternen Situationsanalyse nickt sie zufrieden und tätschelt meine Hand. »Vielleicht solltest du jetzt mal Olaf anrufen. Du bist ja schließlich nicht ganz allein mit diesem Problem.«

Das sehe ich zwar anders – immerhin bin ich diejenige, die eine Bohne mit Herzschlag in ihrem Bauch beherbergt –, aber ich bringe kein Wort heraus und entziehe ihr vorsichtig meine Hand.

»Lass uns heute Abend telefonieren!«, sagt Andrea energisch und steht auf. Als die Haustür hinter ihr ins Schloss fällt, muss ich wieder heulen. Diesmal zum Glück keine drei Stunden, sondern nur zehn Minuten.

In diesen zehn Minuten fälle ich allerdings eine ganz elementare Entscheidung: Sobald ich mit dem Heulen wieder aufhören kann, werde ich Olaf anrufen. Ohne Umschweife, ohne vorher noch duschen zu gehen, ohne vorher noch einen Kaffee zu trinken. Punkt. Das Einzige, was ich vorher noch erledige, ist, mir ausgiebig die Nase zu putzen, dann presse ich mit eiskalten Fingern das Handy an mein Ohr. Es klingelt zweimal, dann fragt Olaf barsch: »Ja?«

Erschrocken zucke ich zusammen. »Äh, ich bin's, Paula«, antworte ich vorsichtig.

»Ich kann lesen!«, faucht er mich an. Hmmm, wunderbar! Ein beleidigter Exfreund als Vater meines Bohnenproblems. Der Tag hat Potenzial, das muss ich ihm lassen.

»Das ist schön«, antworte ich freundlich und füge noch den weltweit anerkannten Problemerkennungssatz »Wir müssen reden!« hinzu.

»Wir müssen ganz bestimmt nicht mehr reden!«, schnaubt er.

»Doch. Müssen wir!«, beharre ich. Der arme Kerl hat ja keine Ahnung, wie dringend wir reden müssen.

»Paula, es ist alles gesagt. Ruf mich bitte nicht mehr an!« Mit diesen Worten legt er auf. Bestürzt starre ich auf mein schweigendes Handy. Dann schnappe ich nach Luft und sinke in mich zusammen. Er ist beleidigter, als ich dachte. Verdammte Axt.

Wir waren fünf Jahre zusammen. Da ich zweihundertachtzig Tage gebraucht habe, um mich zu trennen, ziehe ich die in meiner Gesamtrechnung mal ab. Bleiben noch etwa tausendfünfhundertvierzig Tage, in denen wir eine ganz nette Zeit miteinander hatten. Gut, um ehrlich zu sein, eine sehr nette Zeit. Und dann war der Ofen aus. Olaf machte mir am 1. Januar dieses Jahres einen Heiratsantrag, verbunden mit dem Wunsch, mich bitte baldmöglichst schwängern zu dürfen. Heiraten wäre ja noch okay gewesen. Aber zum Thema Kinder habe ich nun mal eine sehr eigene Meinung, die Olaf überhaupt nicht versteht. Es ist nicht so, dass wir in den tausendfünfhundertvierzig Tagen davor niemals über dieses Thema gesprochen hätten. Vielmehr hat er meine persönliche Sicht der Dinge schlicht und einfach ignoriert.

Was das Ganze irgendwie noch dramatischer macht. Er erklärte mir, dass wir jetzt im besten Alter seien und er doch gut verdienen würde. Ich könne ja dann auch wieder arbeiten, das sei heutzutage überhaupt kein Problem mehr. Man beachte das Wort »heutzutage«, das in meinen emanzipierten Ohren klang wie: Weib, wenn du deine häuslichen Pflichten ordnungsgemäß erledigt hast, darfst du zum Spaß auch ein wenig jobben gehen.

Arbeiten ist für mich aber eine ernste Sache. Ich sah mich schon bei Aldi an der Kasse sitzen, nachdem ich dreißig Hemden gebügelt und Olaf junior versorgt hatte (in meiner Horrorvision trug ich dabei eine geblümte Kittelschürze).

Diese eigentlich so emotionale Sache – den Heiratsantrag, für den manche Männer auf die Knie gingen – hatte Olaf auf seinem Bürostuhl sitzend durchgeführt. Ich sage absichtlich »durchgeführt«, denn entsprechend nüchtern lief das Ganze ab. Freundlicherweise hatte er sich wenigstens zu mir umgedreht, nur um sich kurz darauf wieder dem Bildschirm zuzuwenden. Das Gespräch war beendet.

Logisch. Für ihn war das alles ein klarer und gut durchstrukturierter Plan, und meine Rolle dabei war die der Produktionsleiterin der gewünschten Reproduktionsergebnisse, die ganz gönnerhaft, bei Bedarf, auch einen kleinen Halbzeitjob ihr eigen nennen durfte.

Das entsprach nun so gar nicht meinem Lebensplan, also brüllte ich nach Leibeskräften seinen über den Schreibtisch gebeugten Rücken an: »Ich mag aber keine Kinder! Und ich habe Pläne für meine berufliche Zukunft!«

Daraufhin drehte er sich mit einem eleganten Schwung wieder zu mir um, klimperte mit den Wimpern und sagte völlig entspannt mit einem leichten Lächeln auf den Lippen: »Schatz, deine eigenen wirst du mögen! Reg dich nicht auf. Und mit deinem Job ... ganz ehrlich? Dieser verdammte Knochenjob, damit du in einigen Jahren eine eigene Abteilung bekommst? Das ist es doch nicht wert.« Dann vollzog er erneut eine 180-Grad-Drehung und klackerte beherzt auf der Tastatur seines Computers herum.

Er hatte mich nicht nur nicht ernst genommen, er hatte meine ganze kleine Welt nicht verstanden. In dieser Welt gehe ich als Frau arbeiten und mache Karriere. In dieser Welt bin ich frei und unabhängig und gleichberechtigt. In dieser Welt berührt es mich nicht, dass Mütter als Allgemeingut gelten und Kirchenmänner, Familienministerinnen, Tagesschausprecherinnen und Frau Müller von nebenan ihnen vorschreiben dürfen, wie sie ihre Rolle zu erfüllen haben. In dieser Welt fahre ich einen Porsche 911 in Grellrot und keinen Touran mit Kindernamen auf der Heckklappe.

Ich habe tatsächlich vier Jahre lang nicht begriffen, welch seltsames Gedankengut mein Freund mit sich herumträgt. Er war sozusagen ein Schläfer, gut getarnt als Unterstützer der Gleichberechtigung in dieser Welt.

Nach diesem Zusammenprall zwischen meiner und seiner Welt haben wir zweihundertachtzig Tage kaum miteinander gesprochen. Natürlich haben wir zwischendurch immer mal wieder probiert, unsere Welten einander anzunähern, aber dieses schreckliche Gefühl, tausendfünfhundertvierzig Tage überhaupt nicht verstanden worden zu sein, blieb und ließ sich auch nicht heilen. Olaf begriff einfach nicht, dass ich mich nicht »wieder einkriegen« und seinem ursprünglichen Plan doch noch zustimmen würde. Wir lebten so vor uns hin, und ich hatte wohl einfach vor lauter Stress im Job verdrängt, dass diese Beziehungs-Problematik zu wichtig ist, als sie unter den Teppich zu kehren. Das war auch der Grund, warum ich dann endgültig den Schlussstrich gezogen habe. Dem Schlussstrich folgte verzweifelter Vielleicht-versöhnen-wir-uns-doch-wieder-Sex, ein einziges Mal, mit dem Resultat, dass wir uns direkt danach so angebrüllt haben, dass meine Stimmbänder heute noch traumatisiert sind und jetzt die Bohne in meinem Uterus haust.

Auf den Punkt gebracht: Getrennt habe ich mich, weil ich zurzeit keine Kinder in die Welt setzen möchte. Und jetzt bin ich schwanger. Das ist doch zum Bekloppptwerden!

Anstatt sofort wieder mit der Heulerei anzufangen, drücke ich die Wahlwiederholungstaste und lasse es klingeln. So lange, bis die freundliche Automatenfrau von T-Mobile mir erklärt, dass der Angerufene nicht antwortet. »Tatsächlich?«, fahre ich sie an und versuche es erneut. Ich halte meine Situation für angemessen wichtig, um diesen Telefonterror zu rechtfertigen. Geschlagene zehn Minuten lasse ich es klingeln, bis er endlich klein beigibt und abnimmt. Bevor er auch nur irgendetwas sagen kann, brülle ich »Ich bin schwanger!« in sein Ohr.

»Was?«, nuschelt er, und ich fauche: »Hörst du mir jetzt zu, verdammt?«

»Ja«, antwortet er, und seine Stimme klingt flach. Alle Ereignisse der vergangenen zweiundsiebzig Stunden sprudeln aus mir heraus. Ich beende meinen Bericht mit den Worten: »Was, um alles in der Welt, soll ich jetzt machen?«

Für einen Moment herrscht Funkstille, dann keucht Olaf in den Hörer: »Ich bin auf dem Weg zu dir!«, und legt auf.

Olaf ist definitiv angemessen erschüttert von der Sachlage. Er bleibt den ganzen Nachmittag, und wir sprechen und heulen gemeinsam. Immer wieder schaut er sich das Bohnenbild an, um sich danach dramatisch die Haare zu raufen. Bei seiner Fraggle-Frisur hat er da einiges zu tun.

Aber die Bohne befindet sich nun mal in MEINEM Bauch, und deswegen rufe ich ihn irgendwann zur Ordnung, und wir beginnen eine sachliche und ausführliche Diskussion darüber, was wir jetzt tun werden. Mit folgendem Ergebnis:

Fakt: Wir sind nicht mehr zusammen.

Vorgehen:

- Jeder von uns schreibt alle Pro- und Kontra-Argumente bezüglich der Bohne mit Herzschlag auf, die ihm oder ihr einfallen. Damit treffen wir uns morgen Mittag wieder bei mir.
- Sollten Pro-Argumente gefunden werden, gilt es, einen ausgeklügelten Umsetzungsplan gleich mitzuliefern.
- Wir bleiben ruhig.
- Wir bleiben ruhig und benehmen uns wie erwachsene Menschen.
- Wir bleiben ruhig und benehmen uns wie erwachsene und emotional reife Menschen.

Als er fährt, geht es mir besser. Immerhin haben wir einen Plan. Ich dusche ausgiebig und koche mir dann endlich einen

Kaffee. Mit der dampfenden Tasse setze ich mich an meinen Schreibtisch und starre auf das leere Blatt Papier.

Also los jetzt! Eine Pro- und Kontra-Liste erstellen! Zügig! Ich fange mit der Überschrift an und schreibe in Schönschrift: »Pro und Kontra Bohne mit Herzschlag«.

Dann lehne ich mich auf meinem Stuhl zurück und trinke einen Schluck Kaffee. Sofort wird mir speiübel. Meine Geschmacksknospen funken hektisch eine Gefahrenmeldung an mein Hirn, und ich spucke alles wieder in die Tasse zurück. Verwundert starre ich die braune Brühe an. Entweder ist die gesamte Kaffee-Ernte der Welt geschmacklich durch sauren Regen oder Schlimmeres versaut, oder mit mir stimmt etwas nicht.

Ich öffne vorsichtig meinen Laptop und fahre ihn hoch, um Google zu meiner spontanen Kaffeeabneigung zu befragen. Mit Google ist es nämlich so: Entweder löst es dein Problem, oder es macht es noch größer. In meiner Situation vermute ich Letzteres. Langsam tippe ich »schwanger mag keinen Kaffee mehr« in die Suchleiste und peng: fünfundzwanzig Millionen Einträge.

Die folgende Stunde verbringe ich damit, die Ergebnisse zu sichten und mir Notizen zu machen. Ich komme zu folgendem Ergebnis: Es gibt unfassbar viele Frauen, die schwanger sind. Mindestens ein Drittel von ihnen (grobe Schätzung) mag keinen Kaffee mehr. Da Koffein im Verdacht steht, Fehlgeburten auszulösen, halten viele Menschen, darunter Mütter und Mediziner, es für möglich, dass der Körper das Baby durch die spontane Kaffeeabneigung schützen will.

Fazit: Mein Körper will schwanger bleiben.

Das finde ich ziemlich gemein, schließlich soll ich hier doch frei und unbeeinflusst eine Entscheidung treffen, und prompt muss ich wieder ein wenig weinen. Meine Gebärmutter ist nicht nur befruchtet, sondern auch noch hinterhältig!

Während ich leise vor mich hin schluchze, klingelt mein Handy. »Jutta« verkündet mir das Display. Ich ziehe geräuschvoll die Nase hoch und drücke den grünen Knopf.

»Hallo, Süße!«, jubelt sie mir ins Ohr. »Ich bin wieder da!«

»Endlich!«, sage ich und fange sofort wieder an zu weinen. Diese dumme Heulerei scheint langsam zur Gewohnheit zu werden.

»Was ist los?«, fragt sie alarmiert.

»Ich bin schwanger und brauche Rettung«, schluchze ich in den Hörer.

»Ach du Scheiße! Ich bin gleich da!« Ohne meine Antwort abzuwarten, legt sie auf. Keine zehn Minuten später klingelt es an der Tür. Ich öffne, und Jutta nimmt mich in den Arm. Dann manövriert sie mich energisch zum Sofa und drückt mich in die Polster.

»Erzähl!«, fordert sie mich auf, und ich erzähle. Alles, selbst die Dinge, die sie schon weiß. Dass ich nämlich keine Kinder mag und mein Körper anscheinend bereits jetzt einen verräterischen Pakt mit der Bohne geschlossen hat, was sie mit einem wissenden Nicken hinnimmt. Jutta ist nämlich, wie gesagt, sehr weise.

Kennengelernt habe ich sie vor zehn Jahren bei einem Volkshochschulkurs zum Thema »Der Sinn des Lebens«. Keine Ahnung, was mich da geritten hat und wieso ich annahm, den Sinn des Lebens ausgerechnet mithilfe eines VHS-Kurses erforschen zu können, aber immerhin bin ich so Jutta begegnet. Sie war bereits damals um einiges weiser als der etwas verstockte Kursleiter. Der arme Mann denkt bestimmt noch heute mit Schrecken an sein Zusammentreffen mit ihr zurück.

Eines meiner festen Lebensziele ist es, mit fünfzig auch so weise zu sein wie sie. Jutta ist nicht nur fünfzig, sie hat ihre beiden Töchter, die mittlerweile mehr oder weniger erwachsen sind, ganz alleine großgezogen. Den Kindsvater hat sie vor etwa zwanzig Jahren wegen akuter Lebensunfähigkeit in die Wüste geschickt. Sie ist arbeiten gegangen, hat ihre Mammuts alleine erlegt und in die häusliche Höhle geschleppt. Wenn jemand Rat weiß, dann sie.

Nachdem ich den ausführlichen Bericht über meine dramatische Situation beendet habe, spitzt Jutta die Lippen und legt ihre Stirn in Denkerfalten. Dann legt sie mir die Hand aufs Knie und sagt: »Ich verrate dir ein Geheimnis: Ich mag auch keine Kinder. Bis auf meine eigenen, versteht sich. Vielleicht dehnt sich diese Sympathie noch auf die eigenen Enkelkinder aus. Zumindest hoffe ich das!« Sie grinst mich an. »Kinder sind laut, nervig und anstrengend. Was mich nicht daran gehindert hat, zwei eigene Exemplare in die Welt zu setzen. Aber eigentlich auch mehr zufällig. Hätte ich die Wahl gehabt, ich wäre vermutlich kinderlos geblieben. Ich habe mir zum Glück im Vorfeld keine wirklichen Gedanken darüber gemacht, was es bedeutet, Kinder zu haben. Mein Ex hat damals gesagt: Wir sollten jetzt mal Kinder machen, und ich habe dem nicht aktiv gegengesteuert. Was gut war, denn sagen wir mal so: Es ist das Beste, was mir je passiert ist. Wovor hast du denn solche Angst?«

»Ja … äh …« Wo soll ich anfangen? »Ich habe keinen Vater für das Kind. Punkt eins. Ich habe einen anstrengenden Job und echt gute Karriereaussichten. Punkt zwei. Und ich kann mir ein Leben als Mutter nicht vorstellen. Verstehst du, was ich meine?« Hilflos sehe ich sie an.

»Nein«, antwortet sie trocken. »Wie leben Mütter denn?«

»Sie schlafen nicht mehr, reden nur noch über die Konsistenz von Windelinhalten und haben im Berufsleben keine Chance mehr«, empöre ich mich über ihre Unwissenheit.

Sie nickt nachdenklich. »Das mit dem Schlafen stimmt. Aber alles andere hast du selbst in der Hand. Wenn du einen neuen Job hast, würdest du auch am liebsten immer nur darüber reden. Das legt sich mit der Zeit. Und das mit den Berufschancen ist nicht wahr. Es ist natürlich wesentlich komplizierter, mit Kind arbeiten zu gehen, aber mal ganz ehrlich … Glaubst du wirklich, dass alle Mütter dieser Welt nur noch Hilfsjobs machen? Das ist ganz schön überheblich, du Huhn!« Tadelnd sieht sie mich an. »Was ist mit Olaf? Will er denn die Bohne? Netter Projektname übrigens.«

»Ja, er will«, antworte ich fest. »Aber wir müssen noch klären, wie das funktionieren kann.«

»Na dann … Wenn er das Kind will, kann er schließlich genauso Elternzeit nehmen. Du bist doch in einer guten Position. Was stellst du dich so an? Und mal ganz ehrlich, Paula. Wenn du es nicht tief in deinem Innersten doch für möglich halten würdest, diese Bohne zur Welt zu bringen, wärst du jetzt schon in der Klinik.«

Ich schlucke. So ist es wohl.

»Einen Ratschlag kann ich dir geben, Süße: Herz öffnen statt Kopf zerbrechen. Mach das nicht so kopflastig. Du bist eine Frau, und Frauen können Kinder bekommen. Und manchmal bekommen sie Kinder, obwohl sie es nicht geplant haben. Vielleicht soll es dann einfach so sein? Du bist keine sechzehn mehr, du bist finanziell abgesichert, du hast ein Dach über dem Kopf, du bist gesund, und es gibt einen Bohnenvater, auch wenn ihr nicht zusammenlebt. Es gibt Frauen, die bekommen unter schwierigeren Bedingungen ihre Kinder. Und du hast Eltern, die sich über ein Enkelkind freuen würden. Vergiss auch das nicht. Deine Eltern helfen deiner Schwester sehr, also werden sie auch dir helfen. Der Job ist dir jetzt wichtig, aber ein Kind begleitet dich ein Leben lang. Ich würde meine beiden Zicken um nichts in der Welt wieder hergeben. Und jetzt, liebe Paula, triff eine Entscheidung. Vermutlich die erste wirklich erwachsene und nie mehr rückgängig zu machende Entscheidung deines Lebens. Aber du bist jetzt groß und kannst das!«

Nach dieser Ansprache schließe ich einen Moment die Augen und atme tief durch.

Zwei Sekunden später weiß ich, was ich tun werde. Ich weiß es vermutlich schon länger, aber bei dem Arbeitspensum meines Hirns in den letzten zweiundsiebzig Stunden ist dieses intuitive Wissen bisher nicht an die Oberfläche des Bewusstseins getrieben worden.

Jetzt ist es da, und es wirft meine bisherige, so sorgsam gepflegte Lebensplanung radikal über den Haufen. Es ist auch nicht der Kopf, der diese Entscheidung trifft. Es ist nur das Herz.

Das Bohnen-Projekt ist angelaufen. Ich fang schon wieder an zu weinen, und Jutta kramt in ihrer Handtasche nach einem Taschentuch. Die Phase der verrotzten Taschentücher in der Hosentasche liegt bei ihr schon etwas zurück, aber sie wird fündig und reicht mir ein blütenreines Taschentuch. Trocken kommentiert sie meinen erneuten Tränenstrom: »Gewöhn dich schon mal dran. Ich hab bei beiden Schwangerschaften fast durchgehend geheult. Und danach hätte ich gerne damit weitergemacht, hatte aber keine Zeit mehr für das Hobby. Das liegt an den Hormonen und der Metamorphose.«

Ich tupfe mir die Tränen von den Wangen und sehe sie fragend an.

»Die Metamorphose von Frau zu Mutter«, erklärt sie mir. »Ist leider sehr anstrengend, kommt aber meistens was Gutes bei raus.« Sie grinst mich an und tätschelt mein Knie.

Wir trinken noch ein wenig Tee, essen grünen Wackelpudding – ich habe einen unerschöpflichen Vorrat in meinem Kühlschrank – und schmieden Pläne. Alles fühlt sich sehr seltsam und surreal an. Meine Gefühle hocken gemeinschaftlich auf einer großen Schaukel und schwingen fröhlich hin und her. Mal heule ich, mal lache ich. Aber ich bin erleichtert, dass eine Entscheidung gefallen ist. Die Instanz in mir, die diese Entscheidung getroffen hat, war mir bis jetzt allerdings gänzlich unbekannt. Wo um alles in der Welt war sie die letzten zweiunddreißig Jahre? Wer bin ich denn eigentlich, wenn diese Bohne es schafft, meine so hochgehaltenen Lebenspläne innerhalb von wenigen Tagen dermaßen über den Haufen zu werfen? Und eine fast noch wichtigere Frage: Was kommt als Nächstes? Vielleicht möchte eine weitere mir noch unbekannte Paula sehnsüchtig einen Achttausender besteigen, und ich weiß noch nichts davon?

Jutta sagt, ich soll mich damit abfinden, dass es viele verschiedene Persönlichkeiten in uns gibt, die sich immer mal wieder ungefragt ins Leben einmischen, und ich beschließe, ihr zu glauben.

Dann rufe ich Olaf an, um ihn davon in Kenntnis zu setzen, dass ich schwanger bleibe. Ich informiere ihn außerdem, dass er sich schon mal Gedanken über seine Elternzeit machen kann. Das sei heutzutage ja überhaupt kein Problem mehr. Den Seitenhieb versteht er nicht. Macht aber nichts, denn am Ende unseres Gesprächs scheint er wirklich und ganz ehrlich erfreut über die Fortsetzung des Bohnen-Projekts zu sein.

Weil ich gerade dabei bin, rufe ich auch noch Andrea an. Sie ist mehr als erfreut und bricht erst mal in Tränen aus. »Das ist so schön!«, heult sie mir ins Ohr. »Wir müssen es Mama und Papa sagen!«

Schockschwerenot! Meine Eltern. Ich muss ihnen sagen, dass

Enkelbohne Nummer drei auf dem Weg ist. Spontan rutscht mir das Herz in die Hose. Jutta erfasst die Situation mit einem Blick und reicht mir dezent einen Riegel Vollmilchschokolade aus ihrer Handtasche. Dankbar schiebe ich ihn mir in den Mund, während meine Schwester immer noch in mein rechtes Ohr schluchzt.

Nach dem letzten Bissen Schokolade sage ich: »Jetzt hör doch mal bitte mit der Flennerei auf!« So kenne ich meine Schwester gar nicht.

»Entschuldige«, schnieft sie. »Ich freu mich nur so. Du bist schwanger! Das ist so wunderbar. Ich meine, wer hätte das gedacht, nicht?«

Ja, denke ich. Wer hätte das gedacht … Vor zweiundsiebzig Stunden war alles noch anders. Ich war noch nicht schwanger – zumindest wusste ich es noch nicht, ach du selige Ahnungslosigkeit. Ich hatte noch vor, Karriere zu machen und kinder- und männerlos glücklich zu sein. Jetzt habe ich Morgenübelkeit, eine wachsende Bohne samt Herzschlag im Bauch und einen Kerl, mit dem ich zwar keine Beziehung mehr führe, der mir aber für den Rest meines Lebens an der Backe klebt. Ich muss sagen, meine Zukunft sah schon mal rosiger aus.

Aber wenigstens habe ich eine Entscheidung getroffen. Oder besser gesagt: Etwas in mir hat eine Entscheidung getroffen, der ich mich der Einfachheit halber anschließen werde. Ich bekomme eine Bohne.

Kapitel 4

An Tag zwei meines Bohnen-Projekts bin ich wieder krank. Beziehungsweise: In der ersten Stunde nach dem Aufstehen bin ich sterbenskrank, danach, als hätte jemand den Schalter umgelegt, geht es mir wieder gut. Wenn man bei meinem aktuellen verwirrten Zustand als ungewollt Schwangere von gut sprechen kann. Zumindest kotze ich nicht mehr. Damit habe ich nämlich die Zeit zwischen halb sieben und halb acht verbracht. Dazwischen habe ich in tiefster Verzweiflung meinen Frauenarzt Dr. Ganter angerufen, was nicht so leicht war. Sprechen und kotzen gleichzeitig ist eine wirklich knifflige Aufgabe. Aber die Sorge war größer als der Wunsch, alleine vor meinem Klo zu hocken und zu leiden. Die Sorge, dass etwas nicht stimmt mit mir. Etwas ganz Gravierendes, abgesehen davon, dass ich schwanger bin. Denn so schrecklich kann sich doch diese viel zitierte Morgenübelkeit gar nicht anfühlen?

Zumindest die Sprechstundenhilfe konnte ich mit meiner Aktion schwer beeindrucken. Nach mehreren Versuchen, ihr zwischen dem Würgen die Situation zu schildern, war sie sogar so beeindruckt, dass ich Dr. Ganter nur eine Minute später direkt am Ohr hatte. Der wiederum war überhaupt nicht beeindruckt. Er freute sich über meine Entscheidung für die Bohne und erklärte mir, dass diese Kotzerei durchaus mit der Schwangerschaft zu tun haben könnte und er mich selbstverständlich für heute krankschreiben würde. Und für morgen, wenn ich möchte. Und für übermorgen. Was hat er doch für ein großes Herz, mein Gynäkologe. Ist mir vorher gar nicht aufgefallen. Aber da war ich auch noch nicht schwanger.

Als ich das Gespräch endlich beende – mit der Zusage von vielen Tagen Krankschreibungen, um mich an den Zustand des Schwangerseins zu gewöhnen und aufgrund meiner schwierigen persönlichen Verhältnisse, wie Dr. Ganter es ausdrückte –, muss ich wieder heulen. Ich bin schwanger und lebe in schwierigen persönlichen Verhältnissen. Das ist so furchtbar, dass auf das Kotzen erst mal zehn Minuten ungehemmter Tränenfluss folgen.

Völlig verrotzt rufe ich danach meinen Chef an, um ihm mitzuteilen, dass die fleißige Arbeitsbiene immer noch krank ist. Er ist *not amused*, und da er nicht fragt, was ich habe, erzähle ich es von mir aus: nämlich einen schweren Magen-Darm-Infekt. So, basta! Leider zeigt er sich ungerührt und erklärt mir, ich solle bloß dafür sorgen, dass alles läuft. Aha. Ich vermute mal, dass er mit »allem« seine wichtigen Unterlagen und Termine meint, die in dieser Woche anstehen. Also rufe ich Brigitte an, um sie mit weiterer Zusatzarbeit zu erfreuen. Wenigstens sie wünscht mir gute Besserung.

Kurz danach steht Olaf vor meiner Tür. Sein Gesicht spricht Bände. Vermutlich hat er sich in der vergangenen Nacht näher mit den Konsequenzen des Bohnen-Projekts befasst. Er sieht fast so schlecht aus wie ich, und das will was heißen. Meine immer noch fast grüne Gesichtsfarbe ist eigentlich nicht zu toppen.

Er setzt sich an meinen Esstisch und fragt: »Wie soll das denn jetzt laufen?«

Aha, wieder soll was laufen, und ich soll wissen, wie es laufen soll. Warum eigentlich immer ich? Also antworte ich wahrheitsgemäß: »Keine Ahnung!«, und lächle ihn freundlich an.

»Paula. Wir bekommen ein Kind. Du solltest dir da ein paar Gedanken drüber gemacht haben.« Vorwurfsvoll schaut er mich an. Dieser Gesichtsausdruck ist eine echte Olaf-Spezialität. Leicht vorwurfsvoll gewürzt mit einer Prise Überheblichkeit. Wie kann die dumme Paula nur nicht wissen, wie es jetzt weitergeht? Er beugt sich zu mir.

»Ein Kind zu bekommen ist eine große Verantwortung, Paula.« Er spricht sehr langsam und akzentuiert, als wäre ich leicht debil.

»Tatsächlich?«, frage ich erstaunt zurück. »Das ist mir neu.«

»Jetzt mal im Ernst. Wie machen wir das jetzt?«

»Also«, setze ich an, ihn über meine unausgegorenen Umsetzungspläne in Kenntnis zu setzen. »Ich werde ab sofort immer dicker. Vorausgesetzt, ich höre mit der Kotzerei auf. Das ist vermutlich kontraproduktiv, was das Speckansetzen angeht. Dann werde ich dieses Kind bekommen und für ein paar Wochen zu Hause bleiben. Und dann wirst du in Elternzeit gehen und die Brutpflege übernehmen. Immerhin arbeitest du ja von zu Hause aus. Ideal also!« Fröhlich lächle ich ihn an, während Olaf langsam Schweißperlen auf die Stirn treten. »Ich bin ja nicht alleine damit«, raune ich in verschwörerischem Ton und deute dabei auf meinen Unterleib.

Eine halbe Stunde später verabschiedet Olaf sich. Er ist verwirrt, was nicht weiter schlimm ist. Ich bin auch verwirrt. Und wenn ich mich in diesem Zustand befinde, rufe ich üblicherweise meinen Bruder Tom an.

Tom war schon immer anders als die anderen Kinder. Das hat sich bis heute nicht geändert. Während Andrea und ich durchaus als liebreizende Persönlichkeiten durchgehen – solange wir den Mund halten –, sieht man Tom seine Andersartigkeit schon einen Kilometer gegen den Wind an. Er ist sehr groß, größer als unsere Eltern – die Frage, ob er wirklich mit uns verwandt ist, konnte noch nicht abschließend geklärt werden. Dazu trägt er niemals Haare auf dem Kopf und hat ein Gesicht, das zwar durchaus als attraktiv durchgeht, aber eigentlich mehr nach Pitbull-Besitzer aussieht. Das liegt sicher auch daran, dass seine Nase ein wenig krumm ist, weil er sich in der Vergangenheit gern mal geprügelt hat. Außerdem ist er wirklich seltsam. Das können selbst wir als seine unmittelbaren Verwandten nicht verleugnen. Meine Eltern haben extra für ihn ein spezielles Eltern-Mantra entwickelt: »Wir lieben dich so, wie du bist, und nicht so, wie wir dich haben wollen.«

Tom hat dieses Mantra bis aufs Äußerste strapaziert, und ich bin mir sicher, dass meine Eltern von seinem zehnten Geburtstag an heimlich die Tage gezählt haben, bis er endlich alt genug wäre, um auszuziehen. Ab seinem vierzehnten Geburtstag ist er ohne Androhung schlimmer Dinge nicht mehr freiwillig vor zwölf Uhr mittags aufgestanden, trug zeitweise einen lilafarbenen Irokesenschnitt und beherbergte eine Ratte mit Namen Helmut in seinem Kapuzenshirt. Er hat auch schon mal drei Wochen in seinem Auto gewohnt. Und das ist nur ein kurzer Auszug aus seinem Leben.

Tom ist nämlich grundsätzlich erst mal dagegen. Gegen die Welt, gegen das Universum, gegen Kastor-Transporte, friedliche Auseinandersetzungen und viele andere Dinge. Wenn er nicht gerade dagegen ist, ist er ungefähr so kommunikativ wie eine Raufasertapete, was mich allerdings nicht daran hindert, meinen großen Bruder heiß und innig zu lieben. Weil er bisher zuverlässig jeden verdroschen hat, der mir Böses wollte, und weil er auch heute noch in der Lage ist, komplizierte Sachverhalte auf einen einfachen Nenner herunterzubrechen: Arsch oder kein Arsch, gut oder böse. Das hilft im Leben manchmal doch enorm.

Bis auf sprechen kann er außerdem alles, was ein echter Mann so können sollte: Autos reparieren, sich wirkungsvoll prügeln, saufen wie ein Loch, sämtliche technischen Anlagen dieser Welt reparieren und bei *Star Wars* die Klappe halten und nur gucken.

Tom ist einfach immer da, wenn ich ihn brauche. Ganz tief in seinem Innersten ist er nämlich ein herzensguter und höchst sensibler Kerl. Manchmal finden auch andere Frauen das heraus, und prompt verliebt Tom sich. Das passiert häufiger und endete bis jetzt immer mit mindestens einem gebrochenen Herzen – was unter anderem an Toms generellen Wortfindungsstörungen liegen könnte. Frauen wollen dann ja doch ein Mindestmaß an Kommunikation in einer Beziehung.

Es klingelt unendlich lange, dann knurrt er mir ein böses »Mhhm?« ins Ohr.

»Tom. Notfall. Kannst du kommen?« Im Umgang mit ihm ist jedes nicht unbedingt notwendige Wort eins zu viel.

»Nein. Hab zu tun.« Unsere üblichen Kommunikationsstrukturen. Ich will was von ihm, und aus Prinzip will er es erst mal nicht. Völlig normal.

»Doch. Ist ganz schlimm«, beharre ich.

»Bist du schwanger oder was?«, grunzt er, und ich kann hören, wie er sich aus dem Bett rollt. Mein Bruder arbeitet nur dann, wenn es notwendig ist. Da er einen schlichten Lebensstil hat, ist das nicht allzu oft der Fall.

»Bingo«, sage ich kläglich und fange wieder an zu weinen.

»Oh scheiße. Hmmpf. Ich komme rum.« Damit legt er

auf und steht tatsächlich eine halbe Stunde später vor meiner Tür.

Wie üblich ist er der Jahreszeit nicht angemessen gekleidet. Draußen ist es nasskalt, und er trägt nur eine dünne Lederjacke mit einem T- Shirt darunter und dazu eine durchlöcherte Jeans. Dafür hat er eine neue Brille, die ihn aussehen lässt wie Harry Potter nach der Pubertät. Bevor ich dazu komme, eine bewundernde Bemerkung von mir zu geben, knurrt er mich an – seine bevorzugte Art der Lautäußerung – und läuft kommentarlos an mir vorbei in die Küche.

»Wer war es?«, fragt er, während er sich auf einen der Stühle fallen lässt.

»Olaf.«

»Oh nein. Der Typ ist so unfassbar dämlich. Seid ihr wieder zusammen?«

Ja, es gab in der Vergangenheit schon den ein oder anderen Hinweis, dass er mit meiner Partnerwahl nicht ganz einverstanden war. Jetzt ist es wohl offiziell.

»Nein, und es war ein Unfall«, fasse ich das Geschehene kurz und prägnant zusammen.

»Das ist ja mal richtig beschissen«, sagt er und legt den Kopf auf die Tischplatte.

»Genau«, bestätige ich.

»Ach, Paula, du machst manchmal echt blöde Dinge«, seufzt er und hebt den Kopf wieder. Ich setze mich ihm gegenüber, ziehe die Beine auf den Stuhl und falte die Hände vor den Knien.

»Was willst du tun?«

»Ich bleibe schwanger«, antworte ich trotzig, und ein Grinsen huscht über Toms Gesicht.

»Noch ein Gör.« Jetzt lacht Tom – er mag Kinder, und Kinder mögen ihn. Eine seiner Exfreundinnen (sie kommen und gehen, daher sind mir die Namen der meisten mittlerweile leider entfallen) hat mal behauptet, Tom befände sich auf dem Entwicklungsstand eines Fünfjährigen, und genau das fänden Kinder automatisch faszinierend.

»Ich lebe in schwierigen persönlichen Verhältnissen«, fauche ich ihn an. Schließlich ist das hier keine Vorbildschwangerschaft à la Andrea.

»Kleine Schwester, Menschen in den Slums von Brasilien leben in schwierigen persönlichen Verhältnissen. Du hast Mama, Papa, Andrea, von mir aus auch Schwägerchen Johannes das Weichei und mich. Das sind keine schwierigen persönlichen Verhältnisse, das ist grandios. Also *ich* freu mich.«

So einfach ist das Leben für meinen Bruder. Als ich wieder anfange zu weinen, nimmt er mich in seine starken Arme und sagt: »Heul nicht, Schwester. Du bist doch nicht alleine.«

Kapitel 5

Ich bin aber erst mal sehr allein. Zwangsläufig dreht die Welt sich weiter, und ich samt Bohne drehe mich mit ihr. Der Drang, meinen Mitmenschen »Ich bin schwanger und lebe in schwierigen persönlichen Verhältnissen!« entgegenzubrüllen, ist nur schwer unter Kontrolle zu halten. Aber ich schweige. Irgendwie habe ich die abwegige Vorstellung, dass es erst dann zur echten Realität wird, wenn ich es ausspreche. Dass man vor Ablauf des dritten Monats sowieso zu niemandem ein Sterbenswörtchen sagen sollte, kommt mir an dieser Stelle sehr entgegen.

Was mir deutlich weniger entgegenkommt, ist die Tatsache, dass ich mich in den kommenden Wochen jeden Morgen hundeelend fühle und kotzen muss. Das ist mir fürs Erste real genug. Jeden Morgen, man stelle sich das vor! Es ist wirklich fürchterlich, aber anscheinend sind wir Menschen in der Lage, sogar solch unerfreuliche Schicksale irgendwann mit stoischer Gelassenheit zu ertragen.

Ich öffne, nachdem mein Wecker mich terrorisiert hat, die Augen, schwinge die Beine aus dem Bett und habe dann noch genau siebenundvierzig Sekunden, bis ich das erste Mal über der Kloschüssel hänge und die erstickten Laute eines brunftigen Elches von mir gebe. Hätte ich damals bei der Wohnungsrenovierung gewusst, dass ich mal eine so innige Beziehung zu meinem Klo aufbauen würde, hätte ich mich sicher für ein Wellness-Design-Objekt in Premium-Ausführung entschieden. So starre ich jeden Morgen in die Tiefen von »Santana« aus dem Baumarkt.

Die Kotzorgien haben die lästige Angewohnheit, niemals vor halb sieben zu beginnen. Keine Frühaufsteher also. Dementsprechend ist es immer knapp, noch ausführliche optische Renovierungsarbeiten durchzuführen. Was dazu führt, dass ich in den vergangenen Wochen regelmäßig zu spät im Büro erscheine. Ich, die fleißigste und pflichtbewussteste Arbeitsbiene von allen. Mein Chef wirft mir zunehmend fiesere Blicke aus seinen kleinen Schweinsäuglein zu. Er scheint fürchterlich irritiert von meinem Verhalten. Wie eine verhaltensgestörte Bulldogge wandert er ab acht Uhr morgens mit lauerndem Blick durch das Vorzimmer, um bei meinem gehetzten Erscheinen kommentarlos in seinem Büro zu verschwinden. Ich habe Angst, es ihm zu sagen. Dass ich eine Bohne in mir trage. Mir wird ganz blümerant, wenn ich nur daran denke. Außerdem bin ich, laut meinem neuen Freund, dem Schwangerschaftskalender im Internet, erst in der neunten Woche. Deswegen begnüge ich mich mit kurzen Kommentaren wie »'tschuldigung, verschlafen!«, »Viel Verkehr!« oder ähnlichen Unwahrheiten.

Darüber hinaus sehe ich aus wie eine Karre Mist. Aus lauter Verzweiflung und Zeitmangel habe ich mir selbst einen Pony geschnitten. Mit der Nagelschere. Das Ergebnis ist nicht schön, aber notwendig, um die plötzlich auf meiner Stirn sprießenden Pickel zu kaschieren.

Eigentlich müsste ich diese Bohne aus tiefstem Herzen verabscheuen, immerhin tut sie mir Schlimmes an. Macht mich hässlich, lässt mich zu spät zur Arbeit kommen und erlaubt mir ausschließlich den Konsum von grünem Wackelpudding und trockenem Brot. Völlig totalitär, dieser Zellhaufen. Doch wider Erwarten kann ich sie nicht verabscheuen. Im Gegenteil.

Die seltsame, vor sich hin quatschende Stimme in meinem Kopf hat mir zwar noch nicht die Besteigung eines Achttausenders befohlen, aber sie sinniert in den letzten Tagen immer so glücklich vor sich hin. Sie befiehlt mir, schützend meine Hände auf den noch nicht vorhandenen Babybauch zu legen und glückselig zu grinsen. Ich bemühe mich, diese Forderungen wenigstens in der Öffentlichkeit zu ignorieren. Nur zu Hause auf dem Sofa gebe ich ihnen nach. Dabei ist mein Bauch flach, und rein optisch ist da nichts Schützenswertes zu erkennen, und von glückseliger Glücklichkeit bin ich zurzeit Lichtjahre entfernt. Aber die Stimme ist mächtig und sehr autoritär. Und ich habe momentan keine Kraft zur Rebellion.

Zwei Wochen später – es ist mittlerweile Mitte Dezember – jage ich, wieder grandiose fünfundzwanzig Minuten zu spät, durch die schwere Holztür in mein Büro und treffe, welch Überraschung, auf meinen Chef, der lauernd vor meinem Schreibtisch herumsteht. Seine kleinen Schweineaugen verfolgen mich, während ich meine Tasche abstelle und meine Jacke in den Schrank hänge, bis ich endlich mit einem Knopfdruck den PC starte und auf meinem Bürostuhl Platz nehme. Ich öffne gerade den Mund, um eine standardisierte Entschuldigung von mir zu geben, da fährt er mich barsch an: »Frau Schmidt, bitte in mein Büro!«

Mit für seine Gewichtsklasse unglaublicher Wendigkeit dreht er sich auf dem Absatz um und stolziert in sein Büro. Meine Motivation, in diesen Arbeitstag zu starten, verlässt winkend das Vorzimmer. Ach du Scheiße.

Ich betoniere zügig ein freundliches Lächeln in meinem Gesicht fest und folge ihm. Er thront bereits hinter seinem Stahl-Chrom-Glas-Schreibtisch und nickt mir einmal abschätzend zu, während ich auf einen der Bürostühle (Stahl-Chrom-Leder) sinke. Meine Knie zittern. Die Stunde der Wahrheit ist gekommen. Ich werde das erste Mal öffentlich über das Bohnen-Projekt sprechen. Er öffnet den Mund, und ich erwarte eine kurze Einführung in das Thema, zum Beispiel: »Sie kommen leider in letzter Zeit häufig zu spät!« Nach dem Motto: Eigentlich sind Sie eine gute Mitarbeiterin, aber so geht das nun wirklich nicht. Irgendetwas, das er in seinem Chef-Management-Seminar gelernt hat. Schließlich habe ich die Unterlagen zu besagtem Seminar sortiert, gelocht und abgeheftet. Da stand schwarz auf weiß: »Nähern Sie sich einem schwierigen Thema immer zuerst mit einem Lob.« Um die Stimmung zu lockern und den Mitarbeiter nicht gleich kaputtzuhauen. Um dies zu lernen, wurde er schließlich dort hingeschickt. Er scheint in der Vergangenheit leichte Defizite im Umgang mit Mitarbeitern gehabt zu haben.

Da ich das Begleichen der Rechnung angewiesen habe, weiß ich, dass das Seminar verdammt teuer war, da kann ich doch jetzt eine achtsame Kommunikation erwarten, oder? Denke ich. Bis der erste Satz seinen Mund verlässt.

»Sie haben Ihre Chance vertan!«

Die Worte erreichen mein Stammhirn, werden weitergeleitet bis in die Spracherkennung im Frontallappen, und dann erst verstehe ich sie. Das Lächeln in meinem Gesicht zieht sich abrupt und stark irritiert zurück. *Bitte was?* Ich verbiete mir, meiner Verblüffung Ausdruck zu verleihen, um nichts zu sagen, was in seinem Management-Seminar möglicherweise noch nicht behandelt wurde. War schließlich erst der zweite Block von acht.

»Sie haben Ihre Chance gründlich vertan!«

Okay, er wiederholt sich, und auch ich habe jetzt begriffen, dass das umsichtige und psychologisch wertvolle Gespräch über meine Verspätungen NICHT mit einem Lob eingeleitet wird. Von was genau spricht dieser Mann? Fragend hebe ich eine Augenbraue.

»Ich denke, uns ist beiden klar, worauf dieses Gespräch hinausläuft!« Seine für den dicken Kopf zu kleinen Augen funkeln mich bitterböse an. Da sich mein Gehirn mittlerweile schockbedingt in den Ruhezustand heruntergefahren hat, zucke ich hilflos mit den Achseln.

»Na, kommen Sie. Sie glauben doch nicht, dass ich so blöd bin und mir das gefallen lasse!«

»Hä?«, grunze ich. Sicherlich kein sehr gelungener Beitrag zu diesem Gespräch, aber ich bin schon froh über diese zwei Buchstaben. Sonst herrscht in meinem Kopf nämlich immer noch gähnende Leere.

»Mit mir nicht!« Mit seinem dicken Zeigefinger fuchtelt er aufgeregt vor seiner Nase herum, und ich bringe endlich ein schwaches »Wovon sprechen Sie?« zustande.

»Ha!« Der Zeigefinger pikst in die Luft, als wollte er etwas damit aufspießen.

»Nach unserem Beurteilungsgespräch und meiner Ablehnung Ihrer abstrusen GEHALTSVORSTELLUNGEN«, das Wort zischt er, und ich sehe mikroskopisch kleine Spucketröpfchen über den Schreibtisch fliegen, »haben Sie wohl geglaubt, mich unter Druck setzen zu können. Aber nicht mit mir. Da haben Sie sich verkalkuliert!« Sein Gesicht ist jetzt hummerrot, und automatisch fällt mir ein, dass ich ihn an seine Blutdrucktabletten erinnern sollte. Da mein Sprachzentrum jedoch immer noch angeschlagen ist, schweige ich weiter.

Was hätte ich auch davon, ihn an diese überlebensnotwendige Maßnahme zu erinnern? Soll er doch tot von seinem Bürostuhl fallen! So langsam dämmert mir nämlich, was hier passiert. Das Beurteilungsgespräch vor vier Wochen ist meinem völlig überforderten Gehirn einfach entfallen. In der Tat hatte ich um ein höheres Gehalt gebeten, weil ich nämlich einen wirklich guten Job mache. Und leider war es so, dass er meine persönliche Leibeigenschaft ihm gegenüber etwas anders bewertete als ich.

In seinen Augen fehlt es mir an Engagement und Schnelligkeit. Diese Beurteilung basiert auf folgendem Ereignis:

Einmal in den vergangenen zwei Jahren hatte ich tatsächlich vergessen, einen Mietwagen zu reservieren, der dann schon in zweiter Reihe parkend am Flughafen auf ihn wartete. Es war nicht so, dass er sich in einem Entwicklungsland befunden hätte und nun mit einem Eselskarren weiterreisen musste. Nein, er befand sich am Münchner Flughafen, und der Eselskarren bestand aus der Tatsache, dass er sich bei Europcar in eine Schlange aus drei Personen einreihen musste. Dann gab es die standesgemäße Fahrzeugkategorie nicht mehr, und er musste mit einem familienfreundlichen Minivan ganze fünfunddreißig Kilometer fahren. Das muss eine wirklich traumatisierende Erfahrung gewesen sein, zumindest war sie für ihn ein eindeutiges Indiz für mein mangelndes Engagement.

Was die Schnelligkeit betrifft: Ich bin verdammt schnell. Ich kann schnell schreiben, sprechen, essen und denken. Aber selbst wenn ich mit exorbitanter Geschwindigkeit arbeite, vernichtet er meinen Geschwindigkeitsrausch regelmäßig mit locker dahingesagten Sätzen wie »Kümmern Sie sich doch mal gleich um diesen Vorgang hier« oder der Aufforderung, ihm umgehend etwas zu essen zu besorgen, er sei unterzuckert. Der Weg in die Kantine dauert acht Minuten, dann muss die potenzielle Nahrung natürlich auch mit Bedacht und unter Beachtung eines genauen Ernährungsplans ausgewählt und begutachtet werden. Dann in die Schlange stellen und bezahlen, acht Minuten zurück. Fazit: Halbe Stunde weg. Das macht er locker dreimal am Tag, also bin ich locker anderthalb Stunden täglich mit der Beschaffung von Nahrungsmitteln für ihn beschäftigt.

Ich habe versucht, ihm dies alles freundlich und sachlich zu erklären, mit dem Ergebnis, dass er mir in durchaus bedrohlichem Tonfall zu verstehen gab, er könne es gar nicht leiden, wenn Mitarbeiter derartige Ausflüchte zu ihrer Rechtfertigung benutzten, anstatt die Verantwortung für ihre Versäumnisse zu übernehmen. Überhaupt sei ihm aufgefallen, dass ich viel zu viel hinterfragen würde, anstatt schlicht und einfach meine Arbeit zu erledigen.

Ich bekam vor Erschütterung spontanen Schluckauf, woraufhin er mir väterlich-jovial-ekelig auf die Schulter klopfte und mich mit den Worten »Ich sehe ja, dass Sie das sehr aufwühlt. Aber Sie können das doch besser« aus der Tür schob.

KREISCH! Meine einzige Rettung war der Gedanke an Hanne und Andreas, meine Vorgänger in diesem Büro, die es geschafft haben, den Wahnsinn unbeschadet zu überstehen, und jetzt wichtige Projekte leiten dürfen. Beide werden sich später schier totlachen, wenn ich ihnen von diesem Treffen der dritten Art mit Herrn Dr. Hückelmann berichte. Es beruhigt mich zwar etwas, dass es ihnen nahezu genauso ergangen ist, einschließlich der Beurteilung, aber ich bekomme noch immer Schüttelkrämpfe und Schweißausbrüche, wenn ich an seine gemeinen und so unpassenden Worte zurückdenke.

»Sie haben gleich ein Gespräch mit dem Betriebsrat.« Wieder schießen ein paar kleine Spucketröpfchen über den Tisch, und ich rücke dezent zur Seite. Unvermittelt reißt er ein Blatt

Papier aus irgendeiner Schublade neben seinem Stuhl und knallt es mir vor die Nase. Eine fein säuberlich getippte Tabelle in Arial Punkt 12. Als Überschrift steht dort: »Verfehlungen Frau Schmidt«. In Arial Punkt 14 fett.

Ich blinzle ungläubig. Endlich erreicht mich eine Erkenntnis, die anscheinend bis jetzt in irgendeiner unterbelichteten Ecke meines Hirns auf besseres Wetter gewartet hat. Er hat tatsächlich sämtliche Verspätungen, Rechtschreibfehler und diversen anderen Kram, der im hektischen Büroalltag nun mal passiert und zu normalen Organisationsabläufen dazugehört, als Fehler deklariert und akribisch in dieser Liste notiert. Zwei Seiten mangelhaftes Verhalten und ungenügende Leistung, getippt von fremder Hand, weil er nicht tippen kann. Magensäure umspült sanft mein Gaumensegel, und ich muss schlucken.

Jetzt nicht kotzen, Paula, ermahne ich mich. Sein minimalistischer Geist gepaart mit einer unfassbaren Portion an Größenwahn hat ihn tatsächlich glauben lassen, ich hätte das alles absichtlich getan. Ein Papierstau im Drucker, nur um ihn zu ärgern? Eine vorsätzlich falsch erstellte Liste? Obwohl er es war, der mir verkehrte Eckdaten genannt hat? Die Erkenntnis lässt zwar meinen Magen rebellieren, dafür kann ich immerhin wieder sprechen.

»Und was soll ich beim Betriebsrat?«, frage ich also nüchtern.

»Ihre Kündigung abholen!« Mit einer rasanten Bewegung des Oberkörpers nach links weiche ich den Spucketröpfchen aus, was mir einen irritierten Blick einbringt. Das Blut rauscht in meinen Ohren.

»Sie spucken beim Sprechen«, erkläre ich mit erstaunlich fester Stimme, und seine Gesichtsfarbe dunkelt von Hummerorange zu Signal-Blutrot nach. »Dem Ganzen hätte ja wohl eine

Abmahnung vorangehen müssen«, füge ich hinzu. In meinem Magen befindet sich jetzt ein Eisklumpen, und der verfügt über die Macht, alle meine Worte auf Arktistemperatur abzukühlen.

»Die haben Sie gekriegt.« Er dreht beim Sprechen jetzt ganz leicht den Kopf und spuckt in Richtung Gummibaum.

»Nicht angekommen.«

»Auf Schreibtisch gelegt.«

»Nicht angekommen.« Und dann höre ich auf zu denken, und eine weitere der mir bisher unbekannten Stimmen spricht aus mir. »Aber wissen Sie was – Sie wollen mich rausschmeißen? Bitte schön. Ich bin dann mal beim Betriebsrat.«

Was tue ich hier? Ich brauche den Job. Dennoch springe ich auf und gehe zur Tür, während er hinter mir her knurrt. Ich verstehe nur einzelne Wörter und wundere mich, dass der Weg zur Tür so lang ist. Allerdings ist eins der Wörter »dumm« und ein anderes »Ziege«, weshalb ich stehen bleibe und mich umdrehe. Immer noch Lichtjahre von der Tür entfernt.

»Herr Dr. Hückelmann. Ich möchte gerne davon absehen, mich verbal mit Ihnen zu duellieren, da Sie ja offensichtlich unbewaffnet sind. Ich möchte Ihnen nur ans Herz legen, für Ihre Profilneurose umgehend psychologische Hilfe in Anspruch zu nehmen.«

Er starrt mich mit offenem Mund an, während ich auf dem Absatz kehrtmache und weiter auf die Tür zusteuere.

Dr. Hückelmann ist ein Arschloch mit einer ausgeprägten narzisstischen Persönlichkeitsstörung. Eigentlich habe ich das immer gewusst. Ich werde hier, in diesem mit schlechtem Chi verpesteten Raum, die kleine Bohne mit keinem Wort erwähnen. Das wäre, wie einen Schmetterling auf die A2 zu schmeißen.

Ich packe meine Sachen und schließe die Vorzimmertür hinter mir. Ich habe gerade meinem Chef die Meinung gesagt und meinen Job geschmissen. Ach du Schreck!

Kapitel 6

Im Betriebsratsbüro ist die Hölle los. Offensichtlich hat Dr. Arsch mich telefonisch angekündigt. Drei sehr aufgeregte Menschen nehmen mich in Empfang. Mit aufsässigen Mitarbeitern hat dieses Unternehmen sonst nicht so viel zu tun; hier sind alle zwar immer leicht beleidigt, aber friedlich, und somit habe ich jetzt vermutlich den Stempel: radikale Emanze im Ausnahmezustand!

Einer der Menschen drückt mir kommentarlos und aufmunternd einen Kaffee in die Hand, was meinen Magen dazu veranlasst, umgehend das Frühstück wieder von sich zu geben. Er gibt mir, wie üblich, siebenundvierzig Sekunden, um Freundschaft mit dem Betriebsratsklo zu schließen. Zum Glück kenne ich die Örtlichkeiten noch von meinem Einstellungsgespräch, sonst hätte ich Frau Wilken wohl in den Papierkorb gekotzt.

Frau Wilken ist auch diejenige, die aufgeregt hinter mir auf und ab springt und haucht: »Brauchen Sie Hilfe?«, während sie mir feuchte Tücher reicht. »Was ist denn bloß passiert?«, empört sie sich dann über meinem gekrümmten Oberkörper hinweg und fügt noch hinzu: »Was machen wir denn jetzt mit Ihnen?«

Folgende Antworten auf ihre Fragen fallen mir ein:

1. Ich brauche definitiv Hilfe!

2. Große Scheiße ist passiert. Ich habe Dr. Arsch gesagt, dass er einen an der Waffel hat!
3. Wenn ich das nur wüsste!

Als mein Magen endlich damit fertig ist, seinem Lieblingshobby zu frönen, streicht Frau Wilken mir geradezu liebevoll eine Haarsträhne aus dem Gesicht. Wäre ich nicht immer noch im Kampfmodus, würde ich ihr umgehend in die Arme sinken und um Adoption bitten. So aber sage ich mit fester Stimme: »Nichts hiervon ist wahr, bis auf die Verspätungen.« Dabei wedele ich mit der Liste in Arial Punkt 12, die ich während der ganzen Kotzorgie tapfer umklammert gehalten habe. »Ich habe keine Abmahnung bekommen, und außerdem bin ich schwanger.«

Somit sind erst mal alle Fakten auf dem Tisch, und augenblicklich scheint das Betriebsratsherz von Frau Wilken einen Gang höher zu schalten. Schwangere Mitarbeiterinnen sind nämlich ihr Spezialgebiet. Das weiß ich, weil das Mobben von schwangeren Mitarbeiterinnen ein Spezialgebiet dieses Unternehmens ist und Frau Wilken sozusagen immer mit gezücktem Breitschwert durch die Abteilungen läuft, um für die Rechte der befruchteten Mitarbeiterinnen zu kämpfen.

Kurze Zeit später sitzen wir zu viert am runden Tisch im Besprechungszimmer. Das Resultat ist ernüchternd, um nicht zu sagen hoch kompliziert. Weil ich schwanger bin, können sie mich nicht rausschmeißen und wollen es auch gar nicht, zumindest behauptet das Frau Wilken, die Rächerin der Befruchteten. Da aber Herr Dr. Arsch die lange Liste meiner Verfehlungen bereits in allen Chefetagen per Rundmail publik gemacht hat, wird es schwierig werden, einen neuen und mutterschutzentsprechenden Job für mich zu finden. Einzig das Archiv im zweiten Kellergeschoss sähe sich großzügigerweise in der Lage, mir Asyl zu gewähren. Wobei das auch noch nicht feststeht.

Schließlich gehört das Archiv ebenfalls zum Zuständigkeitsbereich von Herrn Dr. Arsch, womit Personalveränderungen immer über seinen Tisch laufen müssen. Alle Beteiligten sind sich selbstverständlich einig, dass sich der Job bei den Aktenträgern im Keller nicht wirklich gut in meinem Lebenslauf machen würde: Einser-Abi, Blitzstudium BWL, berufsbegleitendes Aufbaustudium Marketing und Vertrieb, Leitung von Projekten, Vorstands-Assistentin und dann … Archiv. Supertoll!

Frau Wilken ist erbost und sagt Dinge, die sie bestimmt nicht sagen darf. Die beiden Herren am Tisch sind weniger emotional, aber auch sie stimmen mir zu, dass Herr Dr. Arsch »eine schwierige Persönlichkeitsstruktur« besitzt. Anscheinend bin ich nicht die erste seiner Mitarbeiterinnen, die sich in diesem Kreise wiederfindet. Die anderen waren nur weniger wehrhaft und unbefruchtet.

Die Abmahnung befindet sich übrigens bereits in meiner Personalakte, und die liegt vor mir auf dem Tisch. Immerhin könnte ich für die Verspätungen nachträglich ein Attest vom Arzt bekommen, es gäbe ja einen guten Grund dafür, sagt Frau Wilken irgendwann und seufzt tief, während sie mir auf den Bauch starrt. Und immerhin sei die Kündigung unwirksam. Woraufhin der Herr neben mir ganz dezent ein Tätigkeitsprofil für das allgemeine Archiv rüberschiebt. Entsetzt starre ich in die Runde, es gibt ein paar kollektive Seufzer, und meine Karriere ist beendet.

Wie betäubt stehe ich auf, verabschiede mich höflich und lasse mich dann von Frau Wilken zur Tür begleiten. Ihre Hand liegt schon auf der Türklinke, als sie mir mit entschlossener Miene fest in die Augen blickt.

»Frau Schmidt«, flüstert sie beschwörend, während sie mir mit der anderen Hand am Jackenärmel zupft. »Ich darf das nicht sagen, und ich habe es auch nie gesagt.« Sie kommt noch ein kleines Stück näher, wirft einen leicht paranoid wirkenden Blick über ihre Schulter und zischt dann ganz leise. »Ich rate Ihnen, sich einen Rechtsanwalt zu suchen. Die Kündigung ist unwirksam! Haben Sie verstanden? Unwirksam. Sie sind schließlich schwanger. Und im Archiv wird man Sie auch nicht nehmen. Also beschreiten Sie den Rechtsweg! Die Aussichten für eine Abfindung stehen gut.« Sie nickt kurz und schiebt mich dann energisch aus der Tür.

Zu Hause angekommen gehe ich ohne Umschweife ins Bett. Noch nicht mal kotzen muss ich vorher. Ich liege auf dem Rücken, beide Hände auf dem Bauch, und starre die Decke an, während ich mich einem seltsamen, fast hypnotischen Schockzustand hingebe.

Verzweifelt fahnde ich in meinem Kopf nach der bösen und vorlauten Stimme, die Herrn Dr. Arsch vor wenigen Stunden eine narzisstische Störung attestiert hat. Ich finde sie. Die fleißige Arbeitsbiene hatte sie vorübergehend gefesselt und geknebelt, doch kaum befreit knurrt die Stimme leise: *»Wolltest du für immer seine Sklavin sein?«*

»Nein, verdammt«, schnauze ich sie an. Sie macht mich irgendwie wütend. *»Ich wollte Karriere machen, und er war notwendig dafür!«*

»Ach ja, wolltest du das wirklich?«, fragt sie daraufhin spitz, versetzt mir einen Tritt in den Stirnlappen und verschwindet.

Etwas verwirrt öffne ich die Augen. Natürlich wollte ich das! Immerhin bin ich dazu in der Lage. Ich bin nämlich klug. Sauklug, um genau zu sein. Oder »ein pfiffiges Mädchen«, wie mein Vater das immer nannte. Ist Karriere da nicht die logische Schlussfolgerung?

Diese Gedankengänge erschöpfen mich so sehr, dass ich einschlafe und erst wieder zu mir komme, als das nachdrückliche Brummen meines auf dem Nachttisch vibrierenden Handys in mein Bewusstsein dringt. Mit vom Schlaf ungelenken Fingern fange ich es ein und drücke es an mein Ohr.

»Ja?«, nuschle ich.

»Bist du krank?«, fragt mich Maras Stimme, und ich antworte wahrheitsgemäß: »Nicht so wirklich.«

»Was ist los, Süße? Du klingst nicht gut.«

»Mir geht es auch gar nicht gut.« Diese Worte schlagen mir mein ganzes Dilemma volle Breitseite wieder ins Bewusstsein, und ich fange umgehend an zu weinen. Für diese logische Konsequenz der aktuellen Geschehnisse war ich vorher wohl einfach zu geschockt und zu müde. Jetzt heule ich sturzbachartig, und Mara fragt scharf: »Wo bist du?«

»Suuuhause«, schluchze ich.

»Bin in zehn Minuten da!« Rums. Aufgelegt. Und tatsächlich, neun Minuten und dreißig Sekunden später klingelt das Sonder-Einsatzkommando »MARA« Sturm an der Wohnungstür.

Ich hieve mich aus dem Bett und eile ihr entgegen. Kaum habe ich die Klinke runtergedrückt, schiebt Mara die Tür von der anderen Seite schon beherzt auf. In ihrem Gesicht lese ich Kampfeswillen. Sie ist bereit, jeden zu erlegen, der mir etwas Böses will. Da hat sie in diesem Fall reichlich zu tun, und ich schluchze noch einmal theatralisch auf.

»Olaf, der Penner, oder dein Chef?«, schleudert sie mir entgegen, und ich antworte: »Beide!«

»Scheißkerle!« Wütend packt sie mich am Arm und manövriert mich in meine Küche. Dann drückt sie mich auf einen Küchenstuhl und setzt sich direkt daneben. »Sprich!«

Mara neigt zum Imperativ. Deswegen nennen wir sie, neben GSG-Mara, auch liebevoll Mrs. Diktator. »Klar, knackig, auf den Punkt« ist eine ihrer Kommunikations-Strategien im Umgang mit anderen Menschen. Ihre Kollegen in der Bank zittern ehrfürchtig, wenn sie im Stechschritt über die Flure marschiert. Mara ist eine höchst emanzipierte Frau, und jede Geschlechtsgenossin, die es wagt, nicht mindestens ebenso starke emanzipatorische Gedanken zu hegen oder gar in männlicher Unterdrückung lebt – und laut Mara ist dieser Tatbestand schon mit der Existenz eines gemeinsamen Kontos erfüllt –, wird von ihr als vom Patriarchat vollhypnotisiert beschimpft. Damit ist sie zwar das Gegenteil von fürsorglich, aber ihre sachliche, etwas harsche Art hilft mir jetzt, mich zu sammeln und dann Folgendes von mir zu geben: »Ich habe gerade meinen Job verloren. Er hat mich weggemobbt. Und ich bin schwanger. Von Olaf. Es war keine Absicht. Aber ich bleibe schwanger.«

Ich finde, das war klar, knackig und auf den Punkt gebracht, und Mara sieht das wohl genauso. Das erste Mal, seit wir uns kennen, erobert ein fassungsloser Gesichtsausdruck ihr hübsches Puppengesicht. Die Fassungslosigkeit weicht nur Sekunden später echtem Entsetzen. Ihr Blick wandert einmal über meine Brüste, zum Bauch und wieder zurück. Tapfer sage ich: »Elfte Woche. Glaub ich. Noch nix zu sehen. Ich muss nur kotzen.«

Und dann erzähle ich ihr alles. Als ich fertig bin, sagt sie nur: »Oh, scheiße!«, womit sie meine aktuelle Lage sehr knackig auf den Punkt bringt.

»Ich brauch Alkohol«, haucht sie dann und umklammert meinen Küchentisch mit den Händen.

»Keiner da. Bin schwanger. Grüne Götterspeise?«

Verächtlich hebt sie die Augenbrauen. »Da würde ich auch kotzen«, murmelt sie und steht auf, um sich höchstpersönlich vom alkoholfreien Zustand meines Kühlschranks zu überzeugen. Sie kommt zurück und trägt eine Flasche fettarme Bio-

Milch vor sich her. Dann zückt sie ein Glas und gießt sich ein. Nach dem ersten Schluck schließt sie die Augen und erstarrt in dem für sie sehr typischen Nachdenkmodus.

Mara kann alles durchdenken. Ich vermute mal, dass sie auf diese Weise auch eine Lösung für den Weltfrieden und die Staatsverschuldung erdenken könnte. Hat sie aber aus unerfindlichen Gründen bis jetzt noch nicht getan. Egal, was kümmert mich der Weltfrieden, jetzt bin ich selbstsüchtig und erwarte eine gut durchdachte Lösung für meine eigene Situation. Und da kommt sie auch schon: »Eine Abmahnung ist in bestimmten Fällen vor dem Ausspruch einer verhaltensbedingten Kündigung notwendig. Abgesehen davon, dass es immer wieder Streit gibt, ob im Einzelfall das Erfordernis der Abmahnung vor einer verhaltensbedingten Kündigung besteht oder nicht, ist eine Abmahnung entbehrlich, wenn das Fehlverhalten des Arbeitnehmers als so schwerwiegend angesehen wird, dass es die sofortige Kündigung rechtfertigt. Beleidigungen fallen in die Kategorie schwerwiegend.«

»Wow«, sage ich anerkennend. »Du bist besser als das BGB.« Mara hat ein paar Monate lang Jura studiert, und offensichtlich ist da einiges hängen geblieben.

»Das ist Arbeitsrecht und steht nicht im BGB«, antwortet sie huldvoll. »Aber letztendlich hast du dir selbst einen Kündigungsgrund geliefert.«

Ich schlucke. Gut gemacht, Stimme im Kopf von Paula.

»Aber … du bist schwanger! Das ist verdammt gut.« Sie stockt kurz und berichtigt sich: »In dieser Situation zumindest. Da muss eine ordentliche Abfindung herausspringen. Die Kündigung ist unwirksam. Ich würde da gern den Kontakt zu meinem Freund Clemens herstellen. Der ist Arbeitsrechtler und kann dich wirkungsvoll vertreten.«

Punkt eins ist abgearbeitet. Ich habe das zwar alles noch nicht verdaut, geschweige denn die Tragweite begriffen, aber das Wort »Abfindung« klingt gut.

»Du bist echt schwanger?« Aha, wir sind bei Punkt zwei. Ich nicke ergeben.

»Wie viele Wochen ist man so üblicherweise schwanger?«

»Äh … vierzig insgesamt.«

»Das ist nicht viel.« Stirnrunzelnd betrachtet sie mich. Ich bin ja durch meine Tätigkeit als Tante schon in die Basics des Kinderbekommens eingeweiht, aber Mara hatte, soweit ich weiß, noch nie in ihrem Leben mit Menschen unter achtzehn zu tun. »Wie fühlt sich das an?«

»In mir schlagen zwei Herzen«, antworte ich ergriffen.

»Oha.« Sie starrt mich an. »Und du hast dich entschieden?«

Ich nicke, und sie nickt plötzlich auch. »Okay. Mach dir keine Sorgen. Wir schaffen das schon.«

So viel Fürsorge bin ich von Mara nicht gewohnt, und ich muss wieder weinen. Sie nimmt mich in den Arm und tätschelt mir den Rücken.

»Wir dürfen nicht permanent die Gearschten sein, nur weil wir Kinder bekommen können. Wir kriegen das schon hin mit dem … äh …«

»Der Projektname ist Bohne«, murmle ich an ihrem nach Chanel duftenden Hals.

»… mit der Bohne.«

Kapitel 7

Am nächsten Morgen klingelt mein Wecker pünktlich um sechs Uhr dreißig, und ich gehe kotzen. Um acht bin ich fertig angezogen und sitze mit meiner Götterspeise am Küchentisch. Es ist noch dunkel draußen, und irgendwie ist es auch dunkel in mir. Ich habe keinen Job mehr. Und ich bin schwanger. Und da ich weder über einen aktiven Kindsvater verfüge noch über ein ausreichendes Einkommen, um das Überleben der Bohne zu sichern, sind meine persönlichen Verhältnisse jetzt nicht mehr nur schwierig, sondern besorgniserregend.

Um zehn nach acht rufe ich Andrea an, um sie über die neusten Entwicklungen in Kenntnis zu setzen. Um zwanzig nach acht ruft Justine mich an, und ich weiß, dass sie es weiß. Mara ist zwar eine Heldin der Frauenbewegung, aber sie quatscht wie ein altes Waschweib. Es tut mir so leid, dass ich aus Dummheit einfach so geschwängert werde und Justine es trotz marathongleichen Trainings seit Jahren einfach nicht schafft. Aber sie ist tapfer und freut sich für mich. Und spontan muss ich wieder heulen, weil ich eine so großherzige Freundin wie Justine habe.

Um Viertel vor neun ruft Olaf an, der sich nach dem aktuellen Bohnen-Projektstand erkundigen will. Bei dieser Gelegenheit erläutere ich ihm auch gleich, dass ich ab sofort mittellos bin. Da Olaf sich natürlich hervorragend in der Welt auskennt, empfiehlt er mir, umgehend das Arbeitsamt aufzusuchen. Klugscheißer! Wenn ich hier noch länger gesessen hätte, wäre mir das auch selbst irgendwann eingefallen. Oder eine meiner klugen Freundinnen hätte es mir gesagt. Kurz bevor wir das Gespräch beenden, fängt er plötzlich an, höchst emotionale Dinge von sich zu geben. Erstaunt halte ich dabei inne, den dritten Becher Götterspeise möglichst lautlos in mich hineinzuschlürfen. Es sei ja aus mit uns beiden, faselt er. Und die Bohne sei davon ja völlig unberührt. Aber er hätte sich verliebt. In eine Frau. Deswegen sei er jetzt nicht mehr ungebunden. Und er habe mir diese außerordentliche Mitteilung persönlich überbringen wollen.

Ich horche kurz in mich hinein und fahnde nach sich jaulend windenden Teilen meiner Seele, die Ausdruck eines noch nicht abgeschlossenen Ablösungsprozesses sein könnten. Ich werde nicht fündig.

»Sie muss aber wissen, dass du Vater wirst«, sage ich, bevor ich ihm gratuliere.

»Das weiß sie«, versichert er mir schnell, und endlich kann ich auflegen, um mich dem vierten Becher grüne Grütze zu widmen. Dann kippe ich die restliche Milch in mich hinein und stelle mir vor, welch herrlich lindgrüne Suppe jetzt durch meinen Magen wabert.

Was ist nur los mit mir?, frage ich mich verwundert. Vor ein paar Wochen hätte ich doch noch jedem kommentarlos die Nase gebrochen, der mir ein Leben als alleinerziehende, arbeits- und karrierelose Mutter vorausgesagt hätte. Dazu noch mit einem Kindsvater, der direkt nach der Trennung nichts Besseres zu tun hat, als sich eine neue potenzielle Kindsmutter für seinen Nachwuchs zu suchen, und mir einen Besuch beim Arbeitsamt empfiehlt. Stattdessen sitze ich plötzlich tiefenentspannt an meinem Küchentisch und starre versonnen in den winterlichen Regen. Die gestrigen Heulkrämpfe und Panikattacken bezüglich meiner beruflichen Zukunft scheinen eine Ewigkeit entfernt. Vielleicht machen die Schwangerschaftshormone mich langsam immun gegen die Realität?

Bei Realitätsentfremdung hilft eigentlich immer ein Besuch bei meinen Eltern, und da mittlerweile sogar Herr Dr. Arsch durch den Betriebsrat von der Existenz der Bohne weiß, sollte ich es ihnen wohl sagen. Auch vor Ende der magischen zwölften Woche. Um halb zehn melde ich mich daher telefonisch zum Essen im elterlichen Heim an. Und um fünf nach halb zehn liege ich wieder im Bett. Dieser Entgleisung meiner sonst so strikten Einhaltung von Ruhe- und Arbeitszeit huldige ich bis halb zwölf, dann sattle ich den Golf und verlasse die Stadt.

Meine Eltern leben auf dem Land. Nicht nur, dass sie *auf* dem Land leben, sie leben quasi auch *mit* dem Land und mit allen Tieren und Pflanzen, die es dort zwangsläufig so gibt. Hannelore und Klaus Schmidt, meine treu sorgenden Eltern, sind waschechte Ökos, die ihre Möhren selbst anbauen, kleine Bambis mit der Flasche großziehen und das dicke Geld mit einem Versandhandel verdienen, über den sie »Produkte für das Leben im Einklang mit der Natur« vertreiben.

Meine Mutter ist eigentlich Journalistin, und mein Vater war mal Investmentbanker, aber vor ungefähr zehn Jahren wurden sie erleuchtet und haben ihr Leben von heute auf morgen völlig umgekrempelt. Seitdem weint meine Mama, wenn ich bei McDonald's einen Big Mac bestelle, und mein Vater verteilt bei jedem seiner Besuche in meiner Neubauwohnung kleine, hässliche Steine an den »Elementarpunkten« auf meinem Echtholzfußboden – für ein gutes Chi. Sie sind, alles in allem, fantastische Eltern, haben aber trotzdem irgendwie eine ziemliche Meise. Zum Glück konnte ich meine Kindheit völlig normal mit Würstchen und Plastikspielzeug und Fernsehen verbringen, insofern habe ich diesbezüglich keinen Therapiebedarf. Da beide von zu Hause aus arbeiten, kochen sie jeden Mittag fleisch- und geschmacklose Gerichte, die sie jedem aufnötigen, der es nicht schnell genug vom Hof schafft. Ich habe schon Postboten, Paketzusteller und sogar die Zeugen Jehovas an ihrem blank gewienerten Eichentisch gesichtet.

Heute waren alle schnell genug. Es steht kein fremdes Auto auf dem Hof, und Paris, die dicke Golden-Retriever-Hündin, begrüßt mich stürmisch – so stürmisch, wie es einem Hund mit fünf Kilo Übergewicht eben möglich ist. Ich betrete das gemütliche Bauernhaus und lasse meine Schuhe in der Diele stehen. Auf Socken laufe ich in die gemütliche Bauernküche und stolpere über den gemütlichen Bauernteppich, der sich auf dem gemütlichen Bauernfußboden zu einer hinterhältigen Delle aufgetürmt hat.

»Hallo, mein Schatz!«, begrüßt mich meine Mutter herzlich und wirft mir eine Kusshand zu, während sie weiter in einem brodelnden Kochtopf herumrührt. Im nächsten Moment zwickt mein Vater mich hinterrücks in die Taille und drückt mir einen Kuss auf die Wange.

Wir plaudern eine Weile über dies und das, bis ich endlich den Tisch decken darf.

Das Essen ist fertig, und damit steht die erste Hürde in unserer kampferprobten Familiengemeinschaft an. Meine Eltern erwarten eine ordnungsgemäße Verweigerung der gesunden Kost. So war es in den letzten zehn Jahren, daran sind sie gewöhnt, das brauchen sie irgendwie.

»Ein köstlicher vegetarischer Eintopf mit Hirse und Pastinaken!« Energisch stellt meine Mutter den Topf in die Mitte des Tisches, während mein Vater sich auf seinen Stuhl sinken lässt und voll sinnlicher Vorfreude schnuppert. Erwartungsvoll blicken sie mich beide an.

»Wusstet ihr eigentlich, dass das Wort vegetarisch aus dem Indianischen kommt?«, sage ich. »Es heißt: zu blöd zum Jagen!«

Mein Vater runzelt die Stirn. »Der ist alt, den kannte ich schon.«

Nun, was soll man machen. Auch mein Repertoire an vegetarierfeindlichen Sprüchen ist begrenzt; die guten und originellen sind nach all den Jahren liebevollen Gekabbels längst aufgebraucht. Aber auch lahme Witze erfüllen ihren Zweck. Das Ritual ist abgehandelt, der vegetarische Eintopf platscht auf meinen Teller, und das Essen kann beginnen.

»Hast du heute frei?«, nuschelt mein Vater mit dem Mund voller Hirseeintopf. Mit vollem Mund anderen Menschen Gespräche aufzuzwingen, hat er auch schon vor seiner Erleuchtung, in den Zeiten geschniegelten Bankertums, versucht. Das ist sozusagen hirseunabhängig.

Ich schüttle den Kopf, schlucke die Pampe herunter und sage: »Ich bin seit heute arbeitslos.«

Die Reaktion fällt aus wie erwartet. Erst mal schweigendes Hirsebrei-Essen. In dieser Zeit denken die beiden sehr intensiv über meine Worte nach, ich kann es förmlich sehen. Ihre karriereambitionierte Tochter, die sich so nahtlos in die kapitalistische Wirtschafswelt einfügte, ist arbeitslos. Was mag da bloß passiert sein? Schließlich räuspert sich mein Vater, legt geräuschvoll den Löffel auf den Tisch und fragt: »Möchtest du darüber reden?«

Es gibt sie wirklich, die Menschen, die dich immer erst mal fragen, ob du drüber reden möchtest. Meine Eltern haben diese Welle vermutlich erfunden. Also nicke ich, und nun legt auch meine Mutter ihren Löffel weg. Ich tue es ihnen gleich und füge noch hinzu: »Außerdem bin ich schwanger.«

Schweigen. Diverse Muskeln im Gesicht meiner Mutter zucken. Mein Vater sagt: »Oha!«

»Das ist … Schatz, das ist wunderbar!«, bricht es schließlich aus meiner Mutter heraus, und mein Vater zischt im selben Atemzug: »Pschht! Vielleicht weiß sie noch nicht, was sie tun wird. Setz sie nicht so unter Druck!«

Wieder zucken die Gesichtsmuskeln meiner Mutter, aber sie versucht sich druckfrei und vor allen Dingen leise zu freuen.

»Ich bekomme das Kind.« Das klingt, als ob ich gerade eine neue Religion verkünden würde. Niemals habe ich mich erwachsener gefühlt. Plötzlich fangen meine Hände an zu zittern, und dann muss ich mal wieder heulen. Hoffentlich höre ich mit dieser nervenaufreibenden Verhaltensstörung irgendwann wieder auf. Es wird langsam anstrengend.

Meine Mutter springt förmlich über den Tisch und reißt mich an ihre Brust, und mein Vater verkündet der verwirrt dreinblickenden Paris: »Ich werde OPA!«

Ich sage ja, meine Eltern sind seltsam, und sie haben eine Meise, aber eigentlich sind sie fantastisch. Sie freuen sich einfach, dass Enkel Nummer drei unterwegs ist. Obwohl es keinen Kindsvater gibt und ich über null Komma null Einkommen verfüge.

»Du kannst zu uns ziehen!«, trötet meine Mutter mir ins Ohr, und ich zucke schmerzlich zusammen. Na klar, das wäre wirklich die Krönung meines verkorksten Lebens: Back to Mama in das gemütliche Bauernheim!

Kapitel 8

Beim Abschied hat meine Mutter mich noch an eine eigentlich sehr vorhersehbare und kurz bevorstehende Tatsache erinnert: In acht Tagen ist Weihnachten!

Halleluja. Ob ich jemals in meinem Leben eine geruhsame und friedliche Vorweihnachtszeit erleben werde? Vielleicht gibt es die gar nicht, und sie wird uns von der Weihnachtsindustrie nur gekonnt vorgegaukelt? Ich weiß nicht warum, aber seitdem ich in holder Unschuld das traute Heim meiner Eltern verlassen habe, trifft mich dieses Fest immer völlig unvorbereitet.

Da ich eh nichts Besseres zu tun habe – o mein Gott, ich hatte in den letzten zehn Jahren immer etwas Besseres zu tun! Erschütternd, welche Wende mein Leben genommen hat –, fahre ich nach der Hirsepampe und der Zusicherung elterlicher Liebe trotz Arbeitslosigkeit und erschreckender Schwangerschaft in die Stadt. Weihnachtsshopping. Noch ist Geld auf dem Konto. Nutzen wir die Gunst der Stunde.

Etwas irritiert registriere ich an der Auffahrt zu meinem Lieblings-Shopping-Center in der Braunschweiger Innenstadt, dass wohl die gesamte Bevölkerung der westlichen Hemisphäre ebenfalls nichts Besseres zu tun hat. Ich schaffe es gerade bis zu der mit bunten Lichtern weihnachtlich geschmückten Einfahrt, dann stoppt mich ein rot blinkendes Licht und kommentiert den absoluten Stillstand mit rot blinkenden Lettern: »Parkhaus voll«.

Verbindlichsten Dank auch. Verfügt dieses Parkhaus nicht über ein entsprechendes Berechnungssystem, welches VORHER kalkuliert, wie viele Autos noch hineinpassen? Kann ja nicht so schwierig sein, oder? Aber nein, erst als ich von gefühlten siebzig Autos eingekeilt vor der Schranke stehe, werde ich über die Überfüllung in Kenntnis gesetzt. Zu allem Überfluss fängt der Typ hinter mir in seinem Mini auch noch an zu popeln. Sehr tief, sehr ergebnisreich. Ich sollte wegsehen, aber aus irgendeinem Grund kann ich meinen Blick nicht vom Rückspiegel abwenden. Mein Magen, bis zum Anschlag mit Hirsegrütze gefüllt, gibt seltsame Brummlaute von sich. Um mich abzulenken, zücke ich einen Kugelschreiber und ein Notizbuch. Fleißige Arbeitsbienen führen immer ausreichend leere Zettel und entsprechende Stifte mit sich. Während ich sorgfältig »Einkaufsliste« auf den leeren Zettel schreibe, wird mir bewusst, dass ich jetzt keine fleißige Arbeitsbiene mehr bin, und ich muss weinen. Und das nicht nur ein bisschen, nein, niagaramäßig muss ich heulen. Was ist denn verdammt noch mal mit mir los! Offenbar hat der Besuch bei meinen Eltern der Realitätsimmunität tatsächlich wie erwartet ein Ende bereitet.

Obwohl meine Stirn am Lenkrad lehnt und ich bereits nach zwei Minuten einen erhöhten Wasserstand im Fußraum zu vermelden habe, entgeht mir nicht, dass die Mini-Tür hinter mir sich öffnet. Kurz darauf klopft der Popler an mein Fenster. Vermutlich möchte er mir seinen Beistand anbieten. Ich sollte beginnen, mich zusammenzureißen.

Aber ich kann nicht aufhören zu heulen. Es ist dramatisch, ich mache sogar tiefe Schluchzgeräusche, die sich in der Stille des Wagens nahezu nach Weltende anhören. Was ist denn verdammt noch mal mit mir los!

Der Popler klopft erneut zaghaft an meine Scheibe. Ich hebe zaghaft den Blick. Der Popler ist sehr moppelig, hat dafür aber traumhaft wallendes Haar in kastanienbraun und klopft jetzt erneut. Ich drücke den Fensterheber, surrend fährt die Seitenscheibe runter und ein Schwall kalter Luft schwappt ins Auto.

»Kann ich Ihnen helfen?«, fragt der Popler, und in seiner warmen Stimme schwingt so viel Mitgefühl mit, dass ich umgehend mit den tiefen Schluchzgeräuschen weitermache.

»Oh Gott, brauchen Sie einen Arzt?« Der Popler hat hübsche braune Augen und reißt diese jetzt entsetzt auf. Aber einen Arzt brauche ich nun wirklich nicht. Also schüttle ich nur den Kopf, und im selben Moment springt das rote Licht auf grün um. Was wohl bedeutet, dass die Garagenüberfüllung beendet ist.

Und weil ich nicht augenblicklich mit quietschenden Reifen lospresche, ertönt ein heftiges Hupen aus allen wartenden Fahrzeugen hinter mir. Keine Geduld, die Menschen. Dieser Mann ist doch zu meiner Rettung geeilt. Immerhin der erste in den vergangenen Wochen – und plötzlich möchte ich mir ganz dringend helfen lassen. Exorbitant dringend. Und so höre ich schlagartig mit dem Heulen auf und sage mit verrotzter Stimme: »Das ist so nett, dass Sie fragen.«

Das Hupen bekommt derweil eine interessante Asynchronität, aber der Popler zeigt sich unbeeindruckt und sagt mit seiner freundlichen Stimme: »Ich lade Sie auf einen Kaffee ein, was halten Sie davon? Hier unten gibt es doch dieses kleine Café, das ist nett. Und ich will Sie auch nicht anbaggern. Obwohl Sie sehr hübsch sind. Ich bin schwul. Aber ich kann sehr gut zuhören!« Spricht's und hüpft nur Sekunden später in seinen Mini. Wow, wie nett. Und die Zusicherung, dass er mich nicht anbaggern will, zeugt ja von einem phänomenalen Frauenverständnis. Und dann auch noch die Aussage, ich sei hübsch.

Zügig husche ich mit meinem Golf durch die Schranke und suche nach einem freien Parkplatz. Finde ihn, manövriere mein Auto geschickt hinein – ich kann phänomenal gut einparken –, klappe die Sonnenblende herunter und den Deckel des kleinen Schminkspiegels nach oben.

Okay, er hat gelogen. Ich sehe scheiße aus, meilenweit entfernt von hübsch oder auch nur ansatzweise akzeptabel. Mein Mascara hat dem Tränensturm nicht standgehalten, und ich habe jetzt einen Waschbären-Look. Meine Wangen sind rot gesprenkelt – warum auch immer –, und meine Nase leuchtet wie die von Rudi dem Rentier. Außerdem sind meine Augen nicht mehr blau, sondern blutunterlaufen, und meine hellbraunen Locken stehen wirr in alle Richtungen ab. Um es mal auf den Punkt zu bringen: Würde ich mir selbst im Aufzug begegnen, ich würde peinlich berührt zur Seite schauen.

Dennoch mache ich mich auf den Weg zu dem kleinen Café im Erdgeschoss des Shopping-Centers, vorbei an Pappweihnachtsmännern, glänzenden Rauschgoldengeln, und begleitet von den üblichen musikalischen Weihnachtsklassikern, die sanft im Hintergrund vor sich hin plätschern.

Dort angekommen, setze ich mich möglichst weit weg von allen anderen Besuchern, aber doch noch so sichtbar, dass der Popler mich auch findet. Da er es geschafft hat, die Schranke direkt nach mir zu passieren, müsste er jeden Moment auftauchen. Ich bestelle mir einen Kamillentee – Teufelszeug, aber irgendwie steht mir der Sinn danach –, lausche der weihnachtlichen Dauerbeschallung, starre auf den kleinen dicken Weihnachtsmann, der die Tischdeko in diesem Café darstellt, und warte.

Was will ich mit diesem fremden, schwulen, popelnden Mann eigentlich reden? Bin ich schon so bedürftig, dass ich auf wildfremde Menschen zurückgreifen muss, um ihnen mein Leben zu erzählen? Werde ich bald anfangen, die Fleischereifachverkäuferin bei Edeka mit einem detaillierten Tagesbericht zu langweilen, und kleine Steinchen unter der Fußmatte verstecken, um die Putzaktivitäten meiner Nachbarn zu überwachen?

Noch nicht einmal die etwas schräge Variante von »O Tannenbaum« lässt mich heute genervt die Augen verdrehen. Ob ich jetzt umgehend sonderbar werde?

Mein Tee kommt, und ich rühre sechs Löffel Zucker hinein. Nicht weil ich auf süß stehe, mehr weil ich so in meine konfusen Gedanken verstrickt bin und das Zucker-in-die-Tasse-Löffeln mich beruhigt. Meine Nerven entspannen sich etwas, dafür ist der Kamillentee ungenießbar. Ich trinke ihn trotzdem, weil ich keinen neuen bestellen will, und warte weiter. Als ich den nächsten Schluck trinke, funkeln meine Geschmacksnerven mich böse an, und plötzlich steht der Popler vor meinem Tisch.

»Hallo, da bin ich«, sagt er atemlos und plumpst auf den freien Stuhl mir gegenüber. Er hat schöne Haare und schöne Augen. Ansonsten erinnert er mich ganz entfernt an einen Mops, was nicht nett ist, also schubse ich den Gedanken schnell in die hinterste Ecke meines Gehirns.

»Ich bin Hannes«, stellt er sich vor und greift über den Tisch hinweg energisch nach meiner kalten Hand. Na wunderbar, er hat einen Namen. Dann kann ich jetzt ja aufhören, ihn in Gedanken »den Popler« zu nennen.

»Paula«, sage ich, und plötzlich bin ich schüchtern. Ich bin noch nie schüchtern gewesen – wieder eine seltsame Wendung in meinem Leben. Hannes wird als erster fremder Mensch die neue Paula kennenlernen. Die joblose, schwangere Frau, die in schwierigen persönlichen Verhältnissen lebt. Dazu trage ich heute kein Kostüm in gedeckten Farben, sondern alte zerschlissene Jeans und Chucks.

Ich bin plötzlich ein anderer Mensch. Die Erkenntnis ist so tiefgreifend, dass mir schon wieder die Tränen kommen. Wird das denn nie aufhören? Zumindest rein optisch ist ohnehin schon alles zu spät.

»Oje!« Hannes springt auf und sprintet um den Tisch herum. Dann sieht er mich kurz fragend an, beide Arme erhoben, und ich nicke. Gott, was für ein höflicher Mensch! Erst fragen, dann umarmen. Dabei kenne ich ihn nicht und weiß nur, dass er gerne popelt, schwul ist und Hannes heißt. Was mich nicht daran hindert, meine Tränenflut in sein Hemd zu entlassen, während er freundliche Brummlaute von sich gibt und mir sanft den Rücken streichelt. Die Bedienung kommt, erkennt die Dramatik der Situation und geht wieder. Zwei Sekunden später ist sie allerdings wieder da und stellt zwei mit Zuckerglasur versehene Muffins auf den Tisch. Dann nickt sie freundlich und verschwindet wieder.

Hannes schafft es, meine Tränen in ein Taschentuch zu manövrieren, mir weiterhin den Rücken zu streicheln und mir gleichzeitig kleine Brocken des köstlichen Gebäcks in den Mund zu schieben. Dazu sagt er noch so souveräne Dinge wie: »Du wirst es jetzt nicht glauben, Paula. Aber alles wird wieder gut. Nur wer ganz unten ist, kann auch wieder nach ganz oben.«

Er scheint sehr lebensklug zu sein, und als ich beide Muffins im Magen habe und definitiv keine einzige Träne mehr produzieren kann, weil das gesamte Flüssigkeitsvorkommen in meinem Körper in sein Hemd gesickert ist, fange ich an zu sprechen. Ich erzähle ihm alles. Sogar von Dr. Arsch und dem

Betriebsrat. Und dass ich nette, aber seltsame Eltern habe und ihr Hund Paris heißt. Natürlich berichte ich auch von der Bohne, die sich heimtückisch in meinem Uterus eingenistet hat. Sie ist ja schließlich schuld an alledem. Und als ich dabei – unbewusst, ich schwöre! – zärtlich über meinen nicht vorhandenen Babybauch streichle, fängt auch Hannes an zu weinen.

Die Bedienung bringt weiteres Fett und Zucker in Form von noch warmen Buttercroissants, und Hannes schluchzt: »Du bist eine so tolle Frau, dass du dich für die Bohne entschieden hast. Gegen alle Regeln der Vernunft. Gott, bist du toll!« Dann steckt er sich ein halbes Buttercroissant in den Mund und muss zwangsläufig erst mal schweigen. Ich nehme die andere Hälfte, und während ich kaue, denke ich nach. Kann man das so sehen? Bin ich vielleicht wirklich eine tolle Frau, weil ich mich für das ungeborene Leben entschieden habe, obwohl ich in schwierigen persönlichen Verhältnissen lebe?

Nachdem wir beide alles aufgegessen haben, was die freundliche Servicekraft uns serviert hat, hören wir auf zu weinen, und Hannes ist an der Reihe, mir seine Lebensgeschichte zu erzählen.

Er ist einunddreißig Jahre alt und kommt aus Hamburg. Er ist Journalist, arbeitet bei dem hiesigen Tagesblatt und schreibt unter anderem eine wöchentliche Kolumne über das Leben. Darüber hinaus ist er schwul, was ihm einen völligen Bruch mit seiner Familie bescherte, weswegen er sich schon seit fünf Jahren in Therapie befindet. Mal ganz ehrlich: Wie erfolgreich ist eine Therapie, wenn sie nach fünf Jahren noch nicht ein Fitzelchen an Erleichterung gebracht hat? Das wage ich natürlich nicht zu sagen, und so tätschle ich nur stumm und mitfühlend seine Schulter, als er über seine Mutter spricht, die wiederum seit acht Jahren nicht mehr mit ihm spricht. Es gibt wirklich seltsame Eltern.

Er hat auch einen Freund. Einen allem Anschein nach exorbitant gut aussehenden Freund mit Sixpack, der auch noch ein Held ist und aufseiten des Gesetzes für Recht und Frieden kämpft. Was genau er macht, will Hannes mir allerdings nicht erzählen. Top secret, sagt er. Ansonsten bin ich aber nach fast zwei Stunden bestens über sein Leben informiert. Auch über die Tatsache, dass Hannes gerade dabei ist, seinen gesamten Hausstand aufzulösen und Mr. X (also dem geheimnisvollen Freund mit dem Waschbrettbauch) nach London zu folgen.

»Ist sein Name Bond?«, frage ich aufgeregt, und Hannes legt mit einem leicht süffisanten Grinsen den Kopf schräg. »Manchmal«, haucht er und klaubt die letzten Krümel des Buttercroissants auf.

Wir können uns gar nicht voneinander lösen, und nachdem wir uns dreimal erfolglos verabschiedet haben, diagnostiziert Hannes eine Seelenverwandtschaft. Schade, dass er auswandert – er hat es nämlich geschafft, mein extrem in Schieflage geratenes Selbstwertgefühl wieder aufzurichten. Es ist schon seltsam: Wir kennen uns kaum, und trotzdem fühle ich mich in seiner Gegenwart so wohl wie am Zuckerwattestand auf dem Weihnachtsmarkt.

Als wir es dann endlich schaffen zu zahlen und aufzustehen, fragt Hannes mich schüchtern: »Darf ich mal anfassen?«

»Was?«, frage ich zurück, und er nickt vorsichtig Richtung Bohne.

»Da ist doch noch nix!«, antworte ich lachend. Trotzdem nehme ich seine Hand und lege sie auf meinen Bauch.

»Da ist ein Mensch drin«, flüstert Hannes ergriffen.

»Eine Bohne, Schätzchen«, korrigiere ich. »Der Mensch sieht in diesem Stadium noch aus wie eine Bohne.«

Nachdem wir uns die E-Mail-Adresse und sämtliche verfügbaren Telefonnummern des anderen notiert haben, gelingt es uns schließlich, getrennter Wege zu gehen. So viele Menschen trifft man in seinem Leben. Viele hat man schon fünf Minuten später wieder vergessen, aber manchmal trifft man ganz unerwartet den einen, der zur richtigen Zeit das Richtige sagt, und die Welt ist plötzlich nicht mehr ganz so grau und kompliziert.

Meiner Seele geht es ein ganz klein wenig besser, schließlich ist mir und meiner Entscheidung für die Bohne ausgiebig gehuldigt worden, das tat wirklich gut.

Lust auf Shopping habe ich nach wie vor nicht, dennoch muss ich jetzt anfangen einzukaufen. Es ist schrecklich voll in den Läden, und ich bin sehr zügig schrecklich genervt. In Rekordgeschwindigkeit shoppe ich mich durch alle Geschäfte und bin zwei Stunden später fertig. Mit den Nerven, meinem Konto und zum Glück auch den Weihnachtseinkäufen.

Da ich sowieso schon total erledigt bin, beschließe ich, endlich das Arbeitsamt aufzusuchen. Schlimmer kann es nicht werden. Es ist Donnerstag, siebzehn Uhr dreißig, und das Amt hat laut Auskunft im Internet bis neunzehn Uhr geöffnet. Also schleppe ich meine Einkäufe zu meinem Auto, verstaue die unzähligen Tüten und düse los.

Kapitel 9

Ich finde einen Parkplatz direkt vor der Tür und betrete die heiligen Hallen der »Agentur für Arbeit«, wie sie sich nennt. Klingt irgendwie gut. So kreativ. Agentur für Arbeit. Beschwingt von diesem klangvollen Namen laufe ich über die Flure und suche nach dem korrekten Sachbearbeiter für mich und mein Anliegen. Ich treffe nur wenige Leute – so kurz vor Weihnachten ist vermutlich niemand arbeitslos.

Dafür ist der fast menschenleere Flur mit kleinen Boxen gesäumt, in denen Computer stehen. Diese Boxen, samt Computer, sind farblich mit dem Teppichboden abgestimmt: ocker und gelb. Das Farbkonzept lässt definitiv zu wünschen übrig. Einige Computerarbeitsplätze und Flure später treffe ich endlich auf eine Tür mit der Erfolg versprechenden Aufschrift »S-XYZ«. Ganz benommen von den langen Gängen in Ocker-Gelb klopfe ich vorsichtig an. Keine Reaktion. Ich klopfe erneut, und aus dem Inneren des Büros kommt ein lautstarkes Grummeln. War das jetzt ein »Herein!«?

Vielleicht. Zaghaft öffne ich die Tür. Eine Frau mit sehr spannender asymmetrischer Frisur funkelt mich von ihrem Platz hinter dem Computer aus wütend an.

»Bitte ziehen Sie eine Wartemarke!«, faucht sie, und ich gebe ein uneloquentes »Äh?« von mir. Wartemarke? Ist doch keiner da, außer mir und dem Teppich und den Computerarbeitsplätzen.

»Aber es ist doch …«, setze ich an, um die Frau mit der seltsamen Frisur davon in Kenntnis zu setzen, als sie erneut anfängt zu fauchen, diesmal mit einem definitiv drohenden Unterton: »Bitte ziehen Sie eine Wartemarke! Sie werden aufgerufen!«

Vorsichtshalber schließe ich die Tür wieder und blicke mich verwundert im Flur um. Tote Hose hier. Wozu eine Wartemarke ziehen? Fragen über Fragen. Kurz ringe ich mit mir, einfach wieder in den Golf zu steigen und gen Heimat zu fahren, dann gewinnt der rationale Teil in mir. Nicht durch logische Überzeugungsarbeit, sondern durch die schlichte Erkenntnis, dass das Fluchtauto bald nicht mehr mein Eigen sein wird, wenn die Frau mit der »Links lang, rechts kurz«-Frisur mir kein Geld gibt.

Also drücke ich ordnungsgemäß den Knopf an dem Wartemarken-Apparat und setze mich auf einen der farblich mit dem Fußboden abgestimmten Stühle. Ocker-gelb, versteht sich.

Ich warte exakt sieben Minuten und dreiundzwanzig Sekunden. Dann macht es »Dong« und die Zahl 978 erscheint auf einem Display über der Tür zu der fauchenden Frau. Ich schiele auf meinen Wartebon und stelle erfreut fest, dass dort in blassblauen Buchstaben die Zahl 978 steht. Womit natürlich zu rechnen war, es wartet ja sonst niemand mit mir. Trotzdem freue ich mich kurz. Drankommen ist doch immer etwas Schönes.

Diesmal klopfe ich nicht. Sie hat ja schließlich nach mir gedongt. Stattdessen betrete ich zügig das Büro und nehme kurzerhand auf einem der Besucherstühle Platz. Die Frau mit der krassen Frisur nickt mir nur kurz zu, lässt sich aber nicht stören. Offenbar hat sie noch irgendetwas sehr Wichtiges in ihren Computer einzugeben. Die Tastatur, mit der sie klappert, hat auch schon bessere Tage gesehen. Ich kann Flecken aller Couleur auf den einzelnen Buchstabenreihen entdecken und ekle mich ein bisschen.

Was mich nicht davon abhält, mir auszumalen, was zu den Flecken geführt haben könnte. Der braune Fleck auf dem »K« sieht aus wie getrocknete, leicht schuppige Schokolade. Der auf dem »Ä« muss irgendeine Verbindung mit Apfelsaft gehabt haben. Ich lausche angestrengt, ob er auch ein klebriges »Plock« von sich gibt, aber die Frau mit der krassen Frisur schreibt ohne das »Ä«. Sie schreibt sowieso eher im Schneckentempo, dafür aber lautstark. Der ganze Tisch wackelt, weil sie unter vollem Körpereinsatz die einzelnen Tasten drückt. Die Frau braucht nach Dienstschluss gewiss kein Fitnessstudio mehr.

Gerade sinniere ich über einen dunkelroten Fleck neben dem »J« und ob es sich wohl tatsächlich um Rotwein handeln könnte, da wendet sie mir ihr Gesicht zu und unterbricht abrupt ihre Schreibübungen. »Was kann ich für Sie tun?«, fragt sie mich steif.

So abrupt aus meinen Gedanken gerissen, fällt mir erst mal nur das Offensichtliche ein. »Ich bin arbeitslos«, informiere ich sie.

»Seit wann?«, fragt sie schneidig zurück.

»Äh, seit vorgestern, glaube ich.«

»Ja, mit glauben kommen wir hier aber nicht weiter«, faucht sie wieder.

»Also seit vorgestern«, antworte ich fester, um Contenance bemüht. Was für ein schreckliches Weib. Hier ist die Frisur wohl Programm.

»Dann sind Sie zu spät. Die Arbeitslosenmeldung ist eine unverzichtbare Voraussetzung für den Bezug von Arbeitslosengeld und muss am ersten Tag der Beschäftigungslosigkeit erfolgen.«

»Okay«, antworte ich gedehnt. In meinem Hirn poltert es. Zu spät? Hat die einen an der Waffel? »Aber ich bin doch jetzt hier«, versuche ich es. »Und gekündigt wurde mir erst gestern …«

»Dann hätten Sie gestern kommen müssen«, fällt sie mir ins Wort. »Das gibt eine Sperrfrist von einer Woche. Bitte füllen Sie diese Formulare aus.« Und damit drückt sie mir einen unüberschaubaren Wust an Papieren in die Hand.

Ernüchtert wandere ich wenige Minuten später durch die kalte Dezemberluft zurück zu meinem Golf. Arbeitslosigkeit scheint grundsätzlich eine sehr komplizierte Sache zu sein. Außerdem habe ich der Frau mit der schrecklichen Frisur nicht von der Bohne erzählt. Und der damit einhergehenden Unwirksamkeit der Kündigung. Bekomme ich dann überhaupt Geld vom Amt? Wie soll das bloß alles weitergehen?

Mutlos setze ich mich in mein Auto und wickle mir meinen Schal fester um den Hals. Ich könnte jetzt einen Averna vertragen. Oder einen Gin Tonic. Oder einen Glühwein, der würde dann vermutlich auch gegen meine kalten Füße helfen. Oder alles zusammen. Ich bin so erschöpft von den Papieren in meiner Handtasche, der Frau mit der krassen Frisur, der Bohne in meinem Bauch und meinem Leben an sich, dass ich erst mal so sitzen bleibe.

Damit ich nicht erfriere, schalte ich irgendwann den Motor ein und drehe die Lüftung auf wärmste Stufe. Den Wahlhebel der Automatik auf »D« zu stellen und aus der Parklücke zu fahren ist allerdings für den Moment noch zu viel verlangt. Stattdessen kuschle ich mich tiefer in den Sitz. Die Sitzheizung, von mir liebevoll »Muschitoaster« genannt, gibt alles, und ich taue langsam von den Pobacken an aufwärts auf. Nur bewegen kann ich mich immer noch nicht. Ich bin paralysiert von dem ganzen Elend.

Irgendwann klingelt mein Handy. Tief unten in meiner Karrierefrauen-Handtasche flötet es leise und diskret die Titelmelodie von *Grey's Anatomy*. Da ich die letzten Jahre scharf darauf konditioniert wurde, niemals, ich wiederhole: NIEMALS, einen Anruf zu verpassen, reißt mich dieser zarte Klingelton endlich aus meiner Lethargie. Hektisch beginne ich im dunklen Grund der Tasche zu wühlen und zerre alles aus deren Untiefen hervor: Lippenstifte, Tampons, Kugelschreiber, Bonbons, bis ich endlich mein Handy in der Hand halte, das natürlich in diesem Moment verstummt. Warum hat denn auch noch niemand eine Handtaschen-Innenbeleuchtung erfunden?

Ich klicke mich in die Liste der entgangenen Anrufe und lese: »7 Anrufe in Abwesenheit«. Wow. Ich bin gefragt. Wieso habe ich genau sechs Mal mein Handy nicht gehört? Einen Tag arbeitslos und schon gehöre ich zu den Menschen, die ihr Handy auch zwei Wochen in einer Schublade ablegen könnten, ohne es zu bemerken?

Ich beschließe, strategisch vorzugehen, und höre als Erstes meine Mailbox ab.

Anruf Nummer 1: Meine Eltern. Sie sind nach wie vor höchst entzückt, noch einen Enkel zu bekommen, und sie versichern mir: Alles wird gut! Na, eure positive Energie in Gottes Gehörgang.

Anruf Nummer 2: Frau Wilken vom Betriebsrat. Sie wollte sich nur kurz melden, um zu hören, wie es mir geht. Kein Wort von einer Abfindung. Dafür flüstert sie, was mich vermuten lässt, dass dieser Anruf außerhalb des Protokolls stattfindet. Herr Dr. Arsch hat vermutlich bereits eine neue Arbeitsbiene in sein Vorzimmer gezerrt, um sie niederzumachen.

Anruf 3: Hanne und Andreas, meine Exkollegen. Originalton: »Kannst du uns mal erklären, was hier los ist? Gerade ging eine Mail rum, dass du sofort aus dem Unternehmen ausscheidest! Melde dich!« Sie klingen empört und erschüttert gleichzeitig. Und sie haben synchron meine Mailbox besprochen. Den ersten Satz Hanne, den zweiten Andreas, den dritten zusammen. Wenn offiziell mitgeteilt wird, dass ich raus bin, wollte mich das Archiv dann wohl wirklich nicht haben.

Anruf 4: Meine Freundin Justine. Sie bittet um Rückruf.

Anruf 5: Jutta. Wo ich bin, was ich tue, ich soll umgehend Meldung über meine aktuelle Befindlichkeit machen. Aye, aye, Mam!

Anruf 6: Meine Schwester Andrea. Dumpfe Kampf- und Brüllgeräusche im Hintergrund. Ich vermute, sie ist in der Besenkammer, denn dort versteckt sie sich manchmal, um ungestört zu telefonieren, während die Brut das Haus auseinandernimmt. Keine wichtigen Infos, nur die Aufforderung, mich zu melden.

Anruf 7: Olaf. Er fragt, ob das mit dem Arbeitsamt geklappt hat. Das sei ja doch exorbitant wichtig für die weitere finanzielle Absicherung des Bohnen-Projekts.

ARSCHGEIGE! Könnte er nicht mal fragen, ob ich noch kotzen und Wackelpudding essen muss? Nein, ihm ist nur wichtig, woher die Knete kommt. Idiot. Vermutlich bekommt er langsam kalte Füße. Eine mittellose Frau als zukünftige Mutter der eigenen Brut ist doch keine so spaßige Angelegenheit.

Ich seufze und stöpsele mir mein Headset ins Ohr. Dann lege ich den Rückwärtsgang ein, um diesem deprimierenden Ort und der dazugehörigen Gemütsverfassung endlich den Rücken zu kehren.

Kapitel 10

Während ich schwungvoll aus der Parklücke kurve, klingelt mein Handy erneut.

»Wo bist du?« Aha, GSG-Mara am Apparat.

»Ecke Cyriaksring, Münchenstraße«, antworte ich schneidig.

»Kannst du ins Schröders im Magniviertel kommen? Clemens und ich sitzen gerade zusammen. Wegen der Arbeitsrechtsache.«

Ich überlege kurz und lege dann an der nächsten Ampel einen stuntmäßigen U-Turn hin. Es geht ums Geld, schwangerschaftsbedingtes Phlegma ist hier fehl am Platz.

»Zehn Minuten«, sage ich und drücke blind den roten Knopf.

Mein Golf und ich geben alles und erreichen das Ziel in unter sechs Minuten, dann quetsche ich mein Auto zwischen eine Kastanie und einen Mülleimer und verabschiede mich mit den Worten: »Halte durch, lass dich nicht abschleppen, alles wird gut!«

Ich behandle meine Autos immer sehr fürsorglich. Tief in meinem Innersten glaube ich nämlich fest daran, dass sie mich deswegen auch noch nie im Stich gelassen haben. Im Gegensatz zu meinem Uterus. Ich bin der Meinung, auch ihn immer ganz gut behandelt zu haben, dennoch hat er beschlossen, ein hinterhältiges Eigenleben zu entwickeln.

Ich betrete das Schröders und entdecke Mara und ihren persönlichen Arbeitsrechtler links vor dem großen Panoramafenster tief ins Gespräch vertieft. Der Arbeitsrechtler sieht verdammt gut aus, wie er dort mit diversen Unterlagen herumfuchtelt und Mara irgendetwas zu erklären versucht, was sie natürlich bereits besser weiß. Das erkenne ich auf den ersten Blick an der steilen Falte zwischen ihren Augenbrauen. Die ist immer da, wenn sie sich nur mit Mühe beherrscht und eigentlich sagen möchte: »Schnauze jetzt!«

Während er noch spricht, springt sie auf und umarmt mich. An sich ist Mara sonst nicht so kuschelig. Offenbar will sie dringend der Wortlawine ihres Gegenübers entkommen. Dennoch drücke ich sie herzlich zurück und setze mich dann mit einem etwas atemlosen »Hallo!« an den Tisch.

Der Arbeitsrechtler springt sofort beflissentlich von seinem Stuhl auf und streckt mir die Hand entgegen. Da ich nun mal schon sitze, ändere ich an diesem Zustand auch nichts mehr und schüttle seine Hand von unten.

»Paula Schmidt«, sage ich artig, und er erwidert mit tiefer, getragener Stimme: »Dr. Clemens Morgenroth.«

Aha, ein Dr.-Fetischist. Bis heute hat sich mir nicht erschlossen, warum manche Menschen diesen Titel als so wichtig erachten, dass sie ihn gleich als Erstes in die Gegend posaunen müssen. Mara und ich haben diesbezüglich bereits einige intensive Stunden der Diskussion hinter uns. Das Ergebnis ist leider nicht sehr aufschlussreich. Ich entsinne mich an Folgendes: Hätten wir einen Doktortitel, würden wir ihn uns quasi auf die Stirn tätowieren. Das allerdings auch nur, weil wir mehr Östrogen im Körper haben und dieses schreckliche Hormon dazu führt, an latenter Tiefstapelei zu leiden, was wir dadurch ausgleichen könnten. Da Männer dieses Leiden aber nicht haben, könnten sie ihren Titel doch einfach nur schweigsam auf ihrer Visitenkarte führen. Würde doch reichen, oder?

Mara und ich hatten weder die Zeit noch die Geduld, uns mit dem Erwerb eines Doktortitels zu befassen, insofern sind wir vielleicht auch einfach nur neidisch. Diese bittere Erkenntnis ereilte uns allerdings erst nach fünf Gläsern Rotwein, womit sie nicht repräsentativ ist und nicht in die Gesamtwertung einfließen kann.

Es ist schon erstaunlich, was mir innerhalb von Bruchteilen einer Sekunde so alles durch den Kopf gehen kann. Zum Glück verfüge ich über die Fähigkeit, seltsame Dinge zu denken und gleichzeitig verwegen und klug zu gucken. Mein Gesicht ziert in diesen Momenten ein Ausdruck entspannter Gelassenheit. Herr Dr. Morgenroth setzt sich wieder.

»Ich habe ihn über die Eckdaten in Kenntnis gesetzt«, sagt Mara, und Dr. Morgenroth nickt bekräftigend.

»Eckdaten: Schwanger, keine Abmahnung, keine persönlichen Verfehlungen, Idiot als Chef, Kündigung, Abfindung«, fasse ich zusammen.

»Korrekt«, bestätigt Mara. Dr. Morgenroth sieht mich an. Etwas Fragendes liegt in seinem Blick.

Dieser Arbeitsrechtler ist optisch wirklich sehr gelungen. Ich schätze ihn auf Mitte dreißig. Er hat hübsche braune Augen und sehr kurze Haare. Steht ihm gut. Dazu hat er viele Lachfalten, und als ich seinen Blick erwidere, blinzelt er einmal nervös. Echt süß der Typ, so in seiner Gesamtheit.

»Und, was fällt dem Juristenhirn dazu ein?«, frage ich.

»Äh«, antwortet er. Nun ist »äh« nicht unbedingt die von mir erwartete Antwort. Ganz offensichtlich ist das Juristenhirn durch irgendetwas blockiert und weigert sich, eine korrekte Fallanalyse zu erstellen.

»Äh, was?«, frage ich deswegen bemüht sachlich zurück.

Herr Dr. Morgenroth blinzelt noch einmal kurz, bevor er antwortet: »Mein ›Juristenhirn‹, wie Sie es so schön nennen, wurde wie gesagt von Frau Wegener mit den Eckdaten vertraut gemacht. Sofern diese wie beschrieben gegeben sind, ist die Kündigung aus mindestens zwei Gründen unwirksam. Bevor ich jedoch auf die rechtlichen Details eingehe, möchte ich noch einmal die mir zur Kenntnis gereichten ›Eckdaten‹ zusammenfassen, damit Sie und ich von dem gleichen Sachverhalt ausgehen: Sie sind schwanger und haben von Ihrem Arbeitgeber eine verhaltensbedingte Kündigung erhalten. Der Arbeitgeber behauptet, Sie seien vorher bereits abgemahnt worden und es werde Ihnen nicht gelingen, das Nichtvorliegen einer wirksamen Abmahnung nachzuweisen. Bei dem Gespräch mit Ihrem Chef kam es zu gegenseitigen Beleidigungen, und jetzt sitzen Sie hier.«

Ich nicke, immerhin hat er eine sehr hübsche Zusammenfassung erstellt. Dennoch bin ich leicht irritiert, er starrt mich nämlich die ganze Zeit an, als würde ich in der Sonne glitzern wie Edward der Vampir. Ich reibe mir kurz über die Nase. Habe ich etwas im Gesicht? Unauffällig werfe ich Mara einen verwunderten Blick zu, doch sie zieht nur verächtlich eine Augenbraue hoch. Dann formen ihre Lippen das Wort »Testosteron«.

Der Jurist bekommt davon nichts mit, er spricht weiter über Paragrafen und Schlimmeres und blickt abwechselnd mich und seine Unterlagen an. Ob er bewusstseinserweiternde Drogen konsumiert hat? So ein Jurist hat es ja bisweilen auch nicht leicht.

»Gut«, sagt er in diesem Moment, und ich bin wieder bei der Sache. »Fangen wir vorne an. Wie schon gesagt, gibt es zwei Gründe, nämlich einen rechtlichen und einen ›rechtlich-tatsächlichen‹ Grund, warum die Kündigung nicht wirksam ist. Der rein rechtliche Grund betrifft die Abmahnung. Denn diese ist bei einer verhaltensbedingten Kündigung eine unabdingbare Voraussetzung, sofern sie nicht gerade den Chef verprügeln oder das Büro vorsätzlich in Brand stecken.«

An dieser Stelle erscheint ein geradezu verschmitztes Lächeln auf seinem Gesicht. Sollte der Jurist etwa über Humor verfügen? Pflichtschuldig erwidere ich das Lächeln.

»Aber Spaß beiseite.« Genau, nur nicht zu viel davon! »Die Vertreter des Betriebsrats haben Sie insoweit auch eindeutig falsch informiert. Denn für die Wirksamkeit des Zugangs der Abmahnung ist der Arbeitgeber darlegungs- und beweispflichtig. Es reicht nicht, die Abmahnung einfach in die Personalakte zu heften und zu behaupten, Sie hätten sie erhalten. Daher lassen sich die Arbeitgeber Abmahnungen beziehungsweise den Erhalt der Abmahnung vom jeweiligen Empfänger quittieren. Ihr Arbeitgeber hat genau dies nicht getan und sich dadurch selbst einen prozessualen Nachteil geschaffen. Pech gehabt! Und ohne Abmahnung ist die verhaltensbedingte Kündigung im Regelfall unwirksam. Außerdem sind Sie schwanger. Eine Kündigung während der Schwangerschaft und bis zum Ablauf von vier Monaten nach der Entbindung ist unzulässig, wenn dem Arbeitgeber zum Zeitpunkt der Kündigung die Schwangerschaft bekannt war oder ihm diese innerhalb von zwei Wochen nach Zugang der Kündigung mitgeteilt wird. Da Ihr Chef insoweit keine Kenntnis von der Schwangerschaft hatte, wohl aber der Betriebsrat während des Gesprächs mit Ihnen davon erfuhr, würde ich Ihnen sicherheitshalber dazu raten, ein ärztliches Attest über das Bestehen der Schwangerschaft bei Ihrem Arbeitgeber einzureichen. Da aufgrund der Schwangerschaft also ein Kündigungsschutz besteht, brauchen Sie sich diesbezüglich erst einmal keine Sorgen zu machen. Ihr Arbeitsverhältnis ist Ihnen sicher!«

Dr. Clemens Morgenroth hüpft, erfreut über all diese positiven Entwicklungen, auf seinem Stuhl auf und ab, und ich nehme einen großen Schluck Wasser. Es geht noch weiter.

»Sie haben ja bereits das Wort ›Abfindung‹ ins Spiel gebracht. Ein Aufhebungsvertrag ist grundsätzlich möglich und wird auch nicht durch das Mutterschutzgesetz ausgeschlossen. Und das ist in Ihrem Fall absolut zu überlegen, da man aufgrund der versuchten Kündigung in Zusammenhang mit der wissentlich falschen Beratung bezüglich der Abmahnung von einem gestörten Vertrauensverhältnis ausgehen kann. Die Abfindungssumme liegt in solchen Fällen üblicherweise zwischen sechs und zwölf Monatsgehältern. Aber das ist reine Verhandlungssache. Allerdings kann der Aufhebungsvertrag auch nach den Vorschriften des Dritten Sozialgesetzbuches Auswirkungen auf das Arbeitslosengeld haben im Sinne einer Anrechnung beziehungsweise Sperrfrist. Steuerrechtliche Aspekte, insbesondere nach dem Einkommenssteuergesetz, wären auch noch zu berücksichtigen. Aber wenn Sie von der Möglichkeit des Aufhebungsvertrags Gebrauch machen möchten, können Sie diese Aspekte mein Problem sein lassen, sofern Sie möchten, dass ich Sie rechtlich vertrete.«

Dr. Clemens Morgenroth blinzelt erneut mit seinen hübschen braunen Augen und wirkt nach diesem Vortrag leicht erschöpft.

»Ja, ich will«, sage ich ernst, und der Jurist strahlt über das ganze Gesicht, als hätte ich ihm gerade die lang ersehnte Carrera-Bahn geschenkt.

»Das freut mich sehr«, sagt er inbrünstig und fährt sich mit den Händen über die raspelkurzen Haare.

»Das sieht gut aus für dich, Paula!« Mara klinkt sich wieder ins Gespräch ein und lehnt sich offensichtlich hocherfreut und zufrieden auf ihrem Lederstuhl zurück. Ich bin unfassbar erleichtert, wenigstens werde ich nicht umgehend dem Hungertod anheimfallen. Geld scheint, wenigstens mittelfristig, aufs Konto zu kommen. Das ist fein.

Der Jurist reicht mir eine Karte, die ich, wie im Management-Knigge-Seminar gelernt, erst mal ausgiebig studiere. Zumindest tue ich so. Kein Mensch liest die diversen Telefonnummern, Adressen und Blablabla-Titel, aber um dem anderen in seiner Wichtigkeit zu huldigen, sollte man wenigstens so tun. Da Herr Dr. Clemens Morgenroth für mich und die Bohne zurzeit ganz extrem wichtig ist, huldige ich ihm gerne.

Mara winkt nach dem Kellner, und ein blonder Jüngling ganz in Schwarz kommt an unseren Tisch geschossen. »Ich hätte gerne einen Espresso«, verkündet sie, ohne ihre selbstzufriedene Sitzposition zu verändern.

»Ich auch«, seufze ich. Soll die Bohne sich doch wehren, ein guter Espresso ist fast gesund, und da muss sie jetzt durch. Es gibt was zu feiern, und da ich mich nicht betrinken kann, wird ja wohl ein kleiner Espresso drin sein.

»Für mich nicht.« Der Jurist schüttelt abwehrend die Hände. »Ich bekomme von Kaffee so schlimmen Zahnstein«, vertraut er uns an, was Mara dazu veranlasst, lauthals zu brüllen: »Francesco, für mich einen dreifachen!«

Dies tut sie vermutlich nur, um zu demonstrieren, dass sie, Mara Wegener, keine Angst vor Furz und Feuerstein hat, und schon gar nicht vor so einem popeligen Zahnstein. Manchmal übertreibt sie etwas, wie ich finde.

Zahnsteingefahr hin oder her, der Espresso schmeckt außerordentlich gut, und die Bohne scheint gerade anderweitig beschäftigt zu sein, zumindest ist mein Magen ruhig wie die Ostsee im August. Der Jurist lässt mich nicht aus den Augen, und als ich andächtig den letzten Rest der schwarzen Brühe mit dem kleinen Löffel aus der Tasse klaube, schenkt er mir ein zaghaftes Lächeln.

Also, wüsste ich es nicht besser, würde ich glatt behaupten, der Rechtsversteher versucht einen kleinen Flirt mit mir. Ob er wohl einen klitzekleinen Komplex hat? Trotz seiner ansprechenden Optik? Ich meine, kein Mann würde doch wohl eine schwangere Arbeitslose, die in persönlich schwierigen Verhältnissen lebt, anbaggern?

Mara steht auf und lässt mich mit dem Juristen alleine, weil sie Pipi muss. Als sie außer Hörweite ist, raunt er: »Haben Sie keine Sorge, Paula. Ich helfe Ihnen. Das Recht und ich sind auf Ihrer Seite.«

Ich bin erfreut, das zu hören, dennoch klimpere jetzt ich etwas verschämt mit den Wimpern. Er baggert mich ganz definitiv an.

»Wir sollten uns bald wieder treffen, um alles Weitere zu besprechen. Ein paar Dinge müssten Sie auch unterzeichnen, und dann kann ich loslegen.« Aufmunternd lächelt er mir zu. »Wenn Sie mögen, können wir uns auch zum Essen treffen. Das ist vielleicht etwas … äh, angenehmer als in der Kanzlei.«

Gott, bin ich froh. Einen Moment lang dachte ich, er wollte »intimer« sagen. Dann hätte ich leider gehen müssen. Männer, die dieses Wort benutzen, stehen auf meiner persönlichen schwarzen Liste ganz oben. Sogar noch vor Touareg-Fahrern mit silbernem Spoiler auf dem Dach. »Intim« ist in meiner Welt gleichzusetzen mit unverlangtem Angrabschen unter dem Tisch und ähnlichen »intimen« Hässlichkeiten.

»Das können wir machen«, antworte ich also erleichtert und

lächle jetzt ebenfalls, woraufhin Herr Dr. Clemens Morgenroth leicht errötet. Der Typ hat anscheinend nicht nur empfindliche Zahnhälse, sondern auch noch eine zartbesaitete Seele. Das ist drollig, fürwahr.

Als Mara endlich von ihrer Pipi-Pause zurückkommt, lädt sie uns alle gönnerhaft ein, und der Jurist eilt von dannen. Wir bleiben noch ein paar Minuten sitzen und schweigen. »Ich fass es nicht«, sagt Mara irgendwann in die Stille hinein.

»Ich auch nicht«, antworte ich.

»Machen die Schwangerschaftshormone, dass du anders riechst? Der war ja wie paralysiert von dir. Ist dir das in den letzten Tagen schon mal passiert?«

Ich überlege. »Nö«, antworte ich dann gedehnt. »Mir ist nichts aufgefallen. Dr. Arsch hat mich rausgeschmissen, ich habe heute einen schwulen Mann kennengelernt, der war zwar nett, aber nicht aufdringlich, noch nicht mal der Apotheker, bei dem ich die Schwangerschaftstests gekauft habe, war sonderlich beeindruckt von mir. Mein Ex hat eine Neue. Alles normal.«

»Kann nicht sein, Paula. Er war, für seine Verhältnisse, wie von Sinnen. Und ich kenne ihn gut.« Mara runzelt zweifelnd die Stirn.

»Vielleicht steigt deine Attraktivität proportional zu der Größe der Bohne«, raunt sie dann, und ich muss lachen. Weil das natürlich Humbug ist und weil sie sich den Projektnamen gemerkt hat. Mara hat es nicht so mit Namen. Ihren eigenen kann sie zum Glück an ihrer Bürotür nachlesen, alle anderen vergisst sie gern. Uns Mädels nennt sie oft pauschal »Freundin«, damit liegt sie immer richtig.

»Du musst das scharf beobachten, klar?«

»Klar«, antworte ich grinsend und drücke ihr die Hand. »Danke!«

»Das ist doch das Mindeste.« Sie nickt huldvoll, und wir machen uns auf den Weg. Sie trotz der späten Stunde zurück ins Büro, und ich, in Ermangelung eines Büros, nach Hause.

Kapitel 11

Alkohol ist keine Lösung. Wasser aber auch nicht. Deswegen entscheide ich mich, zu Hause angekommen, für den Mittelweg und koche mir eine Kanne Tee mit Rumaroma. Dann erfreue ich mich an meiner weihnachtlichen Jagdbeute und verstecke alles im Kleiderschrank. Nicht dass jemand gucken käme und dann enttäuscht wäre, wenn er sein Geschenk vorab entdeckte, aber sicher ist sicher. Irgendwie bin ich so darauf trainiert, Geschenke zu verstecken, dass es fast schon automatisch geschieht oder … hm, na ja … zwanghaft.

Bei uns zu Hause wurden alle Geschenke immer fein säuberlich im Kleiderschrank meiner Mutter aufgestapelt. Manchmal konnten Tom, Andrea und ich uns allerdings nicht beherrschen und haben, trotz des mit Höchststrafen belegten Verbots, uns dem Kleiderschrank auch nur zu nähern, einen Blick hinter die schwere Eichenholztür gewagt. Das war immer ergebnislos, denn meine Mutter hatte jedes Geschenk direkt nach Erwerb verpackt, aber an dieses Gefühl von prickelnder Vorfreude, wenn die Schranktür langsam aufschwang, kann ich mich bis heute erinnern. Ob die Bohne, wenn sie groß ist, auch solche Erinnerungen haben wird? Mit mir als Mutter?

Mutter. Ich werde Mutter. Wie kann ich eigentlich Mutter werden? Vielleicht hat es im großen Kosmos einfach nur einen

Fehler gegeben, und irgendjemand hat sich gar fürchterlich vertan? »O Gott, was für ein fataler Fehler. Die arme Bohne. Ausgerechnet DIE sollte nicht Mutter werden!« Könnte ja sein. Ich finde mich ja selbst ziemlich seltsam.

Allerdings habe ich mir bei Andrea auch nie vorstellen können, dass sie Kinder zur Welt bringt. Ziemlich unberührt von meinen Ansichten hat sie es trotzdem getan, und ich glaube, sie macht ihren Job ziemlich gut. Sie selbst glaubt allerdings, Super-Mom zu sein. Die Beste der Besten. Aber sie hat das ja auch so gewollt und außerdem … sie ist nicht alleine. Während ich ganz allein mit allem bin.

Okay, nicht ganz. Ich habe meine Familie und meine Freunde. Aber wenn ich schon ein Kind bekomme, so völlig ungeplant, dann soll es dieses Kind doch gut haben. Problem: Wie soll das Kind es gut haben, wenn ich arbeitslos bin, in einer Zwei-Zimmer-Wohnung hause und vermutlich irgendwann so unzufrieden werde, dass ich mit Bratpfannen schmeiße – also nicht in Richtung Bohne, dass das mal klar ist. Aber zum Beispiel gegen die Küchenwand. Hab ich schon mal gemacht. Als ich nach dem Studium keinen Job gefunden habe und mein Frust schließlich irgendein Ventil brauchte. Olaf war damals ganz fasziniert von diesem Verhalten und meinte, ich sollte mir dringend professionelle Hilfe holen. Seine Diagnose lautete glasklar: Meine Freundin hat einen an der Waffel. Dabei habe ich es nur nicht mehr ausgehalten, arm wie eine Kirchenmaus zu Hause zu sitzen, während draußen das Leben tobte.

Ist es als Mutter nicht vielleicht genau das Gleiche? Wobei Andrea sich noch nie, wirklich nie, darüber beschwert hat, nicht genug zu tun zu haben. Mit harten Sachen schmeißt sie auch eher selten, aber ihr Johannes schleppt ja auch die Kohle ran. Dagegen wäre ich mittellos. Nun, dank der potenziellen

Abfindung vielleicht nicht ganz mittellos. Bleibt noch die Frage nach einem neuen Job. Ganz unmittelbar. Denn in circa achtundzwanzig Wochen trete ich erst einmal einen Job an, um den ich mich ganz und gar nicht beworben habe. Der mir einfach so in den Schoß gefallen ist. (Ja, die Zweideutigkeit ist an dieser Stelle durchaus beabsichtigt.)

Was tun Mütter eigentlich den ganzen Tag? Ich muss mich dringend mit dem Anforderungsprofil meines neuen Jobs auseinandersetzen. Nicht, dass ich ihn jetzt noch absagen könnte. Aber zumindest sollte ich wissen, was auf mich zukommen wird. Vielleicht gibt es ja auch eine Weiterbildung zu diesem Thema. »Von der Karrierefrau zur Mutter« oder irgendetwas Ähnliches.

Ich schnappe mir einen Zettel. Als Überschrift wähle ich: »Mütterliches Tätigkeitsprofil«.

Dann sitze ich etwas ratlos davor und schreibe erst mal alles auf, was ich von Andrea weiß. Also: Mütter hören auf zu schlafen. Das ist allerdings kein Tätigkeitsprofil, eher ein Defizit, und so erweitere ich die Listenüberschrift um »Dinge, die frau als Mutter nicht mehr tut«.

Mütter hören auch auf zu duschen und zu putzen. Zumindest vorübergehend. So war es bei Andrea. Aber nach einer gewissen Rekonvaleszenz-Zeit fangen sie mit allem wieder an, schlafen ausgenommen. Das tun gute Mütter anscheinend nicht mehr. Und was noch? Mir werden doch wohl ein paar Aufgaben einfallen, schließlich muss all die schlaflose Zeit ja gefüllt werden.

Ah, ich erinnere mich: Sie fahren zu Kinderärzten, grübeln über die »Impffragen« nach (genau weiß ich nicht, was das ist), wechseln Windeln, kaufen ein und kochen Ökostandards entsprechende Kinderessen. Kochen kann ich zwar gar nicht, aber diesbezüglich wird mir meine Mutter sicherlich zu Hilfe eilen. Nicht dass sie kochen kann, aber ihr Essen ist zumindest ernährungstechnisch betrachtet sehr wertvoll. Dass es nicht schmeckt, ist eine andere Sache. Vielleicht lassen sich die kindlichen Geschmacksknospen ja auch einfach früh konditionieren und die Bohne wird Hirse-Bohnen-Pampe genauso lieben wie ich Pommes rot-weiß.

Dann suchen Mütter noch händeringend und sehr ausdauernd nach Krippen- und Kindergartenplätzen. Und sie greinen permanent über die schlechte Kinderbetreuung in Deutschland. So ganz habe ich das bisher allerdings nicht verstanden; ich höre in den Tagesthemen immer nur, welch wunderbare Kita-Plätze geschaffen werden und wie wundervoll alles für junge Familien in Deutschland ist. Aber vielleicht ist mir da bisher auch einfach was entgangen.

Außerdem schleppen Mütter die Brut zu irgendwelchen frühkindlichen Frühförderungen und treffen sich auf einen Kaffee. Das bekomme ich hin, da brauch ich keine Weiterbildung. Aber dann – und das ist jetzt ganz wichtig – ziehen Mütter samt dem produktionsbegleitenden Personal, auch Väter genannt, in schmucke Eigenheime am Stadtrand. Das scheint ganz besonders wichtig für die kindliche Entwicklung zu sein: Natur und ein hauseigener Garten. Und Platz nicht zu vergessen. Ein Schlaf- und ein separates Spielzimmer müssen drin sein.

Aus Rücksichtnahme auf meine schwierigen persönlichen Verhältnisse sollte ich diesbezüglich gewisse Abstriche machen. Aber wenigstens ein Schlafzimmer für das Kind muss doch drin sein. Allerdings nicht in dieser Wohnung, so viel steht fest. Ich habe eine offene Küche, die gleichzeitig mein Wohnzimmer ist, und ein Schlafzimmer, das eine Etage höher liegt, ebenfalls offen und über eine hohe Stahltreppe zu erreichen. Die Treppe ist durchaus als lebensgefährlich einzustufen. Zumindest für Menschen unter sechs.

Seitdem ich hier lebe, hat Andrea mich genau ein Mal mit der Brut besucht. Und dieser Besuch war von höchster Anspannung geprägt, weil eines der Kinder die Treppe rauf- oder runterfallen oder es ihnen gar gelingen könnte, die oberste Etage zu erreichen, um dann den Freiflugschein drei Meter in die Tiefe zu machen. Außer Nein-Sagen haben wir nicht viel getan an diesem Tag. Irgendwann ist Andrea genervt abgefahren und hat mir geschworen, NIE WIEDER mit den Kindern zu kommen. Dabei ist es geblieben.

Also, mein Zuhause ist für Bohnen jeglicher Art ungeeignet. Ich selbst finde diese architektonisch sehr gelungene Stahltreppe schon extrem wackelig, wenn man mal einen Averna zu viel genossen hat. Mit Schlafmangel und einer brüllenden Bohne auf dem Arm muss das oberste Stockwerk dann leider für gesperrt erklärt werden. Aber die Bohne und ich auf fünfunddreißig Quadratmetern – so viel hat nämlich der Küchen-Ess-Wohnbereich –, das kann nur im Chaos enden.

Verzweifelt reibe ich mir übers Gesicht. Mein Leben ist gerade viel zu kompliziert für mich. Also streiche ich die Überschriften »Mütterliches Tätigkeitsprofil« und »Dinge, die frau als Mutter nicht mehr tut« durch und ersetze sie durch »To do – aber zügig!«.

Es scheint dringlichere Dinge zu geben, als sich über Ökobrei und die Krippenplatzsituation in Deutschland Gedanken zu machen. Nämlich:

1. Ich brauche einen Job! Bestenfalls halbtags, sodass ich später trotz Bohne weiterarbeiten kann. Ich muss meine Mutter fragen, ob sie die Bohne nimmt. (Dies sind verdammt erwachse-

ne Gedankengänge, ich bin etwas erschüttert und muss kurz noch mal heulen. Geht dann aber.)

2. Ich brauche eine neue Wohnung. Anforderungen: Drei Zimmer und keine lebensgefährlichen Einbauten für müde Mütter und Bohnen. Vorzugsweise irgendwo, wo es grün ist, aber nicht zu weit außerhalb.
3. Ich bin doch noch gar nicht reif für ein Kind!
4. Blödsinn! Ich muss aufhören damit! Ich bin eine reife und erfahrene Frau von zweiunddreißig Jahren. Ich weiß, wo der Frosch die Locken hängen hat, kann Gewinn- und Verlustrechnungen erstellen, Bilanzen lesen, Winterreifen alleine aufziehen, Beziehungen beenden (ohne dass sich jemand das Leben nimmt), habe einen stabilen Freundeskreis und kann ohne Hilfe Backmischungen von Dr. Oetker zubereiten. Das ist verdammt viel. Das soll mir mal einer nachmachen! Ha!
5. Ich werde auf keinen Fall jemals öffentlich über blutige Brustwarzen, Milchstau, Babykacke und deren Farbe und Geruch sprechen. Niemals werde ich selig grinsen, während das Baby mir über den schwarzen Rollkragenpullover kotzt, und ich werde auch nicht unaufgefordert jedem Lebewesen mit Augen im Kopf Bohnenfotos unter die Nase halten.

Erschöpft lege ich den Stift beiseite, während eine böse Erkenntnis sich in meinem Hirn auszubreiten versucht. Was, wenn ich gar nichts dagegen tun kann? Wenn Mütter ganz automatisch so werden, nachdem sie die Brut auf die Welt gepresst haben?

Energisch schreibe ich »NIEMALS« unter den letzten Punkt. Ich werde mich dagegen zur Wehr setzen. Und ich werde versuchen, der Bohne eine gute Mutter zu sein. Auch wenn die da oben im Kosmos jetzt am großen runden Tisch hocken und hitzig debattieren, wie ihnen ein solcher Fehler unterlaufen konnte. Ich werde es ihnen zeigen. Basta!

Ich pinne die Liste an meinen Kühlschrank, nippe an meinem Tee mit Rumaroma (eklig, aber besser als nichts) und rufe alle Menschen zurück, die auf ein Lebenszeichen von mir warten.

Meine Eltern sind ganz aufgeregt und erläutern mir haarklein die gesamte familiäre Weihnachtsplanung. Es scheint wie immer ein sehr zeit- und nervenaufreibendes Familienfest zu werden.

Frau Wilken rufe ich lieber nicht zurück. Ich möchte auf keinen Fall, dass sie wegen ihres persönlichen Engagements bezüglich mir und der Bohne Probleme bekommt.

Hanne und Andreas sind fassungslos, als ich ihnen von den vergangenen Tagen berichte. Fassungslos und »arschwütend!«, wie Andreas mehrmals betont. Da die beiden zurzeit gemeinsam an einem wichtigen Projekt arbeiten, führen wir zu dritt eine kleine Telefonkonferenz. Die beiden immer noch im Büro, ich in meiner Küche.

Justine lädt mich zu ihrer Silvesterparty ein, und Jutta sagt nur: »Arschloch, dieser Dr. Arsch. Sollen ihm die Eier schwarz anlaufen und abfallen!« Hmm, sie ist da immer sehr präzise, und ich weiß nicht, ob sie nicht heute Nacht einen kleinen Hexentanz um den alten Birnbaum in ihrem Garten vollziehen wird und Dr. Arsch morgen tatsächlich die Eier abfallen. Nun, sie soll tun, was sie für richtig hält, ich lasse ihr da ganz freie Hand.

Andrea hat keine Zeit zum Telefonieren, denn Julian hat einen Infekt mit Fieber und Rotze und brüllt im Hintergrund das gesamte Wohngebiet zusammen, während Johannes kurz mit mir spricht. Hoffentlich wird die Bohne ein Mädchen, die sind irgendwie härter im Nehmen. Jungs sind doch eher zartbesaitet, was sich leider bis ins hohe Alter fortsetzt. Ich entsinne mich kurz und mit Schaudern, dass Olaf beim geringsten Anzeichen einer Erkältung in die Badewanne sprang, literweise Kamillentee soff und sein baldiges Ableben voraussagte. Das tat er täglich vierundzwanzig Stunden am Stück, bis es ihm besser ging. Also ungefähr vierzehn Tage nach Ausbruch der Erkältung. Und während ich mich noch mit einer eitrigen Angina ins Büro schleppte, lag er zu Hause auf dem Sofa, schaute *Ice Age*, und die Genesungskarten seiner Kollegen stapelten sich auf dem Küchentisch. Ich glaube nicht, dass Dr. Arsch damals die eitrige Angina in meinem Hals überhaupt bemerkt hat.

Der letzte Anruf gilt soeben erwähntem Weichei, dem Bohnen-Erzeuger. Schon nach den ersten drei Sätzen hätte ich gerne einen Averna auf Eis als Unterstützung.

Olaf ist die Ruhe selbst. Er ist völlig tiefenentspannt – und das sollte mich doch eigentlich erfreuen, rufe ich mich selbst zur Ordnung. Immerhin ist er einer der Hauptbeteiligten an diesem Projekt, aber dieser tiefenentspannte Zustand meines Exfreunds regt mich aus irgendeinem Grund kolossal auf. Vielleicht liegt es daran, dass gerade mein ganzes Leben aus den Fugen gerät, während er fröhlich so weiterlebt wie bisher?

Ich setze ihn kurz über all die Verwicklungen in meinem Leben in Kenntnis, fühle mich prompt wie ein Versager und gehe mir mit diesem Gedanken selbst auf die Nerven.

Außerdem beschleicht mich das ungute Gefühl, dass er denken könnte, wenn ich ihn nicht verlassen hätte, wäre jetzt alles gut. Frei nach dem Motto: Selber schuld!

Das sagt er natürlich nicht, und ich habe keine Ahnung, ob er Gedanken in diese Richtung hegt. Aber allein die Vorstellung, es könnte so sein, macht mich wütend. Da das natürlich rein rational betrachtet alles nur in meinem Kopf stattfindet, kann ich es nicht aussprechen und werde noch wütender. Irgendwann bin ich arschwütend und lege mitten im Satz auf. Soll er sich doch mit seiner neuen Ische der gemeinsamen Tiefenentspannung hingeben. Ist mir doch egal!

Ist es leider nicht. Ich glaube, ich bin ein Opfer der vielen bösartigen, neuen Hormone in meinem Organismus. Seufzend genehmige ich mir zwei Becher grünen Wackelpudding und gehe auf der Suche nach neuen Erkenntnissen in mich. Denn eins scheint völlig klar: Das Gespräch mit Olaf hat mich mehr aufgewühlt, als ich erwartet hätte. Dabei war ich mir doch gerade noch völlig sicher, kein Problem mit der neu geordneten Beziehungssituation zu haben.

Sinnierend schließe ich die Augen und denke angestrengt nach. Das Ergebnis ist dürftig, aber so viel steht immerhin fest: Ich habe keinen Anfall von Eifersucht. Ich will Olaf Beyer nicht zurück. Um ehrlich zu sein, ist mein Exfreund gerade höchstens dazu geeignet, bei mir eine Magenschleimhautentzündung auszulösen.

Aber – ja, es gibt ein großes Aber – die Situation, in der ich stecke, erdrückt mich. Ich wünsche mir Beistand. Bohnenväterlichen Beistand, um genau zu sein. Ich habe schlicht und ergreifend Angst vor der Zukunft, einer Zukunft als alleinerziehende Mutter.

Emotional völlig überlastet gehe ich irgendwann ins Bett. Der Kosmos ist mir zum Glück freundlich gesinnt, vielleicht als Wiedergutmachung für die irregeleitete Befruchtung, und ich falle in einen tiefen Schlaf.

Kapitel 12

Die kommenden Tage ziehen einfach an mir vorbei. Ich befinde mich in einer Trauerphase. Das weiß ich von Jutta, die diese Trauerphase akribisch überwacht. Sie kommt jeden Tag nach der Arbeit vorbei und karrt tonnenweise gesunde Nahrungsmittel in meinen Kühlschrank. Das erste Mal habe ich mich noch gefragt, wer das alles essen soll. Vierundzwanzig Stunden später hatte sich diese Frage eindrücklich geklärt: Ich.

Seitdem verzehre ich alles, was Jutta auf ihren täglichen Beutezügen anschleppt, und lungere den Rest des Tages auf dem Sofa herum. Nur mit knapper Not und unter Aufbietung sämtlicher Kräfte schaffe ich es, mich nach den 20-Uhr-Nachrichten ins Bett zu schleppen. Um dort bis zum nächsten Morgen um elf Uhr zu bleiben.

Jutta sagt, es sei wichtig, mich jetzt zu schonen. Für die Bohne und für meine Seele. Der Rückzug in die Höhle – das hat sie echt gesagt – sei gut und notwendig. Dabei hat meine schicke Zwei-Zimmer-Wohnung nun wirklich keinen Höhlen-Charakter. Aber Jutta meint, nur so könne ich mit dem Vergangenen abschließen, meine Ängste verarbeiten und mich dem Neuen öffnen. Mir erscheint das eine sehr einleuchtende und nicht weiter zu hinterfragende Erklärung für meinen Zustand zu sein, und so gebe ich mich dieser Trauerphase voll und ganz hin.

Wenn ich nicht esse, sehe ich fern, ansonsten telefoniere ich. Mein großer Bruder meldet sich jeden Tag, was ich sehr süß finde. Auch Herr Dr. Clemens Morgenroth setzt mich mindestens einmal täglich davon in Kenntnis, welch heroische Taten er schon für mich vollbracht hat. Das finde ich auch ganz süß.

Außerhalb meiner Trauerhöhle herrscht der pure Stress. Alle leiden unter latenter vorweihnachtlicher Hysterie: zu viele Weihnachtsfeiern, zu wenig Geld auf dem Konto, noch keine Geschenke oder zu viel Arbeit. Einige, wie Mara, haben alles zusammen. Und da ich ja völlig stressfrei zu Hause herumlungere, unterbreche ich meine eigene Trauerphase gern, um in diesen schweren Zeiten als seelischer Mülleimer zu fungieren.

Seltsam. Während die Menschen so kurz vor dem 24. Dezember noch einmal an Tempo zulegen, um dann an Heiligabend völlig überlastet zusammenzubrechen, liege ich bereits jetzt entschleunigt und entspannt auf meinem Sofa. Das ist mir in meinem ganzen Leben noch nicht passiert, bisher bin ich immer an vorderster Front mit den anderen umhergejagt.

Ich liege also so rum, und manchmal muss ich heulen. Manchmal geht es mir allerdings auch ganz gut. Nach sechs Tagen Höhlenphase schaffe ich es morgens schon um halb elf aus dem Bett und wanke ins Bad. Seit dem 16. Dezember muss ich nicht mehr kotzen (übrigens der erste Tag ohne Dr. Arsch – ein Zeichen?), und ich kann auch wieder normale Lebensmittel konsumieren. Sogar Kaffee löst nicht mehr umgehend einen Brechreiz aus, und seitdem ich im Schröders den Espresso getrunken habe, weiß ich: je weniger und je stärker, desto besser.

Ich habe es also vom Bett ins Bad geschafft, wo ich mir mein altes Snoopy-Schlaf-Shirt über den Kopf zerre und es mit einer lang geübten Rotationsbewegung der rechten Hand gekonnt wie Michael Jordan über die linke Schulter in den Wäschekorb hinten in der Ecke werfe. Mein Blick fällt bei dieser lässigen Bewegung in den Spiegel und ich sehe … eine leichte Wölbung direkt unter dem Bauchnabel.

Mir fällt doch glatt die Kinnlade gen Fußboden, und ungläubig versuche ich den Bauch einzuziehen. Geht nicht. Der Bauch lässt sich nicht einziehen. Ob Juttas Fütterung daran schuld ist? Dafür fällt mir eine Etage höher noch etwas auf: Ich habe dicke Titten bekommen. Ich muss es so bezeichnen, weil es so ist. In unschwangerem Zustand bin ich grundsätzlich mit einem flachen Bauch gesegnet, aber leider auch mit flachen Brüsten und einem Hintern, der im Gesamtbild überhaupt nicht auffällt. Einen Hintern habe ich zwar immer noch nicht, aber dafür jetzt Titten. Alter Falter, ich hebe die Hände und greife mir fassungslos an die Brüste. Vorher hatten sie in der hohlen Hand noch etwas Platz. Jetzt quellen sie über.

Das alles muss in dieser Woche der Höhlenisolation passiert sein. Da ich seit einer Woche nur bequeme Jogginghosen und alte Shirts ohne BH trage, habe ich wohl einen ganz entscheidenden Teil nicht mitbekommen. Jetzt ist nicht mehr nur mein Uterus schwanger, der Rest meines Körpers gibt sich wirklich Mühe aufzuholen.

Ich fühle mich fast ein bisschen fremd, und ohne etwas überzuziehen, laufe ich ins Wohnzimmer, um endlich den Schwangerschaftsratgeber zurate zu ziehen, den Andrea mir per Amazon ins Haus gejagt hat. Bis jetzt habe ich den mit rosa Bärchen verzierten Wälzer nur verächtlich von einer Ecke in die andere getragen. Aber jetzt ist der Moment der Wahrheit gekommen. Nackt sitze ich auf dem Sofa und blättere wie wild vor zur richtigen Stelle. Seite 113: Das erste Trimester. Klingt wie Schulanfang. Ich muss gestehen, dass mir beim Blättern meine Brüste etwas im Weg sind. Ich hatte ja noch nie welche und muss mich anscheinend erst an den Umgang mit ihnen gewöhnen.

Folgende Informationen stehen auf Seite 113: Die Bohne ist jetzt sechs Zentimeter groß und wiegt ungefähr acht bis vierzehn Gramm. Die embryonale Phase (wenn ich die ersten 112 Seiten gelesen hätte, wüsste ich jetzt, was das bedeutet) ist abgeschlossen, und alle Organe sind jetzt in der Bohne angelegt. Klingt doch erst mal ganz gut.

Ich sollte mich laut Ratgeber zwar schwanger fühlen, aber noch nicht so aussehen. Während ich diese Zeilen lese, schieben sich meine Brüste von unten in mein Sichtfeld. Nicht schwanger aussehen? Wo kommen dann diese Monster her?

Vielleicht ist es ja auch irgendwie gefährlich, schon in der zwölften Woche so schwanger auszusehen, grüble ich nach. Unter Umständen ist mein Körper so sehr damit beschäftigt, das Brustgewebe aufzuplustern, dass für die Bohne keine Nährstoffe mehr übrig bleiben? Leicht panisch greife ich nach meinem Handy. Ich muss sofort jemanden, der Ahnung von der Materie hat, mit dieser Frage belästigen.

Nach dem zehnten Klingeln geht Andrea endlich ans Telefon.

»Warum rufst du nicht auf dem Festnetz an?«, fragt sie mich als Erstes. Sie ist so … vernünftig. Allerdings auch erst, seitdem sie Mutter ist.

»Weil ich keins habe«, antworte ich wahrheitsgemäß.

»Stimmt ja«, stöhnt sie, und ich höre Julian im Hintergrund wimmern.

»O Gott. Alles okay bei euch?«, frage ich erschrocken.

»Er ist krank und eine Memme«, stellt sie sachlich fest. »Er heult die ganze Nacht, und tagsüber hört er nur auf mit der Jammerei, wenn er die kleinen Einsteins in Dauerschleife sehen darf. Ich bin so müde, ich könnte SOFORT einschlafen.«

Ich erwarte eine weitere Ausführung, aber sie schweigt. Vielleicht ist sie ja eingeschlafen?

»Hallo?«, frage ich zaghaft.

»Ich wollte mich eigentlich schon die ganze Zeit bei dir melden. Tut mir leid. Hier ist einfach die Hölle los. In diesem Haus sieht es aus, als ob eine Herde Büffel durchgeprescht wäre, und ich habe seit acht Tagen keine Nacht länger als zwei Stunden geschlafen. Und die nicht am Stück.«

Was sind große Brüste dagegen doch für ein lächerliches Problem.

»Wie geht es dir denn?«, fragt sie in diesem Moment, und ich muss … heulen. War ja klar. Weil sie so großherzig ist und mich trotz ihres desolaten Zustandes fragt, wie es mir geht.

»Meine Brüste sind exorbitant groß, und ich habe einen Bauch, der da vor einer Woche noch nicht war«, sage ich schnell.

»Welche Woche?« Sehr elementare Frage, die mir in letzter Zeit immer häufiger begegnet. Allerdings stellen sie nur Frauen, die die heiligen vierzig Wochen schon hinter sich haben. Daran erkennt man Mütter. Daran und an den mit Bazillen verseuchten Taschentüchern in ihren Jeans. Und vielleicht noch den Rändern unter den Augen.

»Zwölfte.«

»Hast du mit dem Kotzen aufgehört? Und hast du in dieser ekligen Phase abgenommen?«

»Ja und ja.« Bitte, ich habe vier Wochen von Wackelpudding und trocken Brot gelebt. Davon wird man wohl kaum adipös.

»Dann liegt es daran. Du warst ja schon vorher schlank. Bei sehr dünnen Frauen sieht man die Schwangerschaft natürlich früher als bei etwas dickeren. Und außerdem«, sie senkt verschwörerisch die Stimme, »dicke Brüste sind bei dir auch etwas sehr Relatives.«

»Danke, Schwester!«, antworte ich, und in derselben Sekunde fängt Julian an zu brüllen, als hätte ihn einer der wilden Büffel in Andreas Haus auf die Hörner genommen.

Unbeeindruckt sagt sie: »Nichts passiert. Er will nur Apfelsaft. Wir telefonieren die Tage!«, und legt auf.

Gut, es scheint eine Erklärung für den plötzlichen Dolly-Buster-Zustand oberhalb meines Bauchnabels zu geben. Außerdem habe selbst ich schon mitbekommen, dass dicke Brüste zu einer Schwangerschaft dazugehören wie Sahne auf den Erdbeerkuchen. Aber es ist doch wirklich etwas ganz anderes, davon zu hören, als es dann am eigenen Leib zu erfahren. Vielleicht sollte ich trotzdem Dr. Ganter kontaktieren und nicht bis Anfang Januar auf die nächste Vorsorgeuntersuchung warten? Aber was soll ich ihm sagen – meine Brüste sind dick? Hm, das scheint nichts zu sein, womit man seinen Frauenarzt so kurz vor Weihnachten jeck machen sollte.

Ich beschließe, die Sache etwas entspannter zu sehen, und wühle mich als Erstes durch meinen Kleiderschrank, um eine geeignete Aufbewahrungsmöglichkeit für die beiden Mädels zu finden. Schließlich schlüpfe ich in ein altes Sportbustier, das sie etwas im Zaume hält. Ich brauche einen neuen BH, so viel steht mal fest. Somit wird die Liste der Dinge, die ich dringend benötige, immer länger: neuer Job, neue Wohnung und jetzt noch ein neuer BH. Aber im Gegensatz zu den anderen Punkten auf meiner Liste kann wenigstens dieses Grundbedürfnis schnell bedient werden, indem ich morgen noch mal einen kurzen Abstecher in die Stadt mache.

Kapitel 13

Am Nachmittag besucht mich Tom spontan auf einen Kaffee. Er arbeitet ja sonst schon nicht viel, vor Weihnachten aber aus Prinzip nicht, und so hat er Zeit. Ich sehe fatal aus. Ungewaschene Haare, Snoopy-Shirt, Jogginghose in Lila. Kurz erkläre ich ihm die Sache mit der Trauerphase und der damit einhergehenden Verwahrlosung, aber Tom nickt nur. Wortlos zerrt er aus seiner großen Umhängetasche zwei Packungen Eiscreme. Da er immer mal wieder verlassen wird und dann wochenlang selbst in Trauer versinkt, hat er offenbar einen sechsten Sinn für solche Phasen, und so sitzen wir in stiller Eintracht auf meinem Sofa und widmen uns Mega-Choc und Bourbon-Vanille in Karamellsoße.

Als ich ihm die Ultraschallbilder der Bohne zeige, wird mein Bruder seltsam rührselig. Also, rein optisch. Seine Augen bekommen einen ganz leichten feuchten Schimmer, sagen tut er nichts. Da er gerade zwei Löffel Mega-Choc im Mund hat, ist das technisch aber auch gar nicht möglich.

Am nächsten Tag ist Heiligabend. Ich liebe diesen Tag. Wie immer feiern wir alle auf dem Hof meiner Eltern. Und wie immer seit zehn Jahren gibt es irgendeine undefinierbare Gemüsepampe als Festmahl. Vorbei die Zeiten der fetten Gans mit Klößen und Rotkohl. Trotzdem ist es richtig gemütlich, und ich werde reichlich beschenkt. Sogar die Bohne bekommt etwas. Natürlich von der Großmutter in Lauerstellung: einen kleinen Teddy. Das finde ich so süß, dass ich wieder … heulen muss, bingo! Johannes, Andreas Mann, ist ganz von den Socken, dass seine Schwägerin plötzlich so nah am Wasser gebaut hat. So kennt er mich halt nicht. Den ganzen Abend versucht der Arsch mich mit rührseligen Geschichten und seinem herzigen Dackelblick zu weiterem öffentlichen Tränenvergießen zu bewegen, aber ich schaffe es irgendwie, standhaft zu bleiben.

Am ersten Feiertag treffen wir uns wieder, um die Reste der undefinierbaren Gemüsepampe zu verspeisen, und für den zweiten Feiertag habe ich all meine Mädels zu mir eingeladen. Es wird ein toller Abend, und irgendwann bemerkt Jutta trocken, dass dies ja wohl das letzte Weihnachten alleine sein wird. Was mich natürlich nachhaltig erschüttert und umgehend wieder zu einer optischen Inkontinenz führt. Das letzte Jahr so ganz vogelfrei. Ich will mich gar nicht mehr beruhigen, bis Mara schließlich mit düsterer Stimme meint, ich solle mich nicht so anstellen, dafür könne ich nächstes Jahr endlich wieder saufen wie ein Loch.

An den Tagen zwischen Weihnachten und Neujahr pflege ich noch ein wenig meine mittlerweile lieb gewonnene Trauerphase, und dann verabschiede ich mit meinen Mädels das alte und begrüße das neue Jahr. Das Jahr der Bohne, wie ich es insgeheim getauft habe. Und noch insgeheimer: das Jahr der dicken Brüste! Noch nie konnte ich mit meinem Dekolleté ein solches Aufsehen erregen wie auf dieser Silvesterparty. Zugegeben: Ich bin noch etwas unbeholfen im Umgang mit sehr üppigen 75 B, und so habe ich die zwei kurzerhand unter dem tief ausgeschnittenen Kleid festgetapt. Aber der Erfolg war durchschlagend. Alles, was über Testosteron im Blut verfügte, lag mir zu Füßen. Einschließlich Eugen, Justines Dackelmischling, der den ganzen Abend nicht von meiner Seite wich.

Gleich am 4. Januar habe ich den nächsten Vorsorgetermin. Morgens um acht studiere ich allerdings erst mal Seite 120 bis 123 in meinem Schwangerschaftsratgeber, damit ich informiert bin. Das Kapitel über die vierzehnte Woche ist allerdings wenig aufschlussreich. Die Bohne könnte jetzt schon neun Zentimeter lang sein, wenn mein Brustwachstum ihr nicht sämtliche Energie für dieses Kunststück geraubt hat. Sonst steht da nur Blabla. Zum Beispiel soll ich die Schwangerschaft nun meinem Arbeitgeber mitteilen. Schon passiert, Job weg. Und dann steht da noch, dass es gerade jetzt für Frauen besonders schön ist, von ihrem Partner mit wohltuenden ätherischen Ölen massiert zu werden. Ich habe weder das eine noch das andere. Und ganz sicher werde ich weder einen neuen Partner noch stinkendes Öl auf meine Liste der dringend benötigten Dinge setzen.

Mein Blick fällt auf den halb vollen Becher mit Wackelpudding vor meiner Nase. Ich schiebe ihn zur Seite. Ich habe jetzt Lust auf Sushi. Ein Bedürfnis, das man in Anbetracht der Uhrzeit durchaus als sonderbar bezeichnen kann. Die Wackelpudding-Phase scheint jedoch definitiv abgeschlossen zu sein. Mit leichtem Ekel betrachte ich den grünen Glibber in dem durchsichtigen Becher. Offensichtlich beginnt jetzt die Ära des Fisches.

Da ich Tom schon ein paar Tage nicht gesehen habe, ließe sich dieses Bedürfnis doch hervorragend mit einem Besuch von meinem lieben Bruder verbinden. Umgehend wähle ich seine Nummer.

»Ja«, meldet er sich völlig verschlafen nach dem fünften Klingeln. Es ist noch vor neun.

»Hast du Zeit?«, frage ich.

»Paula! Ist was passiert?« Er ist plötzlich hellwach, und ich bin erschrocken. Was soll denn passiert sein?

»Nein, alles ist gut!«, sage ich schnell. Übertriebene Sorge kenne ich von meinem Bruder nun nicht so.

»Hast du heute Nachmittag schon was vor?«, frage ich also kurzerhand.

»Was'n?«, fragt er zurück, und ich erläutere kurz mein dringendes Bedürfnis nach Fisch auf kleinen Reisbällchen.

»Schwanger sein macht dich komisch«, kommentiert er trocken. »Bin um drei da. Aber ohne Sushi. Keinen rohen Fisch für Schwangere. Höchstens vegetarisches«, fügt er hinzu.

Na toll. Früher dachte ich, eine Frau mit Bohne im Bauch darf keinen Alkohol trinken. Heute weiß ich: Nahezu alle meine Lieblingslebensmittel stellen eine potenzielle Gefahr dar. Zum Beispiel Rohmilchkäse, Tiramisu und Salami. Und die Liste wird tagtäglich länger. Jetzt auch noch Sushi! Noch sechsundzwanzig Wochen ohne Nigiri und Sake Maki. Das Leben ist fürwahr kein Ponyhof. Kein Job, kein Mann, kein roher Fisch. Dafür einen Bruder, der offenbar Schwangerschaftsratgeber liest. Und zwar deutlich aufmerksamer als seine Schwester.

Ich beende das Gespräch, als es an der Tür klingelt. Ziemlich früh für Besuch, weshalb mein neuerdings so fürsorglicher Bruder mich noch schnell eindringlich ermahnt, keine fremden Männer in die Wohnung zu lassen. Es ist aber nur der Postbote, der mir ein Päckchen in die Hand drückt. Ich bedanke mich und will schon die Tür schließen, als es leise »Halt« durch den Türschlitz ruft. Okay, Tür wieder auf. Freudestrahlend hält mir der Postbote den *Braunschweiger Kurier* entgegen, das kostenlose Käseblatt der Region, welches vom Zusteller immer in Hunderterpaketen im Hauseingang abgelegt wird.

»Habe ich Ihnen mit nach oben gebracht!« Der Postbote muss Mitte vierzig sein, doch er strahlt mich an wie ein kleiner Junge. Freundlich lächle ich zurück und sage artig: »Danke.«

»Müssen Sie nicht extra runterlaufen.«

Wäre ich nicht. Ich lese das Ding schließlich nie. Stehen nur blöde Berichte über Hasenzüchter und Autohaus-Jubiläen drin. Aber der Postbote ist offenbar in Plauderlaune.

»Schön, danke«, sage ich noch mal.

»Sie sehen gut aus, Frau Schmidt«, platzt es plötzlich aus ihm heraus, und ich muss kurz an Toms Warnung mit den fremden Männern in meiner Wohnung denken.

Dieser Mensch vor meiner Tür verhält sich seltsam. Er hat mir schon oft Päckchen gebracht, aber er war nie nett zu mir, geschweige denn, dass er mir mitgeteilt hätte, ich sähe gut aus. Was, rein objektiv betrachtet, auch nicht der Fall ist. Ich bin sozusagen vor einer halben Stunde aus dem Bett gekrochen und hatte noch keine Zeit für Restaurationsarbeiten.

»Schön, danke.« Ich wiederhole mich. Er nickt mir noch einmal sehr freundlich zu und springt dann, immer zwei Stufen auf einmal nehmend, die Treppe hinunter. Hat die deutsche Post begonnen, ihren Mitarbeitern Antidepressiva in den Kaffee zu kippen? Etwas ratlos blicke ich ihm hinterher.

Dann laufe ich zurück in meine Küche und reiße den Karton auf. Zwei weitere Schwangerschaftsratgeber erblicken das Licht der Welt. So rein optisch beide ganz böser Stoff. Der eine ist himmelblau mit kleinen Herzchen in Schrillrosa drauf, und der andere heißt *Das Mami-Lesebuch*. Oha, ein kurzer Blick hinein lässt mich schmerzhaft das Gesicht verziehen.

Bilder von Frauen in allen Stadien der Schwangerschaft mit

einem glückseligen Grinsen blicken mich von nahezu jeder aufgeblätterten Seite an. Unten springen mir die Worte »Blähungen« und »Hämorriden« ins Auge und oben lächelt eine blonde Frau mit einer Tasse Tee in der Hand fröhlich und tiefenentspannt in die Kamera. Hätte sie Krampfadern am Arsch, würde sie sich doch wohl nicht so freuen, oder doch?

Angewidert werfe ich die Bücher auf meine Küchentheke und nehme mir noch einen Kaffee. Mein Blick fällt auf den *Braunschweiger Kurier*. Zögerlich schlage ich ihn auf und blättere so lange weiter, bis ich auf der Seite mit den Stellenangeboten ankomme. Na, wenn ich schon mal hier bin …

Ich lese Stellenangebote für Lagerarbeiter, Gärtner, Fleischereifachverkäuferinnen, Sonnenstudiomitarbeiterinnen, und gerade will ich mir genervt einen weiteren Kaffee holen und doch lieber die neuen Ratgeber studieren, da stoße ich auf folgenden Anzeigentext:

»Ökologisch arbeitende Produzentengemeinschaft sucht Assistentin für Vertrieb und Buchhaltung. Teilzeit. Sie müssen hinter der Sache stehen! Bewerbungen bitte an Elena Meyer, Hegewalder Str. 3«

Ich bin selbst erstaunt, wie schnell ich meinen Laptop aus dem Schlaf gerissen und eine aussagekräftige Bewerbung zusammenfabuliert habe. Was Frau Elena Meyer auch immer mit dem kryptischen Satz »Sie müssen hinter der Sache stehen!« meint – ich stehe definitiv hinter der Sache.

Immerhin habe ich ökologisch wertvolle Eltern, da bekommt man so einiges mit. Dann krame ich noch nach einem aktuellen Passbild – zum Glück hatte ich gerade welche für meinen Betriebsausweis machen lassen – und tüte das Ganze ein. Wenn man bedenkt, dass ich bei meiner letzten internen Bewerbung fünf Tage und drei Gegenleser gebraucht habe, geht mir das hier flott von der Hand. Von der Bohne sage ich natürlich noch nichts. Ich bin ja nicht blöd.

Auf dem Weg zu Dr. Ganter schmeiße ich den Brief ziemlich unzeremoniell in den nächsten Briefkasten. Die letzte Bewerbung musste Jutta noch mit Steinstaub und guten Wünschen versehen – so ändern sich die Zeiten.

Dr. Ganter ist sehr erfreut, mich und die Bohne zu sehen. Heute tummeln sich keine weiteren Schwangeren mit mir im Wartezimmer, und er kümmert sich wohl lieber um werdende Mütter als um Vaginalpilze und Scheidentrockenheit. So kommt es mir zumindest vor, als er mich persönlich aus dem mit Frauenzeitschriften vollgestopften Stuhlkreiszimmer abholt.

Fröhlich händigt er mir meinen Mutterpass aus, das erste amtliche Dokument dieser Schwangerschaft, bevor er erklärt, dass ich gar entzückend aussähe. Und über die Tatsache, dass ich endlich zugenommen habe, freut er sich auch. Das ist jetzt schon der zweite Mann an diesem Morgen, der sich lautstark an meiner Optik erfreut. Etwas verwirrt wende ich mich ab, um hinter den Vorhang zu schlüpfen.

Ich habe bis jetzt noch nicht begriffen, wozu ein Vorhang notwendig ist, wenn man sich eh untenrum komplett entblößt und dann zwangsläufig den Sichtschutz wieder verlassen muss, aber ich habe beschlossen, dass dies einfach zu den unerklärbaren Phänomenen dieser Welt gehört. Ziehen Sie sich bitte HINTER dem Vorhang aus, und kommen Sie dann bitte OHNE Hose wieder hervor.

Zügig klettere ich auf den gefürchteten Stuhl und lasse Dr.

Ganter mit seinem Ultraschallgerät auf Bohnenjagd gehen. Kurz darauf erscheint sie auf dem Monitor. Mit Schrecken stelle ich fest, dass sie gar nicht mehr so sehr wie eine Bohne aussieht, mehr wie eine Kaulquappe oder etwas anderes Glibberiges, was in Teichen und Tümpeln haust. Er misst fleißig an ihr herum, diagnostiziert, dass alles allerbestens ist, und ich darf wieder runter vom Stuhl. Das Beweisfoto drückt er mir in die Hand und will gerade von dannen eilen, als ich ihm ein energisches »Halt!« hinterherrufe.

»Frau Schmidt?« Mit der Türklinke in der Hand blickt er mich fragend an.

»Meine Brüste sind riesig«, sage ich schnell. Nicht, dass er mir noch entfleucht und mich mit dieser elementaren Frage alleine lässt.

»Äh … aha«, sagt er langsam, lässt aber die Türklinke nicht los.

»Kann das schädlich sein? Für das Baby?« Ich muss zugeben, laut ausgesprochen klingt meine Frage wirklich außerordentlich dämlich.

»Äh …« Ein zartes Grienen schleicht sich auf sein rundes Gesicht. »Nein, die Brüste wachsen im Laufe der Schwangerschaft. Das ist unschädlich und sogar förderlich.« Dann nickt er und verschwindet endgültig aus der Tür.

Ich bleibe ein wenig ratlos zurück. Sogar förderlich? Wofür denn? Ich sollte mir wirklich mehr Zeit für diese Schwangerschaftsratgeber nehmen. Dr. Ganter werde ich mit der Sache wohl lieber nicht noch mal behelligen.

Kapitel 14

Drei Tage später ereilt mich folgender Anruf auf meiner Mailbox: »Hallo. Hier ist Elena Meyer. Wir haben Ihre Bewerbung erhalten, die uns gaaanz gut gefällt. Wir würden uns freuen, wenn Sie mal auf einen Tee vorbeikommen könnten. Rufen Sie doch einfach zurück!«

Ich finde, das sind ganz erstaunliche Informationen, und höre die Mailbox achtmal ab, um alles genau zu erfassen und vor allen Dingen: zwischen den Zeilen zu hören. Nach dem achten Mal ziehe ich folgende Rückschlüsse:

1. Vier Tage nach Erhalt der Bewerbung eine Rückmeldung – das ist turbomäßig. Oder bin ich vielleicht einfach die einzige Bewerberin?
2. Elena Meyer klingt nett und total verrotzt.
3. Eine Einladung zum Tee? Wie jetzt, als Vorstellungsgespräch? Ein verstecktes Assessment-Center? Oder die übliche Vorgehensweise bei einer ökologischen Produzentengemeinschaft?
4. Was bedeutet »gefällt uns gaaanz gut«? Besonders gut? Exorbitant gut? Ich bin bereits angestellt? Sind alle anderen Bewerber gaaanz schlecht? Fragen über Fragen.

Ich bin so aufgewühlt, dass ich der Aufforderung zurückzurufen einfach folge und umgehend die genannte Nummer wähle.

Es klingelt einmal, dann prustet Elena Meyer in mein rechtes Ohr. Sie musste wohl gerade niesen, als ihr Telefon klingelte, und zwar direkt in meinen Gehörgang. Zum Glück bin ich durch Julians akustisches Hochleistungstraining einiges gewohnt und zucke nur kurz zusammen.

»Gesundheit! Hier ist Paula Schmidt«, sage ich freundlich.

»Danke und Entschuldigung und hallo, Frau Schmidt«, antwortetet Elena Meyer verschnupft.

»Grippe?«, frage ich vorsichtig.

»Allergie gegen Glutamat«, antwortet sie und muss wieder niesen.

»Teufelszeug!«, skandiere ich.

»Fürchterlich! Und ich weiß noch nicht einmal, wo es drin gewesen ist. Die Lebensmittelindustrie verarscht uns einfach nach Strich und Faden!«

Aha, ihr Element. Meins aber auch. Bin durch die harte Schule meiner Lebensmittelzusatzstoffe bekämpfenden Eltern gegangen.

»Ich sage es Ihnen! Vorne schreiben sie groß ›ohne Zusatz von geschmacksverstärkenden Stoffen‹ drauf, und hinten steht ganz klein ›Hefeextrakt‹.«

Das trifft den Kern der Sache zwar nicht ganz, aber es macht hoffentlich deutlich, dass ich hinter der Sache stehe. Hinter welcher auch immer.

»Ha! Genau so ist es!«, ereifert sich Elena Meyer erfreut.

Wir verstehen uns, und ich befinde mich demnach mitten im alles entscheidenden Vorvorstellungsgespräch.

»Können Sie mal rumkommen?«, fragt sie, und ich antworte: »Wann und wo?«

»Hegewalder Straße drei. Das liegt in der Nähe des Naturschutzgebietes. Wann passt es Ihnen denn? Ich könnte innerhalb von einer Stunde alle zusammentrommeln.«

Alle zusammentrommeln? Hoppla! Habe ich es mit einem ganzen Rudel von Öko-Kämpfern zu tun?

»Äh, super. Ich könnte heute Abend gegen achtzehn Uhr bei Ihnen sein.«

»So machen wir es. Sie können auf dem Hof parken. Bis dahin!«, sagt sie energisch und legt auf.

Bis zu dem Moment, als ich den kleinen roten Knopf an meinem Handy drücke, bin ich die Ruhe selbst. Danach überkommt mich augenblicklich die Panik.

»Uaahhhhhh!«, stöhne ich auf und sinke ermattet auf mein Sofa. Alle offenen Fragen waren bis zu diesem Zeitpunkt nur unsortierte Fragmente in meinem Hirn. Jetzt muss ich sie sortieren und passend zusammenstellen. Die wichtigste Frage vorab: Was mache ich mit der Bohne?

Ganz taff hatte ich mir vorgenommen, sie einfach nicht zu erwähnen. Rechtlich ist das erlaubt, zumindest sagt Google das nach eingehender Befragung. Aber jetzt ist es einfach unvorstellbar, den Zustand in meinem Uterus unerwähnt zu lassen. Zumal es zwangsläufig irgendwann offensichtlich werden wird.

Dann das Thema Gehaltsvorstellung. Was brauche ich denn wirklich zum Leben? Womit wir wieder beim Thema wären: Was darf eine neue Wohnung kosten? Muss ich den Golf verkaufen? Immer all diese Fragen. Ich bin erschöpft und kurz geneigt, mich wieder greinend ins Bett zu verziehen, aber die unbekannte Instanz in meinem Hirn hindert mich daran. Nachdem sie wochenlang geschwiegen hat, brüllt sie mir plötzlich und ohne Vorwarnung *»Jetzt Arsch zusammenkneifen!«* ins Kleinhirn. Ich rolle mit den Augen, gehorche dann aber.

Zügig mache ich mich an eine neue Liste. Thema: »Geld für mich und die Bohne!«

Fazit: Arbeitslosengeld ist toll, aber nur kurzfristig. Besser jetzt einen neuen Job als nach der Geburt der Bohne. Meine neue Wohnung darf ungefähr fünfhundert Euro kosten. Der Golf kann bleiben, da sparsam im Verbrauch (bei entsprechender omamäßiger Fahrweise) und abbezahlt. Kindergedöns bekomme ich von Andrea. Kinderbetreuung von meiner Mutter – ich hoffe, sie ahnt bereits etwas von ihrem Glück.

Essen erlege ich zur Not selbst. Äh … war nur Spaß. Aber so viel isst die Bohne ja am Anfang noch nicht. Und auch das hat mir Google mitgeteilt: Der Kindsvater hat Unterhalt zu leisten. Tief in meinem Unterbewusstsein war mir das schon klar, jetzt habe ich allerdings in einer spannenden Liste nachgelesen, wie viel: nämlich fast vierhundert Euro. Ich weiß ja, dass Olaf sehr gut verdient, das wird ihm also nicht allzu wehtun.

Dieser Unterhalt klingt erst mal nach verdammt viel Geld. Und dann auch wieder wenig, wenn man bedenkt, welche Konsequenzen die Bohne für mein Leben hat. Wobei mir vermutlich ein Großteil dieser Konsequenzen noch gar nicht bewusst ist. Noch befinde ich mich im Tal der Unwissenden. So war es bisher immer in meinem Leben: Viele Dinge begreift man in ihrer Gesamtheit erst recht spät. Nämlich meistens dann, wenn man die soeben gemachte Erfahrung bereits dringend gebraucht hätte.

Der Tag vergeht mit diesen hochphilosophischen Gedanken, und um vier stehe ich ratlos vor meinem Kleiderschrank. Was soll ich nur anziehen? Auf eine Öko-Gemeinschaft könnte ein Gucci-Kostüm in dezentem Grau vielleicht traumatisierend wirken und mich in die Konsum-Tussi-Ecke befördern. Einmal da drin, kommt man so schnell nicht mehr raus. Echte Öko-Klamotten in Beige und mit Bömmeln dran besitze ich nicht. Auch ein ökologisch wertvoller Mix aus Business und leger will mir nicht gelingen; ich sehe mit einer dezenten Stoffhose und geringeltem Shirt mehr nach Zirkusdirektorin als nach intellektuell gut ausgestatteter Assistenz für Vertrieb und Buchhaltung aus.

Um fünf setze ich diverse Notrufe bei den Mädels ab. Die Vorschläge sind vielfältig, jedoch allesamt nicht umsetzbar, denn ich besitze weder großblumig bedruckte Glockenröcke noch Rüschenblusen in Weiß.

Um Viertel nach fünf bin ich einem hysterischen Anfall nahe, zumal die wenigen Klamotten, die auch nur annähernd infrage kommen würden, einfach nicht mehr zugehen oder meine neuen Brüste nicht ordnungsgemäß im Zaum halten. Und eine entfleuchende Brust beim Bewerbungsgespräch kommt in meiner Vorstellung der Apokalypse recht nahe.

Irgendwann sitze ich entkräftet vor meinem Kleiderschrank und treffe eine Entscheidung: Die Bewerbung hat mich insgesamt fünf Minuten gekostet, und ich habe es in die erste Runde geschafft. Wenn mich die Klamottenauswahl auch nur fünf Minuten kostet, wird es eine Runde weitergehen. Punkt! Wie elektrisiert springe ich auf, reiße den schwarzen Zara-Anzug vom Bügel, springe hinein, schlüpfe in meine grauen Chucks und garniere das Ganze mit einem blütenweißen, schlichten Shirt. Bingo, perfekt. Oben seriös, unten leger. Dazu pinne ich mir noch einen Sticker von *Foodwatch* ans Revers (um auch rein optisch hinter der Sache zu stehen), zerre das Jackett zurecht und sehe ansprechend, intelligent, kosmopolitisch, schick und durchaus ökologisch, aber keinesfalls schwanger aus (ich habe den offenen Hosenbund mit einem Haargummi gesichert, total geschickt, wie ich finde).

Fünfzehn Minuten später parke ich den Golf auf dem Hof in der Hegewalder Straße drei – oder auch am Arsch der Welt.

Kapitel 15

Kaum zu glauben, dass eine knappe Viertelstunde Fahrtzeit ausreicht, um der Stadt komplett zu entfliehen. Höchst idyllisch und höchst einsam ist es hier draußen. Die Gebäude sind alt, umschließen das mit altertümlichem Kopfsteinpflaster ausgelegte Areal in der Mitte und sind wunderschön renoviert. Ein richtiger Niedersachsenhof, das Fachwerk weiß verputzt, die Balken dezent grau gestrichen. Sehr nett.

Weniger nett sind die beiden kläffenden Köter, die unter vollem Körpereinsatz versuchen, mich am Aussteigen zu hindern. Wie bekloppt jagen sie um mein Auto herum und bellen sich die Seele aus dem Leib. Also bleibe ich sitzen. Irgendwer wird mich schon retten.

Das dauert allerdings ein wenig. Gerade überlege ich, Elena Meyer anzurufen und um Rettung zu bitten, als endlich im Haupthaus das hell erleuchtete Tor geöffnet wird und eine Frau auf den Hof tritt.

»Typhus! Herpes! Aus!« Was ich erst für einen lautstark gebrüllten Appell an die Welt halte, stellt sich nach zwei Sekunden als verbale Hundebändigung heraus. Wohltuende Ruhe senkt sich über den Hof, und die beiden blutrünstigen Köter trollen sich, während die Frau sich meinem Golf nähert. Sie strahlt eine ruhige Bestimmtheit aus, die nicht nur bei den Hunden wirkt, sondern auch mich veranlasst, umgehend die Autotür zu öffnen.

»Hallo, Frau Schmidt«, begrüßt sie mich herzlich und zerrt mich quasi aus dem Auto. Jetzt erkenne ich sie an ihrer leicht verrotzten Stimme.

»Hallo, Frau Meyer«, antworte ich leicht verlegen.

Sie hält immer noch meine Hand und sagt fröhlich: »Na, wir zwei haben ja nette Allerweltsnamen. Ich bin Elena, wir duzen uns hier!«

Ergeben nicke ich. Auch wenn ich sonst nicht so auf das sofortige, plump vertrauliche Du stehe, scheint es in diesem Augenblick zielführender zu sein, das für mich zu behalten. »Paula«, antworte ich deshalb und probiere ein Lächeln aus.

Jovial tätschelt sie meine Schulter und wendet sich zum Gehen. In der Befürchtung, dass alles andere die Hunde des Grauens wieder auf den Plan rufen könnte, folge ich ihr schnell.

»Wie heißen die Hunde?«, frage ich und blicke im Gehen vorsichtig hinter mich – nicht dass ich hinterrücks angegriffen und verspeist werde.

»Ach, lange Geschichte«, seufzt sie. »Sie heißen wirklich Typhus und Herpes. Das ist schrecklich, aber sie gewöhnen sich an keine anderen Namen. Und nur weil wir die Namen schrecklich finden und negative Assoziationen damit haben, haben wir ja kein Recht, sie ihnen zu nehmen, richtig?« Sie lacht mich an. Ich nicke etwas irritiert und folge ihr weiter durch die kalte Januarluft.

Gemeinsam betreten wir die Diele, in der ein wenig Weihnachtsschmuck noch von den vergangenen Festtagen zeugt. Der Boden ist mit alten Schiffsdielen ausgelegt, die heimelig bei jedem Schritt knarren, ansonsten herrscht wohltuende Leere. Weiße Wände, ein alter Sekretär und ein paar Glaskugeln in Rot.

»Schön«, entfährt es mir, und sie lächelt. Galant weist sie mir den Weg zu einem großen Raum mit prasselndem Kamin.

»Unser Gemeinschaftsraum«, sagt sie und deutet auf einen der alten Ledersessel. Etwas befangen nehme ich Platz.

»Ich sage nur schnell den anderen Bescheid und bin gleich wieder da. Möchtest du etwas trinken? Vielleicht einen Tee? Eigene Produktion.«

Ich nicke und strecke behaglich die Füße aus.

Elena Meyer ist weiß Gott keine Elfe und hat einen nicht unerheblichen Körperumfang, den sie in einen Wallewalle-Rock verpackt und mit dicken Fellstiefeln garniert hat, aber sie bewegt sich wendig und elegant, als sie im Vorbeigehen noch ein paar Kerzen auf dem gemauerten Kaminsims entzündet. Mit einem freundlichen Lächeln entschwindet sie durch die Tür, und ich schließe für einen Moment die Augen. Das Feuer knistert, und ich fühle mich ganz wohl. Versonnen tätschle ich die Bohne. Wenn die anderen Öko-Kämpfer auch so nett sind wie Elena Meyer, würde ich hier schon gerne arbeiten. Vielleicht ist das mal ganz was anderes als mit Herrn Dr. Arsch, sinniere ich, als ich Schritte im Flur höre. Viele Schritte. Sehr viele Schritte. Alarmiert setze ich mich kerzengerade in meinem Sessel auf.

Die Öko-Gang betritt die Bühne, und ich platziere ein freundliches Lächeln in meinem Gesicht. *Okay, Bohne, kann losgehen!*

Ein untersetzter Mann mit Rauschebart und Nickelbrille kommt auf mich zu. In der Linken balanciert er eine dampfende Steinguttasse, die Rechte ist mir entgegengestreckt. Zügig springe ich auf und schüttle seine warme Hand.

»Hallo, Paula, ich bin Edgar. Hier ist dein Tee.«

»Hallo und danke.« Ich nehme ihm die Tasse ab und bleibe erst mal stehen. Hinter Edgar hat sich eine Schlange gebildet.

Der nächste Händeschüttler ist groß und hager. Seine Haare stehen ihm wie wilde Stacheln vom Kopf ab, und ich kann mich des Gedankens nicht erwehren, dass er bis vor zehn Minuten noch durch den angrenzenden Wald gestromert sein muss, um Tierspuren zu lesen. Oder Holz zu hacken. Oder Bären zu bändigen. Auch seine schlammbespritzten Klamotten lassen nicht auf eine gemütliche Bürotätigkeit schließen.

»Harry«, sagt er knapp und nickt mir zu. Aha, ein Mann der schlichten Kommunikation. Soll mir recht sein.

»Paula«, antworte ich, und im nächsten Moment steht eine kleine Frau vor mir. Eine kleine Frau mit grellroten Haaren, von denen ich kurz geblendet bin.

»Alina.« Mit festem Griff packt sie meine Hand und blickt mich mit ihren grünen Augen ernst an.

»Paula«, antworte ich erneut und blicke ernst zurück.

»Wunderbar!« Elena ergreift wieder das Wort. »Simon ist zwar noch nicht wieder da, aber auf ihn wollen wir nicht warten. Er ist in solchen Dingen etwas unzuverlässig.« Ihr Lächeln ist immer noch strahlend, und ich kann Simon den Unzuverlässigen nur beneiden. Er wird anscheinend, trotz dieses eklatanten Mangels an Pflichtbewusstsein, gemocht.

»Liebe Paula, herzlich willkommen!«, sagt Elena, und alle nicken mir zu. Sie haben sich im Halbkreis auf den einladenden Sesseln niedergelassen und scheinen alle völlig tiefenentspannt. Alina hat sich sogar ihrer Clogs entledigt und die Füße in den dicken Wollsocken auf die Sitzfläche gezogen. Ein Vorstellungsgespräch der etwas anderen Art. Dennoch sortiere ich mich schnell, immerhin geht es hier trotz der heimeligen Situation um einen neuen Job für mich … und die Bohne.

»Ich möchte dir kurz erzählen, was wir tun«, eröffnet Elena die erste Runde, und ich nicke geschäftsmäßig.

»Wir alle produzieren nachhaltig und ökologisch wertvolle Lebensmittel und andere Produkte. Bis jetzt verkaufen wir nur auf Wochenmärkten und an Kunden, die uns auf dem Hof besuchen. Meistens erfahren die Menschen nur durch Mund-zu-Mund-Propaganda von uns. Das soll sich ändern. Wir leben und arbeiten hier zusammen. Jeder von uns hat für sich einen Teil des Hofes renoviert, und so können wir unser Handeln optimal aufeinander abstimmen.« Sie hält kurz inne, und ich nehme einen Schluck Tee. Pfefferminze mit einem Schuss Honig. Sehr lecker.

»Alina kümmert sich um unsere Bienenvölker. Ihr Honig gilt unter Fachleuten als extrem rein und geschmacklich außergewöhnlich. Edgar und ich ziehen das Gemüse und bewirtschaften die Felder. Wir produzieren von Karotten über Kartoffeln bis hin zu Weizen und Hirse alles.« Sie lächelt, und ich lächle zurück. Daher kommt also die Hirse für die Hirsepampe meiner Mutter. Der Kreis schließt sich.

»Harry züchtet Kaninchen und einiges an Nutzvieh. Wir schlachten natürlich auch selbst. Simon ist Tischler und macht viele Auftragsarbeiten und Dinge, die auf dem Hof erledigt werden müssen. Zurzeit könnten wir mehr produzieren als verkaufen. Und um genau dies zu ändern, brauchen wir jemanden, der sich im Marketing auskennt. Die Buchhaltung erledige ich zurzeit selber, und ich hasse es. Es bindet meine Energien.« Ihr Gesicht verdüstert sich, und ich nicke verständnisvoll. Buchhaltung kann nicht anders als Energien binden. Schreckliches Gedöns, aber wenn ich Geld dafür bekomme, tue ich auch das.

»Wir sind reine Selbstversorger, das heißt, wir kommen mit wenig Geld zur Investition aus. Saatgut müssen wir erwerben, sonst allerdings kaum etwas. Das soll auch so bleiben, und deshalb ist unser System nicht wirklich monetär ausgelegt. Das heißt wiederum, wir können nicht viel zahlen.«

Aha, da liegt der Hase im Pfeffer.

»Das heißt aber nicht, dass du hier gute Arbeit für'n Appel und ein Ei erledigen sollst. Es muss nur klar sein, dass wir nicht so viel zahlen können wie dein vorheriger Arbeitgeber.«

Ich nicke und bin erleichtert. Immerhin muss ich die Bohne und mich und den Golf damit durchbringen.

»Hast du Fragen?«, unterbricht sie ihren Monolog, und ich denke nach.

»Äh, was für Arbeitszeiten stellt ihr euch denn vor?«

»Das hängt natürlich vom saisonalen Aufwand ab. Wenn die Ernte läuft und es viel zu verkaufen gibt, länger, im Winter weniger. Ungefähr, wir haben das mal grob kalkuliert, zwanzig Stunden die Woche. Aber wir arbeiten hier alle eigenverantwortlich, also bleibt das auch ein Stück weit dir selbst überlassen. Urlaub haben wir so an fünfundzwanzig Tage gedacht? Also, runtergerechnet auf die Stunden, versteht sich.« Sie klingt geschäftsmäßig, und ich glaube, sie hat den Hof fest im Griff.

»Was habt ihr euch denn finanziell vorgestellt?«, frage ich vorsichtig.

»Also, Produkte vom Hof sind frei. Eier, Brot, das auch Alina backt, Gemüse und all diese Dinge bekommst du so. Und dann ungefähr 1100 Euro brutto.«

Das ist nicht viel. Etwa achthundertfünfzig Euro netto, schätze ich. Etwas weniger, als ich brauche. Aber da ja noch vierhundert Euro Unterhalt von Olaf hinzukommen und regelmäßige Einkäufe im Supermarkt wegfallen würden, könnte ich damit wohl leben. Dennoch liegt mir die Bohne jetzt schwer im Magen, oder besser in der Gebärmutter. Elena ist so freundlich und strukturiert, dass ich es ihr einfach sagen muss. Ich atme tief ein.

»Wir haben auch noch einige Fragen an dich«, kommt sie mir zuvor.

»Natürlich, nur zu«, erwidere ich.

»Welche Erfahrung bringst du mit, und wie stehst du der ökologischen Landwirtschaft gegenüber?« Sie beugt sich mit ernster Miene auf dem Sessel vor.

»Ich bin mit ökologisch erzeugten Produkten aufgewachsen.« Das stimmt zwar nur, wenn man von den ersten zweiundzwanzig Jahren meines Lebens absieht und außer Betracht lässt, dass ich in den vergangenen vier Wochen nahezu ausschließlich mit künstlichen Aromastoffen versehenen Pudding in Gilligrün von der bösen Lebensmittelindustrie konsumiert habe. Aber zumindest Letzteres war ja auch ein Ausnahmezustand. »Meine Eltern betreiben den Versandhandel *Besser Leben*, und ich bin Mitglied bei Foodwatch und Greenpeace.« Auch das stimmt, wenn auch ein eher stilles Mitglied. Edgar gibt ein beeindrucktes »Ahhh!« von sich.

»Und in meinem BWL-Studium sowie hinterher in der Autobranche hatte ich ausreichend Gelegenheit, mich mit Marketingstrategien und deren erfolgreicher Umsetzung auseinanderzusetzen. Ich kenne eure Zielgruppe sehr genau und traue mir das ohne Weiteres zu. Außerdem würde es mir Spaß machen. Und ich wäre froh über die Möglichkeit, etwas Nachhaltiges und Sinnvolles zu tun.«

Ich bin gut.

Elena lächelt und nickt. »Gut, danke. Dennoch haben wir eine weitere Frage: Warum hast du diesen sicherlich gut bezahlten Job in der Automobilbranche geschmissen? Dir scheint ja unsere Art zu leben nicht ganz abwegig vorzukommen. Deswegen wäre es interessant für uns zu erfahren, warum du dort gearbeitet hast. Dafür hattest du ja sicher deine Gründe?«

Mein Lächeln wird etwas verkniffener. Was soll ich darauf sagen? Ich habe Skrupel bekommen, CO2-Killer zu produzieren? Ich verabscheue Großkonzerne und deren nur auf Gewinnoptimierung ausgerichteten Umgang mit Mensch und Umwelt? Ich schlucke einmal trocken. Ich muss von der Bohne berichten. Ich muss. Und zwar jetzt.

»Ja also, das ist ein wenig kompliziert«, fange ich stockend an. Leider ist plötzlich mein nahezu allgegenwärtiger Heuldrang wieder da, und ich versuche verzweifelt, dagegen anzukämpfen. Aber es ist nicht so leicht zu verkraften, wegen nicht existenter Lappalien einfach rausgeschmissen zu werden, nachdem man jahrelang einen guten Job gemacht hat.

»Äh …« Ich schlucke krampfhaft und wende mich Hilfe suchend an die weiß getünchte Decke.

»Paula.« Elena steht auf und hockt sich neben mich. Dann berührt sie sanft meinen Arm. »Ohhh«, gebe ich von mir, und augenblicklich greift die böse Macht der Schwangerschaftshormone nach dem Ruder.

»Ich bin rausgeflogen, weil ich schwanger bin«, sage ich leise, während mir die Tränen über die Wangen fließen. Na dann … kann ich auch gleich reinen Tisch machen und nach Hause fahren. Wäre ein schöner Job gewesen. »Nicht direkt deswegen, aber irgendwie musste ich so viel kotzen und konnte erst spät zur Arbeit. Die wollten mich loswerden. Oder besser mein alter Chef. Und ich habe den Kindsvater in die Wüste geschickt und bekomme Arbeitslosengeld erst eine Woche später, weil ich eine Frist versäumt hab, und ich weiß gerade nur, dass ich den Job gut machen könnte. Und dass er mir Spaß machen würde. Seit ich schwanger bin, hab ich über viele Dinge nachgedacht.

Ich will nicht mehr unbedingt Karriere machen und meine Seele verkaufen, um irgendwann eine Abteilung zu leiten und einen Dienstwagen zu bekommen. Aber das hat sich ja jetzt eh erledigt, und es tut mir leid, eure Zeit verschwendet zu haben.«

So, jetzt heule ich richtig. Mit Rotze aus der Nase. *Toll gemacht, Paula!*

Elena erhebt sich schwungvoll aus der Hocke und setzt sich neben mich auf die Lehne. Dann legt sie beide Arme um mich und zieht mich an ihren ausladenden Busen. Sie ist stark, und so bleibt mir nichts anderes übrig, als mein verheultes Gesicht zwischen ihre Brüste zu stecken und mir beruhigend den Rücken streicheln zu lassen.

Allerdings tut das unendlich gut. Ich bin kurz davor, Elena zu fragen, ob ich Mama zu ihr sagen darf. *Bitte adoptier mich, Elena Meyer! Ich brauche dringend jemanden, der die Zügel für mich in der Hand hält.* Denn das scheint sie zu können, den Überblick und das Leben fest im Griff zu behalten. *Meins bitte auch!*

Alina taucht in meinem Sichtfeld auf. Ihre Miene ist verkniffen, und ich schiele angespannt über den Rand von Elenas Brust. Was jetzt wohl passieren mag?

»Scheißkerl!«, sagt sie schlicht und tritt dann mit voller Wucht gegen das fein säuberlich aufgeschichtete Holz vor dem Kamin. Das Holz nimmt ihr das übel und poltert laut auf die Fliesen vor dem Kamin. Wobei offen bleibt, wen genau sie mit »Scheißkerl« meint. Dr. Arsch, Olaf oder vielleicht sogar das Arbeitsamt?

»Erzähl doch mal«, fordert Elena mich auf, und ich erzähle. Alles. Angefangen bei der vergessenen Pille, über die Bohne, die jetzt aussieht wie eine Kaulquappe, wie ich mich für sie entschieden habe, dass ich eine neue Wohnung brauche, bis hin zu

Dr. Morgenroth und meinen großen Brüsten. Ja, im Eifer des Gefechts vergesse ich, dass Männer anwesend sind und spreche tatsächlich auch über die wundersame Verwandlung von 75 A zu 75 B.

Was die anwesenden Männer aber nicht weiter zu bestürzen scheint. Sie stehen schweigsam und mit düsterer Miene neben meinem Sessel. Während ich von Dr. Arsch erzähle, sieht Harry sogar aus, als wolle er schnell sein Hackebeil und die Jagdflinte holen, um damit ein blutiges Massaker in der obersten Chefetage anzurichten.

Als ich meinen ausführlichen Bericht beendet habe, geht es mir gut. Noch nie in meinem Leben habe ich über so persönliche Dinge vor völlig fremden Menschen gesprochen. Okay, vielleicht doch: Bei Hannes im Shopping-Center. Aber genau wie er wollten diese Fremden das Ganze offensichtlich hören. Als ich endlich erschöpft schweige, sagt Edgar: »Ich finde, du solltest den Job haben. Das mit der Bohne wird schon klappen. Auf einen Hof gehört auch ein Kind. Vielleicht können wir dir ja helfen.«

»Ich stimme zu!«, sagt Alina und hebt bekräftigend den Arm. »Wir dürfen nicht zulassen, dass patriarchalisch geprägte Drecksschweine uns Frauen am Kinderkriegen hindern!«

Harry nickt nur, hebt aber auch den Arm.

»Du bist die beste Bewerberin, Paula«, sagt Elena und drückt mir die Schulter. »Insofern hättest du den Job eh bekommen. Dass du ein Kind erwartest, ist wunderbar und darf für uns kein Hinderungsgrund sein, dich zu nehmen. Das kann man alles regeln.«

Ich bin sprachlos.

»Wann kannst du anfangen?« Elena blickt mich fragend an.

»Morgen«, antworte ich schwach, und alle nicken.

»Super! Morgen um neun? Dann führe ich dich erst mal rum und zeige dir das Büro. Und jetzt siehst du aus, als ob du ein wenig Ruhe gebrauchen könntest.« Sie grinst, und die ökologisch wertvolle Versammlung scheint damit aufgehoben zu sein.

Alina, Harry und Edgar ziehen von dannen, und Elena begleitet mich zu meinem Auto, auf dass ich nicht doch noch von Herpes und Typhus dahingerafft werde. Die beiden lungern auch tatsächlich neben dem Golf herum und springen diensteifrig auf, als wir den Hof betreten. Elena hat mir versichert, dass sie herzensgute Tiere sind, aber die Tatsache, dass sie über scharfe Zähne verfügen – das war deutlich zu erkennen, als sie vorhin den Golf umzingelt haben –, macht mich doch ein wenig nervös.

»Langsam, ihr zwei!«, sagt Elena gebieterisch, und tatsächlich scheinen die beiden jetzt recht friedfertig, womit wir einander vorgestellt werden können.

Herpes, der deutlich weniger Einschüchternde der beiden, ist ein sehr bunter kleiner Jack Russell, der jetzt neugierig um meine Beine herumwuselt. Typhus hält sich etwas abseits, beobachtet mich aber genau. An seiner Produktion müssen ein Schäferhund, ein Dobermann und mindestens ein Schaf beteiligt gewesen sein. Er ist schmutzig grau, geht mir fast bis zur Mitte des Oberschenkels und hat echte Dreadlocks.

Während ich mit den Hunden des Grauens Frieden schließe, rollt ein sehr großer Geländewagen auf den Hof. Einer aus genietetem Blech mit Leiter auf dem Dach. Die silbergraue Karosserie ist mit dunkelbraunen Schlammkrusten überzogen. Heraus springt ein offensichtlich sehr schlecht gelaunter Kerl und macht sich auf den Weg ins Haus.

»Simon! Warte!«, ruft Elena ihm hinterher. Aha, der Unzuverlässige. Jetzt noch ergänzt um das Adjektiv »schlecht gelaunt«. Er bleibt im Schein der Außenbeleuchtung stehen und dreht sich halb um.

»Was?«, fragt er heiser. Hm, ich mag Männer, die so klingen. Aber nur, wenn sie zuverlässig und mit einer gründlichen Frohnatur ausgestattet sind.

»Ich möchte dir Paula vorstellen.« Simon zögert offensichtlich, er möchte mich wohl nicht vorgestellt bekommen.

Dann gibt er sich einen Ruck und kommt auf uns zu. Er ist groß und hat wilde blonde Haare. Eigentlich sieht er mehr aus wie ein Surfer am Strand von Sankt Peter-Ording. Seine Jeans sitzen ihm tief auf der Hüfte, und trotz der Kälte trägt er nur einen schwarzen Pullover.

»Hallo. Paula«, nehme ich den Faden auf. Er nickt nur.

»Paula wird ab morgen bei uns arbeiten«, ergänzt Elena. Wieder folgt ein teilnahmsloses Nicken.

Kurz bevor es peinlich wird, sagt er leise: »Schön, bis dann«, und verschwindet zügig aus unserem Blickfeld.

»Er hat es zurzeit nicht leicht«, sagt Elena leise. »Hm, du aber auch nicht«, stellt sie dann fest, und ihr Blick ruht auf mir. Kommentarlos umarmen wir uns, und ich fahre nach Hause.

Kapitel 16

Um halb neun am nächsten Tag stehe ich wieder auf dem Hof und wage mich sogar aus dem Auto, in der Hoffnung, dass Typhus und Herpes keine Probleme mit ihrem Kurzzeitgedächtnis haben. Sie scheinen sich an mich zu erinnern und wirken sogar recht erfreut über mein erneutes Auftauchen.

Elena drückt mir eine Tasse Kaffee in die Hand. Ich bin zutiefst dankbar, dass es so etwas wie Kaffee hier gibt. Ob sie eine eigene Öko-Kaffeeplantage betreiben oder Kaffeebohnen auch auf die Liste der Fremderwerbungen gehören? Dann fragt sie mich bestimmt: »Erst Büro oder erst der Hof?«

Ich entscheide mich für meinen zukünftigen Arbeitsplatz, und sie lotst mich die breite Holztreppe hinauf ins obere Stockwerk. Gleich im ersten Raum links steht ein wunderschöner, grob bearbeiteter Holztisch. Daneben ein schlichtes, offenes Regal im gleichen Stil wie der Tisch und darin einige säuberlich beschriftete Ordner. Mein an aktuelle Bürotechnik gewöhntes Auge sucht verzweifelt nach dem Fax-Gerät, dem kombinierten Drucker und Kopierer sowie dem obligatorischen Flachbildschirm mit kabelloser Tastatur und Maus. Stattdessen entdecke ich voller Entsetzen in der hintersten Ecke einen kleinen Computertisch, auf dem ein offensichtlich der Steinzeit entstammendes Gerät in Grau still vor sich hin staubt. Ich kann mir vorstellen, dass irgendein naturhistorisches Museum für solch eine Mumie horrende Summen auf den Tisch legen würde, und hoffe, er wartet dort lediglich auf die Abholung. Vielleicht hat Elena ihn auch so lieb gewonnen, dass sie sich nicht von ihm trennen kann?

Aber nein, Elena macht einen Schritt auf das Gerät zu und drückt einen Knopf so groß wie ein Hühnerei, was das Ding veranlasst, wilde und gefährlich klingende Geräusche von sich zu geben. Erschrocken zucke ich zusammen und mache mich fluchtbereit. Vielleicht geht das Teil gleich in die Luft? Ich habe ein ungeborenes Leben zu schützen!

Unbeeindruckt von meiner Panikattacke zuppelt Elena an einem Kabel herum und blickt mich dann entschuldigend über die Schulter hinweg an. »Ist nicht mehr die neuste Technik.«

Nö, war schon vor meiner Geburt nicht mehr die neuste Technik. Das Gerät knattert. Ich habe noch NIE in meinem Leben einen Computer knattern gehört. Zeitgleich ruft Elena hocherfreut und mit Stolz in der Stimme: »Hier kannst du schreiben!«

Und mit was?, frage ich mich. Word 1977?

»Die ganzen Steuer- und Buchhaltungssachen stehen im Schrank.« Sie lässt das Urzeitmonster ganz alleine vor sich hin knattern und geht zum Regal. Ich folge ihr und strecke mit fragendem Blick die Hand aus. »Natürlich! Gehört alles dir!«

Ich blättere durch einige Akten und bin beeindruckt. Alles ist ordentlich, sehr übersichtlich und vor allen Dingen handschriftlich verfasst. Ich fühle mich tatsächlich ins Jahr 1977 katapultiert.

»Sieht alles gut aus. Du hast das hier voll im Griff«, sage ich anerkennend, und sie lacht.

»Ich hasse es, Paula. Abgrundtief. Aber wenn ich es den anderen überlasse, versinken wir im Chaos.« Dann senkt sie verschwörerisch die Stimme. »Kannst du mit dem umgehen?« Ihr Kopf zuckt zum Mammut unter den Computern, und jetzt muss ich lachen.

»Ganz ehrlich? Nein. Der war schon alt, da war ich noch nicht einmal auf der Welt.«

»Oh«, sagt Elena ehrfürchtig.

»Ich bringe meinen Laptop mit. Und einen Drucker habe ich auch zu Hause. Womit schreibst du denn deine Briefe?«

»Äh, meistens mit der Hand. Und manchmal auch mit der Schreibmaschine, aber das dauert zu lange.«

»Okay. Ich werde mir das alles hier erst mal in Ruhe ansehen. Danach können wir einen Plan machen, was ihr euch vorstellt. Was für Produkte ihr konkret anbietet und all diese Dinge.«

Doch vorher brechen wir noch zu unserem Hofrundgang auf. Im wahrsten Sinne des Wortes. Wir statten uns aus, als würden wir auf eine mehrere Tage dauernde Wanderung gehen. Sogar eine Wasserflasche klemmt Elena sich unter den Arm. Ich bekomme grellgelbe Gummistiefel geliehen, die ganz leicht nach Schweißfuß müffeln, einen zweiten Schal um den Hals gewickelt, und im Vorbeigehen steckt Elena noch drei hart gekochte Eier in ihre Jackentasche. Wow, das scheint wohl wirklich eine etwas längere Tour zu werden. Dankbar denke ich an das GPS-fähige Handy in meiner Tasche. Wenn wir uns in der Wildnis verirren, kann ich immerhin noch einen Notruf absetzen und hoffen, dass man uns findet.

Die Küche hat einen direkten Zugang zum Garten hinter dem Haus. Typhus und Herpes warten dort schon freudig erregt und umkreisen uns in gespannter Erwartung. Leise raune ich ihnen zu: »Wir machen eine Expedition. Kommt mit!« Angeblich sollen Hunde ja eine gute Nase haben, vielleicht sind die beiden aufgrund dieser Tatsache noch nützlicher als mein GPS-Handy. Ob sie mich verstanden haben, weiß ich nicht, jedenfalls folgen sie uns.

Wir laufen durch den schön angelegten Bauerngarten. Die Beete sind zwar zum großen Teil leer, aber immer wieder gibt es Reste von Stauden, die mit weißem Raureif überzogen sind. Es sieht fast schon märchenhaft schön aus, und plötzlich gelingt es der Sonne, sich einen Weg durch die Januarwolken zu bahnen und ein paar Strahlen zu uns hinab auf die Erde zu senden. Wir folgen einem mit Rindenmulch angelegten Pfad bis zu einem Spalier aus hohen Pappeln. Dort biegen wir in einen Schotterweg ein, der rechts und links von Wiesen gesäumt ist.

Im Laufen dreht Elena sich zu mir um. Sie lacht, sagt aber nichts. Ich lache zurück. In ihrem Gesicht stehen Stolz und Freude. Das hier ist ihr Werk, das Ergebnis harter Arbeit von ihr und ihren Mitstreitern. Ich kann verstehen, dass sie stolz ist und sich freut, mir all dies zeigen zu können. Der Raureif glitzert auf den Grashalmen wie Silber. Die Luft ist kalt und kristallklar, und es ist ganz still.

Schweigend laufen wir weiter, durchqueren einen kleinen Wald und bleiben kurz an einem glucksenden und stellenweise zugefrorenen Bach stehen. Ich bin froh, hier zu sein. Das erste Mal seit Wochen fühle ich mich frei. Ein ganz zartes Glücksgefühl durchflutet mich, und ich glaube, Elena kann mir das ansehen. Das meine ich an dem Glitzern in ihren Augen zu erkennen.

Wir schweigen einfach weiter, während wir in einem weiteren Bogen über brachliegende Äcker laufen und schließlich wieder am Hof ankommen. Nur diesmal von der anderen Seite. Vor uns befindet sich eine Scheune, und Elena öffnet schwungvoll das hohe Schiebetor. Sofort schlägt mir der heimelige Geruch nach Stall entgegen. Wärme, ein bisschen Tierpipi und Stroh. Ich sauge den Duft tief in meine Lungen und betrete das große Gebäude. Links und rechts gibt es einzelne Holzverschläge. Einige interessierte Ziegen recken ihre Köpfe über die Holztüren und begrüßen uns mit einem standesgemäßen »Mähhh!«. Ich bin versucht zu antworten, aber Elena kommt mir zuvor. Ich muss breit grinsen. Mähende Frauen sollten mir doch eigentlich suspekt sein, stattdessen flüstere auch ich ein »Mähhhh!« in Richtung der neugierigen Ziegen.

Elena lässt sich einfach in einen Strohhaufen fallen, der in der Mitte der Scheune aufgeschichtet ist. Dann zieht sie die hart gekochten Eier hervor und fängt an, sie zu pellen. »Das waren unsere Äcker. Ist natürlich nicht viel los jetzt im Januar. Und das hier ist Harrys Reich.« Mit diesen Worten reicht sie mir ein blankes Ei und steckt sich das andere komplett in den Mund. Ich mache es ihr nach, und das olle Ei schmeckt vorzüglich.

Als sie fertig gekaut hat, sagt sie: »Harry müsste hier auch irgendwo sein.« Wie aufs Stichwort schlurft im selben Moment der Mann ohne Worte mit der Igelfrisur durch das große Scheunentor herein. Er sieht sehr traurig aus. Kommentarlos hält Elena auch ihm ein frisch gepelltes Ei hin, und er steckt es in den Mund. Mit vollen Backen kaut er, dann setzt er sich zu uns in das Stroh.

»Hast du es hinter dich gebracht?«, fragt Elena, und Harry nickt traurig.

»Im Winter ist eine gute Zeit, um Kaninchen zu schlachten«, informiert Harry mich. Keine Sekunde zu spät, er hat nämlich Blutflecken an den Händen und auch ein paar auf seiner Kleidung. Harry wirkt zwar, als könnte er keiner Fliege was zuleide tun, aber blutige Hände verleihen sogar den sanftmütigsten Menschen eine leicht beunruhigende Ausstrahlung.

»Ich tue das nicht so gerne«, erklärt er in diesem Moment und blickt sehr bekümmert drein. »Es macht mich so traurig. Aber es muss sein. Und besser hier als in einem von diesen Massenvernichtungslagern.« Er blinkert mit den Augen, und ich tätschle ihm etwas unbeholfen seine knochige Schulter.

»Ich muss dann mal weiter.« Äußerst geschickt kommt er wieder auf die Beine und verlässt mit dem gleichen schlurfenden Gang die Scheune.

»Er braucht immer ein wenig emotionale Zuwendung, wenn er schlachtet. Und ein Ei.« Elena sieht mich an, und in ihrem Mundwinkel zuckt es ganz leicht. Mein Mundwinkel ist ein Nachmacher, nur dass er übertreibt. Ich grinse nämlich. Worauf Elena mit einem Lachen reagiert. Diese Frau lacht sowieso viel.

»Gehen wir weiter?« Ich nicke, und gemeinsam verlassen wir die Scheune, diesmal durch den Vordereingang, der auf den kopfsteingepflasterten Hof führt. Neben uns unter dem großen Dachüberstand der Scheune steht ein alter Trecker. Er ist signalrot lackiert, was aber nicht über sein erhebliches Alter von ungefähr hundertzwanzig Jahren hinwegtäuschen kann. Vermutlich wurde er zeitgleich mit dem Mammut-Computer im Büro angeschafft. Neben dem Methusalem-Trecker hockt Edgar und hantiert höchst professionell mit Schraubenschlüssel und diversem anderen Männerspielzeug.

»Guten Morgen, die Damen!«, begrüßt er uns freudig.

»Ich führe Paula herum«, sagt Elena und beugt sich zu ihm herunter.

»Und? Gefällt dir der Hof?« Edgar blickt zu mir hoch, während Elena anfängt, an einer Schraube zu drehen.

»Ja. Gefällt mir sehr gut. Ich bin froh, hier zu sein«, antworte ich wahrheitsgemäß und wundere mich über die völlige

Abwesenheit der fleißigen Arbeitsbiene. Die hätte irgendetwas wie »Sehr hübsch, allerdings sehe ich da einige Prozessoptimierungsmöglichkeiten!« gesagt. Aber sie schweigt. Vielleicht hockt sie noch schmollend im Auto?

Nachdem Edgar Elenas Hand an der Schraube sanft, aber energisch beiseitegeschoben hat, laufen wir weiter. Wie Elena verkündet, ist unser nächstes Ziel das Backhaus. Wir umrunden den linken Teil des Hofes und gelangen zu einem kleinen Neubau. Vor dem Haus parkt ein Lieferwagen mit der Aufschrift: *Brot & Butter. Nur das Beste im Teig!*

»Alina ist zurzeit die Einzige, die gut verkauft. Viele Bioläden bieten ihr Brot an, und sie beliefert jetzt schon einige Kantinen in der Stadt. Sie macht das wirklich gut. Weil es so viele Auflagen bei der Produktion von Brot und anderen Speisen gibt, haben wir uns vor zwei Jahren entschieden, eine richtige Küche einzurichten. Nach Normen der EU. Voilà!«

Sie öffnet die Tür für mich, und ich trete ein. Es duftet so herrlich, dass mein Magen auf der Stelle mit einem kleinen Samba beginnt. Leider nicht still und leise, sondern lautstark.

Die Küche ist gut ausgestattet, und Alina begrüßt uns leicht gestresst, aber freundlich. Im Vorbeiwirbeln drückt sie mir einen in Küchentücher eingewickelten Laib Brot in die Hand. »Gut für Schwangere«, sagt sie und jagt in einem Höllentempo weiter. »Mit Leinsamen, wirkt abführend!«

»Wow! Danke!«, rufe ich ihr hinterher, aber sie ist schon durch eine Tür verschwunden. Abführend? Ich sollte die weiteren achtundneunzig Seiten in meinem Schwangerschaftsratgeber lesen. Das Kapitel über Verstopfung scheint wichtig zu sein.

»So, jetzt noch die Tischlerei, und dann hast du alles gesehen«, verkündet Elena, und so nehmen wir unsere Expedition wieder auf. Während wir zurück zum Hof laufen, erklärt Elena mir kurz die Wohnsituation aller Beteiligten. Sie selbst bewohnt drei Räume im Erdgeschoss des Haupthauses. Alina wohnt im Obergeschoss, also direkt neben dem Büro. Edgar wohnt in einer kleinen Wohnung neben den Stallungen, die er erst vor Kurzem fertiggestellt hat, und Harry lebt in einem Peter-Löwenzahn-Bauwagen, an dem wir bei unserer Wanderung durch die Wiesen vorbeigekommen sind.

»Auch im Winter?«, frage ich etwas ungläubig.

»Immer!«, antwortet Elena fest.

Die Tischlerei scheint das gesamte Erdgeschoss des Gebäudes links vom Haupthaus einzunehmen. Laut Elena wohnt Simon direkt darüber. Sind wir vorher einfach so durch alle Türen hindurchmarschiert, klopft Elena jetzt an. Als keine Reaktion erfolgt, holt sie mit der Faust aus und schlägt zweimal gegen das Holz. Die Antwort ist ein »Hmmmm!«, was Elena wiederum als »Kommt doch bitte rein!« deutet. Energisch öffnet sie die Holztür, und ich folge ihr.

In dem großen Raum duftet es nach Holz und Leim. Ein ganz zarter Unterton von Kaffeearoma hängt in der Luft, und auf dem groben Betonboden liegen Holzspäne. Die Fenster hinaus zu den Wäldern und Wiesen scheinen nachträglich bodentief erweitert worden zu sein, und der Ausblick ist einfach großartig. Spektakulär schön, um genau zu sein. Mein Blick wandert weiter und erfasst Simon den Unzuverlässigen und Schlechtgelaunten. Er steht an einer Werkbank im hinteren Teil des großen Raums und blickt uns düster an.

»Guten Morgen, du Schönling!«, trötet Elena ihm entgegen.

»Na, wieder auf der Pirsch, unschuldige Menschen zuzuquatschen?«, fragt er.

Oh, er kann reden. Das waren sehr viel mehr Worte, als er

gestern Abend über die Lippen gebracht hat, wenn auch keine freundlichen. Ob die zwei immer solch einen derben Umgangston miteinander pflegen?

»Was machst du da?«, fragt Elena und pirscht sich an ihn heran. Damit hatte er schon mal recht.

»Was mit Holz«, antwortet Simon trocken, und ich verkneife mir ein Grinsen. Ich bin geneigt, ihn gut zu finden. Was ich mir natürlich nicht anmerken lasse. Leider gibt es auch an seiner Optik so einiges gut zu finden. Er trägt nämlich eine schrammelige schwarze Lederhose und ein ehemals weißes Shirt, was ihm einen sehr verwegenen Touch gibt.

Mein Hypothalamus muss gerade auf Hochtouren an einem verstärkten Östrogenausstoß arbeiten, denn ich finde das nicht nur gut, sondern ausgesprochen sexy. Ach du Schreck. Nun bin ich doch etwas erstaunt über mich selbst. Er ist nicht übermäßig muskulös, aber genau da, wo Männer meiner Meinung nach Muskeln haben sollten, hat er welche. Sehr schöne Muskeln, um genau zu sein.

Was ist denn mit mir los? Ich bin doch sonst nicht so leicht zu beeindrucken. Ob das mit der Bohne zusammenhängt? Vielleicht nötigt mich der Zustand in meinem Uterus, einen Beschützer und Jäger zum Wohl der Bohne zu suchen? Meine Augen wandern weiter, und ich nehme freudig zur Kenntnis, dass er auch noch sehr schöne Hände hat. Nicht solche eingecremten und manikürten Bürohengst-Hände, sondern echte Männerhände, die zur Not auch einen Büffel erlegen könnten.

Paula, reiß dich zusammen!

Leicht verspannt registriere ich, dass Simon meine gründliche Musterung sehr wohl wahrgenommen hat. Über sein attraktives Gesicht huscht ein Schatten, und er wendet sich ab.

Elena hat von diesem kurzen zwischenmenschlichen Drama

nicht viel mitbekommen. Sie ist dabei, ein kleines Objekt vor sich auf der Werkbank eingehend zu betrachten. »Das ist toll, Simon«, sagt sie anerkennend.

»Guck mal!« Sie hält mir das Objekt entgegen, und ich greife danach. Es ist eine kleine geschnitzte Schachfigur, die Königin. Wunderschön aus hell gemasertem Holz gearbeitet und mit fantastischen Details versehen.

»Machst du ein ganzes Spiel?«, frage ich, während ich mit den Fingern über die samtige Holzoberfläche der kleinen Figur fahre. Er nickt nur, und ich strecke die Hand aus, um ihm die kleine Königin zurückzugeben. Als sich unsere Blicke für den Bruchteil einer Sekunde treffen, dreht er abrupt den Kopf weg.

Okay, den will ich doch nicht als persönlichen Büffeljäger. Der hat etwas gegen mich oder gegen Frauen im Allgemeinen. Das sagt mir mein gut trainierter und in der harten Welt der Autoindustrie-Ingenieure geschulter Arschloch-Instinkt. Aber der andere Teil von mir, die seltsame Instanz, flüstert leise in meinem Kopf: *»Er hat braune Augen, wie ungewöhnlich, wo er doch so blond ist. Er gefällt mir. Ein echter Kerl. Seufz!«*

Nun gut, diese Stimme hat mir ja auch befohlen, die Bohne weiterhin in meinem Uterus wohnen zu lassen. Frau sieht, wohin das führt. Das Leben wurde seitdem nicht leichter. Deswegen kann ich dieses Geschmachte jetzt auch ganz trotzig übergehen. Dieser Mann ist nichts für mich und die Bohne. Punkt. Basta. Aus die Maus.

Als wir die Werkstatt verlassen, spüre ich seinen Blick in meinem Rücken. Elena plappert derweil ungerührt weiter. Anscheinend verdient Simon hier auf dem Hof tatsächlich mehr Geld, als zum blanken Überleben notwendig ist. Er fertigt viele Möbel auf Bestellung. Zum Teil wohl sehr exklusive Sachen, allerdings nur aus nachhaltig produziertem Holz. Versteht sich.

Das Schachspiel soll ein Geschenk für Edgar werden, zu seinem fünfzigsten Geburtstag, und Simon arbeitet schon seit fast sechs Wochen daran.

»Er hat wirklich Talent«, sagt Elena. »Leider macht er zu wenig daraus.«

»Warum?«, frage ich und folge ihr in die große Küche des Haupthauses.

»Lange Geschichte. Vielleicht erzählt er sie dir mal selber. Aber ich glaube wohl eher nicht.« Sie lacht mich an und bestückt die Kaffeemaschine mit frischem Pulver.

»Seit wann arbeitet ihr zusammen?« Ich klinge neugierig, aber ich kann nicht anders.

Elena stört das offenbar nicht weiter, sie legt ihre Stirn in Falten und scheint sich einem intensiven Denkprozess hinzugeben. »Ähh, ich glaube … so fast zwei Jahre? Vielleicht etwas weniger. Seit er hier auf dem Hof lebt, hat er unglaublich viel umgesetzt.« Sie zwinkert mir zu, dann dreht sie sich um und nimmt zwei große Steinguttassen aus einem der Oberschränke. Summend gießt sie Milch hinein und hantiert mit der Zuckerdose. Zum Thema Simon sagt sie an diesem Tag nichts mehr.

Ich bleibe sehr lange auf dem Hof. Was natürlich daran liegt, dass ich die Unterlagen eingehend sichten muss. Zum anderen ist es einfach nur nett. Mittags gibt es Essen, Hirsebreipampe mit frischem Brot, und alle treffen sich in der Küche. Harry muss noch etwas getröstet werden, ansonsten ist es eine gesellige Runde, die sich in dieser Form anscheinend jeden Mittag trifft. Ist ein wenig wie in Bullerbü. Selbst Simon beteiligt sich am Gespräch, guckt aber immer weg, wenn ich gucke. Ich wage zu bezweifeln, dass ich mit diesem Typen noch warm werde.

Erst gegen sieben bin ich zu Hause, und das auch nur, weil

ich mich mit Olaf zum Tee verabredet hab. Er hat sich einen Sachstandsbericht erbeten und klingelt an der Tür, als ich mir gerade die Stiefel von den Füßen streife. Es ist drei vor sieben. Noch so eine unkultivierte Angewohnheit meines Ex, er kommt penetrant zu früh. Ich lasse ihn in meine Küche und setze Wasser auf, während er sich die Sneakers von den Füßen streift und einen weiteren Küchenstuhl heranzieht, um es sich bequem zu machen.

»Zeig mal ein Bild«, eröffnet er das Gespräch. Das Kaulquappen-Portrait scheint ihn nicht weiter zu beeindrucken, aber als er dann auch noch nach dem Mutterpass verlangt, muss ich ihn in seine Schranken weisen. Hallo! Da stehen meine Eisenwerte und mein Gewicht drin. Das geht den künftigen Kindsvater rein gar nichts an. Fehlt nur noch, dass er mich nach meiner Verdauung fragt.

»Man sieht es schon«, stellt er dann nüchtern fest.

Ich stelle mich ins Profil, strecke den Bauch noch etwas heraus und antworte trocken: »Ich bin schwanger, soll vorkommen, dass man es dann irgendwann auch sieht.«

»Welche Woche?«

»Müsste die fünfzehnte sein.«

Wir klingen ein wenig, als ob wir über die Zubereitung von Kartoffelsalat sprechen. Und das so emotionslos wie zwei Spitzenpolitiker während der Steuerreform. Wie konnten wir so lange zusammen sein?

Entweder nimmt Olaf diese spürbare Kälte zwischen uns ebenfalls wahr, oder er hat einfach kein weiteres Interesse daran, sich mit mir zu unterhalten. Um kurz vor acht verschwindet er wieder. Er hat mir einen Brief auf den Küchentisch gelegt mit den Worten: »Wegen des Unterhalts. Steht alles hier drin. Einen Vaterschaftstest brauchen wir wohl nicht machen.«

Der Brief ist von einem Juristen. Die Bohne bekommt vierhundert Euro von ihm. Das weitere Blabla lese ich mir nicht durch. Ich werde es GSG-Mara oder wahlweise Dr. Clemens Morgenroth überlassen, sich damit zu befassen. Nicht ich, nicht heute.

Kaum ist Olaf verschwunden, klemme ich mich an mein Telefon. Schließlich muss ich meine sozialen Kontakte über meinen ersten Arbeitstag in Kenntnis setzen. Tom ist so frei, direkt nach dem Telefonat mit einer Flasche alkoholfreiem Sekt und einer Flasche Averna vorbeizuschauen, und auch Jutta steht um kurz nach neun vor der Tür.

Was gut passt, denn die beiden mochten sich schon immer sehr gern. Während ich leicht angewidert an meinem alkoholfreien Drink nippe, kippen sie sich den Averna hinter die Binde. Um halb zwölf gehe ich schlafen, die beiden feiern noch ein wenig weiter.

Mein Wecker klingelt pünktlich um sieben, was mit einem lautstarken Stöhnen links neben mir kommentiert wird. Höchst irritiert knipse ich die Lampe auf meinem Nachttisch an – schließlich bin ich allein ins Bett gegangen – und entdecke Jutta und Tom. Sie liegen stocksteif neben mir, zugedeckt mit einer alten Wolldecke von meinem Sofa, und schnarchen synchron den Averna-Blues.

Gott, es hat Vorteile, schwanger zu sein, denke ich mir und schwinge mich aus dem Bett. Zu der leeren Flasche Averna in der Küche haben sich noch zwei leere Flaschen Rotwein gesellt. Wow, das muss eine Party gewesen sein. Ich grinse, koche mir einen Kaffee und freue mich auf einen neuen Tag als schwangere Teilzeitkraft in der Hegewalder Straße drei.

Kapitel 17

Zwei Wochen später zeigt meine Waage plötzlich drei Kilo mehr. Etwas verwundert betrachte ich mein Spiegelbild. Ich sehe aus wie immer. Nur dass ich jetzt einen kleinen Bauch und große Brüste vor mir hertrage. Na gut, wenn ich ganz ehrlich bin, ist auch mein Gesicht ein klein wenig voller geworden.

Andrea, der ich gestern einen Besuch abgestattet habe, kommentierte meine neue Fülle im Gesicht mit den hämischen Worten: »Tja, jetzt hat auch dich endlich der Fluch des Schmidtschen Mondgesichtes ereilt.« Es ist erschütternd. Selbst meine Mama unternimmt in letzter Zeit häufiger Versuche, mir in die Wangen zu kneifen. Bislang wurde nur Andrea von diesem Schicksal heimgesucht.

Auch wenn ich jetzt schon ziemlich schwanger aussehe, von der Bohne erhalte ich noch kein persönliches Lebenszeichen. Manchmal kann ich gar nicht glauben, dass sie wirklich dort drin ist. Dann klopfe ich ein wenig auf dem Bauch herum und erzähle ihr schmutzige Witze. Als kleines Abhärtungsprogramm für das spätere Leben, immerhin werde ich ihre Mutter sein.

In jedem meiner Ratgeber lese ich, dass schon jetzt eine externe Stimulation zur Entwicklungsförderung der Bohne beitragen kann. Leider wissen das offenbar auch alle anderen Menschen in meinem näheren Umfeld. Sogar Edgar ist in den vergangenen Tagen des Öfteren mit einem tragbaren CD-Player (ebenfalls Steinzeit) hinter mir hergerannt, um die Bohne mit Mozarts »Kleiner Nachtmusik« zu berieseln. Mozarts »Kleine Nachtmusik« macht mich aber leider aus unerfindlichen Gründen höchst aggressiv. Unter Aufbietung all meiner Selbstbeherrschung habe ich Edgar daher höflichst gebeten, Mozart bitteschön in den Schrank zu sperren, damit ich der Öko-Gang keine körperliche Gewalt antue. Edgar ist zum Glück sehr umsichtig im Umgang mit mir und sah ein, dass die pränatale Stimulierung der Bohne wohl gefährliche Nebenwirkungen hat. Die werdende Mutter bleibt also in Zukunft von Mozart und der Nachtmusik verschont.

Erstaunlicherweise habe ich mit Nickelback überhaupt kein Problem, weshalb der Sänger jetzt regelmäßig durch mein kleines Büro im Obergeschoss des Bauernhauses grölt.

Wenn ich abends im Bett liege, erobert die sonderbare Instanz mein Oberstübchen und veranlasst mich, zärtlich meinen Bauch zu streicheln und der Bohne zu versichern, dass ich sie sehr liebe. Was ich schon seltsam finde. Ich kenne die Bohne doch noch gar nicht. Aber irgendwie hat die sonderbare Instanz trotzdem recht.

Die Öko-Gang habe ich in den vergangenen Wochen auch sehr lieb gewonnen. Der Job macht mir Spaß, keiner redet mir rein bei den Flyern und dem Internetauftritt, an dem ich gerade bastele. Im Gegenteil, alle zeigen sich sehr beeindruckt und sind offensichtlich über jeden Handschlag, den ich tätige, höchst erfreut. Eine gänzlich neue Erfahrung für mich. Obendrein werde ich gefüttert, oder besser ausgedrückt: gemästet. Vermutlich verdanke ich die spontane Fettvermehrung dem frischen Dinkelbrot mit guter Butter, den Vollkornnudeln mit selbst produziertem Bärlauchpesto und den diversen Schokoladenkuchen, die Alina im Akkord backt.

Mittlerweile ist es Ende Januar. Ein bitterkalter Montagmorgen. Wie immer werde ich stürmisch von Typhus und Herpes begrüßt. Die beiden stimmen kurz ein lautstarkes Morgenständchen an, dann verschwinden sie in den Garten hinter dem Haus, um das zu tun, was Hunde so tun. Buddeln, kacken, sich paaren, buddeln … ich weiß es nicht, allerdings tauchen sie jeden Tag pünktlich zum Feierabend wieder auf, um mich ebenso stürmisch zu verabschieden. Doch, wir sind mittlerweile ganz gute Freunde geworden.

Ich verriegle den Golf und laufe schnell über den Hof. Der kalte Wind treibt mir die Tränen in die Augen, und ich grabe meine Hände tief in die Manteltaschen. Seit zehn Tagen ist es unfassbar kalt. Die gefühlte Temperatur muss irgendwo zwischen minus zehn und minus dreißig Grad liegen. Deswegen trage ich heute Morgen meine neue, kuschelige Schwangerschaftshose mit dem riesigen Bund, den ich mir locker bis unter die Achseln ziehen könnte – wenn ich denn mal so richtig dämlich aussehen wollte. Trotzdem ist das Ding sehr praktisch, weil mein Bauch nun doch die Dehnungsfähigkeit meiner normalen Hosen überschritten hat und selbst ein Gummi im Knopfloch da nichts mehr ausrichten kann. Die Hose sitzt, ist bequem und hält auch die Bohne schön warm. Und dazu sieht sie auch noch sehr lässig aus, Jeans, verwaschen, weiter Schnitt am Bein.

Ich betrete die großzügige Diele und schmeiße meinen Mantel über die alte Bauerntruhe, die allen Mitgliedern dieser ökologisch wertvollen Kommune als Garderobe dient, als ich wütende Stimmen aus der Küche vernehme. Elena schimpft formvollendet und lautstark.

»Du bist ein verdammter Idiot!«, schreit sie, und ich ziehe verwundert eine Augenbraue hoch. Gerade will ich die Treppe hochschleichen, als ihr eine ebenfalls sehr zornig klingende Stimme antwortet: »Es geht dich nichts an!«

Theoretisch sollte ich mich spätestens jetzt aus dem Staub machen. Erstens mag ich Streit nicht sonderlich, selbst wenn er mich nichts angeht, und zweitens ist es wirklich unhöflich, heimlich zu lauschen. Dank der Erziehung meiner Mutter verfüge ich über ein solides Basiswissen im zwischenmenschlichen Umgang. Allerdings habe ich gerade erkannt, mit wem Elena sich da so in den Flicken liegt. Das wiederum führt dazu, dass ich wie festgenietet auf der untersten Stufe stehen bleibe und sämtliche elterliche Prägungen vorübergehend vergessen sind. Höchst interessiert lausche ich auf das heftige Streitgespräch in der Küche, während ich entschuldigende Blicke gen Decke sende.

»Es geht mich nichts an?« Elena klingt jetzt, als stände sie kurz vor der Hysterie. »Du musst endlich mal wieder anfangen zu leben, verdammt noch mal!« Die letzten drei Worte werden untermalt von einem scharfen Knall, der durch das ganze Haus hallt.

Blitzschnell springe ich von der Stufe und sprinte zur angelehnten Küchentür. Vielleicht hat sie versucht, Simon mit einem harten Gegenstand niederzustrecken, denn definitiv hat sie irgendwas geschmissen. Was und in welche Richtung, ist noch offen, aber das Lauschen muss umgehend in ein Zur-Rettung-Eilen modifiziert werden. Ich stoppe kurz vor der Tür und stoße sie dann vorsichtig auf.

»Hallo!«, kündige ich mich mit lauter Stimme an. Nicht dass noch was geflogen kommt. Das Ausbleiben einer Reaktion veranlasst mich, mutig um die Ecke zu lugen, wo sich mir ein hübsches Bild bietet: Simon und Elena stehen sich in identischer Körperhaltung an den gegenüberliegenden Seiten der Küche gegenüber. Elena lehnt am Kühlschrank, Simon an der Wand, beide mit fest vor der Brust verschränkten Armen. Zwischen ihnen auf dem Boden liegen die Scherben einer Kaffeetasse, und die hellen Fliesen sind großzügig mit dunklen Flecken übersät. Die Tasse war ganz offensichtlich voll, bevor sie ihren Kampf gegen die Schwerkraft angetreten ist, denn nach einem kurzen Blick durch den Raum entdecke ich sogar an der weißen Decke dunkle Sprenkel. Eine wahre Kaffeeexplosion. Aber körperlich verletzt scheint keiner zu sein. Abgesehen von der Tasse.

Elena schnauft und schlägt dann mit der flachen Hand einmal fest auf den Küchentresen. Ich zucke erschrocken zusammen. Sie scheint wirklich sehr wütend zu sein.

»Dann mach es so, wie du es für richtig hältst, aber belästige mich NIE wieder damit!«

Mit diesen höchst dramatischen Worten rauscht Elena aus der Küche, nicht ohne sich vorher noch ein freundliches Nicken in meine Richtung abzuringen.

Simon steht stocksteif da, die Augen geschlossen, die Lippen fest aufeinandergepresst. Aber wenigstens scheint er noch zu atmen. Das werte ich erst mal als gutes Zeichen. Vorsichtig pirsche ich mich an ihn heran.

»Worüber ihr auch immer gestritten habt, es war traumatisierend«, sage ich, als ich direkt vor ihm stehe. Okay, das war nicht der klügste Kommentar, aber mir fällt beim besten Willen nichts anderes ein. Es ist vor neun, da ist mein Sprachzentrum noch etwas phlegmatisch.

Mein kühner Spruch veranlasst Simon zumindest, die Augen zu öffnen. Er sieht richtig fertig aus, und tief in mir verspüre ich den Wunsch, irgendetwas zu tun, um dem großen blonden

Mann zu helfen. Mein Kopf setzt mich allerdings leicht bockig davon in Kenntnis, dass ich den Streitgrund ja nicht kenne und er vielleicht etwas wirklich Blödes getan hat. Etwas moralisch Verwerfliches und gesellschaftlich nicht Akzeptables. Dann dürfte ich natürlich auf keinen Fall nett zu ihm sein. Elenas Verhalten sollte mich eigentlich darauf schließen lassen, dass es sich genau so verhält, aber ich befehle meinem Kopf, jetzt einfach mal die Klappe zu halten.

Simon wirkt immer so souverän in allem, was er tut. Unfreundlich, schweigsam und unpünktlich, aber souverän. Jetzt sieht er völlig verloren aus. Als ob dieser Streit mit Elena und ihre harten Worte ihn bis ins Mark erschüttert hätten.

»Kaffee könnte helfen«, sage ich also betont munter und berühre ihn leicht am Oberarm. Weder schnappt er nach mir, noch weicht er meinem Blick aus. Ich werte auch dies als positives Zeichen und greife etwas fester zu, um ihn zum Küchentisch zu manövrieren. Ich hatte irgendeine Form von Widerstand erwartet; das Ausbleiben besagten Widerstands bringt mich etwas aus der Fassung.

»Milch? Zucker?«, frage ich also, während er sich tatsächlich auf den von mir vorgesehenen Holzstuhl setzt.

»Beides«, murmelt er mit dieser heiseren Stimme, und ich kann mich gerade noch davon abhalten, ihm zärtlich über das Haar zu streichen. Schlimm ist das. In Gegenwart dieses Mannes springt mein Hirn offensichtlich in irgendeinen Tussi-Modus.

Ich befülle zwei Kaffeebecher und schiebe auf dem Weg zurück zum Tisch die Scherben des Gewaltopfers mit dem Fuß zur Seite.

»Ich mach das gleich weg«, sagt Simon und klingt schon etwas besser. Ich drücke ihm die dampfende Tasse in die Hand und setze mich neben ihn.

»Das war, äh, sehr beeindruckend«, sage ich.

»Elena ist manchmal eine Elementargewalt«, erwidert Simon mit einem tiefen Seufzer.

Und dann sitzen wir beisammen und führen ein Gespräch. Das haben wir bis jetzt noch nie getan, und ich hätte es nicht für möglich gehalten, dass wir jemals die Gelegenheit dazu haben würden. Der schweigsame Simon spricht mit mir. Nicht dass wir den Streit mit Elena auch nur ansatzweise tangieren, o nein! Aber wir sprechen über Holz, sein Auto, mein Auto, meinen Job, seinen Job und sogar über die Bohne. Das Ganze ist so nett, dass ich total vergesse, mich an meinen Arbeitsplatz zu begeben, und das ist mir wirklich noch nie passiert.

Ich komme nicht umhin, den schweigsamen, unpünktlichen, unzuverlässigen Simon zu mögen. Auf eine seltsame und mir unbekannte Art und Weise. Darüber hinaus kann ich mich nun, da er direkt neben mir sitzt, an seinen großen braunen Augen und den männlichen Wangenknochen gar nicht sattsehen. Sehr hübsch finde ich auch die kleinen, scheinbar wahllos über sein Gesicht verteilten Sommersprossen. Die waren mir bisher noch nicht aufgefallen. Die Dinger sind aber auch mikroskopisch klein, und bis jetzt lagen immer mindestens anderthalb Meter Distanz zwischen uns. Und am besten finde ich, dass Simon die beträchtliche Attraktivität seines Gesichts offenbar gar nicht bewusst ist.

Schöne Männer sind ja oft unfassbar nervige und selbstverliebte Geschöpfe. Sind sie schwul, mag das noch akzeptabel sein, weil sie mit ihrem Wahn die eigene Optik betreffend die weibliche Welt unbehelligt lassen. Wenn aber Frauen zum Beuteschema eines Schönlings gehören, wird es schwierig.

Eine Grundregel in meinem Leben besagt: Triff dich NIE mit einem Mann, der über mehr Haut- und Haarpflegeprodukte verfügt als du selbst. Das wird innerhalb von wenigen Tagen zu anstrengend. Kein Mann sollte im Bad länger brauchen als frau selbst. Und sollte er dann noch in regelmäßigen Abständen eine Gesichtsmaske auflegen: Sofortiger Rückzug!

Simon sieht allerdings so aus, als würde er nur über eine Zahnbürste und irgendein neutral duftendes Duschgel verfügen. Vielleicht wäscht er sich aber auch mit Kernseife. Er riecht nämlich sehr männlich, lecker. Gedankenverloren schnuppere ich, und so entgeht mir fast das Schlussstatement des hübschen Mannes vor meiner Nase: »Danke.«

Er nickt mir ernst zu und erhebt sich etwas steif vom Tisch.

»Bitte«, antworte ich schnell und folge seinem Beispiel.

Simon verschwindet leicht humpelnd aus der Tür. Ob er sich doch verletzt hat? Vielleicht hat Elenas Wurfgeschoss ihn ja getroffen, bevor es am Boden zerschellt ist? Aber ehe ich ihm hinterherrufen kann, ist er verschwunden, und ich koche mir einen Tee. Auf der Treppe stehen diverse Kartons, die ich vorher im Eifer des Gefechts gar nicht wahrgenommen habe. Das müssen meine Flyer sein, denke ich mir freudig und versuche mir einen Karton unter den Arm zu klemmen, schaffe es aber noch nicht einmal, das quadratische Paket vom Boden zu heben. Nix für Schwangere, entscheide ich und laufe weiter in mein Büro. Da ich in letzter Zeit zur Vergesslichkeit neige, beschrifte ich gleich einen gilligelben Post-it-Zettel und klebe ihn mittig an die Tür. »Flyer hochtragen!«

Irgendjemand wird sich schon finden. Den restlichen Vormittag bastele ich weiter an der Internetseite und lade die vielen Fotos hoch, die ich in den letzten Tagen von der Öko-Kommune geschossen habe. Ich bin hochzufrieden mit der Ausbeute, die ich mit Maras Mega-Hightechkamera geschossen habe. Bis auf Harry, der sich gerade wieder akut in einer Kaninchen-Trauerphase befindet, sehen alle Hofbewohner sehr ansehnlich aus. Überhaupt kommt der ganze Betrieb hochprofessionell rüber. Selbst die Kühe und Ziegen, die sich mit Hörnern und Hufen gegen ein Foto gewehrt haben, wirken zufrieden und glücklich mit ihrem Leben.

Die einzige etwas verwegen aussehende Person auf diesen ganzen Fotos bin leider ich. Es mangelt nicht am Lächeln, eher an der Optik. Ich habe an diesem Tag einen langen, grauen Rollkragenpullover und meine geliebten Schwangerschaftsjeans getragen. Als Accessoires hatte ich mir die gelben Gummistiefel (es bestand eine gewisse Notwendigkeit dazu, denn es regnete) und einen alten Strohhut von Elena ausgeliehen. (Maras Mantra, als sie mir die Kamera lieh, lautete: Kein Wasser auf der Linse!) Und aus reiner Zweckmäßigkeit bin ich dann noch in den Wintermantel von Edgar geschlüpft, der mir an den Schultern viel zu weit und an den Ärmeln viel zu kurz ist. Außerdem ist dieser Mantel in den freundlichen Farben Schlammgrün und Kackbraun gehalten, was den Gesamteindruck doch erheblich beeinträchtigt. Kurz: Ich sah ziemlich scheiße aus, dafür ist die Kamera trocken geblieben und mein eigener Kaschmirwintermantel sauber. Leider hat Elena dieses optische Desaster für die Nachwelt festgehalten, weswegen ich von einem Foto von mir auf unserer Internetseite absehen werde.

Mittags gibt es Buchweizenpfannkuchen mit selbst gekochtem Apfelmus, und ich fühle mich hinterher so satt, als hätte ich ein halbes Schwein auf Toast vertilgt. Auf meinem Weg zurück ins Büro laufe ich wieder an den Kisten vorbei. Etwas verärgert fällt mir ein, dass ich immer noch niemanden um Hilfe gebeten habe, aber im nächsten Moment nimmt ein Anruf von Herrn Dr. Morgenroth meine Aufmerksamkeit in Beschlag, sodass ich es wieder vergesse.

Gegen vier werde ich erst von Edgar, dann von Alina an meinen bereits stattfindenden Feierabend erinnert. Um halb fünf steckt Elena, die sich offenbar wieder im Normal-Modus befindet, den Kopf durch die Tür und sagt mit strenger Stimme: »Geh jetzt nach Hause!« Da ich Angst habe, sie könnte auch nach mir mit harten Gegenständen werfen, beuge ich mich ihrer Autorität und packe meine Sachen.

Es ist immer noch eisig kalt, und ich beschließe, auf dem Nachhauseweg an meiner Stammtankstelle eine Packung Schokoladenkekse zu kaufen. Fett und Zucker helfen ja erwiesenermaßen gegen Nöte aller Art. Arschkaltes Wetter wird wohl auch in diese Kategorie fallen. Kaum habe ich meinen Golf geparkt, stürzt Michael Krüger, der Tankstellenpächter, um die Ecke.

»Hallo, Frau Schmidt«, begrüßt er mich entzückt und beginnt zügig, meine Windschutzscheibe mit einem Schwamm zu säubern.

Es ist nicht so, als hätte ich ihn darum gebeten oder als wäre dies ein standardmäßiger Service der Tankstelle. Genauso wenig wie das regelmäßige Überprüfen des Reifendrucks sowie des Ölstands. Es ist seltsam, aber seitdem ich schwanger bin, kümmert sich dieser Mann, der bis Oktober letzten Jahres noch nicht einmal meinen Namen kannte, so rührend um mein Auto wie um einen Säugling. Ich grüble nach wie vor, ob ich vielleicht unwissentlich irgendeine Autopflege-Flatrate bei ihm abgeschlossen habe, anders ist dieses Verhalten nicht zu erklären. Auch der Bohnen-Bauch kann nicht der Grund sein, den sieht man unter dem dicken Wintermantel nämlich gar nicht.

Als ich mit den Schokokeksen unterm Arm den Tankstellenshop wieder verlasse, ist Herr Krüger gerade dabei, liebevoll und unter vollem Körpereinsatz meine Windschutzscheibe mit einem Lederlappen zu massieren. Er schenkt mir ein verschwörerisches Lächeln, was in seinem hageren Gesicht etwas grotesk aussieht, und hält mir galant die Fahrertür auf.

»Danke!«, flöte ich und stecke mir noch im Auto den ersten Keks in den Mund.

Herr Krüger, der Postbote, mein Nachbar von unten links und Herr Dr. Morgenroth verhalten sich allesamt ausgesprochen seltsam, seitdem die Bohne meinen Uterus bewohnt. Nun gut, Herrn Dr. Morgenroth kenne ich überhaupt erst seitdem, vielleicht kann ich ihn deshalb in die Gesamtkalkulation nicht mit einbeziehen, aber alle anderen sind definitiv komisch drauf.

Am Abend kommt Tom vorbei. Er hat schweren Liebeskummer. Carola hat ihn verlassen. Was ich natürlich für eine absolute Schweinerei halte, obwohl ich Carola ehrlich gesagt nie kennengelernt habe. Sie war nur für acht kurze Wochen Toms Freundin. Nummer zweiundsiebzig, glaube ich.

Ich füttere meinen leidenden Bruder mit Schokoladenkeksen, Averna und Oliven, bis ihm schlecht ist. Somit ist er zumindest vorerst abgelenkt von seinem emotionalen Leid. Gegen elf schnauft er einmal auf und hievt sich von meinem Sofa.

»Ich muss jetzt etwas Zukunftsorientiertes machen!«, verkündet er in tief deprimiertem Tonfall und schnappt sich meinen Laptop.

Die Zukunftsorientierung besteht darin, nach einem Kinderwagen für die Bohne zu suchen. Und einem Kinderbett, einem Windeleimer, einer Badewanne sowie einem Badethermometer und einer Spieluhr. Dann informieren wir uns noch über kleinkindliches Fieber, Masern und Mumps, Laufställe und Steckdosensicherungen. Bis auf die Spieluhr und eine sehr hübsche Wickelkommode bestellen wir nichts, weil ich, was die Dinge betrifft, die zur Aufzucht von Nachwuchs notwendig zu sein scheinen, bereits über eine recht ansehnliche Ausstattung verfüge. Andrea hat jetzt schon fünf Umzugskartons vollgepackt und in ihrer Garage zwischengelagert, und es werden wöchentlich mehr. Mich beschleicht langsam die Befürchtung, dass sie meine Schwangerschaft zum Anlass nimmt, ihr Haus auszumisten und mir alles zu »schenken«, was sie nicht mehr braucht. Aber da ich ja in schwierigen persönlichen Verhältnissen lebe, sollte ich nehmen, was ich kriegen kann.

Toms letzte Worte, bevor er auf meinem Sofa in einen trauer- und avernabedingten Tiefschlaf fällt, sind: »Diese Wohnung ist aber echt nicht kindersicher!«

Damit beschert er mir eine schlaflose Nacht, denn er erinnert mich an etwas, das ich schon vor Wochen festgestellt habe: Diese Wohnung ist nicht nur nicht kindersicher, sie ist eine kindermordende Todesfalle. Da helfen auch keine Steckdosensicherungen und Babylaufställe. Ich muss dringend hier raus.

Kapitel 18

Wohin mit der Bohne und mir? Dieser Gedanke verfolgt mich in den kommenden Tagen quasi rund um die Uhr. Ich durchforste die einschlägigen Internetseiten, lese aufmerksam sämtliche Wohnungsangebote in der Tageszeitung und sogar dem *Braunschweiger Kurier*, aber es gibt nichts, was auch nur annähernd infrage käme. Entweder siebter Stock ohne Fahrstuhl oder ein Rottweiler-Zuchtverein in der Nachbarschaft.

Am 17. Februar habe ich wieder einen Vorsorgetermin bei Dr. Ganter. Ich muss gestehen, dass ich ganz heiß darauf bin, News aus dem Uterus zu bekommen. Es fühlt sich an, als wären diese kurzen Ultraschallsequenzen eine direkte Verbindung zu der Bohne, die so still und leise in meinem Körper vor sich hin lebt und nichtsdestotrotz mein Leben völlig auf den Kopf gestellt hat. Ein kurzer Blick, der mir bestätigt, dass sie wirklich da drin ist.

Auf diesen Ultraschalltermin freue ich mich besonders. Laut Dr. Ganter wird es das erste Mal nicht »von unten« sein, wie er sich etwas verschämt ausdrückte, sondern über den Bauch. Was wiederum bedeutet, dass das Baby-Watching nicht mehr unter Ausschluss der Öffentlichkeit stattfinden muss.

Als Auswahl an passenden Begleitpersonen standen einige Freiwillige zur Verfügung. Schlussendlich hat Mara das Rennen gemacht. Andrea kann nicht, da jetzt Prinzessin Klara die Rüsselseuche hat – Mütter-Jargon für einen grippalen Infekt –, und Jutta muss sich schnell noch mal mit ihrem Ex vor Gericht über irgendwelche Rentendinge streiten.

Mara holt mich zu Hause ab und sieht wie immer sehr geschäftsmäßig aus. Schwarzer Anzug, riesige Tasche, in der ein ausgewachsener deutscher Schäferhund Platz hätte, Headset im Ohr und im Gesicht ihren klassischen Blick, der Willensstärke und Durchsetzungskraft implizieren soll. Das weiß ich so genau, weil wir ihn gemeinschaftlich vor dem Badezimmer-Spiegel geübt haben. Dazu perfektes Make-up sowie eine Frisur, der selbst ein mittlerer Hurrikan nichts anhaben könnte. Zügig transportiert sie mich und die Bohne durch die Stadt, wobei sie noch ein paar Telefongespräche führt.

Ich bin entspannt. So sehe ich auch aus. Meine geliebten Schwangerschaftsjeans habe ich mit einem weißen Shirt und einer schwarzen Strickjacke kombiniert. Ich finde mich richtig hübsch in den Klamotten, auch wenn sie so gar nicht businessmäßig sind. Einmal habe ich in den vergangenen Wochen versucht, einen der wenigen Anzüge zur Arbeit zu tragen, der rein größenmäßig und unter Einsatz des ausgeleierten Haargummis im Knopfloch noch vertretbar war. Dazu hatte ich meine Locken zu einer strengen Hochsteckfrisur gebändigt. Das Ergebnis war recht lustig. Erst haben Typhus und Herpes mich nicht erkannt und sind mir sogar laut bellend bis ins Büro gefolgt, dann ist Edgar aufgetaucht und hat mich völlig verstört gefragt, wer ich bin und was ich will. Ich hatte die Lacher in unserer gemeinsamen Mittagspause definitiv auf meiner Seite.

Bei Dr. Ganter besteige ich die Waage und halte dann brav meine Vene zum monatlichen Blutabzapfen hin. Mara folgt mir mit argwöhnischer Miene auf Schritt und Tritt. Sie mag keine Ärzte und scheint einen gewissen Beschützerinstinkt entwickelt zu haben. Schon die Aufforderung »Frau Schmidt, bitte ins Labor!« lässt sie leise grunzen und böse Blicke verteilen.

»Du kannst hier warten«, flüstere ich ihr zu, als ich das Wartezimmer verlassen will, aber sie ist schon aufgesprungen. Sie murmelt etwas von »Kunstfehlern« und anderen schlimmen Dingen und lässt sich nicht mehr abschütteln. Auch nicht, als ich den Auftrag erhalte, einen Urinbecher zu füllen. Nun gut, wir sind Mädchen, und zusammen aufs Klo zu gehen ist für uns nicht allzu problematisch. Dafür machen die Sprechstundenhilfen große Augen. Vermutlich glauben sie, wir seien ein Paar. Kann ich ihnen nicht verdenken, einen Kindsvater habe ich ja, im Gegensatz zu neunundneunzig Prozent aller Schwangeren in dieser Praxis, noch nicht präsentiert.

Als wir endlich ins gynäkologische Heiligtum vorgelassen werden, wirkt Mara mit ihrer Gucci-Handtasche in SUV-Größe und dem Star-Banker-Auftreten so deplatziert wie ein Gänseblümchen auf der Autobahn.

»Ich bin die Schwester!«, raunt sie Dr. Ganter entgegen, als er endlich die Bühne betritt. Vermutlich hat sie Sorge, sonst den Raum wieder verlassen zu müssen. Wohl zu viele Arztserien geschaut.

»Wir sind hier nicht auf der Intensivstation«, flüstere ich, und sie wirft mir einen düsteren Blick zu.

»So, dann wollen wir mal«, verkündet Dr. Ganter fröhlich wie immer. »Gut sehen sie aus, Frau Schmidt«, fügt er hinzu und guckt mir dabei auf die Brüste.

»Danke«, antworte ich und zerre kurz meine Strickjacke zurecht. Ich genieße es, Brüste zu haben. Auch wenn diese Freude mit einem schon fast an Hysterie grenzenden Kontrollzwang einhergeht. Letzte Woche habe ich sie wieder festgetapt, weil ich eine ausgeschnittene Bluse getragen habe. Die potenziellen Fluchtmöglichkeiten waren bei diesem Ausschnitt einfach zu groß.

»Na dann machen Sie sich mal frei.« Mara gibt ein leicht ersticktes Geräusch von sich, woraufhin Dr. Ganter ruft: »Nein, falsch! Heute können wir ja schon über den Bauch gucken!«

Mara seufzt erleichtert auf. Anderen Frauen beim Beinebreit-Machen zuzuschauen erschöpft ihre Loyalität dann doch. Ich lege mich also voll angekleidet auf die Liege und zerre mein Shirt nach oben und die Hose etwas nach unten. Dr. Ganter verteilt mit einem vorfreudigen Lächeln das Glibbergel auf meinem Bauch und verreibt es mit dem Kopf des Ultraschallgerätes. Dieses Ding kostet im Einkauf bestimmt an die hunderttausend Euro und kann dafür fast alles. Viele Frauen aus umliegenden Praxen kommen extra zum Ultraschall zu ihm. Weil sein Gerät und er so gut sind. Dr. Ganter ist eben auch nur ein Mann.

»So, 20 plus 6«, murmelt er.

»Zwanzig Wochen und sechs Tage«, übersetze ich kurz für Mara, die sich am Fußende der Liege positioniert hat. Dann blicke ich wie gebannt auf den Bildschirm.

Und … da ist sie. Huch – die Bohne sieht aus wie ein echter Mensch! Hände, Füße, Kopf und sogar eine Wirbelsäule sind auf dem Ultraschallbild deutlich zu erkennen. Während Dr. Ganter wie wild an der Bohne herummisst und uns mit Zahlen bombardiert, werfe ich Mara einen vorsichtigen Blick zu. Diese Welt ist für sie genauso neu, wie sie es vor zwanzig Wochen und sechs Tagen für mich war. Unsere Blicke treffen sich, und in Maras Augen leuchtet etwas auf. Sie grinst mich an, und ich grinse zurück. Ihre erste Bekanntschaft mit meinem Kind. Sie drückt mir den Knöchel, der einzige Körperteil, der in Reichweite ist, und ich blicke wieder auf die Bohne.

Es geht ihr gut, das ist das Einzige, was ich mitbekomme. Sie schwimmt mopsfidel in meinem Uterus und scheint unbeeindruckt von der Wohnungsnot und den schwierigen persönlichen Verhältnissen ihrer Mutter.

»Wunderbar, Frau Schmidt.« Dr. Ganter wischt meinen Bauch mit einem Papiertuch notdürftig trocken. »Noch Fragen?«

Ich schüttle den Kopf, und Mara ergreift das Wort. »Das Kind ist also normal groß und normal schwer? Wann soll meine Schwester denn mit einem dieser Kurse anfangen? Und wo meldet man sich zur Entbindung an, und wann muss man das tun? Gibt es noch irgendwelche besonderen Untersuchungen, die Sie empfehlen können?«

Mein Gynäkologe runzelt ob des strengen Tons leicht die Stirn. »Äh«, sagt er und lässt sich wieder auf seinen kleinen Rollhocker plumpsen, den er schon verlassen wollte. »Also, dem Kind geht es gut. Es ist ungefähr vierzehn Zentimeter groß, und alles ist dran. Zu einem Schwangerschaftskurs sollten Sie sich bald anmelden, damit Sie noch einen Platz bekommen, und wegen der Entbindung können Sie sich mal die Krankenhäuser hier in der Gegend anschauen, welches da Ihren Vorstellungen entspricht. Die machen sehr oft Besichtigungstermine der Kreißsäle. Wobei das vielleicht noch ein klein wenig zu früh ist. Und an Untersuchungen würde ich nichts weiter empfehlen. Ihre Schwester hat ja kein erhöhtes Risiko, und die Tests bisher waren völlig ausreichend.« Abwartend schaut er Mara an, falls da noch eine weitere Frage in ihr nach außen drängt, aber sie nickt nur, woraufhin Dr. Ganter uns beiden die Hand drückt und entschwindet.

»O mein Gott!« Mara setzt sich auf den Rand der Liege, während ich mich aufrichte.

»Was ist?«, frage ich und wische mir den Rest der Glibbermasse vom Bauch.

»Da ist ein Baby in deinem Bauch!«

»Äh … ja«, antworte ich und schlüpfe in meine Strickjacke. Das ist ja nun keine ganz neue Erkenntnis.

»Nein, im Ernst. Ein ECHTER kleiner Mensch!« Mara hat mir ihre Hand auf die Schulter gelegt und blickt mir tief in die Augen. Ich muss lachen.

»Es ist so … wunderbar! Ja, das ist es. Du bekommst ein Kind! Hoffentlich wird es ein Mädchen. Damit kann ich, glaube ich, besser umgehen. Aber auch wenn es ein Junge wird, ist das okay. Ich meine, den muss man halt gleich richtig erziehen.« Mit diesen Worten schwingt sie sich ihre Tasche über die Schulter und nimmt mir das Ultraschall-Foto aus der Hand. »Darf ich das behalten?«

Ich nicke leicht verwirrt. So kenne ich Mara wirklich nicht. Sie wirkt so … gerührt? Emotional aufgewühlt? Ich kann es nicht genau benennen, aber wir verlassen die Praxis in stiller Eintracht und kehren auf dem Rückweg bei McDonald's ein. Dahin geht Mara sonst niemals nie, und ihre Mittagspause ist auch schon lange vorbei. Aber heute ist alles anders, das wird besonders deutlich, als sie das Bohnen-Bild unauffällig in ihren Filofax gleiten lässt.

Und weil der Tag sowieso schon sonderbar schön ist, berichte ich ihr zwischen einem Big Mac und einem Cheeseburger mit Pommes von Simon. Bis zu diesem Moment war mir noch gar nicht bewusst, dass es da etwas zu berichten gibt. Na gut, ein bisschen ist das natürlich gelogen. Ich finde ihn schon ganz arg toll, den großen, blonden, unzuverlässigen Mann mit den kleinen Sommersprossen. Das Gefühl, das mich in seiner Gegenwart beschleicht, erinnert mich vage an die fünfte Klasse und meine frühpubertäre Schwärmerei für das männliche Geschlecht im Allgemeinen und Andreas Lokotz im Besonderen. Noch nicht mal der schlimme Nachname hat mich davon abgehalten, regelmäßig kurz vor der Ohnmacht zu stehen, wenn ich ihm im Schulflur begegnet bin.

Jetzt – reif, weise und bald Mutter – ist das Gefühl erstaunlicherweise durchaus ähnlich: Ich finde ihn toll. Sexy, attraktiv, anziehend, na all diese Adjektive, die gern in schlechten Liebesromanen verbraten werden, wenn der Held die Bühne betritt.

Mara zeigt sich erfreut von dieser Entwicklung, dennoch vermuten wir beide beim zweiten Eis mit Schokoladensoße, dass mein hormonverseuchter Zustand mir vielleicht die Sinne vernebelt. Aber Hormone hin oder her: Irgendetwas an Simon, von dem ich im Übrigen noch nicht einmal den Nachnamen weiß, berührt mich so tief, dass ich letzte Nacht sogar von ihm geträumt habe. Und in meine Träume schaffen es nur wenige Männer. So viel ist mal klar.

Kapitel 19

Die Tage vergehen ohne nennenswerte Erfolge in der Wohnungssuche, dafür gibt es ein neues Ritual in meinem Leben: das Tee-in-der-Werkstatt-mit-Simon-Ritual.

Da ich ja sehr flexible Arbeitszeiten habe und in dieser Zeit auch noch so genüssliche, aber unproduktive Dinge tue wie Hirsepampe essen oder vor dem Kamin herumlungern, bin ich fast immer volle Tage auf dem Hof. Edgar hat mir einen Wecker geschenkt, der jeden Tag um fünf Uhr nachmittags klingelt. Das soll ich als Startzeichen nehmen, um unverzüglich den Hof zu verlassen. Schließlich sei ich eine schwangere Teilzeitkraft, deshalb sei es mir nicht zuzumuten, zu lange an meiner Arbeitsstätte zu verweilen. Bei weiterer Zuwiderhandlung würde er umgehend einen Betriebsrat gründen und mich täglich um fünf zwangsweise von meinem Arbeitsplatz entfernen lassen. Also packe ich pünktlich zum Weckergeläut meine Siebensachen, koche zwei Tassen Tee – Kamille, eigene Ernte – und gehe zu Simon.

Dort lungere ich dann in seiner nach Sägespänen duftenden Holzwerkstatt herum und berichte dem »Tischler des Jahres« von meinem Tag. Dieser Titel wurde ihm erst vor zwei Wochen feierlich bei einem gemeinsamen Mittagessen verliehen, weil er Elenas antikes Holzbett mit viel Liebe und unter Einsatz von ungefähr drei Litern Holzleim vor dem Zusammenbruch gerettet hat.

Der Tischler des Jahres lässt sich zwar durch meine Anwesenheit nicht in seiner Produktivität bremsen, hört mir aber sehr aufmerksam zu und stellt dann auch noch gezielte Fragen zu meinem Leben. Außerdem ist er in der Lage, die von mir gelieferten Informationen über einen langen Zeitraum in seinem Gedächtnis zu parken und sie bei Bedarf wieder abzurufen. Das ist doch mal etwas ganz Neues für mich.

Olaf hat mir nie zugehört, zumindest nicht freiwillig, und ihm war auch nach fünf Jahren gemeinsamen Lebenswegs immer noch nicht klar, dass ich rote Paprika, Fanta und Skiurlaube zutiefst verabscheue. Nur so lässt sich erklären, warum er mir zu unserem letzten gemeinsamen Weihnachten glückstrahlend eine Reise nach Kaprun einschließlich Skipass und Gutschein für das Mieten einer kompletten Ausrüstung schenkte. Hallo! Dort gibt es Berge und einen Gletscher, und es ist saukalt. Kein guter Aufenthaltsort für jemanden, der sowohl Kälte als auch Skifahren wirklich doof findet.

Und wenn ich mal faul auf dem Sofa lag und ihn bat, mir aus der Küche etwas zu trinken mitzubringen, konnte ich mir sicher sein, ein Glas des gelben Grauens überreicht zu bekommen. Aber wie das so ist in langen Beziehungen, man arrangiert sich eben mit so manchem.

Simon hingegen weiß sogar, in welcher Schwangerschaftswoche ich bin, und das verändert sich ja nun aus gegebenem Anlass regelmäßig. Da ich viel Zeit bei ihm in der Werkstatt verbringe, kennt Simon mittlerweile nicht nur meine aktuelle SSW – Muttermund heißt im Schwangerschaftsslang übrigens MuMu, krasse Sache! –, sondern überhaupt ziemlich viele Details meines Lebens. Wohingegen ich um nur zwei Sachinformationen reicher bin als vorher: Simons Nachname lautet Sternberg, was durchaus akzeptabel ist, wie ich finde, und er ist vierunddreißig Jahre alt. Der Grund dafür ist folgender: Simon verfügt nicht nur über grandiose Zuhörerqualitäten, sondern auch über die Fähigkeit, persönliche Fragen sofort umzudrehen und an den Absender zurückzuschicken. Leider so geschickt, dass mir dies oft erst auf dem Weg nach Hause auffällt.

Zusammenfassend gesagt: Er weiß viel über mich, ich wenig über ihn, aber ich fühle mich sauwohl in seiner Gegenwart. Dieses entspannte Zusammensein löst etwas ganz Besonderes in mir aus: Ich fühle mich das erste Mal, seitdem ich das mütterliche Heim verlassen habe, geborgen. Was sehr seltsam ist, weil mir gar nicht bewusst war, dass mir Geborgenheit gefehlt hat.

Dabei ist Simon auf den ersten Blick gar nicht so der fürsorgliche Typ. Vielmehr hat er eine sehr nüchterne und sachliche Art, das Leben zu betrachten. Meins, wohlgemerkt. Und er nimmt mich unfassbar ernst und forscht so lange nach, bis er meint, mich wirklich verstanden zu haben. Wir führen, ich kann es nicht anders sagen, sehr tiefsinnige Gespräche. Wenn wir nicht gerade groben Unfug verzapfen und uns vor Lachen auf dem sägemehlbedeckten Fußboden wälzen. Um ehrlich zu sein, wälze meistens ich mich, was ursächlich mit Simons trockenen Humor zusammenhängt.

Auch Elena ist erfreut, dass Simon und ich uns so gut verstehen, lässt sich jedoch nicht als Informationsquelle anzapfen. Sobald ich beginne, nach tiefer gehenden Daten über Simon Sternberg zu forschen, blockt sie ab und sagt freundlich, aber bestimmt: »Das muss er dir alles selber erzählen.«

Mittlerweile ist es bereits Anfang März, und ich habe einen aufregenden und hektischen Tag hinter mir. Unsere neue Internetseite hat ihren Probelauf gut gemeistert und kann endlich online gehen. Das wird auch langsam Zeit und hätte schon viel früher passieren sollen, aber irgendwelche technischen Probleme haben es mir unmöglich gemacht, sie ins Netz zu stellen. Dafür habe ich mittlerweile sämtliche Bioläden, Apotheken, Kinderärzte, Heilpraktiker und Buchläden aufgesucht und überall um Auslage unseres kleinen Flyers gebeten, den ich mir in handlichen Stapeln nach und nach aus den tonnenschweren Kartons geholt habe, die es noch immer nicht in mein Büro geschafft haben. Bei meinen Touren durch die Geschäfte ist mir übrigens etwas Interessantes aufgefallen: War der Bohnen-Bauch gut sichtbar, durfte ich jedes Mal meine Flyer dalassen. Hatte ich jedoch den Mantel geschlossen, gab es ziemlich viele Absagen – man hatte keinen Platz, keine Kunden, die das interessiert, oder schlicht keine Zeit für ein Gespräch mit mir. Sehr interessant. Ob die Bohne mich glaub- und vertrauenswürdiger wirken lässt? Und ob dieser Zustand anhalten wird, wenn ich sie im Kinderwagen mit mir führe?

Nachdem die gesamte Stadt nun flächendeckend mit Informationen über uns versorgt ist, habe ich immer noch fünftausend Flyer übrig, die nach wie vor auf dem Treppenabsatz ausharren. Um halb sechs laufe ich mit zwei dampfenden Teebechern an ihnen vorbei zu Simons Werkstatt und setze mich wie immer auf das bequeme, ausgeleierte, popelgrüne Sofa gegenüber der Werkbank.

Entspannt lege ich die Füße hoch und beobachte den großen blonden Mann bei seiner Arbeit. Anderen Menschen bei der Arbeit zuschauen habe ich, die fleißige Arbeitsbiene, früher nie gekonnt. Hier bleibt mir allerdings gar keine andere Wahl: Alles, was Simon kann, kann ich definitiv nicht. Er geht mit Holz um wie ich mit einer Exceltabelle oder Lippenstift und

Eyeliner. Seine Bewegungen sind geschmeidig und kraftvoll, und ich gebe es ja nur ungern zu, aber ich finde es fast schon erotisch, wenn er in seinen abgetragenen Schreinerhosen und dem engen Shirt an seiner Werkbank Tischbeine drechselt oder widerspenstigen Holzbohlen mit dem Hobel zu Leibe rückt.

Ich liege also dort herum, nippe an meinem Tee, geiere den Tischler des Jahres an und denke das erste Mal an diesem Tag an gar nichts.

In Gedanken plaudere ich ein wenig mit der Bohne. Diesmal erzähle ich ihr keine schmutzigen Witze, sondern sinniere über meine Abscheu gegen das kalte Wetter und die Vorfreude, dass schon Hochsommer sein wird, wenn sie endlich ihre Behausung verlässt. Dann muss Harry auch endlich keine Kaninchen mehr schlachten, ich muss mein Auto nicht mehr jeden Morgen von Eis und Schnee befreien und … ich werde in einer kleinkind- und müttergefährdenden Wohnung hausen und in schwierigen persönlichen Verhältnissen leben.

Ja, da ist es wieder. Eins meiner anhänglichsten Probleme. Ich fange umgehend mit der Grübelei an, als sich in meinem Bauch etwas tut. Ein … Gefühl. Vielleicht ein Pups? Angefühlt hat es sich allerdings mehr nach einem leicht irren Schmetterling, der zwischen meiner Wirbelsäule und der Bauchdecke herumflattert.

»Paula?« Ich öffne erschrocken die Augen und blicke in Simons besorgtes Gesicht. »Alles okay?«, fragt er leise und greift vorsichtig nach meiner Hand, die ich auf meinem Bauch abgelegt habe. So viel Körperkontakt hatten wir noch nie, und das verwirrt mich neben der Pups- oder Schmetterlings-Frage noch zusätzlich. Ich gebe ein unweibliches Grunzen von mir und versuche mich schnell zu sortieren.

O mein Gott, das muss die Bohne gewesen sein! Diesmal

habe ich nämlich den Schwangerschaftsratgeber schon prophylaktisch bis zur zwanzigsten Woche gelesen und meine mich erinnern zu können, dass jetzt die ersten Kindsbewegungen von der Schwangeren, also mir, gespürt werden könnten.

»O mein Gott!«, stöhne ich theatralisch, einfach weil mir danach ist. Was für ein denkwürdiger und monumentaler Moment: Ich spüre mein Kind!

»Paula, was ist los?« Simons Stimme hat jetzt einen drängenden Unterton, und er sieht mich wirklich sehr ernst an.

»Ich hab die Bohne gespürt!«, antworte ich schnell, und er blinzelt einmal kurz. Was bei seinen hübschen braunen Augen einen wahrlich dramatischen Effekt hat. Passt somit gut zur Gesamtsituation, finde ich, und lächle ein wenig debil.

Und ganz plötzlich passiert in Simons Gesicht etwas Seltsames. Es beginnt an den Augen und zieht sich dann langsam bis zu seinen Mundwinkeln: Er lacht, so breit, dass Grübchen in seinen Wangen auftauchen. Über sehr ernst und freundlich zugetan hinaus habe ich bis jetzt noch keine so intensive Mimik in seinem Gesicht beobachten können. Wow, er freut sich mit mir.

Ergriffen schnelle ich aus der liegenden Position hoch und schlinge meine Arme um seinen Oberkörper. Da wir uns ja bisher noch nicht einmal die Hand gegeben haben, könnte ich es durchaus verstehen, wenn ihn diese spontane Bekundung positiver Gefühle verschrecken würde. Doch das passiert nicht. Stattdessen rutscht er etwas ungelenk neben mich aufs Sofa und zieht mich in seine Arme.

Und das ist einfach nur schön. Punkt. Keine weiteren Kommentare.

Wir harren so lange in dieser Position aus, bis mir die linke Pobacke einschläft, dann lehne ich mich etwas zurück und schaue Simon ins Gesicht. »Danke!«, sage ich aus tiefstem Herzen und wische mir schnell eine Träne von der Wange, die sich hinterlistig aus meinem Augenwinkel ihren Weg gen Kinn bahnt.

»Wofür?«, fragt er leise zurück, und ich kann echte Verwirrung in seinem Gesicht erkennen.

»Dass du jetzt da bist. Dass du dich freust. Dass du mir zuhörst und einige elementare Probleme in meinem Leben als nicht so dramatisch identifiziert hast. Einfach weil es dich gibt und ich dich mag«, antworte ich wahrheitsgemäß. Vermutlich würden Mara und alle anderen wirklich harten Mädels in Wutgeheul ausbrechen, weil man diese Dinge einem Mann einfach nicht sagt. Aus Prinzip nicht und schon gar nicht beim ersten zaghaften Körperkontakt. Danach allerdings auch nicht – der Kodex ist kompliziert.

Vielleicht haben sie recht, denn im nächsten Moment huscht ein Schatten über Simons markantes Gesicht. Er wendet die Augen von mir ab, drückt noch einmal kurz meine Hand, dann steht er etwas steif auf und geht zurück an seine Werkbank.

Ja, mein Leben ist momentan ganz vorn auf der Kandidatenliste für das komplizierteste Leben in dieser Stadt. Ich fasse mal kurz zusammen, wie es zu der Nominierung kommt: Die Bohne hat sich bewegt (was noch nicht kompliziert ist und hier nur der Vollständigkeit halber aufgeführt wird), ich habe keine Wohnung, der Kindsvater hat eine Neue, und der Mann, in den ich leider und völlig situationsunangemessen ziemlich vernarrt bin, ist erschrocken von meinem emotionalen Ausbruch.

Ich entscheide, umgehend ins Bett zu müssen, und stehe ebenfalls auf. Geräuschvoll stelle ich meine Tasse auf den Steinfußboden und überlege kurz, ob ich noch etwas sagen soll. Die Stimmung ist plötzlich sehr angespannt, und ich beschließe, mich kommentarlos auf den Heimweg zu machen. Was ich sagen wollte, habe ich gesagt. Außerdem ist dies ein bedeutender Abend: Ich habe mein Kind gespürt. Daher habe ich jetzt auch keine Lust, mich mit irgendwelchen potenziellen Problemfällen in meinem Leben zu befassen. Wortlos gehe ich zur Tür, als Simon mir ein leises »Warte!« hinterherruft.

Ich zögere, bleibe stehen und drehe mich halb um. Simon steht etwas verloren an seiner Werkbank. Mit beiden Händen stützt er sich auf der Holzplatte vor ihm ab, sein Blick wandert unruhig durch den Raum.

»Ja?«, frage ich ungeduldig, und er schließt für einen Moment die Augen.

Ich spüre einen klitzekleinen Stich im Herzen. So brüsk abgewiesen zu werden, tut mir definitiv nicht gut. Aber mal ganz ehrlich: Was hatte ich erwartet? Dass ein Mann wie Simon sich eine schwangere Östrogenhysterikerin angelt und damit mehr Probleme ins Haus holt, als ein Kerl in hundert Jahren abarbeiten kann?

»Ich mag dich auch. Sehr sogar.« Seine Worte sind so leise, dass ich sie kaum verstehe. Nach wie vor hat er die Augen geschlossen. »Aber ich bin nicht gut genug für dich.«

Hä? Ich weiß nicht, ob mir zum Lachen oder zum Weinen zumute ist, doch weil Simon wirklich verzweifelt aussieht, tue ich schließlich keins von beidem. Stattdessen sage ich knapp: »Ich weiß nicht, worauf diese Einschätzung basiert, aber ich denke, ich kann selbst entscheiden, ob jemand gut genug für mich ist oder nicht. Gute Nacht, Simon«, und drehe mich um.

Als ich über den Hof laufe, kämpfe ich mit den Tränen. Innerlich schimpfe ich mit mir und frage mich, ob ich zusammen mit meiner Taille wohl auch jeglichen Realitätssinn verloren habe. Welcher Mann möchte schon etwas mit einer Frau anfangen, die mit dem Kind eines anderen schwanger ist? Es besteht null Komma null Chance, dass wir uns irgendwie näherkommen werden. Punkt. Basta. Aus die Maus.

Ich reiße mich zusammen, bis ich zu Hause bin. Dann heule ich ein wenig, streichle den Bohnenbauch und setze einen Notruf auf Maras Mailbox ab. Als sie sich eine halbe Stunde später meldet, gebe ich ihr einen kurzen Abriss des Abends.

»Hm«, sagt sie nur.

»Hm, was?«, frage ich zurück. »Das heißt, er will nichts von mir und versucht sich so aus der Affäre zu ziehen, stimmt's?«

»Ich weiß nicht. Vielleicht hat er was auf dem Kerbholz? Saß mal im Knast? Vertickt Drogen? Hat ein paar Mädchen laufen?«

Mara instruiert mich, nicht so hart mit Simon ins Gericht zu gehen, bevor ich nicht genau weiß, was er gemeint hat. Ein eher ungewöhnlicher Rat von GSG-Mara, die gern mal nach dem ersten Fehlverhalten eines potenziellen Liebeskandidaten die Segel streicht und ihn zum Mond schießt.

Ich gehe ins Bett, kann nicht schlafen, stehe wieder auf, putze die Küche, lege meine Wäsche zusammen und fange schließlich an, mir die Aufbauanleitung für die neue Wickelkommode durchzulesen. »Stecken Sie Nut A1 in Feder R5 und fixieren Sie das Ganze mit dem Bolzen F66« erschöpft mich dann aber ziemlich schnell so sehr, dass ich doch lieber zurück ins Bett wanke. In der Nacht träume ich von Simon, abgebrochenen Bolzen mit dem fetten Aufdruck F66 und roter Paprika garniert mit einer Skibrille. Mein Unterbewusstsein scheint zurzeit nicht ausgelastet zu sein.

Kapitel 20

Am nächsten Tag bin ich entsprechend müde. So müde, dass ich so grundsätzliche Dinge wie Frühstücken und das vorschriftsgemäße Verpacken der Brüste vergesse und somit zweimal wieder nach oben laufen muss, nachdem ich jeweils schon ins Auto gestiegen war.

Als ich endlich auf dem Hof parke, stürmt Harry gerade in höchster Verzückung aus der Scheune. Die Stachelfrisur liegt heute schlecht und bildet einen Kranz aus harten Borsten um seinen hageren Schädel, aber er strahlt über das ganze Gesicht, als er mir im Vorbeieilen zuruft: »Frau Kottbrügge hat eine Ovulation!«

Noch vor sechs Wochen hätte ich freundlich geschaut und mir gedacht: »Ich weiß nicht, was soll es bedeuten? Alle verrückt?« Heute weiß ich: Frau Kottbrügge, die Burenziege, hat einen Eisprung, was sofortiges Handeln erforderlich macht, um den Bock zu der paarungswilligen Ziege zu schaffen.

Asaisonale Rassen, da gehören Buren- und Zwergziegen dazu, bocken nämlich ganzjährig alle drei Wochen. Und da Frau Kottbrügge diese wichtige Information über ihr rassetypisches Ovulationsverhalten schlicht ignoriert, dafür aber über herausragendes Genmaterial verfügt, bockt sie nur alle sechs bis neun Wochen, was dann wiederum Harrys vollen Einsatz erfordert.

Jetzt muss der Bock ran, ob er will oder nicht. Wie Harry allerdings erkennt, wann die Ziege ovuliert, weiß ich bis heute nicht. Ich will es auch nicht wissen, weil es bestimmt, wie so viele Dinge in der Tierzucht, höchst unappetitlich ist.

In der Küche begrüßt mich Elena mit einem breiten Grinsen. Neben ihr sitzt Simon, dessen Gesichtsausdruck allerdings eher etwas versteinert wirkt. Elena springt auf und eilt zu mir, um mich mütterlich an ihren großen Busen zu drücken. Da meiner mittlerweile durchaus ebenbürtig ist, kollidieren wir kurz mit unserer Oberweite, dann drückt sie mir beherzt die Schultern.

»Ich hab's ihr erzählt. Ich hoffe, das war okay«, lässt Simon hinter Elenas breitem Kreuz vernehmen.

»Was erzählt?«, frage ich begriffsstutzig und hoffe nicht, dass er einen detailgetreuen Bericht unseres gestrigen Abends zum Besten gegeben hat. Wobei es dann nicht viel Anlass zu herzhaften Umarmungen gegeben hätte.

»Die Bohne«, sagt er, und ich verstehe.

Ich grinse Elena an, deren Hand einen Zentimeter vor meinem Bauch schwebt. »Darf ich?«

»Na sicher!«, antworte ich. Wer fragt, darf auch meistens. Nur wer nicht fragt und mir einfach plump an den Bohnenbauch grabscht, bekommt was auf die Finger. Man wird ja als Schwangere gerne als Allgemeingut mit öffentlichem Anfassrecht behandelt, da muss frau sich wehren.

Ehrfürchtig schließt Elena die Augen, und ich vermute mal, dass sie eine transzendentale oder irgendwie anders geartete esoterische Verbindung zur Bohne aufzubauen versucht. Ich will sie nicht daran hindern und halte ganz still, schließlich möchte ich der Bohne auch mal einen anderen Kommunikationspartner als nur mich gönnen. Eine ganze Weile stehen wir so da, bis sie sich schließlich zu Simon umdreht. »Du musst auch mal! Darf er?«

Ich nicke, und Simon reibt sich mit beiden Händen über das Gesicht. Eine so typische Geste für ihn. »Elena. Frau. Du kannst sie nicht für mich fragen. Es ist ihr Bauch. Was soll sie denn jetzt auch anderes sagen?« Er zieht eine Augenbraue hoch und sieht Elena streng an.

»Sei nicht so kompliziert!«, gibt sie zurück, und ich glaube, einen leicht gereizten Unterton mitschwingen zu hören. Bevor es hier wieder zu handgreiflichen Auseinandersetzungen unter Einsatz harter Steingutobjekte kommt, hebe ich beschwichtigend die Hände.

»Atmen. Ganz ruhig! Alle beide!«, ordne ich streng an und deute dann mit einem Zeigefinger auf Simon. »Du! Herkommen und anfassen!«

Ein Grinsen zuckt in Simons Mundwinkel, aber er drückt sich mit beiden Händen an der Tischplatte hoch und kommt langsam auf mich zu. Elena, die Herrin der fliegenden Steinguttassen, dreht sich flink um und stürzt zur Kaffeemaschine. Dabei trällert sie plötzlich ein fröhliches Lied und klappert laut mit der Kaffeedose. Den Raum einfach zu verlassen scheint ihr wohl zu eindeutig zu sein, deshalb bemüht sie sich anderweitig um eine entsprechende Akustik, die uns so etwas wie Privatsphäre verspricht.

Simon steht vor mir, den Kopf leicht gesenkt, weil er mich um mindestens fünfzehn Zentimeter überragt. Der große blonde Mann ist wahrhaftig groß. »Es tut mir leid wegen gestern. Das war blöd von mir.«

Elena pfeift jetzt den Radetzky-Marsch.

»Hm, ich hab mich ziemlich vor den Kopf gestoßen gefühlt«, antworte ich, und dies ist damit das zweite Mal in meinem Leben, dass ich einem Mann, der mich interessiert, völlig ehrlich gegenüber bin. Das erste Mal ging gewaltig in die Hose, ich hoffe auf Besserung und blicke ihm fest in die braunen Augen. Tief in meinem Innersten stöhnen die wirklich harten Mädels auf: *»Sie tut es schon wieder!«*

»Es … tut mir leid. Mein Leben ist zu kompliziert. Oder ich bin zu kompliziert. Je nach Betrachtungsweise.« Der Ansatz eines Lächelns huscht über sein Gesicht, und er deutet mit dem Kinn kurz in Elenas Richtung, die jetzt bei ihrem Weihnachtsliederrepertoire angekommen ist. Stille Nacht, in D-Dur gepfiffen, während die Kaffeemaschine heiser dazu gurgelt. Sehr hübsch.

Im selben Moment hebt Simon eine Hand und legt sie ganz sanft auf meinen Bauch. Er fährt vom oberen Ansatz zart bis knapp oberhalb des Bauchnabels und verharrt dann, die Augen geschlossen.

»Ich mag die Bohne. Und dich auch. Sehr«, sagt er leise, und im selben Moment huscht der pupsende Schmetterling wieder quer durch meinen Bauch, was Simon leider noch nicht spüren kann. Ich schweige und freue mich über folgende Dinge:

1. Die Bohnenbewegung war also nicht nur für mich ein Elementarereignis, sondern auch für ihn, da er es ja brühwarm Elena berichtet hat.
2. Die Bohne mag ihn, das war ja wohl ein eindeutiges Zeichen!
3. Ich mag ihn auch.
4. Ich spüre jetzt ein klitzekleines Verlangen nach seinen Händen auf meinen Brüsten.
5. Ich sehe mich bei längerem Verharren in dieser Position nicht mehr in der Lage, ihn *nicht* zu küssen.

Zum Glück fängt Elena im selben Moment an, leise »Wer, wie, was« aus der Sesamstraße zu singen, was mich wieder etwas zur Vernunft bringt. Energisch rufe ich meine ausufernden Hormone zur Ordnung, aber ein Blick in Simons Gesicht macht deutlich, dass auch er mehr im Sinn haben könnte, als mir nur freundschaftlich den Bauch zu tätscheln. Schade, dass er und sein Leben in stiller Eintracht so kompliziert sind.

Simon blinzelt einmal kurz – ausgiebige Studien meinerseits haben ergeben, dass er das immer tut, wenn er verwirrt ist – und fragt dann mit seiner ihm eigenen leicht heiseren Stimme: »Kaffee?«

Ich nicke, und Elena bricht endlich erschöpft ihr Konzert ab. Mit erleichterter Miene drückt sie uns jeweils einen Becher frischen Kaffee in die Hand und lehnt sich gegen den Küchentresen.

Simon geht zum Kühlschrank und bedient sich an der frischen Ziegenmilch, bevor er sich umdreht und sagt: »Ich hätte übrigens eine Wohnung für dich. Oder besser gesagt, wir.«

»Oh!«, gebe ich von mir und sinke auf den nächstbesten Küchenstuhl.

»Es gibt noch eine Wohnung neben den alten Stallungen, die nicht ausgebaut ist. Wir wollten die immer mal fertigstellen und dann vermieten. Drei Zimmer, das sind ungefähr achtzig Quadratmeter, mit eigener kleiner Terrasse nach hinten raus. Der Innenausbau fehlt noch, also Fußböden und Türen. Die sind zwar schon fertig, stehen aber noch rum. Das Bad ist auch fast fertig, fehlt noch eine Küche. Das müsste aber alles in ein paar Wochen erledigt sein.«

Simon hat sich mir gegenüber gesetzt und sieht mich abwartend an.

»Was soll das denn kosten?«, frage ich vorsichtig, und Elena mischt sich ein.

»Zweihundertfünfzig Euro kalt. Plus Heizung und Strom«,

sagt sie schnell, und ich erkenne sofort: Das ist zu wenig für eine Drei-Zimmer-Wohnung mit der auf dem Hof üblichen Ausstattung. Die ganzen Wohnungen, genauso wie auch das Haupthaus, sind nämlich tipptopp zurechtgemacht, mit tollen Sanitäranlagen und alten, aufgearbeiteten Dielen. Von den handgearbeiteten Türen und Zargen gar nicht zu sprechen. Dazu die super Lage im Grünen und die trotzdem recht schnelle Anbindung an die Stadt. Dafür könnten sie locker das Doppelte verlangen. Mir ist nicht wohl bei der Sache, und ich sehe Elena zweifelnd an. Immerhin ist ja ein sehr wichtiger Aspekt meines Jobs die Tatsache, meine ökologisch wertvollen Freunde endlich zum Geldverdienen zu bringen. Mir für so wenig Geld eine Wohnung zu überlassen scheint da doch eher kontraproduktiv zu sein.

»Wir sind hier am Arsch der Welt, da will eh kein Mensch hinziehen. Außerdem ist es uns wirklich wichtig, wer hier mit uns zusammenlebt. Und mit dir wollen wir sehr gerne leben!« Mit diesen Worten nickt sie mir noch einmal freundlich und sehr bestimmt zu und verlässt die Bühne.

»Woher weiß sie, dass es den anderen auch recht ist?«, frage ich Simon und verknote meine Hände ineinander.

»Wir haben gestern Abend zusammengesessen, und das ist das Ergebnis. Wenn du zustimmst, können wir in ungefähr acht Wochen fertig sein. Genug Zeit für einen entspannten Umzug. Außerdem bist du dann nie alleine und hast immer jemanden, der dich in die Klinik fahren kann, wenn es losgeht«, antwortet er, und ich habe einen Kloß im Hals. Das bedeutet nämlich auch, dass er nicht nur von der ersten Bohnenbewegung berichtet hat, sondern auch von meiner Wohnungsnot. Und dann muss er alle zusammengetrommelt haben, um nach einer Lösung zu suchen. Für mich! Ich bin überwältigt und blinker fleißig mit den

Augen, denn so viel Mitdenken, noch dazu von diesem Mann, der sonst meist so verschlossen wirkt und den ich erst so kurz kenne, treibt mir mal wieder die Tränen in die Augen.

Simon hat echte Heldenanteile in sich, das ist mir schon öfter aufgefallen. Und obwohl ich in meinem bisherigen Leben noch keine echten Helden getroffen, geschweige denn benötigt habe, spüre ich ein kurzes heißes Zucken in der Brust. Mal ganz ehrlich, das ist doch fast so gut wie ein Mammut zu erlegen und in die Höhle zu schleifen, oder? Nein, das ist eigentlich noch viel besser, immerhin hat er vor, mir und der Bohne eine neue Höhle zu bauen.

»Oha!« Simon beugt sich über den Tisch und berührt sanft mein Kinn. »Nicht heulen!«, sagt er, doch ich überhöre das »nicht« einfach mal und heule umgehend und ausgiebig. Als ich fertig bin, liegen fünf zerknüllte Taschentücher auf dem Tisch und Simon sitzt direkt neben mir, einen Arm um meine Schulter gelegt.

»Das war jetzt nicht allzu schwierig mit der Wohnung. Hättest du einfach früher was gesagt. Mal vorsichtig gefragt: Sollte es den Kindsvater nicht auch interessieren, wo die Kindsmutter samt Bohne hausen soll? Ist ja auch seine Bohne«, murmelt er dann, während ich mit leicht angeekelter Miene versuche, meinen aufgeweichten Mascara von seinem Shirt zu pulen.

»Der ist kein Held. Nicht so wie du. Der kümmert sich um sich und hat mir zugesichert, Unterhalt zu zahlen. Wie ich ihn kenne, wird er das auch tun. Aber sich um eine Wohnung zu bemühen, das wäre zu viel verlangt«, antworte ich.

»Will er das Kind denn sehen?«, fragt Simon mich ganz unerwartet, und ich muss erst mal nachdenken. Ehrlich gesagt, weiß ich das nicht. Ich bin einfach mal davon ausgegangen. Aber da ich Olafs Gedankengänge in fünf Jahren nicht wirklich entschlüsselt habe, sollte ich nicht so leichtfertig irgendwelche Dinge annehmen.

»Ich werde ihn diesbezüglich wohl noch mal fragen müssen«, antworte ich nachdenklich.

Während ich noch so meinen Grübeleien nachhänge, sagt Simon plötzlich: »Ich bin kein Held.«

»O doch, schon«, antworte ich spontan. »Ich erkenne einen Helden, wenn ich ihm begegne. Also, du bist der erste, den ich kennenlerne, aber ich bin mir sicher, dass du einer bist. Du hast mir schon so oft Mut gemacht, wenn ich dachte, es geht nicht mehr. Du hast mein Auto von Eis und Schnee befreit und das Wischwasser aufgefüllt. Du hast mir Kaffee gebracht und die Tarantel hinter der Tür lebend geborgen und in die Freiheit gebracht. Du hast mich schon öfter an meinen Feierabend erinnert und mit mir nicht-ökologische Pizza bestellt. Und jetzt hast du mir eine Bleibe für mein Kind und mich organisiert. Außerdem kannst du aus einem Baum Schachfiguren, Türen und Tische zaubern. Das ist alles ziemlich heldenhaft.«

Simon starrt mich an. Dann blinzelt er und kratzt sich am Kopf, wobei seine blonden Haare verwegen in die Höhe hüpfen.

»Freu dich doch einfach darüber«, empfehle ich ihm. Was ich gesagt habe, ist schlichtweg wahr. In meinem bisherigen Leben habe ich noch nie einen Kerl getroffen, der freiwillig und vor allem so regelmäßig zu meiner Rettung eilt. Und es selbst noch nicht einmal zu bemerken scheint. Das kenne ich nur von meinen Mädels.

»Wann kann ich die Wohnung denn anschauen?«, fragte ich schüchtern und nehme den letzten Schluck Kaffee aus meiner Tasse.

»Lass mich erst mal den groben Dreck wegräumen. Momentan steht da noch zu viel herum.«

Ich nicke, stehe auf und stelle meine Tasse in die Spüle.

Da der starke Kaffee auch wieder einen Teil meines Gedächtnisses aktiviert zu haben scheint, fällt mir gleich die nächste Gelegenheit für eine heldenhafte Tätigkeit ein: Die Treppe, die tonnenschweren Kartons mit den Flyern und ein starker Mann befinden sich zeitgleich am selben Ort.

»Wo wir schon beim Thema sind: Kannst du mir helfen, ein paar Kartons nach oben zu tragen?«

Simon nickt knapp und stützt sich mit beiden Händen an der Tischplatte ab, um auf die Beine zu kommen. Das tut er immer. Was mich etwas verwundert, weil es eigentlich nicht zu seinen sonst so selbstsicheren Bewegungen passt. Aber jeder Mensch hat seine Eigenheiten.

Er folgt mir wortlos und klemmt sich die Kartons unter den rechten Arm. Ich habe die Dinger noch nicht mal zwei Zentimeter der Schwerkraft entreißen können. Froh gestimmt laufe ich vor ihm die Treppe hoch.

Simon ist wesentlich langsamer als ich und benutzt den Treppenlauf, um sich die Stufen emporzuziehen. Er humpelt, und ich bleibe irritiert am oberen Treppenabsatz stehen.

»Alles okay? Hast du dir wehgetan?«, frage ich besorgt. Er setzt seinen Weg fort und schüttelt den Kopf. Sein Kiefermuskel ist angespannt, und ich trete einen Schritt zur Seite, um ihn vorbeizulassen. Sobald er die Treppe verlassen hat, bewegt er sich wieder ganz normal. Ich tätschle ihm die Schulter und dirigiere ihn samt Kartons neben das Bücherregal. Dort setzt er sie ab und dreht sich um, um mein Büro wieder zu verlassen.

»Danke!«, sage ich, und er schenkt mir ein verkniffenes Lächeln. Ich wüsste gerne, was mit ihm ist. Meine Neugier brodelt in mir, aber ich halte mich zurück. Simon befindet sich nämlich jetzt ganz offenbar im nonverbalen Modus, deswegen sage ich zu seinem Rücken: »Frag Elena mal nach Arnika, das hilft bei fast allem.«

Immerhin bin ich in den vergangenen Wochen nahezu täglich mit homöopathischen Kügelchen versorgt worden. Die scheint es gegen jegliche Probleme des Lebens zu geben, und bei mir wirken sie – wenn ich auch keinen blassen Schimmer habe, wie genau das funktionieren kann. Ist ja so rein wissenschaftlich betrachtet nix drin in den kleinen Zuckerkügelchen, aber da sie meinen Beobachtungen zufolge zum Leben einer Mutter dazugehören wie durchweichte und bazillenverseuchte Taschentücher in Hosentaschen, lutsche ich alles, was Elena mir in die Hand drückt.

Simon schüttelt nur den Kopf, und seine Anspannung kitzelt mir förmlich in der Nase. Er hebt einmal kurz die Hand und ist im nächsten Moment verschwunden. Der große blonde Mann verwirrt mich.

Dennoch setze ich mich ruhig und besonnen hin und formuliere meine Wohnungskündigung. Wenn ich sie jetzt abschicke, kann ich fristgerecht und rechtzeitig aus meiner kinderuntauglichen Wohnung ausziehen. Ich habe meine zukünftige Bleibe zwar noch nicht in Augenschein nehmen können, aber da ich die anderen Wohnungen auf dem Hof kenne, weiß ich, dass ich höchstens positiv überrascht sein werde. Während ich tippe, finde ich mich selbst sehr mutig und verwegen. Eigentlich bin ich ein Mensch, der ziemlich lange braucht, um eine Entscheidung zu treffen. Unendlich lange, üblicherweise. Ich leide nämlich seit frühster Kindheit unter einer Falsche-Entscheidungs-Phobie. Nicht umsonst habe ich zweihundertachtzig Tage benötigt, um mich von Olaf zu trennen. Zweihundertachtzig Tage, die ich durchaus sinnvoller hätte gestalten können.

Meine seltsame neue Entschlussfreudigkeit muss irgendetwas mit dem in meinen Adern kreisenden Schwangerschaftshormon zu tun haben. Die Entscheidung für die Bohne ging für meine Verhältnisse ja auch recht zügig. Okay, da eine durchschnittliche Schwangerschaft zweihundertsechsundsiebzig Tage dauert, hätte das zu Verwicklungen der besonderen Art geführt, wenn ich hier auch zweihundertachtzig Tage gebraucht hätte.

Die Bewerbung für den Ökohof liegt allerdings unangefochten auf Rang eins meiner bisherigen flotten Entscheidungen. Für sie habe ich ziemlich genau fünf Minuten gebraucht. Rekordverdächtig. Damit kommt meine Wohnungskündigung auf Rang eins a, denn als sie ausgedruckt vor mir liegt, setze ich nur noch ein schwungvolles »Paula Schmidt« darunter und tüte sie ein. Dabei fühle ich mich ungewöhnlich leicht ums Herz.

Nicht nur, dass ich mich sonst schwer entscheiden kann, ich litt bisher auch unter heftigen Herzschmerzattacken und massiven Wehmutsanfällen, wenn ich alte Lebensumstände abschloss. Als ich zum Beispiel mit dem Studium fertig war – und bevor ich anfing, mit Bratpfannen zu schmeißen –, habe ich sage und schreibe drei Wochen lang depressiv auf dem Sofa verbracht. Ich war so unfassbar traurig, dass diese Zeit vorüber war. Dabei war meine Studienzeit noch nicht einmal besonders angenehm gewesen, vier Jahre voller Stress und wenig Schlaf. Dennoch war ich zutiefst betrübt.

Und als ich dann mein erstes Auto verkauft habe, um mir einen Neuwagen zu gönnen, hat nicht etwa die Freude über ein Auto mit Muschitoaster überwogen, nein, ich habe tagelang getrauert, weil ich meinen alten Fiat in Zahlung gegeben habe. So bin ich, Paula Schmidt. Zumindest war ich mal so. Heutzutage schreibe ich Bewerbungen innerhalb von fünf Minuten und kündige mal ganz spontan meine Wohnung aufgrund von mündlichen Zusagen über eine unbekannte, halb fertige Wohnung auf dem Land, die ich noch nicht einmal besichtigen konnte. Aber spätestens nächste Woche will ich gucken gehen. Mit oder ohne Dreck.

Um fünf klingelt mein Feierabendwecker, und ich spiele kurz mit dem Gedanken, noch die restliche Post zu erledigen, die auf meinem Schreibtisch herumlungert. Immerhin habe ich einen Teil meiner Arbeitszeit mit der Wohnungskündigung und mit einem Pilz-Risotto verbracht, das Alina höchstpersönlich genau dreiundvierzig Minuten lang gekocht hat. Das Risotto war unfassbar lecker, und irgendwie hatte danach keiner mehr wirklich Lust zu arbeiten. Also haben wir noch ziemlich lang gemeinschaftlich um den großen Tisch in der Küche gehockt. Irgendwann gegen halb drei habe ich dann doch meinen Weg zurück ins Büro gefunden, und seitdem arbeite ich an einer neuen Bestellliste für Alinas Backwaren.

In dem Moment fällt mir ein, dass ich heute Abend mit meinen Mädels bei unserem Stammitaliener in der Innenstadt verabredet bin, und so beschließe ich, dass die Post warten kann und packe meine Sachen.

Bevor ich mich in die Öffentlichkeit begebe, muss ich mich allerdings dringend aufhübschen. Ich habe das unergründliche Bedürfnis, mir irgendeinen richtig schicken Fummel überzustreifen und die Lippen dunkelrot anzumalen. Ein sehr befremdliches Bedürfnis, wie ich zugeben muss. Ich bin mir noch nicht mal sicher, überhaupt einen farbigen Lippenstift außerhalb meiner Beige/Braun-Kollektion zu besitzen, aber ich glaube mich schwach erinnern zu können, dass Jutta mir mal etwas sehr Rotes zu einem Geburtstag geschenkt hat. Laut Jutta brauchen Frauen so etwas. Sie selbst schmückt sich regelmäßig mit einem deftigen Dunkelrot, und es sieht wunderbar an ihr aus.

Tief in einer der Schubladen meiner antiken Badezimmerkommode werde ich dann tatsächlich fündig. Der Lippenstift ist nicht nur rot, er ist signal-, feuerwehr- und blutrot in einem, und ich muss sagen: Die Farbe steht mir! Begeistert spitze ich die Lippen zu einem Kussmund und frage mein fremdes Spiegelbild, warum ich erst zweiunddreißig Jahre alt werden musste, um so ein verruchtes Farbkonzept umzusetzen. Vermutlich ist wieder einmal die Überdosis Östrogen schuld.

Vielleicht lag es aber auch einfach nur am bisherigen Mangel an Gelegenheiten. Olaf hat jegliche Farbexperimente meinerseits mit den ironischen Worten »Oh, seit wann habe ich denn einen Papagei im Haus?« zunichtegemacht. Außerdem war ich in meinem alten Job einfach zu oft von Ingenieuren und/oder BWLern umringt, die auf rote Lippen und lackierte Fingernägel, sprich: geballte Weiblichkeit, reichlich verstört reagiert haben. Ingenieure und BWLer sind nämlich höchst sonderbare Wesen. Diese leicht verklemmten Sozialmuffel in babyblauen Hemden fangen gern mal an, heftigst zu hyperventilieren, und neigen zu feuchten Handflächen, wenn sich ihnen *una bella figura* mit Kussmund nähert. Das lässt sich halt nicht berechnen und ist daher potenziell erst mal gefährlich.

Erfreut werfe ich meinem Spiegelbild einen letzten Blick zu und stöbere dann durch meinen Kleiderschrank. Ich entdecke ein altes Strickkleid in Schwarz. Es passt wie angegossen und betont auch noch den Bohnenbauch sehr hübsch. Dazu hohe schwarze Stiefel und ein schwarzes Jackett. Ich finde mich wirklich gut gelungen und mache mich auf den Weg zu *Il Cavaliere*.

In diesem Lokal treffen wir uns schon seit Jahren. Luigi, der Inhaber, ist ein witziger Typ, das Essen fantastisch, und unsere zuweilen recht lautstarken Betrachtungen des Lebens – meist unter erheblichem Alkoholeinfluss – fallen in dem wuseligen Restaurant nicht weiter negativ auf. Ich eile zu unserem üblichen Tisch direkt neben dem Tresen und begrüße alle mit einem herzlichen: »Hallo, allerseits!«

Für ein paar Sekunden herrscht Schweigen. Dann sprintet Luigi hinter seinem Tresen hervor und sinkt mit einem leisen, aber theatralischen Stöhnen auf die Knie.

»Äh!«, gebe ich verwirrt von mir.

Luigi greift meine Hand, haucht einen Kuss darauf und säuselt: »Du bisse sso eine ssöne swangere Frau!« Offenbar geht der Italiener in ihm gerade mit ihm durch. Mit einem strahlenden Grinsen im Gesicht kommt er wieder auf die Füße, greift nach meinem Wintermantel und verschwindet mit ihm in Richtung Garderobe.

Jutta legt einen Arm um den freien Stuhl neben sich und lächelt süffisant. »Musstest du erst schwanger werden, um festzustellen, dass Rot dir steht?«

»Es scheint so.« Ich hebe eine Augenbraue und lächle zurück. Unter Berücksichtigung meiner körperlichen Ausmaße lasse ich mich vorsichtig auf den freien Platz neben Jutta fallen und drücke dann Justine, die auf der anderen Seite sitzt, ein Küsschen auf die Wange.

Luigi kommt zurück und verkündet: »Vorspeise gehte auf Haus, die Damen!«

»Was wären wir nur ohne Luigi?«, ruft Jutta in die Runde.

»Testosteronfrei«, flüstert Mara, während Luigi mit einer eleganten Körperdrehung wieder verschwindet, vermutlich um die Zubereitung der Vorspeise höchstpersönlich zu überwachen.

Mara schiebt einen Stapel Blätter in meine Richtung und raunt mir mit strengem Blick zu: »Wir sind fast zu spät.«

»Zu spät für was?«, fragt Justine und nimmt einen tiefen Schluck Rotwein.

»Für diese elementaren und notwendigen Hechelkurse«, erklärt Mara. »Warum hast du nicht früher Bescheid gesagt?«, fügt sie vorwurfsvoll hinzu.

»Ich wusste nichts davon?«, gebe ich kleinlaut zurück.

»Du bist aber die Schwangere hier, du musst diese Dinge wissen. Ich habe davon keine Ahnung. Das ist sehr unangenehm, kann ich dir sagen. Überall, wo ich angerufen habe, wurde ich in Kenntnis gesetzt, dass ich, also du, mich schon vor Wochen darum hätte kümmern müssen.«

»Oh«, sage ich betroffen.

»Das ist ja ein Ding!«, sagt Justine.

»Braucht kein Mensch, diese Kurse«, bemerkt Jutta trocken. »Da erzählen sie dir, dass du Wehen wegatmen kannst und bei Verspannungen ein Duftlämpchen entzünden darfst. Alles Humbug. Wehe ist Wehe, da hilft kein Lavendel und keine Schnappatmung.«

Leicht entsetzt sehen wir sie an, bis Mara beschließt, diesen sachdienlichen Hinweis einfach zu ignorieren. »Für drei Schwangerschaftskurse bist du auf der Warteliste. Sind alles Kurse für Paare, ging nicht anders.« Mara deutet auf den Papierstapel.

»Ich bin aber kein Paar«, wende ich ein.

»Daran habe ich auch schon gedacht. Es dürfen auch alternative Partner mitgebracht werden. Also Patentanten und Omas und andere Bohnen-Interessierte. Da fällt es sicher nicht auf, wenn wir uns abwechseln. Das geht natürlich nur, wenn Jutta ihre negative Grundeinstellung diesen Kursen gegenüber ablegt. Ich möchte da nicht durch abwertende Kommentare unangenehm auffallen.«

Jutta lächelt charmant und sagt: »Schon passiert. Ich bin dabei. Aber wenn die Hebamme versucht, den Gebärenden eine Wehe vorzuspielen, muss ich kurz den Raum verlassen.«

Ich kämpfe mich derweil weiter durch den Stapel an Informationen vor mir. GSG-Mara hat mal wieder ganze Arbeit geleistet. Auftrag erhalten, Auftrag erledigt.

»Ich bin auch dabei. Auf die Bohne!«, sagt Justine und hebt ihr Rotweinglas, woraufhin wir auf das Projekt »Gemeinsame Geburtsvorbereitung« anstoßen. Meine Mädels mit bestem, altem und ölig im Glas rollendem Rotwein, ich mit Apelsap.

Kapitel 21

Am nächsten Tag bricht der Winter mit ganzer Macht erneut über uns herein. Es schneit und schneit und schneit, und die Welt versinkt in Weiß- und Grautönen. Die Straßen sind zum Teil spiegelglatt, und das erste Mal in meinem Leben habe ich tatsächlich Angst, das Haus zu verlassen. Bis dato fand ich solche wetterbedingten Ausnahmezustände immer ganz spannend, aber mit einer Bohne im Bauch hört der Spaß auf.

Ich habe Angst, dass ich auf den glatten Wegen fallen und der Bohne Schaden zufügen könnte. Ich habe Angst, dass mir irgendein Idiot in meinen Golf brettert. Ich habe sogar Angst, dass plötzlich irgendetwas mit der Bohne sein könnte und ich wegen des ganzen Schnees nicht ins Krankenhaus komme.

So viel Angst auf einmal bin ich nicht gewohnt, und schon drei Tage nach dem ersten Schneefall fühle ich mich emotional total erschöpft. Ein paar Tage lang verordnet die Öko-Gang mir schneefrei, dann bietet Simon an, mich zu fahren. Es gibt ein kurzes Gerangel, weil Edgar das große Bedürfnis verspürt, mich mit seinem schockroten Trecker abzuholen, aber die Öko-Gang ist sich dann doch einig, dass ein antiker Trecker bei minus acht Grad kein geeignetes Transportmittel für eine Schwangere darstellt. Also erhält Simon den Zuschlag für den täglichen Chauffeurdienst.

Erst ist mir das Ganze fürchterlich peinlich, immerhin bin ich eine gestandene Frau, der so ein paar Schneeflocken bisher nichts anhaben konnten, aber Simon versichert mir glaubhaft, mein Golf hätte auf dem kleinen Waldweg zum Hof eh keine Chance mehr und würde zwangsläufig im Graben landen. Also willige ich ein und bin tief in meinem Innersten unfassbar dankbar über diese Entwicklung, denn die Angst um die Bohne macht mich noch ganz kirre.

An diesem Mittwochmorgen Ende März – das Wetter zeigt sich vom eher frühlingshaften Datum höchst unbeeindruckt – hat Simon mir sogar einen Kaffee im Thermosbecher mitgebracht. Ich rutsche auf den beheizten Ledersitz des Land Rover, nehme einen tiefen Schluck und verkünde beschwingt: »Hier ziehe ich ein!«

Simon lächelt und deutet auf das Handschuhfach. Ich ziehe an dem Verschluss und zerre eine knisternde und duftende Bäckertüte hervor. Buttercroissants. Triefend vor Fett und noch ofenwarm. Mit einem Grunzen mache ich mich darüber her und manövriere dann glücklich kauend ein Stück des Gebäcks auch in Simons Mund.

»Ich bin durchaus gewillt zu teilen. Lass uns eine WG in deinem Auto gründen«, sage ich, während ich erneut abbeiße und mich dem Anblick der vorbeiziehenden weißen Landschaft hingebe.

Unsere gemeinsamen Fahrten zur Arbeit sind wunderschön. Simon sieht mehr als ich, vermutlich mehr als alle anderen Menschen auf dieser Welt, und er lässt mich daran teilhaben. Auf unserem Weg durch den Wald hält er manchmal an, um mir irgendetwas besonders Schönes zu zeigen. Einen Schneehaufen in Dinoform, frostig weiß gefrorene Äste an einer Weide, Schneefelder, die in der aufgehenden Sonne glitzern. Unsere kleinen Reisen sind geradezu märchenhaft und darüber hinaus auch noch extrem lehrreich. Vermutlich kann ich gegen Ende des Winters jede in Deutschland beheimatete Baumart nur an ihrer Rinde und den Astformen identifizieren.

Wenn ich mich nicht in Forstwirtschaft weiterbilde, schweigen wir einträchtig und hören Musik. Yann Tiersen ist für mich die Neuentdeckung des noch jungen Jahres. Verträumte Klaviermusik, Stücke voller Kraft und Emotionen. Leider dauert die Fahrt nur fünfzehn Minuten, und jedes Mal möchte ich meinen Fahrer an der Hofeinfahrt bitten, einfach wieder umzudrehen. Noch mal das Ganze!

Außerdem entdecke ich in Simons manchmal so sonderbarem Verhalten langsam ein System. Ihm scheinen zwei Verhaltensmodi zur Verfügung zu stehen: Simon, der Entdecker, der immer für eine Überraschung gut ist und mit dem ich so viel lachen kann wie noch nie zuvor mit jemandem in meinem Leben (die Mädels natürlich ausgenommen); und Simon, der Erstarrte, der die Welt ganz plötzlich ausschließt und sich in sein Schneckenhaus zurückzieht. Dann stellt er abrupt jegliche Kommunikation ein und dreht sich weg. Etwas, das Elena regelmäßig zur Weißglut treibt und zu Situationen führt, in denen die akute Gefahr von tief fliegenden Gegenständen besteht.

Etwas stimmt nicht mit ihm, das ist mir mittlerweile klar. Aber erstaunlicherweise kann ich es gut aushalten, nicht zu wissen, was das ist. Dafür ist dieses Beisammensein viel zu kostbar. Simon nimmt mich einfach so, wie ich bin. Mit meiner Ahnungslosigkeit der deutschen Flora gegenüber, meiner Glatteis-Phobie, den vielen Krümeln, die ich schon auf seinem Beifahrersitz hinterlassen habe, und meiner verzückten Freude über seine CD-Sammlung im Handschuhfach. Und mit der Bohne im Bauch.

Obwohl wir uns erst so kurz kennen, habe ich tiefes Vertrauen in ihn. Hm, das klingt jetzt sehr nach *Sturm der Liebe* oder wie diese romantischen Fernsehproduktionen sonst so heißen … aber es stimmt! Das ist ja das Sonderbare. Mir ist einfach noch nie jemand begegnet, dem ich, ohne vorherige Prüfung seines polizeilichen Führungszeugnisses, mein Leben anvertrauen würde. Denn wenn er etwas sagt, meint er es auch so. Und wenn er sagt, dass etwas funktioniert, dann funktioniert es. Und wenn er sagt, ich soll mir keine Sorgen machen, dann mache ich mir halt keine Sorgen. Das hat bisher noch kein Mann in meinem Leben geschafft. Bei ihm ist alles anders. Er hat eine so ernsthafte und wahrhaftige Art, die herrlich beruhigend auf mich wirkt.

Womit wir dann auch schon am eigentlichen Punkt sind: Ich bin total verknallt.

Jeden Morgen habe ich jetzt zur Bohne auch noch Schmetterlinge im Bauch, wenn er vor meiner Tür steht. Ich bin völlig verschossen in ihn, und es fällt mir immer schwerer, das zu verbergen.

Da ich ein kluges Mädchen bin, weiß ich, dass es für schwangere Frauen eigentlich nicht üblich ist, sich zu verlieben. Schwangere Frauen in der 26. Woche sollten brav zu ihrem Yogakurs gehen, sich mit ätherischen Ölen den verspannten Nacken von dem sie liebenden Kindsvater massieren lassen und mit strategischer Sorgfalt beginnen, Babystrampler zu waschen und das Kinderzimmer mit ökologisch wertvoller Farbe zu streichen.

Aber alle Yogakurse für Schwangere waren ausgebucht, und ich besitze weder einen mich liebenden Kindsvater noch ein Kinderzimmer, das ich farblich an das Geschlecht meines Kindes anpassen könnte.

Besagtes Geschlecht kenne ich übrigens auch nicht. Die Bohne zeigt sich nämlich bei sämtlichen Ultraschalluntersuchungen höchst unkooperativ und kneift die Beine zusammen, als wollten wir ihr etwas klauen. Vielleicht ist sie in Wirklichkeit ein Bohnerich?

Dr. Ganter reagierte völlig entsetzt auf meine Bitte, doch wenigstens mal eine grobe Schätzung abzugeben. So ein klein wenig wird er doch erkennen auf diesen für mich undeutbaren Bildern, habe ich ihm unterstellt. Aber er weigerte sich standhaft und sagte nur: »Wenn ich es nicht hundertprozentig genau feststellen kann, sage ich nichts, Frau Schmidt. Nachher verklagen Sie mich!«

Und dann verliebe ich mich auch noch. Hach, ist mein Leben kompliziert. Und eine Verstopfung habe ich auch. Nun bin ich also tatsächlich bei diesem Kapitel meines Schwangerschaftsbuches angekommen. Wenigstens für dieses Problem gibt es eine Lösung: getrocknete Pflaumen, Leinsamen und Globuli aus Elenas schier unerschöpflichem Vorrat.

»Du hast was mit deinen Haaren gemacht«, reißt Simon mich aus meinen intensiven Lebensbetrachtungen, als wir auf den Waldweg einbiegen. Ich habe nichts mit meinen Haaren gemacht, weil sie sich, wie die Bohne, zurzeit unkooperativ zeigen.

»Sie stehen wild in alle Richtungen«, antworte ich also wahrheitsgemäß.

»Wild in alle Richtungen steht dir gut«, sagt Simon und drosselt das Tempo, weil die sibirische Buckelpiste, die momentan die Zufahrt zum Hof darstellt, schlecht für die Bohne sein könnte. Geschickt lotst er den schweren Geländewagen über die vereiste Straße, während ich die Augen schließe und die Hände auf meinen Bauch lege. Seit ein paar Tagen ist der Schmetterlings-Pups verschwunden. An seine Stelle ist ein energisches

Stupsen getreten. Die Bohne ist offenbar hellwach und hat vermutlich einen leichten Koffeinschock. Das arme Kind. Sie hüpft zwischen meinem Rippenbogen und dem Bauchnabel hoch und runter, und ich drücke etwas fester auf den Bauch.

Simon stoppt den Wagen so abrupt, dass ich die Augen wieder öffne. Er hat sich zu mir hinübergebeugt, seine warme Hand legt sich auf meine Hände, und er blickt mir besorgt in die Augen.

»Alles okay«, sage ich schnell. »Die Bohne macht Frühsport.«

Ich dirigiere sanft seine Hand an die richtige Stelle und warte. Ein kleines Lachen erscheint auf Simons sonst so ernstem Gesicht. Mit dem Lachen tauchen auch die Grübchen in seinen Wangen wieder auf, und ich lege entspannt den Kopf an die Stütze.

»Ich bilde mir ein, etwas zu fühlen«, murmelt er.

Die Bohne scheint ein Trampolin in meinem Bauch zu haben, und sie ist aufgeregt, genau wie ich. Aber es ist keine zappelige Aufregung, sondern eher eine wohlig warme Spannung, die jetzt durch meinen Körper zieht. Simon ist mir so nah, er duftet zart nach Joop und Holz, und ich kann nicht widerstehen, eine Hand vom Bauch zu lösen und ihm an die Wange zu legen.

Ich sollte alles so lassen, wie es ist, und es genießen, dass Simon wenigstens eine kleine Rolle in meinem Leben spielt. Der vernunftbetonte Teil meines Gehirns versucht die Lage unter Kontrolle zu bekommen und befiehlt mir energisch, sofort das schöne Männergesicht wieder loszulassen. Aber ich kann nicht. Ich bin wie magisch angezogen, und wieder gibt es eine Premiere in meinem Leben. Während der verwegene Teil in mir johlend auf und ab hüpft, die Vernunft laut und bitterböse kreischt, küsse ich Simon.

»*Du wirst alles kaputtmachen!*«, heult die Vernunft, und ich stoße sie brutal in einen dunklen Winkel meines Gehirns, schlage die Tür hinter ihr zu und schließe ab.

Ich will hier nichts kaputtmachen, ich will knutschen. Basta.

Simon ist wie erstarrt. Ein paar lange Sekunden bewegt er sich nicht, dann erwidert er vorsichtig meinen Kuss. Ganz zart nur liegen unsere Lippen aufeinander, während Yann Tiersen uns mit »Sur le fil« auf dem Piano begleitet.

Seine Finger streichen ganz unerwartet über meine Wange und schieben zärtlich ein paar verirrte Locken beiseite. Im nächsten Moment macht er einen tiefen Atemzug, ich spüre noch die heiße Bewegung seines Atems auf meinen Lippen, dann löst er sich von mir.

Seine Augen schimmern feucht, und ich lehne rasch meine Stirn an seine Wange. Er legt die linke Hand auf seine Lippen – ob er den Kuss festhalten oder einfach nur verhindern will, dass wir das wieder tun, kann ich nicht sagen. Im nächsten Augenblick setzt er sich wieder aufrecht und schaltet den Automatikhebel auf »D«.

Ganz langsam nähern wir uns dem Hof, Yann Tiersen spielt weiter Klavier, die Bohne boxt, und Simon streckt ganz unerwartet eine Hand aus, um meine Finger zu umfassen.

Wir passieren die Toreinfahrt und befinden uns im totalen Chaos. Eine Herde Ziegen hüpft laut meckernd über den Hof, gefolgt von einer laut brüllenden Alina in einem optisch sehr interessanten Eskimo-Outfit. Es ist nicht klar, ob sie die Ziegen vor sich hertreibt oder sie verfolgt. Edgar, mit drei Schneeschiebern bewaffnet, rennt uns vors Auto, und Elena steht lautstark telefonierend mitten auf dem Hof. Während Simon den Wagen parkt, sprintet Harry mit vier Hasen auf dem Arm an uns vorbei.

»Was ist denn hier los?«, frage ich verdutzt, während Simon aus dem Auto steigt. Ich folge ihm, aber es dauert eine Weile, bis ich begreife, welche Art Notstand tatsächlich ausgebrochen ist. Elena informiert uns im Telegrammstil: Das Dach über dem Stall steht aufgrund des vielen Schnees kurz vor dem Einsturz. Die Feuerwehr steckt im Stau in der Innenstadt fest. Edgar präpariert sich bereits für die Besteigung des so sanft in der Sonne glitzernden Daches, und Harry ist in Auflösung begriffen.

»Die Deckenbalken biegen sich schon durch!«, ruft er panisch, als er erneut an uns vorbeieilt. So schnell ich kann, folge ich ihm.

»Du gehst da nicht rein!«, ruft Simon mir energisch hinterher, und Alina, die Harry auf den Fersen ist, brüllt: »Auf keinen Fall!« Sie dreht sich um und fuchtelt mit dem Zeigefinger vor meinem Gesicht herum. Ich bleibe abrupt stehen.

»Und du gehst da nicht rauf!«, faucht Simon Edgar an, der bereits die Leiter in der Hand hält. Edgar scheint ihn gar nicht zu hören, bis Simon ihn so durchdringend anbrüllt, wie es über eine Distanz von mehreren Metern nur möglich ist: »Edgar! DU GEHST DA NICHT RAUF!«

Simon hat sich noch keinen Millimeter von der Stelle bewegt und steht immer noch in der offenen Wagentür. Dennoch gehorcht Edgar sofort und lässt die Leiter sinken. »Aber wir müssen etwas tun!«, ruft er verzweifelt.

»Wenn deine achtzig Kilo am Ende die sind, die das Dach zum Einstürzen bringen, ist uns auch nicht geholfen. Hilf, die Tiere rauszuholen!«, antwortet Simon mit ruhiger Stimme. Dann zückt er sein Handy und setzt sich wieder in den Wagen. Ich höre, wie er völlig souverän irgendwelche Informationen weitergibt und nebenbei noch Elena zuruft: »Wenn die noch Hilfe brauchen, hilf ihnen. Sonst besorg mir die Unterlagen für den Ausbau von Edgars Wohnung. Da muss es auch Unterlagen über die Statik geben. Für das gesamte Dach.«

»Ich gehe zu den Tieren«, sage ich und mache mich vorsichtig auf den Weg zur Weide, wo mir die meckernden Ziegen entgegenblicken. Wenn ich schon niemanden retten darf, kann ich wenigstens für etwas Ruhe und Zuversicht im neuen Quartier sorgen. Im selben Moment knallt etwas. Erschrocken fahre ich herum und sehe noch eine kleine Schneelawine vom Dach rutschen.

»Kommt da raus!«, schreit Elena in höchster Aufregung, und im nächsten Moment höre ich aus weiter Ferne ein Martinshorn.

Als Erster stürzt Edgar aus dem Stall, eine schnatternde Gans unterm Arm, zwei Hühner an den Füßen über der Schulter. Alina zerrt Hannelore die Kuh hinter sich her, die über diesen derben Umgang sichtbar verärgert ist, und zum Schluss folgt Harry, der die restliche Hühnersippe behutsam vor sich hertreibt. Elena springt ihm und seinen Hennen zu Hilfe, damit kein Federvieh unter die Räder der jetzt auf dem Hof eintreffenden Feuerwehr kommt.

Ein einzelner Einsatzwagen, der allerdings Krach für fünf macht, rumpelt über die vereisten Stellen, ihm folgen zwei signalrot lackierte Pkw mit Blaulicht. Kurz darauf wimmelt es auf dem Hof von Menschen, wobei mich schnell das Gefühl beschleicht, dass außer Simon keiner so recht weiß, was zu tun ist. Er ordnet als Erstes an, den weiten Umkreis des Stalles zu räumen, worauf sich alle direkt vor das Haupthaus verziehen. Dann macht er sich, die Pläne des Umbaus fest unter den Arm geklemmt, auf den Weg in Richtung Einsatzwagen.

Wenn ich bisher dachte, dies sei nicht mein Wetter – Simons ist es definitiv auch nicht. Er bewegt sich auf dem gefrorenen

Untergrund wie auf Eiern, hangelt sich an Hauswänden und parkenden Fahrzeugen entlang und ist sichtlich erleichtert, als er den großen Plan endlich auf der Motorhaube eines der Feuerwehrautos ausbreiten kann.

Ich gehe derweil zu Elena, der die Tränen über das Gesicht laufen, und nehme sie in den Arm.

»Alle Tiere sind in Sicherheit, niemandem ist etwas passiert«, beruhige ich sie, dann lausche ich den Ausführungen von Simon und einem kompetent wirkenden Feuerwehrmann. Offensichtlich stellt die Dachform des Stalles ein großes Problem dar. Es ist nicht steil genug. Die Schneelast kann nicht abrutschen, und da es über das ganze Dach verteilt kleinere Gauben gibt – wohl ursprünglich als Ein- und Ausstieg für die Tauben des ehemaligen Hofbesitzers gedacht –, hat sich in den Schneestürmen der vergangenen Tage genau dort extrem viel Schnee gesammelt, der jetzt die gesamte Dachkonstruktion zum Einsturz bringen könnte.

Ungefähr eine Stunde stehen wir herum und harren der Dinge, dann schnappe ich mir Elena und Alina, und wir gehen in die warme Küche, in der jetzt gefühlt zweihundert Hühner leben. Aus Ermangelung eines geeigneten Areals hat Harry sie kurzfristig hier untergebracht, was das geplante Kaffeekochen sehr abenteuerlich gestaltet. Hühner können ziemlich lästige Gesellinnen sein, zumal diese hier offenbar unter einer posttraumatischen Störung leiden und mich als ihre heilbringende persönliche Therapeutin betrachten. Fünfzehn Hühner – ich habe mir die Mühe gemacht, sie zu zählen – folgen mir auf Schritt und Tritt und geben dabei ohne Unterlass sämtliche Laute von sich, zu denen sie in der Lage sind.

Trotz der Hühnerbelagerung schaffe ich es, fünf Liter Kaffee zu kochen und Tassen, Zucker und Milch in die Diele zu schleppen. Elena und Alina sind derweil ins obere Stockwerk gelaufen und suchen nach den Versicherungsunterlagen. Simon hatte knapp beschieden, dass es sich hier um einen Elementarschaden handelt, und der sei in der Gebäudeversicherung enthalten. Die beiden wollen das ganz offensichtlich schwarz auf weiß nachlesen. Als ich die Ziegen, die nicht mit auf die Wiese konnten und somit vorübergehend auf einem eilig herbeigeschafften Strohlager in der Diele Quartier bezogen haben, mithilfe einiger Stühle in eine Ecke gedrängt habe, stecke ich den Kopf aus der Tür und rufe: »Kaffee?«

Zehn Augenpaare blicken mir hoffnungsvoll entgegen, und so schenke ich Kaffee aus und beobachte dann, wie ein mutiger Feuerwehrmann sich die Leiter schnappt, um die Schneelast auf den anderen Gebäuden zu kontrollieren. Als er seine lebensgefährliche Mission beendet hat, bekommt auch er einen Kaffee – allerdings erst, nachdem er Entwarnung gegeben hat.

Die Feuerwehrleute erklären den Stall einschließlich Edgars Wohnung für einsturzgefährdet (diese Erkenntnis hatten wir ja nun schon eine Stunde vorher) und sperren das Gebäude mit rot-weißem Flatterband großzügig ab. Sie verbieten uns ausdrücklich, auch nur einen Fuß hineinzusetzen, und rücken dann geschlossen ab, weil sie sofort eine Straße in der Umgebung sperren müssen. Die Bäume an dieser Straße drohen durch die Eislast einzuknicken und könnten harmlose Autofahrer erschlagen. Sobald die Lage sich etwas beruhigt habe, wollen sie wiederkommen und einen mehrstufigen Plan entwickeln, wie mit der »Bruchbude« weiter zu verfahren sei.

Kaum ist die Feuerwehr weg, düst ein Transporter mit Schneeketten auf den Hof. Ihm entsteigen vier Männer in Arbeitsklamotten, die sich sofort geschäftig auf Simon stürzen. Da sie kein Problem mit Hühnern sowie deren Geräuschen oder Ausscheidungen haben, ziehen sie sich in die Küche zurück.

Währenddessen haben Elena, Edgar, Harry und ich die Tiere so gut es geht versorgt. Drei Kühe und vier Ziegen stehen auf der Wiese direkt am Haupthaus, aber dort ist es zu kalt für das sensible Vieh. Deswegen hat Harry ihnen aus Wolldecken hübsche Mäntel gebastelt, und ich bin erstaunt, dass den Tieren ihre Bekleidung offenbar durchaus gefällt. Die anderen Ziegen dürfen vorerst in der Diele bleiben, aber die Hasen müssen aus meinem Büro ganz dringend wieder ausziehen, da sie alles vollkötteln und versuchen, die Kabel der elektrischen Geräte zu fressen. Zwar habe ich bereits die Sicherung herausgedreht, aber acht ausgewachsene Hasen als Bürotiere sind doch suboptimal. Das restliche Getier befindet sich in der alten Strohscheune, und nachdem wir mit allen möglichen Gegenständen verhindert haben, dass die Böcke zu den Schafen und die Gänse zu den Schweinen ziehen, kehrt auch dort ein wenig Ruhe ein.

Als wir endlich wieder zurück im Haupthaus sind, wird es schon dunkel draußen, und die Männer haben einen Plan. Dieser Plan sieht allerdings vor, die aufgestellte oberste Regel, nämlich keinen Fuß mehr in den Stall zu setzen, schlichtweg zu ignorieren.

»Es gibt im Stall drei tragende Mittelfetten aus Holz. Die halten eigentlich eine Menge aus. Wenn wir die abstützen, ist zumindest vorerst eine Einsturzgefahr gebannt. Wenn der Schnee weg ist, müssen wir dann schauen, wie wir den Dachstuhl wieder auf Vordermann bringen. Das dürfte aber relativ einfach sein. Wir müssen dann nur rechts und links Stahlträger einziehen. Aber es bringt wenig, jetzt darauf zu warten, dass das ganze Ding einstürzt. Besser einen Dachstuhl sanieren, als

Tonnen an Schutt und Holz beiseiteräumen«, kommentiert Simon sachlich.

Elena und ich sind skeptisch, und das zeigen wir auch offen. »Ihr habt ja wohl total einen an der Waffel, da jetzt reinzugehen!«, rufe ich entrüstet, und Elena rollt mit den Augen. Was sehr eindrucksvoll ist.

»Das ist eigentlich kein Problem«, sagt einer der Fachmänner mit einer roten Pudelmütze auf dem Kopf und nippt an seinem Kaffee. »Mit der Stütze in der Hand rein, runter unter das Ding und hoch damit. An vier Stellen gleichzeitig passt das schon.«

Aha, der kompetente Mensch hat die Ruhe weg.

»Lassen Sie aber bitte die rote Mütze auf, dann finden wir Sie hinterher im Schutt besser wieder«, unke ich düster und ernte ein strahlendes Lächeln.

»Hab das schon öfter gemacht, Mädchen.« Er grinst und kippt den Rest Kaffee runter, als wäre es Jägermeister.

Da die Herren alle vom Fach sind, überzeugen sie uns schließlich doch noch, in die illegale Aktion zur Rettung des Gebäudes einzuwilligen. Die dazu benötigten Stahlstützen haben sie in weiser Voraussicht bereits mitgebracht. Jetzt müssen sie nur noch aus dem Auto geholt und in dem einsturzgefährdeten Stall montiert werden. Ein Kinderspiel.

»Vier Stützen, vier Männer!«, ruft der Pudelbemützte fröhlich, als wäre es für ihn ein großer Spaß, sich in Lebensgefahr zu begeben, und seine drei Gefährten einschließlich Simon erheben sich.

»Du nicht, du bist zu langsam«, bescheidet sein Kumpel und blickt dabei Simon an. Was auch immer er meint, Simon nimmt es ihm nicht krumm und sagt stattdessen: »Ich geh da nicht rein. Aber ich bin für die Choreografie zuständig.«

Während die anderen den Wagemutigen folgen, bleiben Elena und ich im Haus und warten. Unsere Nerven liegen blank. Schweigend sitzen wir am Küchentisch und halten unsere Telefone umklammert. Wenn etwas passiert, sind wir so immerhin in der Lage, schnellstmöglich Polizei, Notarzt und Feuerwehr zu informieren. Angespannt warten wir. Und dann knallt es plötzlich.

Kapitel 22

In Schallgeschwindigkeit rasen Elena und ich aus der Haustür, um direkt auf dem Treppenabsatz wieder stehen zu bleiben und den Stall anzustarren. Der noch steht. Woraufhin Elena mit einem zutiefst erleichterten Seufzer ausatmet. Ich tue es ihr gleich und suche den Hof mit den Augen nach der Ursache des Knalls ab.

»Blöde Kuh!«, brüllt Simon im nächsten Moment, und es knallt wieder. Diesmal gefolgt von einem sehr ärgerlichen Muhen.

»Nein, Elfriede, nein!« Harrys Stimme erklingt hinter Simons Geländewagen, der direkt vor dem Gatter der Wiese steht, in das die Kühe vorhin etwas unsanft bugsiert wurden.

»Alles okay bei euch?«, brülle ich quer über den Hof. Eine Sekunde später lugt Simons Blondschopf über das Wagendach.

»Die Kuh hat mein Auto gerammt!«, ruft er zurück. Augenblicklich erscheint auch Harrys Igelfrisur neben ihm.

»Sie hatte Angst, Simon. Sie wollte zurück in den Stall, und das Gatter hat ihr nicht standgehalten«, erwidert er mit unüberhörbarem Tadel in der Stimme.

»Die Delle ist riesig!« Simon ist ganz offensichtlich etwas ungehalten, dass die Kuh sein Auto mit einem Prellbock verwechselt hat.

»Elfriede geht es aber gut. Sie beruhigt sich grade wieder«, informiert uns Harry und verschwindet wieder hinter dem Wagen.

»Meinem Auto geht es nicht gut. Verdammter Mist!« Bei diesen Worten muss er allerdings schon ganz leicht grinsen. Okay, was ist schon eine Delle im Auto in Anbetracht der Tatsache, was uns heute noch hätte ereilen können. Außerdem hat Simons Auto der Gesamtoptik nach zu urteilen schon Schlimmeres erlebt.

Elena und ich müssen also keinen Alarm auslösen. Das Dach ist vorerst gerettet. Mein Handy benutze ich dann zwar schließlich doch noch, allerdings nur, um meinen Vorsorgetermin bei Dr. Ganter auf die nächste Abendsprechstunde zu verschieben. Ich habe nämlich keine Zeit für einen Blick in den Uterus und hätte den Termin wohl auch vergessen, wenn die Bohne mir nicht pünktlich um sechs energisch gegen die Bauchdecke geboxt hätte. Ich habe nämlich alle Hände voll damit zu tun, die Hühner in der Küche unter Kontrolle und vor allen Dingen wieder aus der Küche hinauszubringen. Sie ziehen in einen alten Pferdetransporter, den wir mit geöffneter Heckklappe in die zum Stall umfunktionierte Scheune bugsiert haben. Dann basteln wir einen Maschendrahtzaun, und fertig ist das neue Hühner-Heim.

Nachdem ich das letzte Geflügel endlich in der Geschirrspülmaschine entdeckt und eingefangen habe, helfe ich Edgar dabei, sich häuslich in einem der oberen Zimmer einzurichten. Seine Wohnung bleibt erst mal unbewohnbar, und ich mache mir eine geistige Notiz, in einem stillen Moment bei meiner Vermietungsgesellschaft anzurufen, um nach einer möglichen Verlängerung meiner Kündigungsfrist zu fragen. Immerhin ist auch meine potenzielle neue Wohnung vorübergehend nicht zu betreten, was einem weiteren Ausbau vermutlich nicht sehr förderlich sein wird.

Die Bohne ist wieder ganz still; ich nehme an, sie hat mittlerweile ein Gespür dafür entwickelt, sich in besonders gravierenden Momenten einfach ganz unauffällig zu verhalten. Lalala, ich bin gar nicht da. Ich gönne mir auch einen Moment des Gar-nicht-da-Seins, schleiche in mein Büro und lasse mich auf meinen Schreibtischstuhl fallen. Erschöpft schließe ich die Augen, bis ich leise die Tür klappern höre.

Harry steht im Raum, das Entsetzen ist ihm nach wie vor in sein hageres Gesicht geschrieben, und auch seine Haare haben sich dem totalen Ausnahmezustand angepasst. Dazu hat er Hühner- und Entenkacke auf der Schulter und stinkt selbst aus drei Metern Entfernung nasenhaarverätzend. Witzig ist allerdings, dass er mich mit Sorgenfalten im Gesicht fragt: »Geht es dir gut?«

»Spaßvogel!«, schnaube ich. »Mir geht es gut. Wie geht es dir?«

»Du, ich weiß von meinen trächtigen Kühen, dass Aufregung ganz schädlich für das Kalb sein kann.« Er nickt bekräftigend und deutet mit dem Zeigefinger auf meinen Bauch.

Mir klappt erst mal der Unterkiefer gen Boden. »Echt«, sage ich schwach. »Mir geht's gut.«

»Vielleicht sollten wir zu einem Arzt fahren«, meint er nachdenklich, und mir steht schon wieder der Mund offen ob dieses erstaunlichen Vorschlags. Ich weiß nämlich, dass Harry noch nie in seinem Leben bei einem Arzt war. Wenn er von Ärzten spricht, meint er immer einen Tierarzt, einen Feeeterinär, wie er zu sagen pflegt. Dass er mich samt Bohne jetzt zu einem Menschenarzt oder gar einem Gynäkologen bugsieren möchte, macht mich ganz rührselig. Wie fürsorglich von ihm! Und da ich nach wie vor heulen muss, wenn ich rührselig werde, entfleucht meinem Augenwinkel eine Träne und begibt sich auf ihren Weg meine Wange hinunter.

Völlig souverän überbrückt Harry die drei Meter zwischen uns, stellt sich hinter mich und fängt an, mit seinen schwieligen Händen meine Schultern zu massieren. Dabei murmelt er: »Du musst atmen. Tief ein und langsam aus!«

Ich tue, wie mir geheißen, stelle die tiefen Atemzüge dann aber flott wieder auf hechelnde Flachatmung um, da Harrys Gestank mich beinahe einer Ohnmacht anheimfallen lässt. Dass er heute mit fast jedem Tier auf diesem Hof einmal Körperkontakt hatte, hat olfaktorisch wie gesagt schwere Spuren hinterlassen.

Etwas unbeholfen tätschle ich seine Hand auf meiner Schulter und hauche: »Alles ist gut, Harry. Lass uns mal runtergehen.« Dann mache ich Anstalten aufzustehen, wobei Harry mir galant unter die Arme greift. Mit ernster Miene versucht er, mich auf meinem Weg zur Tür zu stützen, aber ich kann ihn mit einem freundlichen und doch sehr bestimmten Lächeln von meiner Fähigkeit, ungestützt zu laufen, überzeugen.

In der Küche sitzen schon alle um den Tisch herum und starren auf einen großen Plan, der an den Seiten über die Holzplatte ragt. Da die Hühnerkacke auf den Fliesen verschwunden ist, scheint jemand sogar schon den Wischmopp geschwungen zu haben.

»Keine vorzeitigen Wehen!«, verkündet Harry stolz, als wir den Raum betreten, und ich presse eine Hand vor den Mund, um nur ja nicht in unpassendes Gekicher auszubrechen. Die restliche Öko-Gang befindet sich nämlich in einem wirklich bemitleidenswerten Zustand. Lachen ist hier gänzlich unangebracht.

Edgar ist ganz weiß im Gesicht und starrt ausdruckslos vor sich hin, Alinas rote Locken türmen sich auf ihrem Kopf und würden in diesem Zustand locker zwei Hennen eine tolle Brutgelegenheit bieten, Elena hat rot geweinte Augen und Simon presst sich ein rosa gefärbtes Handtuch an die Stirn.

»Mit was bist du denn zusammengestoßen?«, frage ich und beuge mich zu ihm hinunter. Er bleibt unbewegt sitzen und verdreht nur die Augen, um mich ansehen zu können.

»Wand«, knurrt er dann.

»Zeig mal«, fordere ich ihn auf, und Elena gibt ein ganz und gar undamenhaftes Schnauben von sich.

»Das zeigt er dir erst, wenn der Kopf droht, von den Schultern zu fallen«, bemerkt sie spitz und widmet sich wieder ungerührt dem vor ihr liegenden Plan.

Da niemand Anstalten macht, einen Notarzt zu verständigen oder Simon bewusstlos zu schlagen, um die Wunde zu versorgen, gehe ich mal davon aus, dass die Öko-Gang dieses Thema schon das eine oder andere Mal durchdiskutiert hat. Man scheint die stillschweigende Übereinkunft getroffen zu haben, Simon so lange zu ignorieren, bis der Kopf tatsächlich von den Schultern fällt. Was natürlich völliger Schwachsinn ist. Von nicht erkannten Schädelbasisbrüchen mal ganz abgesehen, macht eine gut versorgte Wunde einfach keine so großen und hässlichen Narben. Und mit hässlichen Narben kenne ich mich aus.

Meine Schwester Andrea ist mit acht Jahren beim Tarzan-und-Jane-Spiel frontal auf dem Couchtisch gelandet und hatte eine riesige Platzwunde auf der Stirn. Meine Eltern nahmen das recht locker, nachdem die Blutung einmal gestillt war, und seitdem hat Andrea eine wirklich unschöne Narbe mitten auf der Stirn. Sie sieht aus wie ein Fadenkreuz. Noch heute macht sie meinen Eltern Vorhaltungen, dass sie ihretwegen mit diesem optischen Makel durchs Leben wandern muss. Dieses traumatisierende Erlebnis hat uns beide dazu gebracht, regelmäßig Erste-Hilfe-Kurse zu belegen. Bei meinem alten Arbeitgeber war ich sogar als die gesetzlich bestellte Ersthelferin eingetragen.

Dazu passt auch meine recht robuste nervliche Ausstattung. Offene Wunden lassen mich vollkommen kalt, und das Festtapen von herumhängenden Hautfetzen empfinde ich persönlich eher als handwerkliche Herausforderung. Ist doch toll, wenn jemand, der frontal in einen Gabelstapler gelaufen ist, dank meiner Fingerfertigkeit hinterher nicht zum Kinderschreck mit Kreischgarantie wird, oder? Ein sogenannter Ersthelfer zu sein hat mir immer viel Spaß gemacht. Wobei es sich für die Betroffenen natürlich zwangsläufig um eine eher spaßfreie Angelegenheit handelt.

Um zum Punkt zu kommen: Die Erfahrung hat mich gelehrt, dass die ersten Minuten zählen, und ich bin diesbezüglich sehr eigen. In meiner Gegenwart werden Wunden umgehend versorgt. Basta!

»Habt ihr einen Erste-Hilfe-Kasten?«, frage ich deshalb, woraufhin mich fünf Augenpaare ungläubig ansehen.

»DAS will ich sehen«, murmelt Alina, springt aber auf und fängt an, in einem der Oberschränke zu kramen.

»Vergiss es«, knurrt Simon zeitgleich, da habe ich allerdings längst das Handtuch gepackt und somit den Überraschungsmoment sinnvoll genutzt. Die Wunde ist direkt am Haaransatz und tief. Zwar blutet sie nicht mehr, aber die Wundränder sehen auch nicht wirklich gut aus.

Elena stößt einen Ekellaut aus, während ich den Deckel der kleinen grauen Box öffne und mir als Erstes Handschuhe überstreife. Hygiene ist schließlich das A und O der guten Wundversorgung.

Im selben Moment packt Simon meine Hände und hält mich fest. Seine Augen sprühen Funken. »Paula. Ich will es nicht!«

»Tatsächlich?«, frage ich freundlich zurück. »Wenn du also kein Vertrauen in meine Fähigkeiten als Ersthelferin hast, bleibt uns noch, in die Klinik zu fahren. Das möchte ich aufgrund meiner Schwangerschaft und der aktuellen Wetterverhältnisse allerdings lieber nicht tun. Je länger wir hier noch diskutieren, desto beschissener sieht deine Stirn hinterher aus«, setze ich ihn höflich in Kenntnis. Über Simons Gesicht huschen eine Reihe von Emotionen. Ganz vorneweg Ungläubigkeit und höchste Irritation. Dann noch ein wenig Wut, Scham und ganz zum Schluss folgt etwas, das ich nicht so recht deuten kann. Resignation? Oder Trotz?

Um meinen Worten Nachdruck zu verleihen, füge ich laut hinzu: »Von nicht versorgten Wunden bekomme ich Wehen.«

Fies, ich weiß, aber in dieser Situation bleibt mir nichts anderes übrig, als diese Karte zu spielen. Er starrt mich ein paar Sekunden schweigend an und lässt dann, vermutlich ziemlich beeindruckt von diesem Talent, meine Schwangerschaft als Druckmittel gegen ihn zu verwenden, die Hände sinken. Ergeben schließt er die Augen.

Ein Raunen geht durch die Reihe der Anwesenden, und ich hantiere geschickt mit Desinfektionsmittel und Klammerpflastern. Dieser Öko-Erste-Hilfe-Kasten ist aber auch wirklich gut ausgestattet. Abschließend stelle ich die üblichen Fragen: »Warst du bewusstlos, ist dir schlecht, hast du Schmerzen im Nacken, hast du Probleme in der Wahrnehmung?«

Vorsichtig schüttelt er den Kopf, und ich schaue ihm noch einmal tief in die Augen. Schließlich ist es wichtig zu kontrollieren, ob beide Pupillen die gleiche Größe haben. Alles andere würde auf schwerwiegende Verletzungen hindeuten, wobei Simon dann hier nicht so locker am Tisch herumsitzen könnte. Aber sicher ist sicher.

Als ich fertig bin, streife ich mir die Handschuhe von den Fingern, werfe sie in den Mülleimer und frage in die Runde: »Gibt es sonst noch Verletzte?«

Einhelliges Schweigen und Kopfschütteln. Dann fragt Harry mich fast ehrfürchtig: »Kannst du das auch bei Kühen?«

Ich überlege kurz. Vermutlich kann ich das auch. Schließlich ist es da ja noch nicht mal so wichtig, dass es hinterher hübsche Narben gibt. Dafür haben Kühe aber auch Fell. Ich müsste vorab mal nachlesen, wie man mit behaarten Patienten umgeht. Ansonsten traue ich mir das schon zu, und so nicke ich.

»Das ist gut«, sagt er dann. »Dann muss ich nicht immer den Feeeterinär anrufen, wenn mal was ist.«

Ein paar Sekunden schweigen wir alle. Dann verkündet Edgar: »Es soll nächste Woche wärmer werden. Kein Schnee mehr.«

Das nenne ich mal einen krassen Themenwechsel, aber immerhin sind das gute Neuigkeiten. Kein Schnee bedeutet, dass der Dachstuhl repariert werden kann und nach diesem Schreck auf dem Hof wieder Normalität einkehrt. Wenn der Dachstuhl repariert ist, kann auch meine Wohnung weiter ausgebaut werden. Und wenn die Wohnung fertig ist, kann ich einziehen. Ich bin doch wirklich eine Meisterin der logischen Schlussfolgerungen. Wenn das Ganze dann noch vor dem ersten Juli stattfindet, lebe ich zwar nach wie vor in schwierigen persönlichen Verhältnissen, habe aber zumindest ein Dach über dem Kopf. Man muss einfach immer die positiven Dinge im Leben sehen. Es wäre natürlich schön, wenn ich die Wohnung irgendwann vor dem Einzug, vorzugsweise in baldiger Zukunft, auch endlich einmal besichtigen könnte. So langsam platze ich nämlich vor Neugierde.

Während weiterhin über die jetzt anstehenden Schritte diskutiert wird, mache ich mir ein Käsebrot und hocke mich auf die Küchentheke. Gegen acht fängt es an zu regnen. Eine fantastische Entwicklung der allgemeinen Wetterlage, wie wir alle finden. Jetzt auch noch Glatteis zu den Schneemassen, die überall die Straßen blockieren. Elena entscheidet beherzt, dass ich über Nacht bleibe, und richtet mir sogleich ein Bett in einem der Gästezimmer in der ersten Etage her. Edgar ist entsetzt, dass er sich mit gleich zwei Frauen ein Badezimmer teilen muss, aber wir können ihn beruhigen. Weder Alina noch mir steht der Sinn nach ausgiebigen Schönheitsritualen.

Simon ist gleich nach seiner medizinischen Versorgung durch meine fachmännische Hand wortlos verschwunden. Er hat noch kurz mit der Versicherung telefoniert, die in den kommenden Tagen einen Sachverständigen vorbeischicken will, und ward nicht mehr gesehen.

Während Elena in einer großen Kiste, die sie unter der Treppe verstaut hat, nach einer Zahnbürste für mich fahndet – in dieser Kiste befinden sich außerdem so seltsame Dinge wie Hornhauthobel, ein singender Plüschpinguin und CDs von Howard Carpendale –, frage ich sie forsch: »Willst du mir nicht endlich mal erzählen, was mit Simon los ist?«

Sie seufzt schwer und wirft zwei Bücher mit sehr ominösen Titeln auf den Haufen, der sich mittlerweile neben der Kiste der sonderbaren Gegenstände auftürmt.

»Paula, wenn ich könnte, ich würde es tun. Aber ich habe ihm geschworen, niemals über dieses Thema zu sprechen.« Sie hält inne und kratzt sich ratlos am Kopf. »Ich weiß nur, dass er dich sehr mag. Die Betonung liegt auf sehr, sehr, sehr! Und dass er ein guter Bohnen-Vater wäre, der sein letztes Hemd für dich und das Kind geben würde. Aber er hat …« Sie verdreht die Augen. »Wie soll ich sagen? Nennen wir es intrapersonelle Probleme. Nun kann ich dir in deiner Situation schlecht raten, einfach dranzubleiben«, fährt sie fort. »Du hast ja genügend eigene Probleme. Ich kann nur sagen, er hat sich ziemlich verändert, seit er dich kennt. Und ich bin überzeugt, dass er gut zu dir passen würde.«

»Und was mache ich mit dem ›intrapersonellen Problem‹?«, frage ich. Das Wort kann man kaum aussprechen, ohne einen Knoten in die Zunge zu bekommen.

Sie seufzt, zuckt die Schultern und zieht im nächsten Moment eine verpackte Zahnbürste aus den Tiefen der Kiste hervor.

»Na, wer sagt's denn!« Triumphierend hält sie das grün-weiß gestreifte Teil vor meine Nase und grinst mich an.

Des Weiteren werde ich mit einer Jogginghose von Edgar, einem Shirt von Elena und dicken Socken von Alina ausgestattet und bin somit bettfertig. Theoretisch. Praktisch bin ich nicht müde, im Gegensatz zu meinen Mitstreitern des heutigen Tages.

Um kurz nach neun erscheint Harry mit einem Schlafsack, kocht sich eine Kanne Tee und verkündet, dass er heute bei seinem Viehzeug in der Strohscheune schlafen wird. Kurz danach verabschiedet sich Alina, nicht ohne mich vorher noch einmal an ihren mageren Busen zu drücken. Da sie ja sonst nicht so der herzliche Typ ist, drücke ich sie erfreut zurück, und sie tätschelt liebevoll meinen Bauch.

Edgar folgt ihr nach zwanzig Minuten, in denen er uns mehrmals bange fragt, ob Alina wohl schon im Bad fertig ist.

Das Bad hat nämlich keinen Schlüssel, und Edgar ist aufgrund dieser Tatsache sichtlich beunruhigt. Schnell bastele ich ein Schild mit FREI auf der einen und BESETZT auf der anderen Seite und bitte ihn, dieses gut sichtbar anzubringen. Je nach Sachlage im Badezimmer.

Elena und ich essen noch ein paar Kekse, dann werde ich auch von ihr geherzt, und sie macht sich daran, ins Bett zu gehen. Zum Abschied sagt sie: »Du passt wirklich gut zu uns. Wir mögen dich sehr«, und verschwindet. Mit einem behaglichen Gefühl im Bauch futtere ich die restlichen Kekse auf. Dann lege ich noch ein paar Holzstücke in den alten Bollerofen neben dem modernen Herd und lasse den Tag im Kopf Revue passieren.

Die Menschen auf diesem Hof harmonieren trotz ihrer Unterschiedlichkeit ganz hervorragend miteinander. Am besten erkennt man so etwas ja in akuten Notsituationen. Und der heutige Tag steht unbestritten auf Platz eins der akuten Notsituationen.

Vermutlich liegt es einfach daran, dass sie alle die Fähigkeit haben, den jeweils anderen so zu akzeptieren, wie er ist. In einem großen Unternehmen bleibt gar keine Zeit zu erfahren, mit was für einem Menschen man es zu tun hat. Da heißt es immer: Schnell, schneller, noch schneller, und wenn jemand nicht funktioniert, wird er entweder repariert, versetzt oder entlassen.

Auf diesem Hof dagegen gibt es viel Verständnis und Muße, den anderen kennenzulernen. Und wenn man ihn dann kennengelernt hat, wird er akzeptiert. Zumindest solange er kein Fleisch aus Massentierhaltung isst, keinen Pelz trägt und mindestens Mitglied bei PETA oder Greenpeace ist. Sonst kann es passieren, dass die Öko-Gang gemeinschaftlich auf dem Pfad der Bekehrung wandelt, frei nach dem Motto: »Machen wir die Welt besser!«

Alles in allem fühle mich auf dem Hof sehr wohl. So wohl wie schon lange nicht mehr in meinem Leben.

Kapitel 23

Als der letzte Keks meinen Magen erreicht, überkommt mich das dringende Bedürfnis, nach Simon zu sehen. Das ist wahrscheinlich keine so gute Idee, aber die vernünftigen Einwände, die mein Verstand sogleich in hoher Anzahl produziert, werden von den vielen seltsamen Instanzen in mir einstimmig abgeschmettert. Im nächsten Moment bin ich auf den Beinen und verlasse die Küche. Ich suche mir einen eisfreien Weg unter dem Schauer entlang bis zur Tischlerei und klopfe höflich einmal kurz an, bevor ich die Tür öffne. Der große Raum ist leer, dafür sehe ich am Ende der Treppe, die in das ausgebaute Obergeschoss führt, Licht unter der Tür hervorblitzen.

Ganz kurz zögere ich. Obwohl Simon und ich so viel Zeit miteinander verbringen, war ich noch nie in seiner Wohnung. Und genau das wird sich jetzt ändern, entscheide ich kurzerhand und erklimme die steile Holztreppe, sorgfältig darauf bedacht, mich so lautstark wie eine Horde Büffel auf der Flucht zu bewegen. Ich möchte mich ja ankündigen. Da ich samt Bohne mittlerweile sieben Kilo mehr wiege, ist das kein allzu schwieriges Unterfangen.

Es sind verdammt viele Stufen, die die Bohne, die Büffel und ich bis ganz oben erklimmen müssen, und ich bin jetzt doch ein klitzekleines bisschen aufgeregt. Was sich offensichtlich mit dem bereits in meinem Organismus befindlichen Adrenalin nicht so gut verträgt. Plötzlich verspüre ich nämlich auch noch ein intensives Klärungsbedürfnis. Während ich die Treppe hinaufsteige, wird mir bewusst, dass mir nicht mehr viel Zeit bleibt.

Immerhin kommt die Bohne am ersten Juli zur Welt – vorausgesetzt, sie hält sich an den errechneten Termin, was ich nicht glaube. Sie scheint ja doch etwas eigen zu sein. Danach werde ich für eine ganze Weile weder Zeit noch Muße haben, mich mit intrapersonellen Problemen von großen blonden Männern zu befassen. Was wiederum bedeutet: Bis zum Tag X müssen einige grundlegende Dinge geklärt sein.

Und während ich so vor mich hinsinnierend die Treppe hochstapfe, meldet sich schon wieder eine meiner unbekannten, aber lautstarken inneren Instanzen zu Wort. Fröhlich trötet sie mir ins Hirn: *Vielleicht will ich aber auch einfach nur mal wieder guten Sex haben! Haha!*

»Haha«, murmele ich und erreiche endlich den Treppenabsatz. Energisch klopfe ich an die massive Holztür.

»Was?«, ertönt es nach einigen Sekunden von drinnen.

Hmmm – »Was?« bedeutet nicht »Herein, bitte!«, so viel steht mal fest. Vielmehr bedeutet es wohl eher etwas in Richtung: »Welt, lass mich in Ruhe!«

»Ich bin's, Paula«, antworte ich deshalb etwas zögerlich. Vielleicht war das dringende Bedürfnis, mich hierher auf den Weg zu machen, wirklich ein blödes Bedürfnis. Mein Verstand hatte da ja schon so etwas angedeutet. Zweifelnd sortiere ich meine Locken neu und begutachte im Dämmerlicht den Zustand meiner Fingernägel.

»Warte kurz«, sagt Simon hinter der Tür.

»Jo!« Ich harre der Dinge, die da kommen mögen, und betrachte derweil meine Fußspitzen. Gibt nicht viel zu sehen. Wenn man davon absieht, dass ich mich mittlerweile schon leicht nach vorn beugen muss, um einen Blick auf meine Schneeboots zu erhaschen. Es rumpelt hinter der Tür. Dann wieder Stille. Dann wieder Rumpeln. Schließlich höre ich einen Schlüssel von innen, dann schwingt die Tür auf, und Simon sieht mich fragend an.

»Ich wollte nichts«, sage ich wahrheitsgemäß. »Nur mal gucken, was der Kopf macht.«

»Dem geht's gut.« Simons Gesicht ist ein Buch mit 292 Siegeln. Dafür ist sein Verhalten ziemlich offensichtlich: Er möchte jetzt keinen Besuch.

»Okay, dann gute Nacht«, sage ich fröhlicher, als mir zumute ist, und drehe mich schwungvoll um.

Der Absatz ist zu schmal für meine energische Drehung, und einen entsetzlich langen Moment spüre ich die Schwerkraft nach mir greifen. Mein rechter Schuh rutscht vom Treppenabsatz ab, und ich greife panisch nach dem Treppenlauf. Der ist aber nicht da, wo meine Hände ihn vermuten. Ich greife ins Leere und spüre, wie ich falle.

Im selben Moment packt Simon mich von hinten an den Oberarmen. Sein Griff ist schmerzhaft, aber er hindert mich daran, die gesamte Treppe hinabzustürzen. Für ein paar Sekunden bleiben wir genau so, Simon hält mich fest, und ich atme. Dann zieht er mich noch ein Stück zurück, bis ich gegen seine Brust gelehnt dastehe.

Noch mehr Adrenalin jagt durch meinen Körper, und die Bohne tritt mir einmal beherzt gegen die Rippen. Instinktiv fliegt meine rechte Hand auf den Bauch, mit der anderen taste ich hinter mir nach Simon und kralle mich in seinem Hemd fest. Ich kann weder denken noch sprechen. Ich bin wie erstarrt.

Nachträgliche Panik durchflutet meinen Körper, und ich spüre, wie meine Beine langsam nachgeben. Schwer atmend lasse ich mich von Simon in seine Wohnung führen, wo er mich geschickt auf sein Bett manövriert. Es könnte allerdings auch ein Strohsack sein, so genau bekomme ich das nicht mit.

»Das war heute alles zu viel. Leg die Füße hier drauf.« Er schiebt mir ein Kissen unter die Beine, ungeachtet der fetten, schmutzigen Winterboots. Tief in meinem Unterbewusstsein registriere ich, dass er wohl kein kleinlicher Pedant sein kann, sonst hätte er Schuhe auf dem Bett nicht geduldet. Aus irgendeinem seltsamen Grund erleichtert mich das, und ich muss weinen. Die Feststellung, dass Simon kein kleinlicher Pedant ist, ist allerdings wohl nur der Auslöser dafür, denn was da für eine Flut an Tränen kommt, kann nicht mit einer solch schlichten Erkenntnis zusammenhängen.

»Paula, hast du dich verletzt?« Simon sitzt neben mir auf der Bettkante und blickt mich eindringlich an. Ich schüttle den Kopf, sprechen kann ich immer noch nicht.

»Ist mit der Bohne alles okay?« Ich nicke. Es geht ihr gut, sie ist allerdings äußerst empört über das viele Adrenalin und scheint außerdem gerade eine neue Tanzform zu entwickeln. Irgendetwas ganz Innovatives zwischen Tango und Kickboxen. Geschmeidig von links nach rechts und dann »Bow!« – Doppelkick in die Rippen.

Ich habe mich so fürchterlich erschrocken. Und das, wo ich mich heute schon gefühlte hundert Mal fürchterlich erschrocken habe. Aber hier ging es um mein Kind. O mein Gott. Wäre ich die Treppe hinuntergefallen … Ich presse mir eine Hand vor den Mund, um den panischen Laut zu ersticken, der mir bei diesem Gedanken über die Lippen will. Simon sieht aus, als würde er gleich den Notarzt rufen. Ich muss etwas sagen.

»Nur der Schreck«, bringe ich schließlich hervor. Ganz behutsam legt Simon mir beide Hände an die Wangen.

»Schhhhh«, macht er leise. »Es ist nichts passiert.«

»Aber es hätte was passieren können«, entfährt es mir.

Simon erhebt sich von der Bettkante und humpelt um das Bett herum. Er hat sich doch mehr wehgetan, als er zugeben wollte, schießt es mir durch den Kopf, aber bevor ich den Mund aufmachen kann, hockt er auf der anderen Seite des Bettes.

»Darf ich?« Etwas unbeholfen rückt er näher. Ich nicke stumm, während die Stimme in meinem Kopf brüllt: GANZ NAH! JETZT!

Simon kommt mir auch ohne dieses Kommando ganz nah. Er zieht mich an seine Brust, und ich rolle mich zusammen, den Kopf auf seinen rechten Brustmuskel gebettet. Ziemlich hart, aber nicht unbedingt unbequem. Ich würde mich jetzt allerdings auch an ein Nagelkissen lehnen, wenn ich nur festgehalten werde.

Genau das tut Simon. Er hält mich fest. Hin und wieder streicht seine Hand über meinen Rücken, dann durch mein Haar, dann liegt sie wieder ganz still zwischen meinen Schulterblättern. Das Schweigen zwischen uns ist wohlig warm, und irgendwann schlafe ich ein.

Simon weckt mich am nächsten Morgen mit einer Tasse Kaffee in der Hand und tiefen Schatten unter den Augen. Im Gegensatz zu mir scheint er nicht wohlig warm und geborgen geschlafen zu haben. Dafür hat er mir irgendwann in meiner Tiefschlafphase die dicken Winterboots ausgezogen und mich zugedeckt.

»Wie spät ist es?«, grunze ich und rollte mich unter der Decke zusammen.

»Halb acht«, antwortet Simon und fährt mir in einer gänzlich unerwarteten Bewegung mit der Hand über das Haar. Es prickelt in meinem Bauch. Das ist nicht die Bohne. Die schläft noch, das faule Kind. Das sind eindeutige Anzeichen akuter Verliebtheit.

Weil ich nicht weiß, was ich sonst tun soll, setze ich mich hin und strecke die Hand nach dem Kaffee aus. Während ich einen großen Schluck nehme, gehe ich rasch meine Handlungsoptionen durch. Zwar fällt mir konstruktives Denken vor neun Uhr morgens meistens nicht leicht, aber ich scheine noch so viel Rest-Adrenalin in meinem Körper zu haben, dass ich auf sagenhafte vier Möglichkeiten komme: weiterschlafen; den Mann zurück ins Bett zerren, dann eventuell weiterschlafen; aufstehen und an die Arbeit gehen; knutschen und fummeln.

Ich bin etwas überfordert von der Vielzahl der Möglichkeiten, und so lehne ich mich erst mal erschöpft in die Kissen zurück. Simon ist bei der Entscheidung leider auch nicht sonderlich hilfreich. Er sitzt neben mir, frisch geduscht, mit noch nassen Haaren und einem Gesichtsausdruck, der so neutral ist, dass er ihn mehrere Jahre lang hart trainiert haben muss. So kommen wir nicht weiter. Also frage ich: »Was machst du jetzt? Ein paar Bäume erlegen und zu Tischen und Türen verwursten?«

Ein Grinsen huscht über sein neutrales Gesicht, aber er fängt sich, und umgehend versteinert seine Miene wieder. »Die Bäume sind schon erlegt. Ich muss einen Einbauschrank fertig machen.«

»Hm«, brumme ich wissend und nicke.

»Paula.« Sein Gesicht nähert sich plötzlich meinem, und seine Tonlage ist bei diesem Wort alles andere als neutral. Er öffnet den Mund, vermutlich um irgendetwas sehr Souveränes und Bodenständiges hinzuzufügen, aber ich komme ihm zuvor.

»Das war eine nette Nacht. Ich würde das gerne … wiederholen.«

Hoppla, kam das aus meinem Mund?

»Wir könnten das auch noch intensivieren.«

Jesses, Maria und Josef, es wird noch schlimmer.

»Ich würde dich gerne küssen«, stellt die seltsame Frau, die sich hier als Paula ausgibt, abschließend fest, und ihre Lippen nähern sich dem Mund des schönen Mannes.

Die Augen des schönen Mannes werden größer und bekommen einen leicht panischen Ausdruck, deswegen schließt die fremde Paula einfach die eigenen Augen.

Kuss.

Intensiver Kuss.

Männer kann man grundsätzlich in zwei Kategorien einteilen: kussfähige und kussunfähige. Bei Letzteren fühlst du dich wie bei einem perversen Zahnarzt, der versucht, von eins bis zweiunddreißig sämtliche Zähne abzulecken und einzuspeicheln. Bei den anderen zieht es im Unterleib, und du willst dich an ihm festkrallen, auf dass er nie mehr damit aufhören möge.

Simon ist außerordentlich kussfähig.

Als er einen ganz leisen und zweifelsohne freudigen Laut von sich gibt, bin ich knapp davor, mir die Kleider vom Leib zu reißen und mich auf ihn zu stürzen. Im nächsten Moment hat Simon einen Sicherheitsabstand von gut einem Meter zwischen uns gebracht.

Mein Herz rast wie nach einem Sprint, und auch Simon sieht leicht derangiert aus.

»Nicht gut?«, frage ich atemlos und beuge mich leicht vor. Mein Gott, diese Schwangerschaft hat wirklich verwegene Persönlichkeitsanteile aus meinem Innersten hervorgezerrt. Niemals hätte ich als normale Paula so etwas gefragt. Ich wäre brav rot geworden und hätte mich geschämt. Immerhin hat er sich zurückgezogen.

Simon lacht. Zumindest versucht er es. Erfreut registriere ich, dass auch sein Brustkorb sich in enormer Geschwindigkeit hebt und senkt. »Nicht gut?«, fragt er genauso atemlos zurück. »Natürlich gut!«

Das klingt jetzt fast wütend. Woraufhin ganz spontan ein weiterer neuer Persönlichkeitsanteil meinerseits auf die Bühne hüpft. »Was ist dann das Problem?«, fauche ich ihn an.

Ich bin ziemlich erschüttert von dem spontanen Stimmungswechsel, und Simon geht es offensichtlich ebenso. Er klappt den Mund wieder zu und sieht mich konsterniert an. In seinem Gesicht steht so offensichtlicher Schmerz, dass es mir fast leidtut, plötzlich so giftig zu sein. Aber nur fast. Der neue Persönlichkeitsanteil hat ja nicht ganz unrecht. Irgendwann muss dieses Hin und Her mal ein Ende haben. Basta.

»Du kannst mich nicht an- und abschalten, wie es dir beliebt! Sag mir halt, dass da nichts ist zwischen uns beiden! Dann lassen wir es«, keife ich. Um einen etwas weniger harten Ton bemüht, füge ich hinzu: »Simon. Ich bin schwanger. Ich bekomme in vier Monaten ein Kind. Ich weiß nicht, was du für ein Problem hast, aber meins ist wohl offensichtlich.« Energisch deute ich mit beiden Zeigefingern auf meinen Bauch. »Ich kann mit vielen Dingen umgehen, aber ich muss sie wissen. Und wenn du das hier nicht willst, dann sag es mir klipp und klar. Ich habe keine Zeit für Spielchen.«

Simon sieht jetzt aus, als wäre er unter eine Straßenwalze gekommen. »Ich …«, fängt er an, nur um sofort wieder zu verstummen. In einer hilflosen Geste reibt er sich mit den Händen durch das Gesicht.

»Was?«, frage ich und ziehe die Beine an.

»Paula«, sagt er leise und schließt die Augen. Dann flüstert er: »Ich kann das nicht.«

»Was kannst du nicht?«, frage ich, um einen weniger kalten Tonfall bemüht. Der offensichtliche Schmerz in seinem Gesicht tut mir weh. Am liebsten würde ich ihn in den Arm nehmen, aber das geht jetzt nicht. Diese Dinge müssen geklärt werden.

Stumm schüttelt er den Kopf, und im nächsten Moment ist die Qual aus seinem Gesicht gewichen, abgelöst von seiner altbekannten, neutralen Miene.

»Gut. Dann war's das.« Beherzt schwinge ich die Beine über den Bettrand. Ich schlüpfe in meine Boots, und in derselben Sekunde steht Simon vor mir.

»Nein«, sagt er, und hinter der bemüht kalten Fassade erkenne ich so etwas wie Verzweiflung.

»Was jetzt?«, frage ich reserviert. Ich weiß nicht mehr, was ich denken soll. Was hat dieser Kerl bloß? Irgendetwas stimmt nicht mit ihm, aber ich kann einfach keine Rücksicht mehr nehmen. Ich werde in vier Monaten Mutter, verdammt noch mal. Ich kann mich hier doch nicht hinhalten lassen.

Die Bohne ist wach und rammt mir irgendein Körperteil in die Rippen. Beschwichtigend lege ich eine Hand auf meinen Bauch und setze mich kurzfristig wieder auf den Bettrand.

Ungelenk hockt Simon sich vor mich. Seine Hände liegen auf meinen Knien, und sein Blick ist gesenkt. Ich sehe, dass seine Kiefermuskeln zucken, als würde es in ihm arbeiten. Doch anstatt endlich den Mund aufzumachen, steht er schließlich einfach auf, küsst mich flüchtig auf die Stirn und humpelt ins Badezimmer. Das alles, ohne mich auch nur einmal anzusehen. Die Tür schließt sich hinter ihm, und ich höre den Schlüssel im Schloss.

Ich bin empört. Traurig. Verzweifelt. Wütend und noch so allerlei mehr. Kurzerhand zische ich ein leises »Arschloch! Dann verpiss dich doch!« in Richtung der Badezimmertür und verlasse die Wohnung.

Kapitel 24

Nach diesem desaströsen Morgen bekomme ich Simon den restlichen Tag überhaupt nicht mehr zu Gesicht. Am nächsten Tag taucht er zwar zum Mittagessen auf, vermeidet aber, genau wie ich, jeglichen Blickkontakt und ist schweigsamer als je zuvor. Draußen fängt es endlich an zu tauen, aber zwischen uns herrscht Eiszeit.

Die anderen wundern sich sichtlich über den Stimmungsumschwung zwischen Simon und mir, besitzen jedoch genug Feingefühl, mich nicht darauf anzusprechen. Lediglich Elena wirft mir einen fragenden Blick zu. Da ihr nur wenig entgeht, ist ihr mit nahezu hundertprozentiger Sicherheit auch aufgefallen, dass ich die Nacht auf dem Hof nicht in dem von ihr so liebevoll hergerichteten Gästezimmer verbracht habe. Ich zucke nur mit den Schultern. Wenn mir nach irgendeiner Sache gerade nicht der Sinn steht, dann ist es, über Simon den Stockfisch zu sprechen und darüber, wie er mich vor den Kopf gestoßen hat. Die Demütigung sitzt noch zu tief.

Um mich abzulenken, verbringe ich das Wochenende mit meinen Freunden in wechselnder Besetzung. Zuerst holen Mara und ich die Baby-Kartons aus der Garage meiner Schwester und »sichten das Material«, wie Mara es so nüchtern ausdrückt. Als sie dann allerdings einen Babybody in Zwergengröße 50 in den Händen hält, haucht sie ein zartes »Süß!« und wird im Verlauf der ganzen Aktion immer rührseliger. Außerdem besteht sie darauf, dass ich ab sofort mit einer Spieluhr auf dem Bauch herumlaufe. Das Ding dudelt unablässig »Lalelu«, und die Bohne verfällt jedes Mal in eine Art Schockstarre. Aber da Mara so beglückt ist, lasse ich sie gewähren. Vielleicht ist ja auch die Bohne von dem Gedudel beglückt und schwebt selig lächelnd mit dem Daumen im Mund durch meinen Uterus.

Dafür scheint sie die Farbe Rosa grundsätzlich abzulehnen. Jeder Kontakt mit einem rosafarbenen Plüschteil – meine Nichte hat ihre ersten Lebensjahre als pinkfarbenes Knallbonbon verbracht – führt zu einem kurzen, aber scharfen Tritt in die linke Rippe. Ist die Bohne vielleicht doch ein »er«? Aus irgendeinem Grund habe ich das eindringliche, wenn auch nach wie vor nicht durch ein aussagekräftiges Ultraschallbild belegte Gefühl, dass die Bohne ein Mädchen ist. Unterbewusst scheint sich meine persönliche Ablehnung jeglichem Mädchengedöns gegenüber auf die Bohne übertragen zu haben. Frühkindliche pränatale Prägung nennt sich das im Fachjargon. Ich bin erfreut und verbringe viel Zeit mit dem Anstarren und Herumtragen von rosafarbenen Stramplern mit Prinzessinnen vorne drauf. Die Spieluhr düdelt, die Bohne pennt, ich greife nach etwas Pinkem, die Bohne springt.

Am Samstagabend gehe ich mit Jutta essen. Sonntags kommt Justine zum Frühstück, und den restlichen Tag verbringe ich mit Tom, der immer noch unter seinem durch Carola zerdepperten Herzen leidet. Er hat sogar kummerbedingt drei Kilo abgenommen, was wir umgehend rückgängig machen wollen. Zu diesem Zweck statte ich meiner Lieblingstankstelle einen Besuch ab, um uns mit ausreichend Zucker und Fett einzudecken.

Herr Krüger ist wie immer entzückt über meinen Besuch. Als ich an der Kasse stehe, fragt er mich ganz verschämt, wann es denn so weit sei. Diesmal trage ich nämlich keinen dicken Wintermantel. Auch wenn die grauen Schneematschberge an den Straßenrändern noch von der jüngsten Kältefront zeugen, scheint der Frühling, zumindest was die Temperaturen betrifft, endlich zu nahen, und so habe ich mir nur schnell meinen geliebten Trenchcoat übergeworfen. Der geht aber bohnenbauchbedingt leider nicht mehr zu, womit ich jetzt tatsächlich sehr schwanger aussehe.

»Im Juli«, antworte ich. Daraufhin grinst er mich so breit an, dass man befürchten muss, er werde ob dieser Nachricht heute Nacht vor Freude nicht in den Schlaf finden. Bevor ich das Tankstellengelände wieder verlassen kann, poliert er noch schnell voller Inbrunst meine Windschutzscheibe und wünscht mir »Weiterhin alles Gute, Frau Schmidt!«. Dann düse ich zurück zu Tom, um endlich seinen eklatanten Mangel an Körperfett auszugleichen.

Um es kurz zu machen: Wir essen alles auf. Und es war verdammt viel Essen in der gelben Tankstellenplastiktüte (wegen Schwangerschaftsdemenz hatte ich den Jutebeutel vergessen – Asche auf mein Haupt). Danach liegen wir vollgefressen auf dem Sofa, und Tom balanciert meinen Laptop auf den Knien. Er hat sich nämlich im Internet bei einer Singlebörse angemeldet. Stolz zeigt er mir sein Profil, und ich muss kurz lachend vom Sofa fallen.

»Loverboy!«, ächze ich vom Teppich aus und lege die Beine auf dem Couchtisch ab, um die weitere Blutzufuhr in mein Hirn zu gewährleisten. »Loverboy? Du bist ja voll beknackt!«

»Wieso?«, erwidert Tom beleidigt. »Ich finde den Nickname gut. Sagt doch alles aus.«

»Nee, ist klar.« Ich hieve mich wieder auf das Sofa, und gemeinsam durchstöbern wir das Internetportal. Es gibt tatsächlich einige ganz nette Frauen, doch Tom sagt jedes Mal nur leidend: »Aber sie ist nicht Carola.«

Ich wusste gar nicht, dass Nummer zweiundsiebzig ihm so viel bedeutet hat. Auf jeden Fall ist die Suche nach einer potenziellen Nummer dreiundsiebzig wenig erquickend.

»Vielleicht finden wir ja was für dich«, sagt Tom schließlich.

»Herzlichen Dank, kein Bedarf!«, sage ich schnell, aber mein Bruder lässt sich nicht abhalten. Er klappert auf der Tastatur herum, und dann wird alles sehr schlimm. Ein paarmal muss ich mir sogar die Augen zuhalten.

Wir surfen von »Dragonlover«, den es nach einer Frau gelüstet, deren Ohren frei sichtbar und nicht durch eine Langhaarfrisur verdeckt sind, hin zu »Kuschelmausemann«, der verspricht, seine neue Frau jeden Morgen mit einer Thai-Fußmassage zu wecken und sie in die Kunst des Kamasutra einzuführen, bis zu »MaggiManni«, der schon rein optisch so erschreckend ist, dass wir schlagartig den Laptop zuklappen müssen.

»Ich bin traumatisiert«, japse ich, woraufhin Tom mir beruhigend die Hand tätschelt. Und dann erzähle ich ihm von Simon und unserer ersten gemeinsamen Nacht.

Das ganze Wochenende habe ich versucht, mein Gefühlschaos zu verdrängen. Ich habe einfach alles, was mit Simon zu tun hat, in eine düstere Ecke meines Hirns geschubst und dort scharf bewacht. Noch nicht einmal meine Mädels wissen Bescheid, was mir selbst zeigt, wie tief die Wunde ist. Normalerweise erzähle ich nämlich alle Dramen von seicht bis medium brühwarm und mit Begeisterung. Nur wenn es mir emotional ganz schlecht geht, werde ich schweigsam. Aber jetzt muss es offenbar raus.

Tom hört mir schweigend zu, wie immer. Bis ich zu der Stelle komme, an der ich fast die Treppe runtergefallen wäre. Da wird er ganz aufgeregt und muss dreimal um den Küchentisch laufen.

»Ist ja nichts passiert«, beruhige ich ihn.

Tom ist in Bezug auf seine kleinen Schwestern nicht sehr stressresistent, und seit ihm mal jemand erzählt hat, dass Adrenalin im Körper umgehend durch Bewegung wieder abgebaut werden muss, weil es sonst zu Spätschäden kommen kann, rennt er immer herum wie ein bekiffter Hamster im Laufrad, wenn ihm etwas wirklich nahegeht. Erstaunlich, dass er bei der Mitteilung, dass ich schwanger bin, so bewegungsarm rumgesessen hat. Als ich mir dagegen mit sechzehn den Arm gebrochen habe, hätte meine Mutter ihn beinahe an der Heizung festgebunden, damit er keinen neuen Streckenrekord aufstellt.

»Aber es hätte was passieren können«, sagt er, als er sich wieder neben mich auf das Sofa setzt.

Ich fahre mit meinem Bericht fort, und Tom muss noch viermal aufstehen, um sich körperlich zu betätigen. Als ich beim Drehen des Schlüssels in der Badezimmertür angelangt bin, macht er noch flugs drei Kniebeugen und setzt sich dann vor mich auf den Couchtisch.

»Es ist ganz offensichtlich, dass dieser Mann tiefe Gefühle für dich hat«, stellt er sehr ernst fest. Das ist für seine Verhältnisse ein langer Satz, und sogar das Wort »Gefühle« kommt darin vor. Tom befindet sich also im Dr.-Tom-Modus. Manchmal passiert das, und sein Hang zur Heim- und Trivial-Psychologie schlägt gnadenlos durch.

»Allerdings ist er verdammt gut darin, das zu verbergen«, knurre ich.

»Er scheint ein Selbstwertproblem zu haben«, sinniert Tom und stützt das Kinn in die rechte Hand.

»Ach, wirklich? Aber warum?!«, bricht es aus mir heraus. »Er ist patent ohne Ende, sieht fantastisch aus, hat einen guten Job und scheint das Leben grundsätzlich im Griff zu haben.«

Tom schüttelt nachdenklich den Kopf. »Es muss etwas vorgefallen sein. Etwas sehr Schlimmes. Wenn er sich von dir abwendet, geht das nicht gegen dich, Paula. Er will dich irgendwie … na ja, schützen. Sehe ich das richtig? Das meint er doch, wenn er sagt, er ist nicht gut genug für dich?«

Ich will gerade zu einer Antwort ansetzen, als Tom sehr energisch fortfährt: »Ihr habt doch schon geknutscht! Außerdem scheint er alles in allem wirklich bodenständig zu sein. Und nur ein bodenständiger Typ kommt für dich infrage, bekloppt bist du schon genug.« Tom seufzt theatralisch, und ich starre meinen Bruder abwartend an. Vielleicht kommen ja noch mehr Weisheiten aus ihm heraus? Vorschläge zur weiteren Vorgehensweise wären zum Beispiel schön.

»Und jetzt?«, frage ich schließlich vorsichtig.

»Jetzt solltest du Durchhaltevermögen zeigen. Mach ihm klar, dass er dir was bedeutet. Er kann offenbar nicht aus sich heraus. Also hilf ihm. Ich würde das nicht einfach so aufgeben, nur weil er sich nicht so verhält, wie du es dir wünschst.«

Gott, mein Bruder könnte für das Dr.-Sommer-Team der Bravo arbeiten. Ich bin ergriffen. Zumindest kurz. Dann komme ich zum Thema zurück, und zwar zu meinem Kernproblem: »Tom, ich habe dafür keine Zeit. Ich werde bald Mutter und muss mein Leben auf die Reihe kriegen«, sage ich, jetzt hart an der Grenze zur Verzweiflung.

»Kleine Schwester.« Tom beugt sich zu mir und greift nach meiner Hand. »Ein ernstes Wort zur rechten Zeit.«

»Hä?«

»Das sagt man so«, bescheidet er mir und sieht mich streng an. »Du hast dein Leben dermaßen auf der Reihe, dass es schon fast unheimlich ist. Ich kenne bestimmt hundert Menschen, vielleicht auch mehr, und die sind noch nicht mal schwanger, die nichts gebacken bekommen. Du hast einen neuen Job, der sich mit der Bohne vereinbaren lassen wird, wenn sie erst mal auf der Welt ist. Du hast einen Kindsvater, der zahlt, eine Familie, gute Freunde, bald noch eine neue Wohnung und einen großen Bruder! Du machst das alles sehr gut. Und deshalb hast du auch Zeit, um diesen Simon zu kämpfen, wenn er dir wirklich was bedeutet. Aber das ist nur meine bescheidene Meinung.«

Erschöpft lehnt er sich auf dem Sofa zurück und beobachtet mich. Ich nippe erst mal an meinem Kakao und sage gar nichts. Vielleicht hat er recht, mein Bruder. Vielleicht ist dieser große blonde Mann es wert, nicht so schnell aufzugeben.

Dieses neue Lebensmotto – Nicht aufgeben! – wird gleich am nächsten Morgen auf die Probe gestellt, denn nach einer durchgrübelten Nacht braucht es einiges an Überzeugungsarbeit, um meinen müden Körper aus dem Bett zu bewegen. Für eine weitere harte Prüfung sorgen kurz darauf meine wild gewordenen Brüste, als sie versuchen, meinen neuen BH in Größe 80 C zu sprengen. Festtapen scheidet aus, weil ich heute Abend noch zu Dr. Ganter muss und ihn mit diesem Anblick nicht überfordern will. Schließlich gewinne ich den Kampf, nur um an der Einfahrt zum Hof gleich auf die nächste Hürde zu stoßen. Es wimmelt von diversen Baufahrzeugen und wild umherlaufenden Blaumannträgern. Die Dachstuhlsanierung scheint angelaufen zu sein.

Ich quetsche den Golf in eine winzige Lücke außerhalb der

Gefahrenzone und kämpfe mich durch zum Hauptgebäude. Als ich die Küche betrete, sitzt Simon mit fünf weiteren Blaumannträgern um den Tisch, und gemeinsam starren sie auf den vor sich ausgebreiteten Bauplan. Wort- und regungslos, wie sie dasitzen, erinnern sie mich entfernt an unsere Hennen in der Ei-Austreib-Phase. Die bekommen dann auch immer so einen glasigen Blick, kurz bevor das Ei aus dem Hintern fällt.

»Morgen!«, grüße ich schwungvoll und bekomme lediglich ein unartikuliertes Gebrumme als Antwort. Während die Dachstuhlsanierer weiterhin wie gebannt auf besagten Plan glotzen, blickt Simon auf. Er blinzelt einmal kurz, auf die mir mittlerweile so vertraute Simon-Art, und ich bleibe auf dem Weg zur Kaffeemaschine stehen. Weil er so eindringlich guckt. Als wollte er mir mit diesem Blick etwas sagen. Etwas Bedeutendes. Fragend hebe ich die Schultern, und er deutet mit dem Kinn auf die Tür.

Aha, der Herr hat die Schockstarre der letzten Woche offenbar abgeschüttelt und wünscht den Rückzug für ein privates Gespräch. Eilig nicke ich und drehe mich auf dem Absatz um. Simon ist schon hinter mir und schließt nachdrücklich die Küchentür, damit kein Dachstuhlsanierer uns belauschen kann. Dann steht er direkt vor mir.

»Paula. Ich …«, fängt er an, nur um sofort wieder zu verstummen. Die Hände in die Hüften gestützt, blickt er dabei flehentlich an die Decke. Ich verdrehe die Augen. Irgendwie kommt der Mann nicht über diese beiden Worte hinaus.

»Simon. Du hast definitiv eine Blockade«, erkläre ich ihm, und aus einem unerfindlichen Grund legt sich meine rechte Hand auf seinen Bauch. War nicht geplant, fühlt sich aber gut an.

Das mit der Blockade habe ich von Jutta, die ich gestern

Abend noch telefonisch mit der Nicht-aufgeben-Theorie beschäftigt habe. Sie vermutet eine schwerwiegende seelische Traumatisierung des schönen blonden Mannes. Aber auf die Frage, was ich nun tun soll, hat sie nur kryptisch geantwortet: »Normal ist ungesund«, was mich so klug wie vorher ins Bett gehen ließ.

Simon guckt zwar immer noch Löcher in die Luft, legt aber seine linke Hand auf meine rechte. Was sich noch besser anfühlt. Seine Handfläche ist hart, fest und warm – es geht doch nichts über eine echte Tischlerpranke.

»Ich bekomme Herzrasen, wenn du vor mir stehst«, erwidert er leise und sieht mich jetzt direkt an. Vielversprechender Anfang, wie ich finde. Dann spricht er weiter. »Aber ich kann nicht für jemanden sorgen. Ich kann ja noch nicht einmal für mich sorgen. Es gibt zu viel, was ich nicht kann.« Seine Stimme bricht. Ganz schlechte Fortsetzung.

Simon holt tief Luft. »Es gab in der Vergangenheit schon zu viele Menschen, die mich reparieren wollten.« Das Wort »reparieren« betont er mit einem leisen Zischen. »Das halte ich nicht mehr aus.«

Ich glaube, jetzt nähern wir uns dem Kern der Sache. Simon ist weiß wie die Wand hinter ihm. Dennoch liegt seine Hand weiterhin auf meiner. Sie zittert leicht.

Jetzt kommt es drauf an, Paula! Sag was sehr Kluges!

»Ich will dich nicht reparieren. Wüsste gar nicht wo. Eigentlich will ich nur mit dir ins Bett.«

Okay, sehr guter Anfang, leider gegen Ende völlig das Thema verfehlt. Könnte zumindest in dieser Form ein klein wenig missverständlich rüberkommen. Ich will ja nicht nur Sex. Auch. Aber nicht nur. Etwas zukunftsorientierter bin ich in meinem Zustand dann doch unterwegs.

»Also, nicht nur«, erkläre ich deswegen schnell. »Aber es wäre nett. Ich bin ziemlich verliebt in dich. Und das ist unabhängig von dem mir nicht bekannten Defizit. Vielleicht erzählst du mir mal davon? Damit ich sagen kann, ob du dringend eine Reparatur benötigst oder meinen Ansprüchen auch so genügst.«

Simon sieht mich an wie eine Kuh, wenn's donnert. Ich bin selbst ziemlich baff. Scheiß auf den Kodex, der besagt, dass man Männern gegenüber seine Gefühle besser unerwähnt lassen sollte. Ganz offensichtlich fehlen Simon erst mal die Worte. Das nutze ich aus, schwinge mich auf meine Zehenspitzen, drücke meinen Bauch gegen seinen und gebe mich einem sehr intensiven Zungenkuss hin.

Keine Ahnung, was in seinem Kopf passiert, aber Simons Körper küsst definitiv freiwillig mit. Seine Hände wandern in meine Haare, er umfasst meinen Hinterkopf und zieht mich fest an sich. Mir schießt noch durch den Kopf, dass ich mir bei weiterer Knutscherei im Stehen entweder einen Fußschemel besorgen oder wieder in die Tussi-Schuhe schlüpfen muss, als plötzlich Getuschel von der Treppe zu vernehmen ist. Sehr aufgeregtes Getuschel.

»Zurück!«, höre ich Harry zischen.

»Umdrehen! Hier können wir nicht lang!«, flüstert Elena.

»Ohgottohgott«, glaube ich Edgar brummen zu hören. Spontan beenden wir die Knutscherei, und Simon tritt einen kleinen Schritt zurück. Allerdings hält er jetzt wieder meine Hand.

»Nichts passiert«, knurre ich, ohne den Blick von Simon abzuwenden. »Ihr könnt euren Weg fortsetzen.«

Eilige Fußtritte zeugen davon, dass ein Teil der Öko-Gang hinter uns durch die Diele huscht. Nur Edgar nicht, der scheint den spontanen Richtungswechsel nicht mitbekommen zu haben und schleicht höchst verstört die Treppe wieder hoch.

Kurz darauf fällt die Eingangstür hinter ihnen ins Schloss.

Die schwangere Vertrieblerin und der Tischler mit der Blockade stehen knutschend auf dem Flur herum. Ich würde sagen, da haben wir die Bude mal ordentlich aufgemischt.

Der Tag geht spannend weiter. Um elf Uhr ist der Dachstuhl so weit abgestützt, dass kein weiteres Unheil mehr droht. Es folgt eine ausgiebige Schadensbegutachtung durch die Blaumannträger, wobei sie natürlich den Plan immer bei sich tragen. Abwechselnd. Auf dem Ding müssen irgendwelche wichtigen Zauberformeln stehen. Kein Mann entfernt sich mehr als drei Meter von diesem wichtigen Stück Papier. Während wir die seltsame und offensichtlich planabhängige Gesellschaft bei ihrer Arbeit beobachten, flüstert Elena mir ins Ohr: »Ich weiß, was da draufsteht: Atmen, gehen, sprechen, verdauen!«, woraufhin wir kichernd ins Stroh fallen.

Dann vergeht mir allerdings das Lachen, denn endlich wird mir meine Wohnung vorgestellt. Prompt muss ich wieder ein klein wenig weinen. Der Dreck, den Simon vor der akuten Einsturzgefahr noch wegräumen wollte, ist zwar immer noch da, aber trotzdem erkenne ich glasklar: Diese Wohnung wird ein Traum!

Der Dielenboden muss noch verlegt werden, und das Bad ist auch noch nicht gefliest. Aber die Aufteilung ist traumhaft. Die beiden kleineren Zimmer sind durch eine alte Schiebetür miteinander verbunden, womit jetzt schon klar ist, dass die Bohne und ich hier nächtigen werden. Das größere Zimmer hat eine Terrasse zu den Wiesen raus und ist zur Küche hin offen. Alles ist so wunderbar, dass ich Elena schluchzend in die Arme falle, woraufhin die Dachsanierer zügig den Ort des Geschehens verlassen. Der Umgang mit weinenden Schwangeren scheint auf dem Plan leider nicht explizit ausgeführt zu sein.

Um halb fünf holt Jutta mich ab, denn heute ist sie dran, Dr. Ganter zu verwirren. Der spielt auch brav mit. Als ich auf die Liege hüpfe, fragt er sie konfus: »Und Sie sind jetzt … äh … die Mutter?«

»Freundin«, antwortet Jutta liebenswürdig und bringt sich in Position, um auch ja nichts von dem Bohnen-Kino zu verpassen.

»Aha«, sagt Dr. Ganter und beginnt das Gel auf meinem Bauch zu verteilen. So viel reger Baby-Tourismus kommt ihm vermutlich auch nicht ständig unter.

»So, da ist sie ja!« Freudig drückt er den Schallkopf fester in meinen Bauch. »Und jetzt hab ich mich auch gleich verplappert, aber Sie wollten ja schon die ganze Zeit wissen, was es wird. Da haben wir's, klar zu erkennen: ein Mädchen!«

Ich starre mit zusammengekniffenen Augen auf den Monitor. Was da klar zu erkennen sein soll, erschließt sich mir zwar nicht, aber mein Herz pocht trotzdem im Akkord. Die Bohne ist ein Mädchen! Wusst ich's doch.

»Sieht alles sehr schön aus«, fährt Dr. Ganter zufrieden fort. »Dann sind Sie ja jetzt in der dreiundzwanzigsten Woche, Frau Schmidt. Haben Sie denn schon eine Klinik ausgewählt?«, fragt er abwesend, während er weiter auf meinem Bauch herumfuchtelt.

»Noch nicht. Das machen wir nächste Woche«, antwortet Jutta ebenso abwesend, während sie auf den Bildschirm starrt.

»Und wer kommt mit zur Geburt?« Dr. Ganter sieht mich jetzt direkt an, doch wieder antwortet Jutta ihm. »Wissen wir noch nicht. Eventuell knobeln wir oder machen das im Schichtsystem.«

Dr. Ganter grinst mich an, und ich lächle entspannt zurück. »Wie ich sehe, haben Sie die schwierigen persönlichen Verhältnisse gut im Griff«, flüstert er mir zu und fügt dann in normaler Lautstärke hinzu: »Achthundert Gramm wiegt die Kleine. Das ist genau richtig. Sie ist ungefähr so groß wie, äh«, er hält kurz inne und schaut gen Decke. »Ein Baguettebrötchen«, fährt er fort.

»Dr. Ganter, das ist ein Kind und kein Baguettebrötchen«, tadelt Jutta ihn, während sie mir beruhigend das Knie streichelt.

»Äh, ja.« Dr. Ganter scheint leicht überfordert mit Jutta, verabschiedet sich aber dennoch formvollendet per Handschlag und entschwindet samt wehendem Kittel aus dem Untersuchungszimmer.

Zurück bleiben wir drei. Also, wir zweieinhalb: Jutta, ich und … meine Tochter! Ich schließe die Augen und lege die Hände auf meinen Bauch. Kurz darauf legen sich Juttas Hände dazu, und so verharren wir, bis eine übereifrige Sprechstundenhilfe den Raum stürmt und uns über all die Schwangeren im Wartezimmer in Kenntnis setzt, die jetzt auch mal an das Ultraschallgerät wollen.

Nach dem Bohnen-Watching bringt Jutta mich zurück zum Hof. Der Golf steht ja noch dort, außerdem will ich dringend ein paar wichtige Mails beantworten, die wegen des Chaos einfach liegen geblieben sind. Ich verziehe mich in mein Büro, bis um kurz nach sieben Elena vor der Tür steht.

»Warum bist du noch hier?«, fragt sie streng, und ich antworte: »Nur ganz kurz, ich bin gleich fertig, versprochen.«

»Übernimm dich nicht. Weißt du, wo Simon ist? Wir sitzen

unten über den Versicherungsunterlagen und brauchen ihn ganz dringend. Er muss was Wichtiges entscheiden wegen der Formulierung. Nicht dass wir was Falsches schreiben, und die ganze Knete ist futsch.« Sorgenvoll runzelt sie die Stirn.

Der Auftrag ist klar: Ich soll Simon, den Entscheidungsträger in Sachen Versicherung, suchen. Da ich diejenige bin, die hier vor wenigen Stunden knutschend mit ihm auf dem Flur herumstand, scheint die Öko-Gang einfach davon auszugehen, dass ich auch jetzt weiß, wo er ist, und ihn umgehend von der zu fällenden Entscheidung in Kenntnis setzen werde. Und das persönlich, da die Nutzung eines Handys vermutlich fünf verschiedene wichtige natürliche Ressourcen vernichten würde. Mobiltelefone sind nämlich, so ist zumindest die einhellige Meinung in der Hegewaldstraße Nummer drei, mindestens solches Teufelszeug wie Glutamat und E320 im Essen. Nur Simon sieht das etwas anders, konnte diesbezüglich aber noch keine erfolgreiche Missionsarbeit leisten.

Also mache ich mich auf den altbekannten Weg quer über den Hof, wobei ich diesmal in der Werkstatt angekommen erst mal die dreckigen Schuhe von den Füßen streife. Auf Socken laufe ich vorsichtig die schmalen Holzstiegen nach oben und bin dabei leider so lautlos wie ein Wattebausch. Um diesen Mangel an ankündigenden Geräuschen auszugleichen, klopfe ich, oben angekommen, höchst energisch gegen die Tür. Keine Reaktion. Noch einmal. Wieder nichts. Dabei muss Simon da sein. Schließlich sehe ich unter dem Türschlitz Licht hervorscheinen, und wir befinden uns hier auf einem Ökohof. Das bedeutet: Wo Licht, da auch ein Mensch. Denn Licht und kein Mensch = Verschwendung von nicht erneuerbaren Ressourcen.

Vielleicht hört er Musik. Oder er schläft. Oder er stellt sich tot. Kurz entschlossen und ohne auf den vernunftbetonten Teil in mir zu hören, der leise »*Das macht man aber nicht!*« jammert, drücke ich die Türklinke herunter. Dann strecke ich vorsichtig den Kopf in den hell erleuchteten Raum, der Simon als Schlaf- und Wohnzimmer dient.

Simon ist tatsächlich da. Oder besser gesagt: ein Teil von ihm.

Wie vom Blitz getroffen ziehe ich den Kopf wieder zurück und bleibe erst mal im Türrahmen stehen. »Tür zu und weg!«, wispert es verstört in meinem Kopf. Aber anstatt auf den Schisser in mir zu hören, hole ich tief Luft und betrete mutig den Raum.

Meine Adrenalin-Produktion steigt sogleich ins Unermessliche, und die Bohne beginnt irgendwo unterhalb meines linken Rippenbogens einen Breakdance. Ganz entfernt höre ich das Rauschen der Dusche und gehe angespannt noch einen Schritt weiter. Ich sollte mir ganz dringend SOFORT Gedanken darüber machen, was passieren wird, wenn Simon aus dem Bad kommt.

Doch all meine Gedanken werden von dem Gegenstand vor mir auf dem Bett in Anspruch genommen. Denn dort liegt ganz offensichtlich Simons Defizit. Es sieht aus wie etwas, das mal bei Star Trek als Requisite mitgespielt hat. Ich habe mir die schlimmsten Dinge ausgemalt, was dieser Mann für ein Problem haben könnte. Eine traumatische Kindheit. Eine verstorbene Ehefrau. Ein zur Adoption freigegebenes Kind. Aber was ihm wirklich fehlt, ist offenbar ein Bein.

Dieses Bein liegt nämlich auf dem Bett. Hochmodern aus Hochglanz-Karbon und Stahl sieht dieses Teil technisch sehr ausgefeilt aus und kann vermutlich außer Laufen noch andere wichtige Dinge. Und plötzlich ergeben so viele Dinge einen Sinn. Sein gelegentliches Humpeln, sein Problem, mit den schweren Kisten die Treppe hochzulaufen.

Ich weiß nicht, was ich denken soll, schließlich kannte ich bisher niemanden, der auf eine Prothese angewiesen ist. Was bedeutet es überhaupt, ein Körperteil zu verlieren? Was bedeutet es für Simon? Offensichtlich ist es nicht gerade leicht, wenn das der Grund ist, warum er sich immer wieder vor der Welt zurückzieht. Die Gedanken fliegen wirr in meinem Kopf hin und her, und das Einzige, was ich in dieser Angelegenheit mit Gewissheit sagen kann, ist: Was dort auf dem Bett liegt, hat keinen Einfluss auf meine Gefühle für Simon.

Während ich noch verwirrt vor mich hin starre, öffnet sich die Badezimmertür und schlägt fast umgehend wieder zu. Tief versunken in die Betrachtung dieses menschlichen Zubehörteils, habe ich gar nicht mitbekommen, dass die Dusche ausgegangen ist. Simon hat folglich die Tür geöffnet, mich gesehen, den Schock des Tages bekommen und sie gleich wieder zugemacht. Oha!

»Ich habe geklopft«, rufe ich der Badezimmertür zu. Als ob das eine Erklärung für meine Anwesenheit sein könnte. Er hat mich ja schließlich nicht hereingebeten.

Im nächsten Moment antwortet Simon wütend durch die Tür: »Ich habe dich nicht hereingebeten.«

»Das stimmt«, murmele ich und setze mich vor das Bett auf den Boden. Laut sage ich: »Tut mir leid!«

Jetzt bin ich auf Augenhöhe mit der Prothese und betrachte das mechanische Kniegelenk etwas genauer. Meine Nachbarin Frau Ködel ist über achtzig, und immer, wenn sie mich trifft, findet sie einen Anlass, um ein beeindrucktes »Toll, was es heutzutage alles gibt!« von sich zu geben. Sie bezieht sich dann immer auf Handys oder MP3-Player oder so'n Zeug. Sogar meine Funkfernbedienung für den Golf hat sie schon zu ehrfürchtigem Staunen veranlasst, aber hier und jetzt bin ich geneigt, ihr den Spruch zu klauen. Mit der Gehhilfe von Käpt'n Hook hat das Ding keine Ähnlichkeit mehr.

Im Bad herrscht immer noch Totenstille.

»Kommst du da raus?«, frage ich die Badezimmertür.

»Nein«, kommt umgehend die harsche Antwort, jetzt allerdings etwas deutlicher, da Simon die Tür einen Spalt geöffnet hat.

Es ist bestimmt nicht klug, hier rumzusitzen und ihn zu belauern. Das ist wie eine Konfrontationstherapie gegen Krabbeltierphobie, nur mit mir als Spinne. Aber mir fällt beim besten Willen nichts anderes ein. Wenn ich jetzt gehe, weiß ich nicht, ob Simon sich überhaupt noch auf ein Gespräch mit mir einlassen wird. Vielleicht sollte ich also bleiben und hier und jetzt ein Gespräch über das Bein beginnen. Das, das weg ist, und das, das als Ersatz dient. Weiter hier rumlungern scheint da durchaus sachdienlich zu sein.

»Ist das dein Problem?«, frage ich also.

»Was glaubst du wohl? Du hast ja keine Ahnung, was das bedeutet!«, gibt Simon zurück. Der Tonfall ist kalt und wütend.

»Nein«, antworte ich wahrheitsgemäß. »Aber ich wüsste es gerne.«

»Paula, geh bitte!« Simons Stimme hat plötzlich und unerwartet einen flehentlichen Unterton angenommen. Wut konnte ich besser aushalten. Dass es ihm solche Qualen bereitet, mich und sein Bein zusammen in einem Raum zu wissen, sticht mir ins Herz.

Ich erhebe mich langsam und mache einen Schritt auf die Badezimmertür zu. Im nächsten Moment faucht Simon durch den Türschlitz: »Bleib, wo du bist!«

»Du hast gesagt, ich soll gehen«, äußere ich vorsichtig, um Unschuld in der Stimme bemüht.

»Du wolltest herkommen«, knurrt er.

»Stimmt«, gebe ich zu und mache mich auf zur Badezimmertür. Simons harscher Tonfall lässt mich jedoch auf halbem Weg erschrocken innehalten.

»Paula. Raus aus meiner Wohnung!« Unsicher bleibe ich stehen. »Ich will dich nicht hier haben. Hast du verstanden? Ich will überhaupt nichts von dir! Lass mich einfach in Ruhe!« Die letzten Worte brüllt er, und mit einem lauten Knall fällt die Badezimmertür ins Schloss.

Mein Herz krampft sich zusammen. Langsam wende ich mich zum Gehen, während mir die Tränen über das Gesicht laufen.

Kapitel 25

Wie betäubt laufe ich zurück zum Haupthaus. Im Flur wische ich mir mit dem Jackenärmel die Tränen ab, dann betrete ich die Küche, wo die restlichen Hofbewohner um den Tisch versammelt sitzen und mir erwartungsfroh entgegenblicken.

»Kommt Simon?«, fragt Elena.

Ich muss mich räuspern. »Nein.« Sie runzelt die Stirn und mustert mich eingehend.

»Er muss sich das aber angucken«, brummt Edgar, ohne den Blick von den vielen Papieren zu heben, woraufhin Elena ihm beherzt mit dem Zeigefinger in die Rippen pikst.

»Was?« Sein Kopf hebt sich, sein Blick verharrt für einige Sekunden auf mir, dann murmelt er: »Oh«, und schaut wieder, diesmal mit sehr betretener Miene, auf den Tisch. Ich sehe vermutlich immer noch völlig verheult aus.

»Er ist nicht da«, sage ich, wobei meine Stimme ganz leicht zittert.

»Das ist okay«, sagt Elena und schenkt mir ein freundliches Lächeln. »Er kann ja auch morgen gucken. So eilig ist es nicht. Setz dich doch zu uns.«

»Aber er ist doch in seine Wohnung gegangen. Wo ist er denn dann?«, fragt Harry, während sein Blick zwischen Elena und mir hin und her wandert.

Stumm zucke ich mit den Schultern. »Ich fahre nach Hause«, murmle ich und wende mich zum Gehen. Elena springt so energisch auf, dass sie dabei fast eine Karaffe mit Wasser vom Tisch fegt.

»Ich begleite dich zum Auto«, sagt sie. Als nun auch Edgar Anstalten macht, sich zu erheben, zischt sie: »ICH begleite sie. Du guckst weiter in die Papiere.«

Ergeben sinkt Edgar wieder auf seinen Stuhl.

»Was ist denn los?«, wispert Harry, offensichtlich immer verstörter von der Gesamtsituation.

»Pssst«, raunt Edgar, und die beiden wenden ihre Blicke wieder den Versicherungsunterlagen zu.

Elena folgt mir durch den Flur. Auf dem Hof legt sie mir sanft einen Arm um die Schultern. »Was ist passiert?«, fragt sie leise, während sie mich fest an sich drückt.

»Du hast das also gewusst?«, frage ich zurück.

Zögerlich nickt sie. »Ja. Nur konnte ich es dir nicht sagen. Es ist … privat, verstehst du?« Ich nicke.

»Ist sein körperliches Handicap ein Problem für dich?«, fragt Elena vorsichtig.

»Dass er eine Beinprothese trägt? Nein, das ist kein Problem, da bin ich mir sicher«, erwidere ich fest. »Ich kenne mich zwar überhaupt nicht aus mit so etwas, aber es ändert nicht das Geringste an meinen Gefühlen. Ein Problem ist allerdings die Tatsache, dass er mich gerade angebrüllt und rausgeschmissen hat.«

»Oh«, sagt Elena sehr spitz.

»Ja, oh!«, bekräftige ich. »Er war im Bad, als ich kam. Und sein Bein lag auf dem Bett. Okay, ich hätte seine Wohnung nicht einfach so betreten dürfen, aber ich habe geklopft, und ich konnte ja nicht ahnen … Und dann hat er mich rausgeschmissen. Und gesagt, dass er überhaupt nichts von mir will. Dass ich ihn einfach in Ruhe lassen soll.« Meine Stimme zittert jetzt bedenklich. Und in meinem Hals hockt ein Frosch, der verzweifelt versucht, aus meinem Mund zu entkommen. »Verdammt noch mal! Ich dachte wirklich, dass das was ist zwischen uns beiden … Wieso vertraut er mir nicht?«

»Paula, ganz langsam.« Sanft drückt Elena meine Schultern. »Simon ist noch lange nicht so weit, mit seinem Handicap normal umzugehen. Und du hast ihn ja förmlich in flagranti erwischt. Ich bin mir sicher, dass er's nicht so gemeint hat. Er war vermutlich völlig überfordert mit der Situation. Stell dir das doch mal vor. Er ist so dolle in dich verliebt. Und wenn man verliebt ist, möchte man sich von seiner besten Seite zeigen. So eine körperliche Einschränkung ist ja nicht gerade ein Pappenstiel. Vermutlich macht er sich seit Wochen Gedanken, über sein Bein und dich und wie er dir das erklären soll.«

»Aber er kennt mich doch und müsste doch wissen, dass ich damit irgendwie umgehen werde!«, entrüste ich mich.

»Nein, Paula. Das kannst du nicht voraussetzen. Jede Form von Verlust lässt uns zweifeln. Am Leben und auch an uns. Einfach so darauf zu setzen, dass der Mensch, den man liebt, mit diesem Handicap schon umgehen kann, erfordert Mut und Vertrauen. Und in erster Linie geht es dabei um ihn, denn Mut und Vertrauen hat Simon beides nicht mehr. Er findet es gerade erst wieder. Durch dich. Gib ihm ein wenig Zeit. Aber gib ihn nicht auf.«

»Okay«, antworte ich schwach. »Auch wenn ich nicht weiß, wie das Ganze weitergehen soll. Wie kann ich ihm denn helfen? Ich weiß ja noch nicht einmal, was passiert ist.«

»Ich bin mir sicher, dass eure gemeinsame Geschichte noch nicht vorbei ist. Wenn er so weit ist, wird er dir alles erzählen.«

Elena lächelt mich an. Ich drücke ihr einen Kuss auf die Wange und fahre nach Hause. Sehr langsam und sehr nachdenklich.

Den ganzen nächsten Morgen im Büro habe ich einen Puls wie ein Spitzensportler nach dem Sprint. Ich habe nämlich überhaupt keine Ahnung, wie ich mich Simon gegenüber verhalten soll, wenn ich ihn treffe. Deswegen verstecke ich mich die ersten drei Stunden meines Arbeitstages im Büro. Die Chance, Simon zufällig über den Weg zu laufen, ist hier drin doch eher gering.

Nichtsdestotrotz pirsche ich zwischendurch mehrmals heimlich ans Fenster, um die Tischlerei zu bespannen. Beim vierten Mal ist mein Stalking erfolgreich, und ich erhasche einen Blick auf Simon, als er ein Fenster öffnet und ein paar Sekunden auf den Hof blickt. Vermutlich hat er wieder mit irgendwelchen Holzschutzmitteln hantiert und sorgt jetzt für eine ordentliche Frischluftzufuhr.

Die paar Sekunden reichen aus, um mein Herz zu einem Doppelsalto rückwärts zu animieren. Es ist erschreckend, wie unfassbar verliebt ich in den großen blonden Mann bin. So verliebt war ich mein ganzes Leben noch nicht. Die Tatsache, dass er ein Bein aus Stahl und Karbon hat, tangiert meine Gefühle nicht – schon gestern war ich mir dessen sicher, und nachdem ich die halbe Nacht schlaflos in meinem Bett gelegen und mir Gedanken gemacht habe, hege ich nicht mal mehr den klitzekleinsten Zweifel daran.

Natürlich weiß ich viel zu wenig zu diesem Thema. Und natürlich frage ich mich, wie das Bein wohl aussieht, schließlich hatte ich noch nie einen Freund mit amputiertem Bein. Vor allem aber will ich wissen, wie und wann es überhaupt dazu kam, ob er noch Schmerzen hat, was er fühlt. Würde Simon offen mit der Sache umgehen, wäre es sicher nicht schwer, sich auf die Prothese als normalen Bestandteil seines und auch meines Lebens einzulassen. So aber, mit Simons eigenen Zweifeln und seinem Schmerz, ist es eine Herausforderung, sich der Sache zu stellen.

Aber was wäre ein Leben ohne Herausforderungen? Denn allein die Vorstellung, dass es vorbei sein könnte, löst einen Schmerz in meiner Brust aus, der mir durch den Magen und bis in die Zehenspitzen zieht.

Als Elena gegen Mittag den großen Gong im Flur schlägt, bin ich ein Nervenbündel. Es ist schließlich davon auszugehen, dass ich Simon jetzt wiedersehen werde. Aber sein Platz am Tisch bleibt leer.

Dafür plappert die Öko-Gang so intensiv auf mich ein, dass ich nach knapp zwanzig Minuten und einem Teller Tofu mit Wintergemüse das Weite suche und mich wieder hinter meinen Schreibtisch flüchte. Dort harre ich unproduktiv aus und starre abwechselnd die Arbeitsoberfläche meines Mail- und des Buchhaltungsprogramms an. So lange, bis Harry an meine Tür klopft.

»Hallo, Paula«, raunt er leise und macht einen vorsichtigen Schritt in mein Büro. »Störe ich dich?«

Ich schüttle den Kopf. Wobei sollte er mich stören? Bei meinen verzweifelten Gedanken oder dem Anstarren meines Computers?

»Du, sag mal. Ob du …« Er bricht ab und kratzt sich am Kopf. »Also, ob du ganz vielleicht mal zu Simon gehen könntest?«

Ich lege den Kopf schief. Was wird das jetzt? »Also, es ist wegen der Versicherung. Und es pressiert jetzt doch ein klein wenig. Es ist nämlich so, dass diese Fuzzis noch heute unseren

Bericht haben wollen. Elena sitzt über den Formularen und sagt nur noch Sachen wie ›sesselfurzende Korinthenkacker‹ und ›Ich werde wahnsinnig!‹. Alina ist in der Backstube, die muss ausgerechnet heute noch eine große Lieferung rausschicken, und Edgar versucht Elena zu beruhigen. Wegen der vielen Formulare, verstehst du?« Ich nicke mechanisch.

»Und da dachte ich, dass du ja mal den Simon fragen könntest, ob er nicht doch jetzt mal gucken kann.«

Ich verschränke die Arme vor der Brust. »Warum fragst du ihn nicht selber?«

Harry kratzt sich wieder am Kopf und wird rot. »Ja, das ist eine gute Frage.«

Eine Weile schweigen wir, dann atmet Harry lautstark aus und murmelt: »Ach, Paula. Ich dachte, es wäre hilfreich, wenn du einen Grund hättest, zu ihm zu gehen. Aber es war wohl ein blöder Gedanke.«

Ich atme tief durch und kneife kurz die Augen zusammen. Das war überhaupt kein blöder Gedanke, wie ich finde. Eigentlich war das ein wirklich lieber Gedanke.

»Okay, ich geh rüber und sag ihm Bescheid«, antworte ich leichthin. Das Grinsen, das daraufhin auf Harrys Gesicht erscheint, kann man nur mit den Worten »freudigster Stolz« beschreiben.

Bevor ich es mir anders überlege, laufe ich aus meinem Büro, die Treppe hinab, quer über den Hof und klopfe energisch gegen die Tür der Tischlerei. Diesmal warte ich sogar auf das »Herein«. Dann stürme ich ohne groß nachzudenken in die Werkstatt, stemme meine Hände in die Hüften und sage: »Deine Mitbewohner verlangen nach dir. Es gilt einen wasserdichten, rechtlich astreinen Bericht bezüglich unseres Schneedramas zu verfassen. Das trauen sie nur dir zu.«

Simon steht stocksteif hinter seiner Werkbank und starrt mich an. Was vielleicht auch ein wenig daran liegt, dass ich wie eine Walküre im Kampfmodus wirken muss. Bevor ich doch noch anfange nachzudenken, spreche ich schnell weiter: »Und was ich noch fragen wollte: Warum sollte ich dich reparieren wollen? Du bist doch schon repariert. Besser hätte ich das auch nicht hinbekommen. Cooles Bein übrigens.« Schweigen hüllt uns ein, und nachdem er nicht reagiert, sondern mich nur anguckt wie das achte Weltwunder, sage ich schließlich hoheitsvoll: »Nimm's mir nicht übel, aber ich finde, du hast diesbezüglich eine etwas monoperspektivische Sichtweise.«

Verblüfft hebt Simon die Augenbrauen. »Ich habe was?«

»Traust du mir nicht zu, mit so etwas umzugehen?«, frage ich zurück. Ich verschränke die Arme und kneife die Augen zu schmalen Schlitzen zusammen. »Mann, du Idiot. Ich bin verliebt in dich. Es kann doch nicht sein, dass du das einfach so ignorierst, weil du ein appes Bein hast!«

Spätestens jetzt wäre wohl der Zeitpunkt, mein Gehirn wieder einzuschalten und in den Vernunftmodus umzuschwenken. Leider bin ich aber so in Fahrt, dass die ganzen Gefühle der vergangenen Stunden aus mir heraussprudeln. »Was kannst du denn nicht? Verrate es mir endlich, damit wir die Sache ein für alle Mal klären können! Du bist in der Lage, Wohnungen zu renovieren, Türen zu tischlern und ganze Küchen zu bauen. Was verdammt noch mal kannst du nicht?«, fauche ich, warte die Antwort aber nicht ab, sondern stampfe erbost mit der Ferse auf den Fußboden.

»Aua!«, zische ich empört und eröffne übergangslos die zweite Runde meiner Verbalattacke. »Es ist mir so scheißegal, ob du ein oder zwei Beine hast. Du … du … Arsch!«

Super, Paula. Eine verbale Meisterleistung. Entweder wird er mir jetzt sagen, ich soll zur Hölle fahren, oder mir einen guten Therapeuten empfehlen. Die Atmosphäre ist auf jeden Fall sehr weit weg vom Zustand der Entspannung.

Erst mal passiert jedoch nichts. Simon schweigt, und da sein Gesicht nach wie vor wie versteinert ist, schiebe ich ein wenig leiser nach: »Es tut mir leid, dass ich gestern einfach so in deine Wohnung geplatzt bin. Die Situation war beschissen. Aber ich will nicht, dass es vorbei ist. Nicht wegen einer Beinprothese. Es gibt wirkliche Gründe, eine Beziehung zu beenden. Also, vorausgesetzt, wir hätten eine Beziehung. Ein Ersatzbein gehört nicht zu diesen Gründen, finde ich. Und ich finde auch, dass ich die Chance bekommen sollte, mich damit zu befassen. Denn nein, Simon, ich weiß nicht, was das bedeutet. Ich weiß nur, dass es meine Gefühle für dich nicht verändert hat.« Erschöpft schweige ich, falte die Hände vor meinem Bauch, starre auf den Boden und warte auf eine Reaktion.

Die lässt allerdings auf sich warten. Nach gefühlten acht Minuten sagt er schließlich leise: »Es tut mir sehr leid, was ich gestern Abend gesagt habe.«

Ich hebe den Blick. Simon steht verloren hinter seiner Werkbank, die Hände in den Hosentaschen. Sein Blick wandert von der Werkstattdecke zu mir und wieder zurück. »Kann ich dich heute Abend auf eine Nicht-Öko-Pizza einladen? Nachdem ich diesen Bericht geschrieben habe?« Seine Stimme klingt fest, und endlich sieht er mich direkt an.

»Um sieben?«, frage ich zurück, und er nickt.

»Danke«, sagt er heiser.

»Wofür?«, gebe ich vorsichtig zurück.

»Dass du so hartnäckig bist.« Vor Erleichterung fällt mir nichts mehr ein, und ich lächle ihn stattdessen ein wenig blöd an. Zügig laufe ich zurück in mein Büro und bemühe mich, die

Zeit bis zu unserer Verabredung irgendwie totzuschlagen. Im Endeffekt verläuft der restliche Nachmittag so ähnlich wie der erste Teil des Tages: Ich starre auf den Computerbildschirm, während in meinem Kopf die Gedanken rasen. Mit dem Unterschied, dass sich seit meiner Rückkehr aus der Tischlerei immer wieder ein hoffnungsvolles Grinsen in mein Gesicht schleicht.

Pünktlich um sieben klopfe ich so heftig an Simons Wohnungstür, dass auf der anderen Seite vermutlich der Putz von den Wänden rieselt. Soll ja keiner sagen, dass ich nicht lernfähig bin. Ich warte vor der verschlossenen Tür, bis Simon sie aufreißt.

»Hallo«, sagt er atemlos. »Komm rein.« Er klingt ein wenig formell.

»Hätte ich Blumen mitbringen sollen?«, erkundige ich mich und stelle mich auf die Zehenspitzen, um ihm einen verhaltenen Kuss auf die Wange zu drücken. Ich kann seine Anspannung förmlich spüren. Aber er hat mir eine Thunfischpizza in den Ofen geschoben, grünen Wackelpudding kalt gestellt und den Tisch sehr hübsch gedeckt. Es gibt sogar Stoffservietten, und mein Apelsap wird mir in einem stilvollen Weinglas serviert.

Während ich die völlig überflüssigen Zwiebeln von meiner Pizza herunterpule, beginnt Simon mir seine Geschichte zu erzählen. Womit ich die Zwiebeln, den Thunfisch und auch alles andere um mich herum umgehend vergesse. Das Essen wird kalt, sein Rotwein bleibt vorerst ungeöffnet und die E-Stoff-verseuchte Süßspeise unberührt.

Simon ist wie ein Ballon, in den jemand ein kleines Loch gestochen hat und aus dem die Luft nun stetig und unaufhaltsam entweicht. Er spricht und hört nicht wieder auf. Mein Part beschränkt sich erst mal darauf, kleine zustimmende Laute von mir zu geben. Wir befinden uns in der Akutphase eines emotionalen Dammbruchs.

Als er eine Stunde später fertig ist, frage ich ihn: »Hast du das alles schon mal jemandem erzählt?«

Er schüttelt den Kopf. »Nicht so komplett. Nein. Aber ich glaube, wenn das mit uns beiden funktionieren soll, musst du alles wissen. Um dir zu überlegen, ob du das wirklich willst«, fügt er leise hinzu.

Das sagt er allen Ernstes zu mir? Als gäbe es, was mich betrifft, keinen Anlass für derartige Überlegungen …

»Äh … dir ist schon klar, dass ich schwanger bin?«, werfe ich daher vorsichtig ein. »Vielleicht solltest eher du dich fragen, ob du das willst?« Ich deute mit einer Hand auf den Bohnenbauch. Bei der Gelegenheit entdecke ich eine abtrünnige Zwiebel, die es sich knapp über dem Bauchnabel gemütlich gemacht hat, und entsorge sie mit einem Fingerschnippen. Seit der zwanzigsten Woche trotzt alles, was sich von meiner oberen Körperhälfte ausgehend abwärts bewegt, sehr erfolgreich der Schwerkraft. Jeder Krümel wird von meinem Bauch aufgefangen. Wenn das so weitergeht, kann ich bald Kaffeetassen darauf abstellen.

Simon beobachtet mich bei meiner Bauchreinigungsaktion und schweigt. Er macht mich ganz nervös. »Paula«, spricht er endlich. »Ich kenne dich seit drei Monaten. Du bist der freiste und eigenständigste Mensch, den ich kenne. Ich … ich kann mir mein Leben ohne dich gar nicht mehr vorstellen. Und dich gibt es nur mit der Bohne. Wenn du entscheidest, dass ich gut genug für die Bohne bin, bin ich dabei.«

Goodbye, du schöne Selbstbeherrschung. Schlagartig schießen mir die Tränen in die Augen. »Paula«, holt Simons tiefe Stimme mich zurück in die Realität. »Willst du denn mit einem behinderten Mann zusammen sein?«

»Was?«, japse ich und wische mir die Nase am Ärmel meines Pullovers ab. »Ja, ich will«, antworte ich dann schnell, und Simon verdreht in gespielter Verzweiflung die Augen.

»Du erkennst den Ernst der Lage nicht«, murmelt er leise, aber sein Gesicht ist trotz dieser düsteren Worte nicht mehr so angespannt. Ich lehne mich auf meinem Stuhl zurück, verschränke die Hände vor dem Bohnenbauch und sage schniefend: »Simon. Ich bin die Herrin der ernsten Lagen.«

Kapitel 26

Aufgrund der ernsten Lage ist uns auch irgendwie nicht nach Essen. Eine Weile starren wir noch die halb gegessene Pizza an, bis wir beschließen, dass ein Ortswechsel der allgemeinen Stimmung guttun würde. Aus Ermangelung eines Sofas in Simons Wohnung verziehen wir uns also auf das Bett. Dort hocken wir schweigend einige Sekunden nebeneinander, bis Simon sich zu mir dreht und sanft meine Wange berührt. Ich spüre, dass seine Hand ein wenig zittert, und sehe deutlich den rasenden Puls an seinem Hals. Er flattert wie ein besoffener Kolibri, und kurzerhand beschließe ich, die Initiative zu übernehmen.

»Vielleicht sollten wir erst mal da weitermachen, wo wir gestern aufgehört haben«, schlage ich vor. Ich stehe auf, betätige sämtliche auffindbaren Lichtschalter in dem großen Raum und überlasse es den drei Kerzen auf dem Esstisch, die Szenerie in freundliches Licht zu tauchen. Dann setze ich mich wieder aufs Bett und berühre sanft Simons Hand.

Er wendet den Kopf und sieht mich an. »Du bist das sonderbarste Wesen, das mir je über den Weg gelaufen ist.« Die Atmosphäre ist zwar noch nicht völlig entspannt, scheint aber Fortschritte in diese Richtung zu machen. Im nächsten Moment legt der große blonde Mann den Arm um mich und sagt: »Ich kann nicht auf Leitern klettern.«

Ich presse mein Gesicht gegen seinen Hals und atme seinen würzigen Duft ein. »Theoretisch sollte ich es können«, fügt er noch hinzu.

»Das ist jetzt schlecht«, murmle ich und rutsche noch näher an ihn heran, womit ich ihm fast auf den Schoß klettere. »Weil auch ich theoretisch auf Leitern klettern können sollte. Kann ich aber nicht. Man könnte schließlich runterfallen. Zum Glück finde ich Deckenleuchten eh total spießig.« Ein minimales Zucken bewegt den mir zugewandten Teil seines Mundes. »Gut, dann sind wir uns also einig, dass wir jemanden dafür bezahlen müssen, für uns auf Leitern zu klettern?« Ich lege den Kopf schief und sehe ihn abwartend an.

Simon lächelt und streicht mir liebevoll über die Wange. Ich lasse meinen Kopf auf seine Brust sinken. Sein Herz wummert in einem schnellen Rhythmus, und beruhigend lege ich ihm eine Hand auf die Rippen, während seine Hand sich auf meinen Bauch senkt.

»Geht es der Bohne gut? Keine pränatalen Störungen wegen dieser ganzen Geschichte?«, flüstert er mir ins Ohr, und im selben Moment kickt die Bohne ihm in die Handfläche. »Wow«, murmelt er ehrfürchtig.

War die Stimmung bisher irgendwo zwischen ziemlich angespannt und minimaler Entspannung angesiedelt, schwingt plötzlich ein großer Hauch von Zuversicht durch den Raum. Eindringlich sieht Simon mich an. Seine Augen glänzen. »Sie hat mich getreten. Ich habe sie gespürt.«

»Wunderbar!« Ich lächle ihn an und lehne meine Stirn gegen seine. Ich hab's ja gewusst: Die Bohne mag ihn. Genau wie ich.

Ein paar Minuten bleiben wir noch dicht aneinandergeschmiegt auf dem Bett sitzen, dann küsse ich ihn, und zwar mit vollem Körpereinsatz, der meine Absichten bezüglich der weiteren Abendgestaltung deutlich zum Ausdruck bringt.

Als der BH und mein Shirt ihren ordnungsgemäßen Platz verlassen, will ich Simon noch rasch über die Ungefährlichkeit unseres Vorhabens informieren. Immerhin sagt der Ratgeber in Blau mit den kleinen Herzchen drauf: Nehmen Sie Ihrem Partner unbedingt die Angst, dem Baby während des Geschlechtsverkehrs wehtun zu können. Aber Simon hat gar keine Angst. Stattdessen flüstert der große blonde Mann mir ins Ohr, dass er das bereits intensiv gegoogelt habe und Bescheid wisse.

Er flüstert mir auch noch ein paar andere Dinge ins Ohr, und seine heisere Stimme macht mich dabei fast verrückt. Umgehend beginne ich mit dem weiteren Entkleiden, wobei Simon, als meine Finger den Knopf seiner Jeans berühren, plötzlich den Rückzug antritt. Aha, eine leichte Entkleidungshemmung. Das war wohl zu erwarten. Auch mein Herz rast, aber zum Glück habe ich mir über diesen Fall bereits ausgiebig Gedanken gemacht und bin zu dem Schluss gekommen, dass hier wohl nur das Motto »Forsch voran« helfen wird. Also ignoriere ich schlichtweg jegliche Scheu seinerseits und flüstere ihm ins Ohr: »Ausziehen. Alles!«

Simon atmet mittlerweile so schwer, als hätte er einen Marathon hinter sich. Aber er tut, wie ihm geheißen, und zieht sich sein schwarzes Shirt über den Kopf. Ich bin entzückt. So viele schöne Muskeln.

Leider scheint er mit dem Shirt in der Hand kurzfristig zur Salzsäule zu erstarren. Er wirkt plötzlich sehr unsicher. Aber ich bleibe meinem Motto treu.

»Ich habe das ganz ernst gemeint: Ausziehen, und zwar alles«, wiederhole ich sanft, aber mit Nachdruck.

Simon schüttelt leicht den Kopf, steht dann aber auf und

streift sich die Sportschuhe von den Füßen. Er öffnet die Jeans, lässt sie zu Boden gleiten und steht in voller Pracht vor mir. Einschließlich der Beinprothese, die im sanften Kerzenlicht tiefschwarz schimmert.

Sein schöner Körper steht im krassen Widerspruch zu seinem Gesichtsausdruck, deshalb sage ich leise: »Komm her!«, und klopfe auf die Bettdecke.

Etwas schwerfällig lässt er sich neben mich fallen, und meine Hand stiehlt sich von ganz alleine auf sein Knie. Mit dem Kinn deute ich auf das hochtechnische Ersatzbein. »Das brauchst du doch hierfür nicht, oder?«

Langsam schüttelt er den Kopf, sieht mich aber immer noch nicht an.

»Dann kannst du es doch auch ausziehen.« Worauf Simon tief durchatmet und sich der Beinprothese mit wenigen geschickten Handgriffen entledigt.

Der Anblick ist überhaupt nicht schlimm, er ist nur ungewohnt. Da fehlt etwas, was dort eigentlich hingehört. Und das quittiert mein Geist mit Verwunderung. Aber jetzt habe ich die Möglichkeit, mich näher damit zu befassen. Und das tue ich. Vorsichtig wandern meine Hände über seinen linken Oberschenkel und streichen sanft über den Stumpf. Dabei hebe ich den Blick wieder und sehe Simon in die Augen. Sein Gesicht ist fürchterlich angespannt, er hat die Zähne fest zusammengebissen und starrt an mir vorbei in Richtung Wand.

Ich möchte ihm sagen, dass das alles für mich kein Problem ist, dass ich mich nur daran gewöhnen muss. Stattdessen küsse ich ihn. Sehr intensiv, sehr zielorientiert, sehr nachdrücklich. Ich denke, die Botschaft kommt an, denn als sich unsere Lippen eine gefühlte Ewigkeit später voneinander lösen, beginnen wir sehr beherzt damit, uns mit den nackten Tatsachen eines amputierten Beines und eines schwangeren Bauches zu befassen.

Und dann haben wir endlich Sex. Wunderbaren, liebevollen und leidenschaftlichen Geschlechtsverkehr, der damit endet, dass Simon sich zwei Stunden später erschöpft an meine Schulter kuschelt, während ich versonnen an die Decke starre.

Ich bin ebenfalls erschöpft, aber doch zu aufgedreht, um einschlafen zu können. Meine Gedanken kreisen wie kleine wilde Spatzen durch meinen Kopf, und ich fühle mich sauwohl. Diese zwei Stunden waren der Hammer. Nun ist es nicht so, dass ich in den vergangenen Jahren nicht schon guten Sex gehabt hätte. Aber mir ist noch nie in meinem Leben dermaßen gehuldigt worden. So rein sexuell betrachtet.

Simon ist im Bett ein echter Charmeur. Ich fühle mich schön wie nie und werfe kurz einen misstrauischen Blick vor das Bett, ob bereits der rote Teppich für mich bereitet wurde.

Versonnen fahre ich mit den Fingerspitzen über Simons Gesicht, was ihm ein ganz kleines Lächeln entlockt. Er sieht plötzlich jünger aus. Das könnte daran liegen, dass er ansonsten immer leicht angespannt durchs Leben wandert. Was er erlebt hat, hat Spuren hinterlassen. Doch hier und jetzt ist er entspannt, und das spiegelt sich in seinem Gesicht wider. Seine Züge wirken weich.

Simons Geschichte hat mich tief berührt. Wenn ich schon dachte, in schwierigen persönlichen Verhältnissen zu leben, ist das ein Krümel gegen Simons Lebenslauf. Er kommt aus »gutem Hause« und ist der vierte Sohn einer Reederei-Familie aus Hamburg. Knete ohne Ende, Villa in Blankenese und all dieses Gedöns. Leider traf Simon das Los, der verträumteste und zielloseste seiner Brüder zu sein. Schwierig, wenn es drei bombige Vorlagen gibt. Seine Ausbildung zum Tischler wurde dementsprechend hart kritisiert. Klar, der Rest der Sippe tummelt sich unter den Anwälten und Ärzten, spielt Golf und fährt Mercedes, da ist so ein kleiner Schreinergeselle schwer zu verkraften. Erst als er versprach, nach der Ausbildung ein Architektur-Studium zu beginnen, wurde seine Entscheidung akzeptiert. Nach Abschluss der Ausbildung begann er dann tatsächlich besagtes Studium, jobbte aber weiterhin in seinem Ausbildungsbetrieb, einem großen Holz verarbeitenden Laden in der Nähe von Hamburg. Simon war einfach zu stolz, um sich von seinen Eltern das Studium bezahlen zu lassen. Er wollte unabhängig sein.

Als der Unfall passierte, stand er kurz vor dem Abschluss. In den Hallen dieses Betriebes werden riesige Holzstämme mithilfe von großen Kränen von einer Maschine zur nächsten transportiert. Ein Stamm löste sich aus der Verankerung und begrub Simon unter sich. Und mit ihm sein ganzes bisheriges Leben.

Seine Eltern waren ihm in der Zeit nach dem Unfall keine große Hilfe. Vor allem sein Vater vertrat die Meinung, dass er nicht dort hätte arbeiten müssen und somit selbst schuld sei. Schließlich hätten sie mehrfach angeboten, ihm das Studium zu finanzieren. Außerdem sei es heutzutage kein Problem mehr, mit einer Prothese zu leben. Wenn Bein ab, dann neues dran und weiter geht's.

Aber so einfach ist der Verlust eines Beines nicht zu verkraften. Simon litt unter starken Phantomschmerzen und kam mit der Prothese so rein gar nicht zurecht. Dazu soff er wie ein Loch – seine Worte, nicht meine –, was sich mit den diversen Schmerzmitteln nicht gut vertrug. Kurz: Völlige Scheißzeit.

Irgendwann bekam er dann seine neue Prothese. Ihr Name ist C-Leg, und sie kann Dinge, die andere Prothesen nicht können. Der Ferrari unter den Beinprothesen sozusagen. Damit ging es ihm besser. Lange noch nicht gut, aber zumindest war er nicht mehr dauerhaft deprimiert und/oder betrunken. Über einen gemeinsamen Freund traf er Elena, die ihn kurzerhand fragte, ob er nicht auf dem Hof die Tischlerarbeiten übernehmen wolle. Er sagte zu, und so schließt sich der Kreis.

Seit dem Unfall gab es auch keine Frau mehr in seinem Leben. Das begründet er damit, dass er ja so viele Dinge nicht mehr kann. Nach wie vor bin ich etwas ratlos, was das alles sein könnte, außer auf Leitern zu klettern – wobei ich da auch eher eine verkappte Höhenphobie vermute als ein wirkliches körperliches Problem.

Ich betrachte Simon, und plötzlich fällt mir etwas ein. »Ich glaube, diese Dinge, die du nicht mehr kannst, sind alle nur in deinem Kopf.«

Simon öffnet die Augen, sagt jedoch erst mal nichts. Er scheint nachzudenken. »Vielleicht stimmt das«, murmelt er schließlich. »Aber es ist anders ohne Bein. Alles ist anders und erst mal total schwierig. Treppenlaufen zum Beispiel. Du musst lernen, die Balance zu finden, und darfst nicht zu sehr über den Bewegungsablauf nachdenken. Musst wieder neues Vertrauen in deinen Körper fassen. Und die Prothese. Die neue Prothese bremst beim Abwärtsgehen die Bewegung ab. Das fühlt sich jetzt wesentlich besser an, aber es hat lange gedauert, bis ich es raushatte, wie man von oben nach unten kommt. Kannst du das irgendwie nachvollziehen?«

Ich versuche es mir vorzustellen und nicke.

»Dann darf ich nie vergessen, die Anziehhilfe mitzunehmen. Gerade wenn es warm ist, passiert es leicht, dass ich aus dem Schaft rutsche. Das ist dieses Ding aus Seide, das in meinem Bad liegt …« Simon sieht mich mit großen Augen an, und ich nicke eifrig. Aha, hat sich jetzt auch der Zweck dieses Dings erklärt.

»Na ja, was gibt es noch? Man kann sich wund laufen, das ist sehr unangenehm, und ein menschliches Bein wiegt natürlich mehr als so eine Prothese. Das heißt, der ganze Körper kommt erst mal aus dem Gleichgewicht. Daran habe ich mich mittlerweile ganz gut gewöhnt, aber trotzdem merke ich bei ungewohnten Bewegungen, dass ich das alles langsam und bedächtig machen muss. Tja, und Surfen kann ich definitiv nicht mehr.«

Ich richte mich etwas auf und sehe ihm in die Augen. »Okay, surfen ist raus. Aber Küchen, Fenster, Türen und Häuser bauen geht. Und Liebe machen. Auch sehr gut. Was ist schon Surfen dagegen?«

An dieser Stelle beschließe ich, dass es sinnvoll sein könnte, ihm noch einmal deutlich zu machen, wie gut er das kann. Also, Liebe machen. Zu diesem Zweck gebe ich mich einem erneuten intensiven Zungenkuss hin und läute kurzerhand die zweite Runde ein.

Eine wirklich gute zweite Runde, nach der Simon in null Komma nix in den Tiefschlaf fällt. Ich kann es ihm nicht verdenken. Ich bin zwar auch müde, nur mein Kopf ist immer noch intensiv mit Simons Geschichte beschäftigt.

Der schlafende Mann gibt derweil ein leises Grunzen von sich, und seine rechte Hand wandert zu meinem linken Busen, wo sie liegen bleibt. Es scheint eine magische Anziehungskraft zwischen seinen Händen und meinen Brüsten zu bestehen. Das allerdings kann ich seinen Händen nicht verübeln. Ich finde meine Brüste ja selbst unfassbar toll, auch wenn ich viel Zeit damit verbringe, sie gut zu verpacken. Aber jetzt liegen sie entspannt und befreit von jeglichen Zwängen herum. Simon murmelt etwas, und ich kraule ihm sanft die blonden Locken, an die ich herankomme.

Es ist schon erschütternd, was Menschen ihren Kindern antun. Einfach nur durch die Tatsache, dass sie so sind, wie sie sind. Leistung und Erfolg gehören in Simons Familie einfach dazu, und es hat ja auch dreimal hervorragend funktioniert, wenn man die Akademikerdichte in dieser Sippe betrachtet. Nur Simon war von Anfang an anders als die anderen.

Meine Eltern hatten bei der Aufzucht ihrer Brut immer die Einstellung: Hauptsache, das Kind ist glücklich! Ob mit einer Fünf in Erdkunde oder mit Matsch auf der Hose, ihnen ging es mehr darum, dass wir uns einfinden in diese Welt. Ist jetzt mein persönliches Erfolgsstreben eine schlichte Trotzreaktion dieser Einstellung gegenüber? Frei nach dem Motto: Ich will Leistung, und zwar jetzt?

Was werde ich für eine Mutter sein? Was kann ich der Bohne mitgeben? Und vor allen Dingen: Wie schaffe ich es, dass sie halbwegs normal wird? Fragen über Fragen.

»Paula«, raunt Simon plötzlich.

»Hm?«, raune ich zurück.

»Kannst du auch mal schlafen? Du denkst so laut nach«, murmelt er, scheint aber schon in der nächsten Sekunde wieder auf dem Weg in die nächste REM-Phase zu sein.

Lächelnd rolle ich mich zur Seite, schmiege mich an den warmen Mann neben mir und schließe die Augen.

Kapitel 27

Die kommenden Wochen vergehen einfach so. Ich befinde mich in einem Zustand, der irgendwo zwischen tiefer Erschöpfung und seichter Glückseligkeit liegt. Das mit der Glückseligkeit liegt natürlich vor allem an Simon und der Tatsache, dass unser frisches Zusammensein in Friede und Harmonie verläuft. Ein weiterer Grund für das gute Gefühl in mir ist der stetige Baufortschritt in meiner neuen Wohnung. Jeden Abend begutachte ich höchstpersönlich das Tagewerk von Simon und Edgar. Die beiden sind wirklich klasse, und ich bin total baff, dass zwei Kerle in so kurzer Zeit eine komplette Wohnung auf Vordermann bringen können.

Dazu schreinert Simon mir noch ein kleines Bohnen-Bett, das man direkt an das große Bett stellen kann, und Edgar hat begonnen, kleine Tiere zu schnitzen. Damit die Bohne gleich nach der Geburt einen voll ausgestatteten Bauernhof zur Verfügung hat. Ich bin gerührt, und als mir Alina mit ernster Miene beim gemeinsamen Mittagessen auch noch einen selbst gehäkelten Babybody überreicht, verfalle ich kurz wieder in alte Muster und heule ein wenig.

Gut, der Body ist in Kotzgrau gehalten und kratzt schon beim Hingucken so dermaßen, dass sich mir alle Armhärchen aufstellen, aber der Wille zählt.

Dass Mara bereits vier Kleidungsstücke bei Dior-Baby bestellt hat, lasse ich an dieser Stelle mal unerwähnt. Von der Designer-Wickeltasche mal ganz abgesehen. Die hat sie letzte Woche angeschleppt und sogleich mit allen benötigten Utensilien vollgestopft. Die Tasche ist toll, aber die Freude wurde ein wenig getrübt beim Anblick der offensichtlich benötigten Menge an Zeug, das man mit sich herumschleppen muss. Da scheint jedes Verlassen des Hauses der Besteigung des Kilimandscharo gleichzukommen.

Ich hoffe, die Bohne ist anspruchsloser als die üblichen Standardbabys. Simon hat sich halb scheckig gelacht, als er die Wickelunterlage in Zeltplanengröße mit der antiallergenen Auflagefläche sowie die Stilleinlagen, Windeln, Tüten, Lätzchen, Desinfektionssprays und Tücher, die Schnullerbox, den Flaschenwärmer und die Feuchttücher sah.

»Das passt nicht alles in den Golf. Wir müssen umgehend einen Kombi besorgen. Mit Bohnennamensaufkleber am Heck«, war sein trockener Kommentar.

Schön ist auch, dass endlich der Frühling ausgebrochen ist. Jeden Morgen laufen Elena und ich jetzt mit unserem Kaffee durch den Garten und huldigen jedem einzelnen Krokus persönlich. Die Jahreszeit scheint auch der Bohne zu gefallen. Das Kind verhält sich zwar tagsüber unauffällig, verwandelt sich aber jede Nacht in den Terrorzwerg der Gebärmutter – Kickboxen und Headbangen, vermute ich. Mittlerweile bin ich schon in der dreißigsten Woche, mir bleiben noch zehn Wochen bis zur Geburt.

Bei diesem Gedanken ebbt die allgemeine Freude spontan ab und verwandelt sich in blanken Horror. Da frau sich ihren Ängsten jedoch stellen muss, geht es heute zur allgemeinen Kreißsaal-Besichtigung des auserkorenen Entbindungsortes.

Natürlich sind solche Ereignisse nichts, um sie still, leise und heimlich zu begehen. Nur mit Mühe habe ich meine Eltern abhalten können, die ohnehin schon zu große Besichtigungsgruppe auch noch mit ihrer Anwesenheit zu erfreuen. Also treffe ich mich mit Tom, der aus irgendeinem unerfindlichen Grund schon immer mal einen Kreißsaal von innen sehen wollte, Mara, Andrea und Jutta um sechs in der Hegewalder Straße drei, um gemeinsam in Andreas Kleintransporter zum Klinikum der Johanniter zu fahren.

Bevor wir den Hof allerdings verlassen können, steht noch die Begutachtung von Simon auf dem Programm. Nicht umsonst treffen wir uns hier, meine Freunde und Geschwister haben sich schon etwas dabei gedacht. Es ist sozusagen ihr persönlicher Antrittsbesuch.

Simon ist das natürlich klar, er verhält sich trotzdem ziemlich relaxt. Seit die Sache mit seinem Bein raus ist und er sich mal seine Lebensgeschichte von der Seele reden konnte, ist er manchmal kaum wiederzuerkennen. Als meine Freunde beginnen, wie üblich Chaos in der Küche zu verbreiten, gesellt er sich wie selbstverständlich dazu. Daraufhin plappert Andrea wirres Zeug, Mara mustert ihn mit Killermiene von oben bis unten, Jutta erklärt ihm, er sei zu dünn, und bietet ihm sofort einen Schokoriegel an, und Tom stellt trocken fest: »So, du bist also der, der meine Schwester flachgelegt hat!«

Danke, Bruder! Ich deute einen Handkantenschlag an und zische: »Möge dir die Nase abfaulen!«

Simon zeigt sich von dem ganzen Durcheinander unbeeindruckt und nutzt die Gunst der Stunde, noch eine neue Seite von sich zu offenbaren: den weltmännischen Simon. Er lächelt, parliert und hält dabei auch noch meine Hand. Da schlägt doch glatt der Hamburger Reederei-Sprössling durch.

»Bei so 'nem tollen Typen ist es total pupsegal, ob er ein oder zwei Beine hat«, seufzt Jutta, als wir uns endlich nach Tetris-Manier in Andreas Auto sortiert haben. Simon kommt nicht mit. Ich finde, der Kreißsaal ist kein natürlicher Aufenthaltsort für Männer.

Es ist nicht sehr weit bis zur Klinik, aber Andrea schafft es, uns in der kurzen Zeit mit einer Flut an Schimpfwörtern zu überrollen, bei der es jedem gestandenen Brauereikutscher ganz flau im Magen werden würde. »Scheißdreck«, »Arschloch« und »Wichser« gehören noch zu den harmloseren Ausdrücken. Es gab auch andere spannende Vokabeln, die ich an dieser Stelle aber aus Gründen der Sittlichkeit nicht wiedergeben möchte. Alles Ausdrücke, von denen ich dachte, dass sie direkt nach der Geburt von Prinzessin Klara aus Andreas mütterlichem Hirn eliminiert wurden. Weit gefehlt. Ich bin offenbar nur zu selten im Kleinbus der Familie Schmidt-Beyer mitgefahren, mit Andrea am Steuer und den lieben Kleinen in Sicherheit bei Papa oder Oma und Opa.

Andrea leidet nämlich nicht nur unter einem Fäkalwortstau, sondern auch noch unter dem Dogma der Unfehlbarkeit. Sie hat den festen Glauben, alles besser zu können als die anderen. Mit drei ist das ja noch ganz niedlich, mit fünfunddreißig kann es sehr anstrengend sein. Andere Autofahrer, denen man ja doch hin und wieder auf deutschen Straßen begegnet, sind grundsätzlich ein großes Ärgernis für sie. Alle doof außer meiner Schwester. Zumindest verläuft die Fahrt äußerst unterhaltsam, und bei Erreichen der Klinik haben wir alle unseren persönlichen Wortschatz um die eine oder andere Kostbarkeit erweitert.

Das städtische Klinikum ist in einem nagelneuen, architektonisch aber dennoch sehr fragwürdigen Bau untergebracht.

Die Fassade glitzert wie wild in der milden Abendsonne, und es gibt wenig Grün und ganz viele Parkplätze drum herum. Das gesamte Klinikgebäude wirkt wie ein fehlgeleitetes Raumschiff auf einem Edeka-Parkplatz.

Im Gänsemarsch schlängeln wir uns durch eine hektisch zirkulierende Drehtür und folgen den Schildern mit der Aufschrift »Kreißsaal-Führung«. Diese lotsen uns direkt in die Kantine der Klinik, wo schon diverse andere werdende Eltern auf den Einlass in die Stätte des Grauens warten. Das ist natürlich eine grundlegend falsche Einstellung meinerseits, aber gerade in den vergangenen Tagen habe ich zu viel Zeit bei Google mit dem Suchwort »Geburt« verbracht.

Wir gesellen uns zu den anderen Wartenden, nicht ohne ein gewisses Aufsehen zu erregen. Ein Mann, eine Schwangere und drei weitere, allerdings unschwangere Frauen sind schließlich durchaus als größere Horde zu bezeichnen. Da Tom und Jutta mir sogleich liebevoll die Arme um die Schultern legen, gibt es bei der größeren Horde auch noch Probleme der familiären Zuordnung. Tatsächlich bricht bei meinem Bruder hier in der Öffentlichkeit ein gewisser Beschützerinstinkt aus, der uns einige zweifelnde Blicke beschert. Als Mara dann auch noch beginnt, ihre ohnehin schon roten Lippen in aller Seelenruhe nachzuziehen, und Andrea alle mit einem abschätzigen Blick – »Ha, ihr werdet nie so eine gute Mutter wie ich!« – bedenkt, taucht endlich eine kleine, dicke Frau im OP-Kittel auf.

»Guten Abend!«, begrüßt sie uns alle und setzt sich mit der halben Pobacke auf einen der herumstehenden Tische. »Mein Name ist Magdalena, und ich bin die leitende Hebamme hier am Klinikum.« Ihre Stimme klingt etwas verdrießlich. Vermutlich sind die fast dreißig Menschen vor ihr der eher unangenehme Teil ihres Jobs. »Willkommen zu unserer Kreißsaal-

Führung. Haben Sie Fragen, bevor wir uns die Geburtsstation ansehen?«

»Wie ist denn Ihre Dammschnittrate?«, poltert Mara hinter mir los, und ich zucke erschrocken zusammen. Natürlich bin ich ebenfalls daran interessiert, wie in dieser Klinik mit dem Skalpell umgegangen wird, aber etwas mehr Höflichkeit wäre doch angebracht. Immerhin besteht die reelle Chance, dass Magdalena die Bohne zur Welt bringt, und vielleicht erinnert sie sich dabei an Maras polterige Art und ist unfreundlich zu uns beiden. Eine freundliche Hebamme ist für mich und die Bohne überlebenswichtig.

Zum Glück zeigt sich Magdalena recht unbeeindruckt von Maras Tonfall, sie antwortet einfach ebenso patzig: »Sie liegt unter dreißig Prozent. Wir schneiden niemals nur prophylaktisch. Aber manchmal kann man Mutter und Kind nur durch einen Dammschnitt helfen. Oder eben einen Kaiserschnitt.«

Trotz des ruppigen Tonfalls klingt sie sehr kompetent, und alle Anwesenden nicken eifrig. Dennoch sehe ich bei dem Wort »Dammschnitt« leichte mimische Entgleisungen und kollektives Zusammenzucken. Die Vorstellung, dass mit einem Skalpell da unten … mir wird ganz blümerant, und ich gucke auf der Suche nach Ablenkung erst mal aus dem Fenster, während ich beruhigend eine Hand auf meinen Bauch lege.

Wenn ich etwas begriffen habe während meiner ausführlichen Studien zum Thema »Geburt«, dann ist es Folgendes: Raus kommen sie immer. Egal wie. Dass allerdings eine Geburt eines der schönsten Ereignisse im Leben ist, konnte ich schon vor der Schwangerschaft nicht glauben. Ich meine, welche Frau kann es als spirituelle Erleuchtung empfinden, einen Kürbis durch einen Gartenschlauch zu pressen?

Seitdem ich mir den Vorgang so rein technisch genauer betrachtet habe – ich sage nur YouTube –, halte ich eine Verknüpfung dieses Ereignisses mit positiven Empfindungen für völlig abwegig. Zumindest bis frau das Kind im Arm hält, aber dann ist der Drops ja eh gelutscht.

Ich habe zwei Wünsche für die Geburt: Zum einen will ich nicht alleine sein, wobei die aktuelle Kandidatenliste zur Geburtsbegleitung aus Jutta und Andrea besteht. Die beiden haben das schon durch und einhellig beschlossen, dass nur Frauen, die bereits Mütter sind, diesem Ereignis beiwohnen dürfen. Alle anderen könnten es sich sonst mit dem Kinderwunsch noch einmal überlegen, meint Jutta. Das macht wirklich Mut.

Zum anderen möchte ich, wenn möglich, keinen Kaiserschnitt. Weil das besser für die Bohne ist. Sagen alle meine Schwangerschaftsratgeber, sämtliche Internetforen, und auch Dr. Ganter teilt diese Meinung. Nun ist besser ja sehr relativ, aber die Vorstellung, dass das Kind ohne vorwarnende Wehen von zwei gummibehandschuhten Händen der Gebärmutter entrissen wird, erschreckt mich etwas.

Zum Glück sind meine beiden potenziellen Geburtsbegleiterinnen eher hartgesotten, weshalb ich glaube, dass sie den Ablauf der Geburt sehr genau überwachen und mich und die Bohne schon beschützen werden. Davon habe ich heute Nacht sogar geträumt. Dr. Ganter durfte in meinem Traum auch mitspielen, allerdings lag er gefesselt und geknebelt in der Ecke, während die Hebamme laut kreischend mit Handschellen an der Heizung dingfest gemacht war und sowohl Andrea als auch Jutta mit wildem Grinsen vor mir hockten und immer brüllten: »PRESSEN! PRESSEN!«

Ich muss wohl panisch aufgeschrien haben, zumindest hat Simon mich geweckt, mir eine heiße Milch mit Honig gekocht und laut Danko Jones angemacht, um die bösen Geister zu vertreiben. Vertrieben haben wir vermutlich nur die Nachtruhe meiner Nachbarn, aber eine Stunde später habe ich mich todesmutig wieder in die dunklen Fänge des Tiefschlafs begeben, nicht ohne vorher völlig ermattet zu flüstern: »Sie bleibt einfach drin. Ich bleibe schwanger, das ist die Lösung.«

Aber auch Simon hatte von der echten Wahrheit über Geburten offenbar schon gehört, er flüsterte nämlich zurück: »Raus kommen sie immer, egal wie.«

Mein Handy katapultiert mich zurück in die Runde der Geburtswilligen, indem es einen wilden Grunzlaut von sich gibt. Seitdem ich keine fleißige Arbeitsbiene mehr bin, habe ich die Funktionen meines Handys völlig neu entdeckt. Grunzende Mobiltelefone sind in Vorstandssitzungen natürlich ein Tabu, aber auf Ökohöfen heitern sie jede noch so triste Stimmung im Bruchteil einer Sekunde auf. Seitdem es grunzen kann, findet Elena Handys auch gar nicht mehr so schlimm. Wenn ich gewusst hätte, dass es so einfach ist, ihre Öko-Werte zu korrumpieren …

Magdalena dagegen findet die Grunzlaute aus meiner Handtasche gar nicht lustig, sie wirft mir einen düsteren Blick zu, und ich sage freundlich: »Zur Geburt lass ich es zu Hause.«

Mara stellt noch viele Fragen, die Magdalena kompetent, aber leicht muffelig beantwortet, danach stellen die anderen Anwesenden, wohl animiert durch Maras Wissensdurst, auch noch einige Fragen, und dann brechen wir auf in Richtung »Tatort«.

Auf dem Weg dorthin werde ich von Michaela jovial untergehakt. Ich kenne sie aus dem Wartezimmer von Dr. Ganter und hatte sie vorhin in der Kantine gar nicht gesehen. Jetzt raunt sie mir zu: »Wir sind die einzigen Männerlosen.«

Dabei wirft sie einen leicht verzweifelten Blick zu den ganzen Paaren, und ich antworte fest: »Schätzchen. Wir sind nicht männerlos. Wir nehmen zu diesem Ereignis nur das kompetenteste Fachpersonal mit und nicht jeden dahergelaufenen Kindsvater. Das ist klug von uns.«

Michaela hat tatsächlich einen Mann. Zumindest weiß ich das aus ihren Erzählungen. Gesehen habe ich ihn noch nie, weil er auf einer Bohrinsel arbeitet und diese Bohrinsel ziemlich weit weg ist. Er schuftet jetzt ohne Unterbrechung durch, um dann zur Geburt und für die Zeit danach parat zu stehen. Michaela ist zum Glück realistisch genug, um einzukalkulieren, dass ihr Gatte sich bei 4780 Kilometern Entfernung beim spontan eintretenden Geburtsereignis wohl verspäten wird, und hat ihre Mutter als Geburtsbegleiterin auserkoren.

Und ich habe ja jetzt auch wieder einen. Also, einen Mann. Den ich natürlich unter keinen Umständen mit in den Kreißsaal nehmen werde. Uahhh. Unvorstellbare Vorstellung. Wir sind ja noch mitten in der Phase des Kennenlernens, da möchte man sich doch irgendwie von seiner besten Seite präsentieren und nicht laut kreischend und hysterisch. Ganz zu schweigen von anderen Einblicken, die man dem neuen Partner wohl besser erspart. Aber er hat es angeboten. Was ich ihm hoch anrechne.

Wir folgen Magdalena, deren grüne Plastikschuhe kleine Quietschgeräusche auf dem Linoleumboden von sich geben, im Rudel durch das Klinikum. Die Stimmung ist leicht angespannt. Schließlich sammeln wir uns vor einer weißen Tür, auf der in roten Lettern das Wort »Kreißsaal« geschrieben steht. Magdalena drückt auf einen Klingelknopf, und mit einem leisen Summen springt die Tür ein Stück weit auf. Im Gänsemarsch geht es weiter, wobei ich jetzt Michaela leicht hinter mir herziehen muss. Ganz offensichtlich würde sie lieber vor dieser Tür stehen bleiben. Aufkommende Kreißsaal-Phobie, ganz eindeutig. Ich würde mich auch lieber auf einem der einladenden Besuchersessel VOR dieser weißen Tür niederlassen und auf einen ausführlichen Bericht meines Begleitpersonals warten, aber das wäre ein für Schwangere vermutlich sehr unangemessenes Verhalten. Schließlich sind wir hier, um uns zu informieren. Ausführlich und zweckorientiert.

Jutta scheint die Bedenken des zögerlichen Schwangerenduos zu wittern. »Na los, Mädels!«, raunt sie uns zu, und ehe wir uns versehen, stehen wir mitten in Raum Nummer eins mit der heimeligen Bezeichnung »Morgentau« quer über die pipigelbe Wand gepinselt.

»Wir haben drei Kreißsäle. Sie alle haben Namen. Das hier ist ›Morgentau‹«, erklärt Magdalena energisch, und für diejenigen unter uns, die des Lesens nicht mächtig sind oder einfach unter starker Schwangerschaftsdemenz leiden, artikuliert sie noch einmal sehr deutlich: »Morgentau.«

In »Morgentau« gibt es ein sehr technisch aussehendes Bett, dessen einzelne Teile offensichtlich in alle Himmelsrichtungen frei schwenkbar sind, ein Seil, das frei von der Decke baumelt, und einen kleinen Hocker, der aussieht, als ob Wirbelsäulen-Patienten darauf ihre rückenschonenden Übungen absolvieren.

Genau darauf lässt Magdalena sich jetzt plumpsen und verkündet: »Das ist unser Gebärhocker!«, woraufhin Tom ein leicht panisches Grunzen von sich gibt und den Raum verlässt. Ich vermute, er muss jetzt mindestens ein Mal den Flur entlangjoggen, um diese Information zu verarbeiten. Wohingegen Mara sich tapfer schlägt. Ohne jegliche Berührungsängste hat sie sich kurzerhand auf das Gebärbett gesetzt und baumelt entspannt mit den Manolos. Und für Jutta und Andrea ist das hier sowieso kalter Kaffee. Jutta fängt nur leise an, vor sich hin zu summen, als eine Frau im vermutlich selbstgebatikten Zelt-Shirt fragt, ob sie ihre Duftlampe von zu Hause mitbringen dürfe. Sie hätte da einen ganz speziellen Aromatherapie-Cocktail, der aufgrund der besonderen ätherischen Zusammensetzung Wehenschmerzen lindern würde.

Während Magdalena auch diese Frage kompetent beantwortet – »Natürlich, wir sind da ganz offen« –, intoniert Jutta leise: »Das hilft auch nicht gegen Wehen, lalala. Glaube ihnen nicht, lalala …« Aber Andrea bringt sie mit einem beherzten Knuff in die Seite zum Schweigen.

Ohne weitere Zwischenfälle geht es dann zum Raum »Abendrot«. Auf dem Weg sammeln wir Tom wieder ein, der leicht derangiert auf einer der Fensterbänke im Flur hockt, uns aber bereitwillig zum nächsten Geburtsort folgt. Warum man einen Raum, der in sämtlichen Blautönen dieser Welt gehalten ist und in dessen Mitte eine riesige Badewanne thront, mit dem Namen »Abendrot« beglückt, ist mir schleierhaft. Ich hätte ihn »Das blaue Grauen« genannt, aber ich bin hier wohl kein Maßstab.

Fakt ist, dass dieser Raum mehr nach Wellnessbereich aussieht als nach Krankenhaus. Was ich erst mal durchaus sympathisch finde. Dazu gibt es ein ausgeklügeltes Lichtsystem, das uns nun umgehend von Magdalena demonstriert wird. Viel Licht, wenig Licht, rotes Licht, gelbes Licht, gar kein Licht und so weiter und so fort. Magdalena scheint sehr stolz auf »Abendrot« zu sein und berichtet uns nun ausführlich und geradezu enthusiastisch, zu welch unglaublichen Geburtserlebnissen die riesige Badewanne schon beigetragen hat. Ein Raunen geht durch die Menge, als sie von entspannten Gebärenden und kürzesten Entbindungszeiten ohne Einsatz von Schmerzmitteln berichtet. Selbst die Kinder seien zutiefst dankbar, an solch einem Ort der Liebe und des Lichts geboren zu werden. »Aus dem Wasser in das Wasser«, nennt Magdalena das und strahlt plötzlich über das ganze Gesicht.

»Und Sie haben keine Sorge, dass die Zwerge bei dieser Aktion absaufen?«, fragt Mara mitten in die gelöste Stimmung hinein, während sie die Arme vor der Brust verschränkt und sich gegen die dunkelblaue Wand lehnt.

»Also bitte, es sind Kinder und keine Zwerge«, empört sich umgehend eine sehr kleine und sehr dicke Frau, die offensichtlich kurz davor ist, vor Begeisterung um ein Probebad in der Wunderbadewanne zu bitten.

Magdalena hingegen ist auch durch diesen Einwand nicht zu erschüttern. Gelassen antwortet sie: »Das ist kein Problem. Die Kinder fangen erst an zu atmen, wenn ihr Gesicht vollständig an der Luft ist. Bis dahin sind sie ja durch die Nabelschnur gut versorgt.«

»Und da sind Sie sich ganz sicher?«, hakt Mara nach.

»Ja«, antwortet Magdalena.

»Warum?«

»Weil ich seit zwanzig Jahren Hebamme bin.«

»Und wenn doch mal einer zu früh nach Atem ringt? Dann säuft er ab, oder?«

»Das passiert nicht!«, antwortet Magdalena jetzt etwas schärfer.

»Ja, warum denn nicht? Erklären Sie das doch mal.« Auch Maras Stimme bekommt einen bissigen Unterton.

»Es ist ein Reflex!«

Okay, Magdalena ist jetzt sauer. Ich hoffe, sie haben auf dieser Station viele Hebammen zur Auswahl, sonst sieht es für die Bohne und mich düster aus. Mit einem einbetonierten Lächeln dränge ich mich durch die Masse der dicken Bäuche, erreiche

Mara aber erst, nachdem sie folgende Worte zum Besten geben konnte: »Reflexe, ich bitte Sie! Darauf sollten wir uns nun wirklich nicht verlassen.«

Plötzlich überkommt mich der Gedanke, umgehend und fluchtartig hier abzuhauen, denn wir sind definitiv im Kreise der Bald-Gebärenden nicht mehr sicher, als auch Andrea sich auf die Welle der Anti-Geburtsbadewannen-Bewegung schwingt.

»Also, ich habe es zweimal probiert in dieser Wanne und musste jeweils nach einigen Minuten wieder flüchten. Für jede Frau ist das auch nichts«, sagt sie düster, während sie das Corpus Delicti fest im Auge behält.

»Ich habe noch nicht viele Frauen getroffen, die das so sehen«, antwortet Magdalena spitz, und die Köpfe der Menge fliegen wie beim Tennis zwischen Andrea und ihr hin und her. Aufschlag Andrea.

»Vielleicht sollte man einfach nicht solche Erwartungen schüren. Schmerzen gibt es trotzdem, und außerdem haben Sie nur EINE Wanne. Was, wenn die belegt ist? Sie haben ja auch DREI Zimmer hier. Also kann von DREI potentiellen Gebärenden nur EINE hier rein. Wenn man sich da jetzt total drauf festlegt, kann das schon sehr enttäuschend sein. Was wiederum den Geburtsablauf erheblich stören könnte.«

Nach dieser hübschen Argumentationskette ist der Ball wieder bei Magdalena, die mit wütend zusammengekniffenen Augen sagt: »Wir schüren keine Erwartungen. Meine Erfahrungen sind hervorragend. Wollen Sie das in Abrede stellen?«

»Nie im Leben!« Andrea grinst fröhlich und klimpert einmal wie Bambi mit den Augen, woraufhin die Köpfe wieder zu Magdalena fliegen, die jedoch schon wütend an einem der eingebauten Unterschränke hantiert. Grob zerrt sie eine der Türen auf und tritt dann zur Seite, nicht ohne Mara, Andrea und mir einen bitterbösen Blick zuzuwerfen. Dabei war ich an diesem Match gar nicht beteiligt.

»Das hier ist unsere Multimedia-Anlage. Damit können Sie während der Geburt entspannende Musik hören!« Energisch drückt sie auf einen kleinen Knopf, und irgendetwas Walgesang-Ähnliches durchflutet den Raum.

»Multimedia«, schnaubt Mara, während sie ihre Fingernägel betrachtet. »Das ist ein einfaches Elektrogerät, in Fachkreisen auch CD-Spieler genannt.«

»Schnauze jetzt«, knurre ich leise. »Sonst schlag ich dich nieder!« Ich habe mittlerweile vermutlich eine Gesichtsfarbe, mit der ich einem Hummer Konkurrenz machen könnte. Dennoch versuche ich mich weiterhin verzweifelt an einer möglichst freundlichen und neutralen Miene.

Tom zappelt vor einem der Fenster herum und quatscht mit Jutta, während Andrea und Mara sich in stiller Eintracht gegenseitig Dinge ins Ohr flüstern. Michaela hat sich aus meinem Dunstkreis in Sicherheit gebracht und wartet fluchtbereit neben der Tür. Immerhin wurde sie vorhin mit mir, der schwangeren Anführerin der marodierenden Truppe, gesichtet.

Alles in allem ist mir eins klar: Hier wird die Bohne nicht zur Welt kommen. Keine Badewanne, kein Buckelwalgesang und keine noch so niedrige Kaiserschnittrate dieser Welt können mich dazu bewegen, freiwillig einen Fuß in dieses Gebäude zu setzen. Ganz zu schweigen davon, hier ein Kind zu kriegen.

Jutta kommt auf mich zu, und während die anderen potenziellen Eltern noch stumm dem Wal bei seinem Gejammer lauschen, flüstert sie mir zu: »Du brauchst eine Klinik, in die du deine eigene Hebamme mitnehmen kannst. Das geht hier nicht, und Magdalena bekommt einen Tobsuchtsanfall, wenn Andrea und ich mit in den Kreißsaal marschieren.«

Düster blicke ich sie an. »Ich habe keine eigene Hebamme. Und das war das letzte Mal, dass ich die gesamte Bagage mitschleppe. Die nächste Klinik besichtige ich heimlich und alleine. Oder mit dir. Du warst hier noch die Unauffälligste.«

Sie nickt erfreut. »Jetzt suchst du dir erst mal eine gute Hebamme, und mit der besprichst du alles Weitere. Der Ort des Geschehens ist eigentlich auch ziemlich egal, Schlachthausatmosphäre haben die in keinem deutschen Krankenhaus mehr. Da hat sich viel getan. Die Klinik sollte einfach nur dicht dran sein. Und wenn du unbedingt Walgesänge brauchst, bring ich dir meinen iPod mit. Basta.«

Wir nicken einträchtig und versuchen möglichst unauffällig, unsere Kampftruppe zum Rückzug zu bewegen. Auf dem Weg zu Raum drei – »Waldpfad« – biegen wir einfach aus der großen Gruppe ab und schlüpfen durch eine Tür mit der Aufschrift »Ausgang« ins Freie.

Kapitel 28

Der nächste Morgen im Büro beginnt mit einem Schock. Einem positiven Schock – Moment, ist es dann überhaupt noch ein Schock? Ich weiß es nicht, aber ich falle schier vom Stuhl, als ich nur schnell nebenbei eine Online-Überweisung ausführen möchte und mein Blick in der Umsatzübersicht meines Bankkontos auf den letzten Geldeingang fällt: 49 400 € (in Worten: neunundvierzigtausendvierhundert).

Schnell halte ich mir die Augen zu und schiele dann erneut durch die Finger auf den Bildschirm: 49 400 €.

Ich bin reich. Ich bin saureich. O mein Gott! Ich muss mich mitteilen, sofort, sonst platze ich.

Als Erstes zerre ich mein Handy aus der Tasche und wähle in Windeseile die Nummer von Dr. Clemens Morgenroth. Es klingelt einmal, dann flötet mir mein Anwalt fröhlich ins Ohr: »*Haaallo*, Frau Schmidt!«

»Hallo, Herr Dr. Clemens Morgenroth. Sie werden nicht glauben, was passiert ist!«

»Das Geld ist da?«, fragt er frohlockend, und ich brülle: »*Jaaaaa!*«

Gut, Herr Dr. Clemens Morgenroth wird ab sofort ein Hörgerät tragen müssen, aber ich kann meiner Freude nur durch lautstarke Artikulation Luft machen.

»Oh, wie schön!«, erwidert er und ist so freundlich, den Hörschaden nicht zu erwähnen. Bei einer eventuellen Schadensersatzklage wäre das Geld nämlich ratzfatz wieder weg.

In diesem Moment höre ich im Hintergrund bei Dr. Morgenroth plötzlich tumultartige Zustände ausbrechen. Jemand ruft, eine Frau schimpft, und ich raune: »Oh, Sie sind im Stress?«

»Ja, total. Alle verrückt hier«, antwortet er gut gelaunt. »Aber wenn meine Lieblingsmandantin anruft, gehe ich ran. Komme, was wolle.« Ich kann ihn bei diesen Worten förmlich grinsen sehen und verspreche ihm, dass wir uns irgendwann noch mal auf einen Kaffee treffen. Vielleicht wenn die Bohne achtzehn wird. Letzteres lasse ich natürlich unerwähnt.

Nach diesem Telefonat springe ich auf und schwebe förmlich die Treppe hinunter. Wie eine Elfe – okay, eine übergewichtige Elfe – hüpfe ich um die Ecke und stehe mitten in der Küche, in der sich Elena gerade einen Kaffee kocht. Wortlos springe ich sie an und nehme sie in den Arm, wodurch sie die Kaffeebüchse fallen lässt und sich das braune Pulver in alle Himmelsrichtungen verstreut.

»Die Abfindung ist da!«, tröte ich, und Elenas Gesichtsausdruck wechselt von erschrocken zu hocherfreut.

»Juhu! Ein Grund zum Feiern!«, ruft sie, und gemeinsam legen wir einen kurzen Boogie durch die Küche hin. »Das ging ja schnell!«

»Toll, was?« Ich bin ganz außer Atem, und die Bohne boxt mir empört in die Rippen. *Entspann dich mal, Mutter!*

»Was machst du jetzt mit dem Geld?« Elena schwingt sich auf den Küchentresen und ignoriert das Kaffee-Chaos rings um sie herum.

»Na ja. Also, ich investiere erst mal in einen Kindersitz. Und dann lege ich den Rest an. Für die Bohne.«

»Und vorher gönnst du dir noch was Schönes!«, erwidert Elena energisch. Ich nicke, wobei mir gerade überhaupt nichts einfällt, was ich mir kaufen könnte. Außerdem liegen zwischen meiner und ihrer Vorstellung von »was Schönem« ganze Galaxien. Elena hat sich letzte Woche ein Paar neue Bio-Spezial-Latschen in Schlammgrau gegönnt, denn ihre alten hatten sage und schreibe acht Jahre auf der Sohle. Seitdem fühlt sie sich wie eine Konsum-Mieze. Als hätte sie Tausende Euro bei Gucci und Dior verprasst. Wobei das für mich durchaus der Vorstellung von »sich was Schönes gönnen« entspräche.

»Du solltest mal nach Simon sehen«, wechselt sie plötzlich abrupt das Thema.

»Wieso?«, frage ich argwöhnisch. Langsam überkommt mich der Verdacht, dass die Öko-Gang sich nicht nur über das junge Glück in ihren Reihen freut, sondern nebenbei auch noch ganz selbstverständlich davon ausgeht, dass ich sämtliche Informationen vom Haupthaus in die Tischlerei schaffe. Tief in ihren Herzen sind sie nämlich alle stinkfaul und es schon lange leid, immer bis zur Werkstatt laufen zu müssen, wenn sie was von Simon wollen. Und sie wollen viel von Simon. Er scheint das Amt des Hauptentscheidungsträgers auf diesem Hof zu bekleiden, und so werde ich jetzt regelmäßig mit Informationen und Details gefüttert, um sie dann zu ihm zu bringen.

Edgar hat es letzte Woche auf den Punkt gebracht: »Paula, da kannst du das Nützliche doch gleich mit dem Angenehmen verbinden und noch ein wenig zum Knutschen bleiben.«

Elena zerrt ein zerknicktes Kuvert aus ihrer Hosentasche und drückt es mir in die Hand. »Weil ich hier einen Brief für ihn habe, und du wolltest ihm die frohe Kunde mit der Abfindung doch sicher eh gleich überbringen, oder? Da kannst du den eben mitnehmen.«

Ich gebe mich geschlagen und mache mich samt Umschlag auf zur Tischlerei. Immerhin habe ich Simon seit gestern Abend um Viertel nach sechs nicht mehr gesehen, also schon fast fünfzehn Stunden. Da kann man schon mal Sehnsucht bekommen.

Simon und ich sind zwar nun ganz offiziell ein Paar, verbringen aber nicht jede Nacht in einem gemeinsamen Bett. Bisher hat er die Wochenenden bei mir geschlafen, und in der Woche haben wir oft noch lange bei einem Tee in seiner Werkstatt gesessen. Ich habe das Gefühl, dass Simon sich erst wieder an Nähe gewöhnen muss. Leider habe ich gerade in den letzten Tagen eine schier unersättliche Gier nach körperlicher und emotionaler Nähe entwickelt, die bei dieser Art der Beziehungsgestaltung zu kurz kommt.

Zur Ablenkung habe ich mir ein neues und zeitintensives Hobby zugelegt: Umzugskartons packen. Seit Tagen miste ich alle meine Schränke und Schubladen aus und bin entsetzt über die unglaublichen Dinge, die ich besitze. Von vielen ist mir noch nicht einmal der Zweck geläufig. Das Ganze verbuche ich als »Bestandsaufnahme meines bisherigen Lebens«, und so etwas macht man ohnehin besser allein.

Vor der Tischlerei angekommen, klopfe ich wie immer ordnungsgemäß an die Tür, bevor ich sie öffne. Simon liegt auf dem alten Sofa vor dem großen Fenster und scheint ganz in das Buch vertieft, das er in den Händen hält.

Auf mein lautstarkes »Hallo!« dreht er den Kopf in meine Richtung, lächelt und murmelt ein »Hi«. Vor ihm auf dem Boden liegen seine zwei gilligelben Krücken. Das C-Leg lehnt an der Wand hinter dem Sofa.

»Oh, ihr geht heute getrennte Wege?«, frage ich, als ich mich neben ihm niederlasse. Simon trägt diese Prothese sonst immer. Nur zum Schlafen nicht. Und zum Duschen. Okay, beim Sex auch nicht, obwohl mich das einiges an Überzeugungsarbeit gekostet hat. Dafür ist das Teil morgens mit solch einer affenmäßigen Geschwindigkeit wieder komplett montiert, dass ich vermute, er hält den unangefochtenen Weltrekord im Prothese-Anziehen.

»Akku leer«, informiert er mich nüchtern, und ich muss grinsen.

»Wie konnte das denn passieren?«, frage ich amüsiert zurück. Simon hält nämlich auch im Prothesen-Knie-Akku-Laden den Weltrekord, er hat sogar einen Adapter für die Steckdose im Auto, was mich das erste Mal tatsächlich etwas befremdet hat. Es funktioniert wie ein Ladekabel beim Handy, nur dass es ins Kniegelenk der Prothese gestöpselt wird, wo der Mikroprozessor zur Steuerung dieses technischen Wunderwerkes sitzt. Überhaupt kam ich ja aus dem Land der Ahnungslosen und war total erstaunt, dass eine Prothese Strom braucht. Diese eben schon, und wenn der Akku leer ist, macht er durch Vibrieren auf sich aufmerksam. Einmal, als Simon bei einem Kunden einen Einbauschrank unter einer Dachschräge einpassen sollte, war plötzlich einfach der Saft weg. Da stand er nun, im Dachgeschoss eines dreistöckigen Mehrfamilienhauses, und kam die vielen Treppen nicht mehr allein hinunter. Seitdem achtet er penibel darauf, dass es kein zweites Mal geben wird. Bis jetzt offensichtlich.

»Dein neues Zuhause ist fast fertig.« Simon lässt das Buch auf den Boden fallen und dreht sich ein Stück weiter zu mir. »Ich habe heute das Kinderzimmer fertig gestrichen. Mit ökologisch wertvoller Biofarbe. Sieben Mal musste ich drübergehen, und es ist immer noch scheckig. Ich hasse dieses Zeug. Den Rest der Wohnung streiche ich mit Alpina Kristallweiß, da kannst du Gift drauf nehmen. Gestern habe ich auch schon den halben Tag dieses Biozeug eingeatmet. Vielleicht macht es wirr im Kopf, ich vergesse sonst nie, das Ding aufzuladen. Na ja, jetzt habe ich eine Zwangspause.«

Mit dem Zeigefinger fährt er mir über die Wange, um dann weiter zu meiner linken Brust zu wandern. Ich bin sehr versucht, über ihn herzufallen, aber ich habe im Gegensatz zu ihm keine Pause, sondern zwei Aufträge zu erfüllen.

»Meine Abfindung ist da«, platzt es aus mir heraus, und Simon lacht. Ein wunderbares Simon-Lachen unter Einsatz sämtlicher Grübchen.

»Wie viel?«

»49 400 Euro«, hauche ich, immer noch ergriffen.

»Das ist super!«

»Und du hast Post.« Ich wedle mit dem Briefumschlag vor seiner Nase herum, Simon greift danach, und schlagartig weicht das Lachen aus seinem Gesicht.

»Wir sehen uns heute Mittag?«, fragt er in plötzlich sehr nüchternem Tonfall.

»Du möchtest, dass ich gehe, damit du in Ruhe diesen Brief lesen kannst?«, übersetze ich seine schroffe Art kurz in meine Sprache. Auch wenn ich mich langsam daran gewöhne, dass Simon manchmal seltsam reagiert, ich kann nicht sagen, dass es mir gefällt.

»Ja«, murmelt er und hat sich schon aufgesetzt. »Lass mich den kurz lesen, dann komme ich zu dir. Okay?« Ich hebe die Hände und wende mich zum Gehen. »Der ist von meiner Mutter«, fügt Simon leise hinzu.

Simon kommt nicht, auch nicht zum Essen, obwohl es in meinen Augen eigentlich möglich sein sollte, in drei Stunden einen Brief zu lesen. Um kurz vor fünf überlege ich, ob ich ihm noch schnell Tschüss sagen oder einfach abdampfen soll. Da ich noch zehn weitere Umzugskartons in der Tischlerei gelagert habe und mein Vorrat zu Hause allmählich zur Neige geht, entschließe ich mich letztendlich zu einem kurzen Abstecher. Diesmal klopfe ich nicht, sondern marschiere einfach so in die Werkstatt. Klarer Fall von Trotzverhalten.

Simon sitzt immer noch auf dem Sofa. In unveränderter Position, nur die Prothese ist wieder an Ort und Stelle. Bei meinem lautstarken Auftritt zuckt er erschrocken zusammen.

»Sitzt du hier immer noch oder schon wieder?«, frage ich, während ich beginne, die Kartons zur Eingangstür zu tragen.

Er räuspert sich. »Wie spät ist es?« Alles in allem wirkt er etwas derangiert.

»Kurz vor fünf«, antworte ich knapp.

»Tut mir leid, ich wollte rüberkommen.«

»Hm, so vor sieben Stunden. Vielleicht ist was dran, dass die Biofarbe deinem Hirn geschadet hat.« Irgendwie macht es gerade keinen Spaß, ihn anzupflaumen, deswegen frage ich: »Was hat denn deine Mutter geschrieben? Musstest du deswegen hier so lange alleine herumsitzen?«

Simon nickt und fährt sich mit den Händen durch die blonden Haare. Okay, Schwester Paula eilt zu Hilfe. Ich lasse die Kartons fallen und quetsche mich neben ihm aufs Sofa.

»Kann ich das lesen?«, frage ich. Ist doch viel einfacher, wenn ich weiß, was die Mutter geschrieben hat. Dann haben wir den gleichen Wissensstand.

Erst schüttelt er den Kopf, dann stopft er den Brief hinter eines der speckigen Sofakissen und schaut mich mit seinen braunen Augen ganz komisch an.

»Das ist kein erwachsenes Verhalten«, sage ich trocken, aber er schüttelt nur erneut den Kopf.

»Was sie geschrieben hat, ist bösartig. Ich möchte nicht, dass du es liest. Es wird dich verletzen. Mich hat es zutiefst verletzt. Ich bin … ich weiß nicht, was ich bin.« Damit greift er nach meinen auf dem Schoß gefalteten Händen und zieht mich an sich. Und dann flüstert er ganz leise: »Ich liebe dich.«

Mein Ärger ist verflogen. »Ich dich auch«, flüstere ich zurück.

»Ich habe wirklich sieben Stunden hier gehockt und gegrübelt? Das ist doch pervers«, murmelt er.

»Äh, ja. Das finde ich auch«, sage ich und versuche mit der freien Hand an das Sofakissen zu gelangen. Er hindert mich nicht daran, und so falte ich wenige Sekunden später das völlig zerknickte Blatt Papier auseinander. Der Brief ist kurz, in akkurater Handschrift mit Füller geschrieben. Ich beginne zu lesen.

Simon, Deine Post ist angekommen. Du scheinst Dein Leben nach wie vor nicht im Griff zu haben. Was hast Du Dir da Nettes angelacht? Eine schwangere Frau? Uns ist doch allen klar, worauf das hinausläuft.

Vielleicht solltest Du mal mit eigenen Kindern anfangen, bevor Du die von Fremden aufziehst?

Es gibt keine Abschiedsfloskel. Der Brief ist an dieser Stelle einfach zu Ende. Was ganz gut ist, wie ich finde. Ich werfe das Blatt Papier zu Boden und ziehe die Beine auf das Sofa.

»Ich dachte, es wäre gut, meinen Eltern von meinem Leben zu berichten. Dass es eine Frau gibt. Dass es mir gut geht und ich glücklich bin. Ich wollte einen Schritt auf sie zugehen. Aber das war ein Fehler. Ich verhalte mich mal wieder nicht nach den strengen Regeln der Sternberg-Sippe, und das wird sofort geahndet.« Er lehnt den Kopf gegen das Sofa. »Und weißt du, was richtig große Scheiße ist? Es sollte mir egal sein. Ich bin vierunddreißig Jahre alt, und mir sollte dieser Kommentar meiner Mutter am Arsch vorbeigehen. Tut er aber nicht. Er tut mir weh. Und es tut mir leid, dass ich dir keine nette Schwiegermutter präsentieren kann, mit der du Kekse backen oder shoppen gehen kannst. Meine Familie ist total krank.«

In diesem Punkt kann ich ihm nur zustimmen. Leider löst diese Zustimmung ein leicht flaues Gefühl in meiner Magengegend aus, woraufhin die Bohne sich fest gegen meine Bauchdecke drückt, wie eine Siamkatze mit Schmusebedürfnis.

Simons Mutter hat von mir geschrieben. Was ich noch verkraften könnte. Selbst den Satz, was er sich da Nettes angelacht hat, könnte ich so stehen lassen. Auch wenn es wehtut. Wir haben uns einander gegenseitig angelacht, und einen Bohnen-Versorger brauche ich nun wirklich nicht. Aber sie hat auch von der Bohne geschrieben. Meiner Bohne, die nur mich hat. Was bitte hat die kleine Bohne dieser Frau denn getan?

Wäre ich nicht schwanger, würde ich sagen: »Was für eine blöde Kuh! Lass uns einen Sekt aufmachen und auf ihr Wohl trinken. Solche Mütter brauchen wir hier nicht!«

Aber ich bin sehr dolle schwanger, und ich spüre immer deutlicher, dass ich Frieden, Harmonie und Liebe brauche. Jede Woche mehr. Seit letzter Woche kann ich zum Beispiel die Tagesschau nicht mehr ansehen. Viel zu erschütternd die Erkenntnis, dass die Welt abgrundtief schlecht ist und ich im Begriff bin, meine Bohne in diese Welt zu gebären. Uahhh! Und jetzt auch noch eine bösartige Schwiegermutter in Lauerstellung, die ihrem Sohn mal ganz galant unterstellt, ein totaler Versager zu sein, der sich was Nettes mit Anhang anlacht. Wobei sie alle – wer sind denn bitte alle? – jetzt schon wissen, worauf das hinausläuft. Ja, worauf denn bitte?

Das dringende Bedürfnis, mir die Bettdecke über den Kopf und den Bauch zu ziehen und dort für die nächsten sechs Wochen zu verweilen, ist plötzlich übermächtig, und so komme ich auf die Füße und steuere kommentarlos den Ausgang an.

»Paula?« Simon ist direkt hinter mir und fasst mich an den Schultern.

»Äh, ich muss mal allein sein«, plappere ich und versuche mich seinem Griff zu entwinden.

»Ich fahr dich nach Hause«, sagt Simon schnell und hat schon den Autoschlüssel in der Hand.

»Nö, du. Lass mal. Ich … kann alleine fahren.« So wie ich auch die Bohne alleine bekommen kann, aufziehen kann, mein Geld alleine verdienen kann, Umzugskartons alleine packen und überhaupt ALLES ALLEINE kann.

Tief in meinem Innersten ist die Kacke am Dampfen, aber gewaltig. Leider kann ich das gerade nicht wirklich in Worte fassen, genauso wenig wie ich erklären könnte, warum dieser Brief das in mir auslöst.

Ich zaubere von irgendwoher ein verkrampftes Lächeln in mein Gesicht und hebe abwehrend die Hände. »Lass uns da mal drüber nachdenken. Vielleicht hat sie ja recht, und es geht überhaupt nicht, ein fremdes Kind großzuziehen. Ist ja wirklich nicht so, dass bei uns alles total einfach wäre, oder?«

Und so stelle ich mal ganz spontan die gesamte Beziehung mit Simon infrage, drehe mich auf dem Absatz um und eile aus der Werkstatt. Weder das eine noch das andere hatte ich auch nur ansatzweise geplant. Die Worte sind aus meinem Mund gestürmt, und ich bin selbst fassungslos. Besonders darüber, dass ich es in diesem Moment plötzlich für völlig abwegig halte, dass Simon die Bohne so lieben könnte, wie ich es mir wünsche. Klingt kompliziert, ist es auch.

Der Brief war vielleicht nur ein Auslöser. Gut, ich bin sowieso etwas mimosenhaft veranlagt, wenn es darum geht, irgendwo nicht angenommen zu sein. Schon in der Schule habe ich heulend in der Ecke gestanden, wenn ich beim Korbball mal wieder als Letzte, und das auch nur widerwillig, in eine Mannschaft gewählt wurde. Selbst mir war damals klar, dass ich eine grottenschlechte Korbball-Spielerin bin und unter einer neurotischen Ballangst leide. Dennoch hat mich das jedes Mal umgehauen.

Dieses Gefühl, das mich jetzt auf meinem Weg zum Auto begleitet, ist ähnlich. Und die anderen ungefähr dreitausend Gefühle, die auch noch an der Oberfläche meiner Seele herumwabern, machen das Ganze nicht besser. Mich überflutet gerade ein gewaltiger Emotions-Tsunami, und die Höhle unter meiner Bettdecke scheint der einzig sichere Ort auf dieser verdammt komplizierten Welt zu sein.

Simon folgt mir bis zu meinem Auto, aber er spricht nicht mehr. Einen letzten Versuch startet er, als ich den Anschnallgurt ungeschickt über meinen dicken Bauch manövriere.

»Bitte lass uns reden!«, beschwört er mich, aber ich schüttle nur einmal kurz den Kopf.

»Das geht so nicht«, sage ich dann kläglich. »Kinder bekommen ist doch so etwas Großes. Du wirst die Bohne niemals so lieben können, wie sie es braucht. Und ich werde immer dazwischenstehen. Und deine Mutter findet uns auch scheiße.« Mit diesen Worten knalle ich die Tür zu und drehe verzweifelt den Zündschlüssel, woraufhin der Golf ein hysterisches Jaulen von sich gibt.

Simon öffnet die Tür wieder. »Du kannst jetzt nicht alleine fahren«, sagt er fest. Er ist ganz weiß im Gesicht.

»Nö, kann ich auch nicht«, schluchze ich.

»Ich fahr dich«, sagt er schlicht, und das sind dann auch seine letzten Worte, bis er den Golf in eine Parklücke vor meinem Haus lenkt. Ich steige aus, nehme den Autoschlüssel an mich und laufe zur Eingangstür. Diese schlägt hinter mir ins Schloss, ich stapfe die Treppe hoch, schließe auf, zerre meine Schuhe von den Füßen, klettere hoch in mein Schlafzimmer, falle ins Bett und ziehe mir die Decke über den Kopf.

Bewegungslos bleibe ich liegen und versuche mein Hirn unter Kontrolle zu bekommen. Aber das Ding ist außer Rand und Band und produziert wirre Gedanken am laufenden Meter. Sämtliche Instanzen plappern wirr durcheinander, und irgendwann rolle ich mich zusammen und kneife die Augen ganz fest zu, in der Hoffnung, dass sie endlich Ruhe geben.

Tatsächlich muss ich irgendwann eingeschlafen sein, denn am nächsten Morgen klingelt mein Handy-Wecker pünktlich um sieben. Vermutlich sind alle wirren Instanzen schließlich erschöpft in einen komaähnlichen Zustand gefallen. Dafür sind sie jetzt alle frisch und ausgeruht wieder da. Was habe ich getan?

Nun, da wären folgende Dinge:

Einen hysterischen Anfall produziert.

Simon in die Wüste geschickt.

(O mein Gott. Ich habe Simon in die Wüste geschickt! Ich will nicht ohne ihn sein! Hilfe!)

Die gesamte Welt infrage gestellt.

Sehr schlechte Gefühle produziert!

Sehr schlimme Dinge gesagt!

Leider auch so gefühlt.

Ich schleppe mich in die Küche und koche mir einen Tee, wobei ich wie paralysiert den Wasserkocher bei seiner Arbeit beobachte. Das Ding hat es gut. Klar umrissenes Aufgabengebiet, kein weiblicher Wasserkocher im Haushalt, was sämtliche Liebesthemen auf null reduziert. Sein einziges Problem besteht in dem zu kalkhaltigen Wasser hier in der Gegend.

Ich setze mich mit einem Pfefferminztee an den Küchentisch und versuche mich zu sortieren. Das gebe ich nach fünf Minuten wieder auf. Vielleicht hilft ja eine Dusche, um alles Schlechte, das gestern passiert ist, abzuwaschen.

Mit diesem Vorhaben durchquere ich auf dem Weg zum Bad den Flur und entdecke auf dem Boden vor meiner Wohnungstür einen Zettel. Abrupt wechsle ich die Richtung und gehe umständlich in die Hocke, um den Zettel näher zu betrachten. Er hat blasse Linien und scheint aus einem Notizbuch herausgerissen worden zu sein. Vorsichtig nehme ich ihn hoch und lese in Simons klarer Handschrift:

»Von Dingen hören, das ist nicht genug. Du musst sie durchgelebt und durchgeliebt und durchgelitten haben. Erst dann weißt du am Ende deiner Tage, dass dir das Leben quer durchs Herz geflossen ist.«

Ich bekomme eine Gänsehaut. Das ist wunderschön, sehr kryptisch und vermutlich wahr. Durchgelebt, durchgeliebt und durchgelitten habe ich seit dem blauen Plus auf dem Schwangerschaftstest verdammt viel. In Anbetracht meines hysterischen Anfalls gestern Abend vielleicht zu viel. Im nächsten Moment kommt ein weiterer Zettel durch den kleinen Schlitz unter der Tür hindurch. Bin ich froh, dass unser Hausmeister so schlampig ist und es in acht Jahren nicht geschafft hat, die Lücke unter der Wohnungstür abzudichten. Auf dem nächsten Zettel steht:

Auf diese Zeilen bin ich im Internet gestoßen, sie stammen von einer Frau namens Irma Grothe, und ich denke, sie hat recht. Ich kann nur ahnen, was dich zu deinen Worten gestern bewogen hat. Aber ich habe auch viel durchlebt, durchliebt und durchlitten. So viele Gefühle, die gar keinen Namen haben und einfach da waren oder sind. Können wir nicht versuchen, einfach alles, was quer durch unser Herz geflossen ist, zusammen zu tun?

Kraftlos setze ich mich auf den Boden und starre die Wand an. Hat Simon die ganze Nacht vor meiner Tür verbracht? Im nächsten Moment kommt Zettel Nummer drei zu mir geflattert.

Ich liebe dich so, Paula. Ich kann nicht mehr ohne dich sein. So wie du bist, liebe ich dich. MIT der Bohne. So wie du mir gesagt hast, dass du mich auch OHNE Bein liebst.

Ich fange an zu weinen. Wie immer mit viel Rotze, aber lautlos, falls Simon vor meiner Tür noch mehr wichtige Dinge auf kleine Zettel schreiben möchte. Ich bin eigentlich gar nicht hier. Also weine ich lautlos und presse die drei Zettel gegen meine Brust. Nummer vier lässt nicht lange auf sich warten.

Ich weiß doch auch nicht, wie genau es funktionieren wird. Aber ich glaube fest daran. So wie du an mich geglaubt hast. Einfach so. Ich stehe zu dir! Kannst du mir das glauben?

Ob ich ihm das glauben kann? Ja, das kann ich. Auch wenn ich genauso wenig Ahnung habe, wie wir in Zukunft zu dritt zusammenleben wollen. Ohne weiter nachzudenken, stehe ich einen Atemzug später an der Tür und reiße sie auf.

Simon sitzt mit zerzausten Haaren auf der Treppe, bewaffnet mit einem Block, einem Kuli und einer Tasse Kaffee. Des Weiteren sind noch sein iPod, sein Handy, ein Schal und ein halb gegessener Apfel um ihn herum verteilt. Er zuckt zusammen, als die Tür so jäh aufgeht, und starrt mich aus roten Augen ein wenig fassungslos an. Vermutlich hat er mich nicht direkt hinter der Tür erwartet.

»Morgen«, sagt er etwas kläglich. Und als ich nicht antworte, fährt er nervös fort: »Du hast nette Nachbarn. Einer hat mir heute Nacht um drei Kaffee gebracht, der musste wohl zum Schichtdienst. Und die ältere Dame über dir hat mich um sechs mit einem Toast und einem Apfel versorgt und meinen iPod bewundert.« Er versucht sich an einem schrägen Lächeln.

»Du hast die ganze Nacht da gehockt?«, bringe ich unter meiner Tränenflut hervor, und er nickt nur. Dann zieht er sich am Treppengeländer hoch. »Soll ich fahren, oder darf ich bleiben?«

»Bleiben«, quetsche ich zwischen ein, zwei Schluchzern hervor, und Simon beginnt, seine Siebensachen einzusammeln. Ich schließe die Tür hinter ihm, und für einen Moment bleiben wir einfach dicht voreinander stehen. Dann schließt Simon mich in seine Arme, und ich murmle: »Es tut mir so leid.«

Er streichelt mir über die Haare und drückt mir einen Kuss auf die Stirn. Dann schaut er mich streng an und sagt: »Mach das nie wieder mit mir, Paula Schmidt.«

In den nächsten drei Stunden schaffen wir es, sieben Umzugskartons zu packen. Wir haben uns nämlich kollektiv krankgemeldet und verbringen den restlichen Tag zu Hause. Ich fühle mich wirklich wie durch den Fleischwolf gedreht, und Simon erklärt Elena kurzerhand, dass er seine Frau in diesem Zustand nicht alleine lassen kann. »Seine Frau« – so wurde ich noch nie in meinem Leben tituliert, und irgendwie fühlt es sich ganz gut an.

Kapitel 29

Den ganzen Tag über klebt Simon an mir wie eine Klette, und anscheinend brauche ich diese nahezu symbiotische Nähe auch dringend. Die neue Instanz in meinem Kopf ist vollends befriedigt und schweigt. Vermutlich döst sie selig lächelnd in einer Hängematte in meinem Hypothalamus vor sich hin, denn mehr Nähe geht nicht.

Ein klein wenig verstört mich diese plötzliche Anhänglichkeit schon. Bisher war ich ja eher freiheitsliebend. Ob ich während der Bohnen-Produktionsphase ein anderer Mensch geworden bin? Hoffentlich bahnt sich die alte Paula nicht direkt nach der Geburt wieder einen Weg an die Oberfläche und schockt ihre Umgebung mit Freiheitsparolen und anderen schlimmen Dingen. Meine Schwester scheint ja nach fünf Jahren auch wieder auf den alten Pfaden der Unfehlbarkeit zu wandeln, und dabei hatten wir gedacht, sie hätte diese elende Besserwisserei endlich hinter sich gelassen.

Wenn Simon nicht gerade an mir hängt, macht er sich nützlich. Er packt nicht nur meine Umzugskartons weiter, er kocht auch für mich und installiert dann meine Stereoanlage neu, die in den vergangenen Wochen beschlossen hat, ab sofort nur noch mit einem speziellen PIN-Code zu funktionieren. Den ich natürlich weder kenne noch jemals gekannt habe.

Bei all diesen Tätigkeiten ist Simon sehr freundlich und liebevoll, aber schweigsam. Irgendwann reinigt er sogar das Sieb in meiner Spülmaschine, und ich kann förmlich sehen, wie sein Gehirn Schwerstarbeit leistet, während ich auf dem Sofa liege und ihn beobachte.

Nun sind wir Frauen ja dank einschlägiger Ratgeber bestens darüber informiert, wie Denkprozesse im männlichen Hirn so ablaufen. Als Simon sich dann aber wieder zu mir setzt und nach der Phase des freundlichen Schweigens endlich mit der Sprache rausrückt, bin ich doch sehr beeindruckt von seinen lehrbuchmäßigen Gehirnstrukturen.

Alles ganz vorbildlich: Problem geortet (ich), rein in die Höhle (da grad keine Höhle zur Hand, hat er kurzerhand Ordnung geschaffen, das ist vermutlich genauso gut), intensives Bedenken des Problems, Lösung finden, raus aus der Höhle, das Problem (mich) über die Lösung in Kenntnis setzen. Und das tut er jetzt.

»Ich habe nachgedacht«, sagt er, als er sich neben mich auf das Sofa fallen lässt.

»Oh, wie schön«, sage ich freundlich. »Ich mag denkende Männer.«

Simon zieht tadelnd eine Augenbraue hoch, bevor er fortfährt. »Ich glaube, dass ich mich nicht richtig verhalten habe«, sagt er und legt beide Beine auf den Couchtisch. Ich lege meine Beine dazu. »Vielleicht habe ich mich blenden lassen von deiner anpackenden Art und deswegen einfach so mein Ding weitergemacht. Du hast recht mit dem, was du gestern Abend gesagt hast.«

Oha. Kurz rekapituliere ich, was ich alles gesagt habe, und komme zu dem Schluss: Ich möchte definitiv nicht mit all meinen gestrigen Äußerungen recht haben. Doch Simon ist noch nicht fertig.

»Ich bin viel zu sehr auf mich fixiert gewesen und habe gar nicht mitbekommen, dass du mich vielleicht mehr brauchst, als du es ausdrücken kannst. Weil es dir vielleicht auch gar nicht so bewusst ist. Liege ich da möglicherweise richtig?« Fragend sieht er mich von der Seite an. Seine blonden Haare sind ihm im Kampf mit meiner Geschirrspülmaschine ins Gesicht gefallen, und mit einer ungeduldigen Bewegung schüttelt er den Kopf. Ich denke über seine Frage nach. Könnte das sein? Habe ich den Zeitpunkt verpasst, an dem ich die Hand heben und um Hilfe hätte bitten müssen?

»Ein Kind zu bekommen ist wirklich eine verdammt große Sache, und sie verändert alles. Vielleicht ist die Paula mit der Bohne im Bauch eine andere als die Paula vor der Bohne. Und vielleicht hast du dir das selbst nicht eingestehen können und einfach so weitergemacht. Oder es gar nicht gemerkt, denn ganz offensichtlich brauchst du sonst nichts und niemanden, um im Leben bestehen zu können. Ich meine, du hast deinen Job verloren, dir einen neuen gesucht, das mit dieser Abfindung geregelt, du organisierst deinen Umzug, bringst den Hof auf Hochglanz und hast mir nebenbei noch gehörig in den Arsch getreten. Das ist alles verdammt viel. Für eine Hochschwangere noch dazu, findest du nicht auch?« Okay, das ist offenbar eine rhetorische Frage, denn er fährt umgehend fort: »Und ich sitze da und befasse mich stundenlang mit einem Brief meiner Mutter, anstatt zu begreifen, dass ich mich mit dir befassen sollte. Meine Mutter ist egal, mit dir will ich leben. Mit dir und der Bohne.« Er nimmt meine rechte Hand in seine und schaut mich an.

Ich bin nach dieser sehr langen Rede emotional leicht verwirrt und muss ein paarmal blinzeln. Eine hübsche kleine Interpretation war das, und vermutlich liegt er damit sogar ganz richtig. Vielleicht war ich gestern genau deshalb so überfordert, weil er sich in seinem Leid suhlte, während ich ihn einfach brauchte. So ganz allgemein, nicht um die Umzugskartons ins Auto zu schleppen, sondern einfach, um für mich da zu sein.

»Vielleicht stimmt das«, sage ich vorsichtig. »Ich fühle mich zurzeit ziemlich erschöpft und so … oh, ich habe kein Wort. Offen? Verletzlich? Wusstest du, dass ich keine Nachrichten mehr gucken kann? Weil die Welt so schlecht ist! Das war sie doch vorher auch, verdammt! Aber jetzt kann ich nicht mehr damit umgehen. Ob das so bleibt?«

»Hm, ich befürchte ja.« Als er meinen panischen Blick sieht, spricht er schnell weiter. »Also, ich glaube, dass Frauen, die ein Kind bekommen, aus gutem Grund so sensibel sind. Auch du wirst dich irgendwann wieder mit den Dramen dieser Welt befassen können. Meine Schwägerinnen sind alle irgendwann wieder normal geworden.« Er hält kurz inne und fügt dann hinzu: »Na ja, um ehrlich zu sein, waren sie alle schon vorher ziemlich bescheuert.«

Andrea und Jutta haben mir das Gleiche erzählt. Dass sich die Seele in den Wochen vor der Geburt noch einmal verselbstständigt und hochempfindlich wird. Gestern musste ich weinen, als in einer Hundefutterwerbung kleine Welpen auftraten. Ich bin erschüttert über meine Seele.

»Aha«, sage ich deswegen nur und lehne mich an Simons Schulter.

»Wenn du gestattest, würde ich gern ein wenig mehr auf dich aufpassen«, murmelt Simon sehr höflich in mein Haar, und ich nicke. Denn es klingt ganz gut in meinen Ohren, dass jemand auf mich aufpassen will. Und es macht Sinn. Ich muss ja schon auf die Bohne aufpassen, da bin ich mit mir selbst gerade etwas überfordert.

»Ich habe dann jetzt meine kleine Ansprache beendet und würde gerne mit dir schlafen«, murmelt Simon in meine Locken. »Vorausgesetzt, du fühlst dich danach. Sonst könnten wir auch ein Eis essen gehen oder einfach hier sitzen bleiben. Wie es dir beliebt. Du bist der Chef.«

»Nö, Sex ist gut«, murmle ich zurück, und die nächsten Stunden verbringen wir im Bett. Erst lieben wir uns dreimal hintereinander (unser gegenseitiges Bedürfnis nach Nähe war offenbar noch steigerungsfähig), dann öffnen wir das Schlafzimmerfenster, lauschen den verrückten Amseln vor dem Haus und liegen einfach nur da. Simon mit einer Hand auf meinem Kopf, mit der anderen auf meinem Bauch.

Am Nachmittag müssen wir diesen herumlungernden Zustand allerdings unterbrechen, denn ich habe einen Termin in einer Hebammenpraxis. Die Hebamme heißt Gertrude Heidbrumme, und als meine Schwester sie als die ultimative Geburtsbegleiterin anpries, konnte ich mich wegen des seltsamen Namens gar nicht auf den Bericht über ihre angeblichen Heldentaten konzentrieren. Also bitte, Gertrude Heidbrumme! Das ist doch kein Name, das grenzt doch fast schon an Körperverletzung.

Nichtsdestotrotz werde ich sie mir anschauen. Die Zeit drängt, und ich brauche eine fähige Hebamme. Simon will unbedingt mit und die Frau mit dem seltsamen Namen persönlich kennenlernen, aber ich parke ihn in einer Eisdiele in der Nähe der Praxis.

»Du schließt mich aus deinem Leben aus«, sagt er düster, nachdem er sich ein Spaghetti-Spezial bestellt hat, und ich nicke fröhlich.

»Nur aus diesem Teil, Simon. Da muss ich alleine durch. Oder besser: mit qualifiziertem Fachpersonal.«

Diese Entscheidung steht schon lange fest, wurde aber durch das Studium von Seite achtundneunzig bis einhundertzwölf in meinem Schwangerschaftsratgeber noch mal untermauert. Vierzehn Seiten voller Spannung, beängstigender Informationen und dem eindeutigen Hinweis: Männer könnten bei einer Geburt eventuell überflüssig sein. Das mag natürlich mit einem liebevollen Kindsvater an der Seite etwas anders geartet sein, aber ich habe nur einen Kindsvater (zwar zahlungswillig, aber alles andere als liebevoll) und einen liebevollen Freund.

Das Ganze bleibt also ein »Frauending«, wie Jutta es verschwörerisch nennt. Und für dieses »Frauending« brauchen wir jetzt noch eine dritte im Bunde; eine, die sich am richtigen Ende auskennt. Mit Verlaub, Jutta und auch Andrea waren bei ihren eigenen Geburten am anderen Ende beschäftigt.

Die Hebammenpraxis befindet sich in einem schicken Altbau eine Straße von der Eisdiele entfernt. Ich erklimme den ersten Stock und klingle an der reich verzierten Holztür. Kurz darauf höre ich das Klackern von hohen Absätzen, und die Tür wird energisch aufgerissen. Mein freundliches »Hallo« bleibt mir fast im Halse stecken, als mein Blick auf Gertrude Heidbrumme fällt. Irgendjemand hat da bei der Namensvergabe nicht aufgepasst. Warum hat man die Eltern von Gertrude Heidbrumme gewähren lassen, warum ist niemand eingeschritten?

Gertrude Heidbrumme sieht aus wie Claudia Schiffer, nur in noch schöner. Langes blondes Haar, Spitzenfigur, wohlgeformte Brüste und ein Gesicht wie vom Titelcover der *Elle*. Wow! Kurzfristig fühle ich mich sehr klein und sehr dick und sehr doof.

»Paula!«, begrüßt sie mich so freudig, als würden wir uns bereits kennen. »Komm rein! Ich war schon so gespannt auf

Andreas Schwester.« Sie lacht und hat auch noch sehr schmückende Grübchen.

Ich erinnere mich kurz an ihren echt blöden Namen und setze ein freundliches Lächeln auf. Kann ich vor dieser schönen Frau kreischen, schreien und hysterisch werden? Hm, ich habe da meine Zweifel. Hebamme Magdalena war so … anders.

»Kaffee oder Tee?«, fragt sie mich, während sie vor mir her durch den langen Flur klackert. »Ich war heute Morgen in der Klinik und habe mit dem Chefarzt über die Anschaffung eines neuen Geburtsbettes verhandelt. Deswegen die Klamotten, aber keine Sorge, es gibt ein Bett, wenn auch älteren Semesters.«

Sie grinst, und ich sage: »Kaffee.« Wobei ein Schnaps mir jetzt lieber wäre.

»Erst mal würde ich gerne etwas über dich erfahren, und dann erzähle ich, wie meine Geburtsbegleitung so aussieht. Und dann kannst du dich in Ruhe entscheiden. Wenn du das getan hast, würde ich dich gerne noch untersuchen. Milch und Zucker?« Ergeben nicke ich und nehme einen Schluck aus der lilafarbenen Tasse.

Wir setzen uns an einen Tisch, der komplett aus Plexiglas besteht und zum Rest der Hightech-Küche passt, und ich erzähle Gertrude Heidbrumme von meinem Leben als zukünftige Bohnenmutter.

»Ja, das kenne ich«, kommentiert sie, als ich fertig bin. »Ich habe vier Kinder und zwei Väter dazu. Das ist nicht leicht, aber machbar. Meinen jetzigen Mann habe ich auch kennengelernt, als ich schwanger war.«

»Du hast vier Kinder?«, frage ich leicht bestürzt. Wow, Gertrude Heidbrumme beeindruckt mich.

Wir plaudern ein wenig über Kindsväter und solche, die fremde Bohnen unter die eigenen Fittiche nehmen wollen, und ich stelle schnell fest, dass wir auf einer Wellenlänge sind. Irgendwann kommt sie dann wieder zum Punkt:

»Ich bin Beleghebamme am Marienstift, das heißt, ich begleite meine Mütter durch die Geburt, egal wie lange sie dauert, und natürlich auch noch danach. Ein besseres System als das übliche, wo du durch Schichtwechsel manchmal die ganze Belegschaft der Klinik kennenlernst.« Aufmunternd sieht sie mich an, und ich nicke.

»PDA? Kaiserschnitt? Dammschnitt? Duftlämpchen?«, stelle ich alle Fragen, die mir einfallen, auf einmal.

»Äh, PDA gerne. Den Rest, wenn's zwingend notwendig ist. Machst du eigentlich einen Vorbereitungskurs?«

»Ja, aber nicht in deiner Praxis. Es war schon alles ausgebucht. Ist das ein Problem?«

»Nee, wir zwei würden uns dann ja eh vorher regelmäßig sehen, dann kann ich dir auch noch etwas über das Atmen erzählen. Also zusätzlich zu dem Kurs. Außerdem bin ich ja sowieso dabei und kann das Atmen sozusagen auf den Punkt anleiten.«

Das klingt alles gut. Ich mag Gertrude Heidbrumme, auch wenn jede durchschnittlich ausgestattete Frau in ihrer Gegenwart vermutlich von leichten Komplexen heimgesucht wird.

»Alles klar«, sage ich kurzerhand. Die Frau ist gut, sie weiß, was zu tun ist, hat es selbst viermal getan und wirkt so freundlich und zuversichtlich, wie es Magdalena auch unter Einsatz von Haschkeksen niemals geschafft hätte.

Gertrude untersucht die Bohne und mich, erzählt noch ein wenig über die ersten Anzeichen für eine bevorstehende Geburt und wann man sich auf den Weg in die Klinik machen sollte, und drückt mir dann ein Kärtchen mit ihrer Handynummer in die Hand.

»Benutze sie. Jederzeit. Auch nachts. Wir zwei werden das Kind schon schaukeln.« Zum Abschied umarmt sie mich kurz, aber sehr herzlich, und ich wandere zurück zu Simon, der mittlerweile schon beim zweiten Eisbecher angelangt ist.

»Den hab ich für dich bestellt«, begrüßt er mich mit vollem Mund. »Aber er wär in der glutheißen Aprilsonne bestimmt geschmolzen.«

Ich setze mich zu ihm, verschränke die Arme und sage gebieterisch: »Dann bestell mir einen neuen! Wir müssen das Eintreten von Gertrude Heidbrumme in mein Leben feiern.«

Wir feiern noch eine ganze Weile, bis die Sonne untergeht, dann ruft Edgar Simon auf dem Handy an und beschwert sich, weil er meine Wohnung alleine fertig machen muss. Aus dem Umstand, dass Edgar tatsächlich eine Handynummer benutzt hat, schließen wir, dass er in sehr schlechter Stimmung sein muss und unsere sofortige Betreuung braucht. Vorsorglich nehmen wir noch etwas Eis mit. Fett und Zucker helfen ja bekanntlich bei schlechten Stimmungen.

Edgar hockt in meinem zukünftigen Schlafzimmer und sieht aus, als hätte eine Horde Tauben ihn bekackt.

»Was ist das für eine Scheißfarbe!?«, fragt er empört, als wir uns durch das Chaos aus Malerrollen und offenen Farbeimern geschlängelt haben.

»*Biooo!*«, antworten Simon und ich gleichzeitig.

»Die deckt nicht nur nicht, die fängt jetzt auch noch an abzubröckeln!« Edgar ist richtig sauer auf die Farbe, und ich reiche ihm schnell das kleine Päckchen mit dem Eis.

»Danke, aber da ist nur ein Plastiklöffel dabei. Das ist nicht so gut«, sagt er, während er den kleinen rosafarbenen Gegenstand in die Höhe hält.

»Undankbarer Mensch!«, knurrt Simon, und ich knurre: »Iss jetzt!«

Ergeben schaufelt Edgar sich mit dem schlimmen Plastiklöffel Nusseis in den Mund und scheint vorerst besänftigt. Derweil wandere ich durch die Räume und verspüre das erste Mal echte Vorfreude. In den vergangenen Wochen war ich so beschäftigt, dass ich immer nur ganz schnell durch die Wohnung gehuscht bin. Aber jetzt ist sie wirklich so gut wie fertig und sieht trotz der bröckelnden Biofarbe einfach traumhaft aus.

Der honigfarbene Holzfußboden ist noch versteckt unter einem Malervlies, aber an einigen Stellen kann ich den goldenen Farbton hervorblitzen sehen. Die Wände sind weiß (nun ja, größtenteils), und die hohen Holzfenster und -türen sind in einem zarten Cremeton lackiert. Im Badezimmer gibt es ebenfalls cremefarbene Fliesen an den Wänden, und der Boden ist mit dunklem Steinzeug belegt, unter dem – *tata!* – eine Fußbodenheizung auf ihren ersten Einsatz wartet.

»Ich freue mich so!«, rufe ich laut, und sowohl Edgar als auch Simon gucken um die Ecke ins Bad.

»Sie freut sich«, seufzt Edgar zufrieden, und Simon grinst mich an.

Kapitel 30

So erfreulich geht es in den kommenden Wochen allerdings nicht weiter. Ich entwickle eine erschreckende Form der Schwangerschaftsdemenz. Simon hat mir sogar schon ein Schild gebastelt, auf dem steht:

Ich bin Paula. Bitte bringen Sie mich zu Simon. Schnell, ich bin verwirrt.

Er überreicht es mir mit einem Band daran bei unserem gemeinschaftlichen Hofessen zur Mittagszeit und hat die Lacher auf seiner Seite. Ich bin *not amused*, aber vermutlich werde ich das zehn Minuten später schon wieder vergessen haben. Selbst wenn alle Mütter, die ich kenne, mir attestieren, dass Schwangerschaftsdemenz eine übliche Begleiterscheinung der Brutphase ist, finde ich es unglaublich. Mein Leben wird nur noch durch mein piependes Handy und gelbe Post-it-Zettel strukturiert. Da mein Hirn nicht mehr zuverlässig funktioniert, habe ich es outgesourct. Sogar auf dem Klo wurden schon gelbe Klebezettel von mir gesichtet.

Am Tag zuvor erst stand ich vor der Tür zur Tischlerei und wusste, dass ich etwas von Simon wollte. Etwas Dringendes. Aber ich hatte es VERGESSEN! Simon beschriftete daraufhin ein weiteres Post-it mit den Worten »Simon, Freund«, den er sich auf die Stirn klebte.

Als ich Gertrude Heidbrumme mein Leid klage, erklärt sie mir trocken, dass sie ihre vorkindliche Hirnleistung niemals wieder voll erreicht hat. Auf die Schwangerschaftsdemenz folgt unweigerlich die Stilldemenz, und danach tritt frau in einen Zustand der mütterlichen Grundverwirrtheit ein, welcher offenbar niemals mehr ganz weggeht. Tolle Aussichten.

Und ganz neue Dinge passieren plötzlich in meinem Leben. Ich hoffe zumindest, sie sind wirklich neu und nicht der Gesamtlöschung meiner internen Festplatte zum Opfer gefallen.

Zum Beispiel sind wir seit vier Wochen jeden Sonntag bei meinen Eltern zum Essen eingeladen. Totaler Klassiker, wie ich finde. Und meine Eltern beabsichtigen auch, dies die nächsten Jahre in dieser Form weiterzuführen. Das habe ich in ihrem Wandkalender nachgelesen, dort ist jeder Sonntag gelb markiert und mit den Worten »KINDER« versehen. (Meine Eltern sind vermutlich die einzigen Menschen, die über einen Kalender für die nächsten zehn Jahre verfügen.)

Mit »Kinder« ist alles gemeint, was Schmidt'sche Gene im Blut hat oder mit einem solchen Genträger in eheähnlicher Gemeinschaft lebt. Das schließt seit Neustem sowohl Simon als auch Nummer dreiundsiebzig mit ein. Ja, Toms Herz ist geheilt. Wobei wir versuchen, uns an Nummer dreiundsiebzig nicht zu sehr zu gewöhnen, da Toms durchschnittliche Beziehungsdauer bei neun Wochen liegt.

Diese Familientreffen sind wirklich nett, bis auf das Essen. Vor zwei Wochen gab es Pastinaken-Eintopf mit Runzelerbsen, woraufhin Andrea meiner Mutter ein neues Kochbuch geschenkt hat. Titel: *Schmackhaft kochen mit Gemüse*. Der Hinweis hätte natürlich etwas subtiler ausfallen können, immerhin gibt meine Mutter sich wirklich Mühe. Aber ein »stets bemüht« ist im Endeffekt eben doch nur ein getarntes »mangelhaft«.

Letzten Sonntag hat Simon dann fast auf Knien liegend gefleht, an den Herd zu dürfen. Er bezirzte meine Mutter und säuselte etwas von »Sie müssen sich doch auch mal erholen«. Simon scheint eine Art männliches Luder zu sein. Aber siehe da, meine Mutter war von diesen Worten so schwer beeindruckt, dass sie ihn gewähren ließ. Das Ergebnis war ein traumhaftes Spargelrisotto mit karamellisierten Walnüssen, woraufhin Simon jetzt nicht mehr nur »Tischler des Jahres« ist, sondern auch noch der Retter der Schmidt'schen Geschmacksknospen.

Ich habe mir fest vorgenommen, auf eventuelle Manipulationsversuche an meiner Person nicht hereinzufallen, aber Simon ist gut. Sogar Paris hat er um den Finger gewickelt. Mit einem Ochsenhoden. Sie liegt ihm seitdem permanent zu Füßen.

Ebenfalls neu in meinem Leben ist der Geburtsvorbereitungskurs. Zweimal war ich bislang dort, allerdings bin ich unschlüssig, ob es ein drittes Mal geben wird.

Beim ersten Mal war Mara mit dabei, und uns wurde anhand eines weiblichen Puppentorsos vorgeführt, zu welchen wundersamen Dehnungen unser Beckenboden und unsere Vagina in der Lage sind.

Nach fünf Minuten flüsterte Mara mir zu: »Ich muss telefonieren. Schnell noch mehr Geld verdienen. Vielleicht kann ich mir dann irgendwann eine Leihmutter leisten. Falls ich mal einen Kinderwunsch verspüre.«

Sie kam erst zurück, als wir, die Schwangeren, uns an den Händen gefasst hatten und ein fröhliches Lied anstimmten. Dazu muss gesagt werden, dass wir das nicht freiwillig taten, sondern durch die eifrige Hebamme genötigt wurden.

»Müssen Schwangere so etwas tun? Fühlt sich das richtig

an?«, fragte Mara mich im Auto vorsichtig, und ich schüttelte verstört den Kopf.

Beim zweiten Mal war Tom mit, und wir lagen alle auf Yogamatten quer im Raum verteilt. Sah ein bisschen aus wie eine gestrandete Walfamilie. Passend dazu sollten wir die »Wolken ziehen lassen« und uns ganz auf unser Kind konzentrieren. Da Tom kein Kind im Bauch hat, auf das er sich konzentrieren konnte, und sowieso alles ein wenig blöd fand, machte er kurzerhand ein Nickerchen. Mit fröhlicher Schnarchbegleitung. Und ich blickte an die wolkenlose Zimmerdecke.

Da alle anderen Schwangeren und deren Begleiter offensichtlich gut mit ihren Wolken klarkamen, lagen wir insgesamt fast vierzig Minuten herum, und so habe ich mit der Bohne einen kleinen Plausch gehalten. Ich habe ihr in Gedanken etwas erzählt, und sie hat mir dafür in die Rippen geboxt, das brutale Kind.

Auf dem Weg zurück sagte Tom zu mir: »Ich habe selten so gut geschlafen.«

Tatsächlich musste ich ihm am Ende der Stunde in die Nase kneifen, damit er endlich aufwachte. Ich denke, ich werde lieber nicht mehr zu dem Kurs gehen. Die Hoffnung, dass noch etwas Nützliches kommen könnte, habe ich bereits nach diesen beiden Kostproben aufgegeben.

Und dann, ganz plötzlich, muss ich schon umziehen. Ich habe den Umzug auf einen Samstag gelegt, da alle meine Helfer dann noch den Sonntag zur Erholung haben. Ich bin ja schließlich eine fürsorgliche Hilfsbedürftige.

Pünktlich um sieben stehen Simon und Edgar vor meiner Tür. Sie haben einen Lieferwagen in den Dimensionen eines Reihenendhauses dabei, und zehn Minuten später trudelt auch

Tom endlich ein. Während Simon meine Möbel demontiert, schleppen Tom und Edgar alles die Treppe hinunter und packen die Einzelteile in den riesigen Laderaum des Lieferwagens.

»Tolle Sache«, schnauft Tom, als er sich ein Teil meines Bettes über die Schulter schwingt. »Ist wie Tetris, nur in groß!«

»Was ist das?«, keucht Edgar, der sich mit meiner Matratze auf dem Rücken an uns vorbeischiebt.

Tom lässt das Bettteil sinken und kneift entsetzt die Augen zusammen. »Er kennt kein Tetris?«, flüstert er, und ich schüttle schulterzuckend den Kopf. Vermutlich weiß Edgar noch nicht einmal, was ein Gameboy ist, geschweige denn eine Xbox.

»Ich bin mir nicht sicher, ob du da wirklich hinziehen kannst. Noch mehr ökologisch Verblendete in der Sippe ertrage ich nicht!«

»Hallo, ich bin es, Paula!«, rufe ich und fuchtele mit einer Hand vor seinem Gesicht herum. »Ich bin die unangefochtene Meisterin im Mario-Kart-Rennen, du erinnerst dich?«

Tom grunzt und schiebt ein böses »Nur ungern« hinterher, dann stemmt er das Bettteil wieder in die Höhe und eilt von dannen. Ha! Ich habe ihn nämlich immer voll abgezockt. Autorennen kann ich echt gut.

Um neun kommt Mara, und als ich ihr einen Begrüßungskuss auf die Wange drücken will, muss ich mich zu ihr hinunterbeugen.

»Wer sind Sie?«, frage ich erstaunt, weil Mara üblicherweise genauso groß ist wie ich. Sie betrachtet mich mürrisch und schnappt sich dann wortlos einen Umzugskarton. Erst jetzt verstehe ich: Ich kenne Mara schon wirklich lange, aber ich habe sie einfach noch nie in flachen Schuhen gesehen. Was auch die zehn Zentimeter Größenunterschied erklärt.

»Ha, du bist ja in echt ein Zwerg!«, brülle ich ob dieser Erkenntnis hinter ihr her, und Mara stellt kurz den Karton ab, um mir den Stinkefinger zu zeigen.

Um kurz nach neun erscheint Olaf auf der Bildfläche. Olaf, der Kindsvater, hielt es für eine unabdingbare Notwendigkeit, seiner schwangeren Exfreundin bei ihrer Umsiedelung zu helfen. Das ist zwar ein netter Zug, verkompliziert aber irgendwie den gesamten Tag.

Das Zusammentreffen von Exfreund und aktuellem Freund ist ja in der Geschichte der Menschheit durchaus problembehaftet. In meinem Fall ist es allerdings noch viel komplizierter: Der eine ist der Bohnen-Produzent, der andere wird aktiv die Bohnen-Aufzucht mitgestalten. Etwas kraftlos und in Erwartung schlimmer Ereignisse lehne ich mich gegen meinen Küchentisch.

Würde Olaf sich auf die Zahlung von Unterhalt beschränken, hätten wir kein Problem. Da er aber vor einigen Tagen beschlossen hat, eine innige Bindung zur Bohne aufbauen zu wollen, ist das dadurch entstandene Problem intergalaktisch groß. Schließlich kann ich ihm das nicht verbieten, ist ja auch seine Bohne.

Simon sagt mir seit zweiunddreißig Stunden – so lange weiß ich, dass Olaf beim Umzug helfen möchte –, ich solle mich entspannen und das eventuelle Drama ihm und Olaf überlassen. Aber ich kann mich verdammt noch mal nicht entspannen. Schon gar nicht, als Olaf, bestens ausgestattet mit Arbeitshandschuhen und Sicherheitsweste, ins Schlafzimmer stiefelt und Simon ein »Hallo« zuraunzt.

Simon raunzt ein »Hallo« zurück, und eine Sekunde später steht Olaf wieder in der Küche. Das war's. Sie sind aufeinandergetroffen. Alle noch am Leben. Ich versuche weiterhin mein Bestes, mich zu entspannen.

»Was soll ich machen?«, fragt Olaf mich, als wäre nichts gewesen, und ich deute schweigend auf den Berg an Umzugskartons, die sich vor dem Fenster stapeln.

Schwer beladen macht er sich auf den Weg und trifft im Flur auf Mara, die ihn frostig mit den Worten »Na, du Flachpfeife« begrüßt.

»Du bist ja ein Zwerg«, stellt Olaf im Gegenzug fest und zieht fröhlich seiner Wege.

»Arsch«, murmelt Mara, als sie sich den nächsten Karton schnappt. Gut, der Umgangston der beiden ließ auch während unserer Beziehung zu wünschen übrig, daran scheint sich nichts geändert zu haben.

Gegen Mittag ist meine Wohnung so gut wie leer. Jutta erscheint mit belegten Brötchen und Spachtelmasse. Die Brötchen verteilt sie, mit der Spachtelmasse rückt sie den unzähligen Löchern in der Wand zu Leibe.

Ich bin jetzt schon völlig am Ende, obwohl ich nichts tue, außer herumzustehen und Anweisungen zu geben. Um eins ist meine Wohnung wirklich leer. So komplett möbel- und gerümpelfrei sieht sie völlig anders aus. Sie ist mir schon ganz fremd, als hätte ich die letzten Jahre gar nicht hier gelebt. Eine ganz leichte Kurzdepression überfällt mich, und ich erklimme ein letztes Mal die steile Treppe ins Obergeschoss. Auf dem obersten Treppenabsatz lasse ich mich nieder und beobachte, wie meine Umzugstruppe die restlichen Brötchen verspeist. Dann fahren Mara, Edgar, Tom, Jutta und Olaf zum Hof, während Simon sich mit einem Käsebrötchen zu mir gesellt.

»Alles gut?«, fragt er mich und hält mir das Brötchen hin, damit ich abbeißen kann.

»Nachdenklich«, murmle ich mit dem Brötchenbissen im Mund. »Noch ein neuer Lebensabschnitt. Hier habe ich fast acht Jahre gelebt. Irgendwie bin ich schon ein klitzekleines bisschen traurig.«

Wortlos nimmt Simon mich in den Arm. Wir sitzen noch eine halbe Stunde untätig herum und fahren dann mit meinem Golf ebenfalls zum Hof. Die Wohnungsübergabe wird erst Dienstag stattfinden, es bleibt also noch ausreichend Zeit, um einmal den Besen zu schwingen und meine alte Bleibe hübsch zu machen.

Auf dem Hof ist die Hölle los. Man könnte zu dem Schluss kommen, dass mein Einzug ein echtes Event für alle Hofbewohner und Freunde darstellt. Über meiner Tür prangt sogar eine bunte Girlande mit den Worten »Herzlich willkommen!«, und Alina erwartet uns mit Kaffee und selbst gebackenem Kuchen. Harry hat sich für diesen Anlass extra fein gemacht und trägt heute so etwas wie eine Frisur (alle Igelstacheln sind mit mindestens fünfhundert Gramm Öko-Haargel am Kopf festgeklebt, sehr apart). Sogar meine Eltern sind angereist, um zu helfen.

Sobald der frische Zuckerkuchen restlos vertilgt ist, schleppen acht Leute den Inhalt des Transporters in meine neue Wohnung. Dementsprechend dauert es auch nur eine Stunde, bis in meinem neuen Zuhause das totale Chaos tobt.

Als sich dann auch noch mein Kleiderschrank vehement gegen einen erneuten Aufbau wehrt, indem er einfach immer wieder alle Seitenteile und Türen von sich wirft, herrscht auch in meinem Innersten Chaos. Die Bohne tritt seit Stunden gegen meine Rippen, und irgendwie fühle ich mich komisch. Undefinierbar komisch und erschöpft.

Dann mokiert Olaf sich über das Babybettchen, das von Simon höchstpersönlich geschreinert wurde, aber offenbar den neusten Hightech-Anforderungen nicht genügt, und mein Vater fährt ihn schroff an, er solle jetzt mal die Klappe halten, was

Olaf natürlich nicht tut. Stattdessen höre ich ihn im Wohnzimmer aufgeregt sagen: »Hör mal, es ist auch MEIN Kind!«, und bekomme kurzfristig Schnappatmung.

Das hat mir alles noch gefehlt. Die ganze Zeit schlage ich mich alleine durch das steinige Leben einer Schwangeren, und jetzt kommt er daher und erhebt Besitzansprüche?

Ich setze mich auf mein Sofa, das aus Platzmangel noch auf der Terrasse weilt. Plötzlich möchte ich mich einfach nur noch hier und jetzt zusammenrollen und tot stellen. Dann sehe ich Mara mit hochrotem Kopf ins Wohnzimmer eilen. Sie ist offensichtlich in Kampfeslaune, es fehlt nur noch der schwarze Rauch aus den Nasenlöchern. Nicht gut. Sie wird sich einmischen. Weil sie sich immer einmischt. Ich hätte jetzt gern eine Bettdecke, die ich mir über Bauch und Ohren ziehen kann.

Da keine Decke zur Hand ist, schließe ich stattdessen ergeben die Augen, und im nächsten Moment legt GSG-Mara los: »Du hast Paula so was von hängen lassen!«

Kurze und spannungsfördernde Pause, dann: »Was okay ist, denn sie ist ohne dich sowieso besser dran!« Leicht süffisanter Unterton.

»Aber dann bleib dabei!« Bitterböses Fauchen. »Paula hat ihr Leben gut organisiert, und du kommst da nicht drin vor. ALSO HALT DICH RAUS!«

Die letzten Worte brüllt sie, und ich zucke zusammen. Super, in meinem Wohnzimmer findet gerade eine Konflikteskalation statt. So viel zum guten Chi in meiner neuen Wohnung.

»Ich musste mich vielleicht erst mal mit dieser Situation befassen? Verdammt, für mich war es auch nicht leicht!«, brüllt Olaf im nächsten Augenblick zurück.

Mara pariert knallhart: »Natürlich, du Armer! Musstest du auch monatelang kotzen? Hast du auch deinen Job verloren?

Musstest du auch umziehen? Du bist doch nur semibeteiligt. Es war dein Samen, mehr nicht. Sämtliche Konsequenzen trägt Paula. Zum Glück jetzt nicht mehr alleine.«

»Okay, in die Ecken«, höre ich Simons dunkle Stimme im nächsten Moment. »Keine Schlägerei in der frisch gestrichenen Wohnung. Das hat mich wertvolle Stunden meines Lebens gekostet, ja? Blut an den Wänden kommt also nicht infrage!«

Erstaunlicherweise schweigt Mara, und auch von Olaf höre ich keinen Mucks mehr.

»Mara, ob du wohl die ganzen Badsachen für Paula einräumen könntest?«, fragt Simon sie ganz charmant, und Mara tut, wie ihr geheißen, und verschwindet ins Badezimmer. Ob er sie mit einem Chanel-Nagellack aus meiner Kollektion bestochen hat?

»Und könnten wir zwei mal eine kurze Pause machen und ein zukunftsorientiertes Gespräch über das Kind führen?«, fragt er Olaf, kurz nachdem die Badezimmertür krachend ins Schloss gefallen ist.

»Nicht hier«, knurrt Olaf.

»In meiner Werkstatt«, antwortet Simon prompt. Olaf scheint ihm kommentarlos zu folgen, denn ich höre, wie ihre Schritte leiser werden.

Eine Stunde später sind sie immer noch verschwunden, dafür hat Harry meinen Schrank in den Griff bekommen. Er hat die Seitenwände und Türen mit irgendeinem Wundermittel festgeklebt, woraufhin der Schrank zwar steht, die Türen sich aber nur noch sehr bedingt öffnen lassen. Was seine Zweckmäßigkeit schon erheblich einschränkt. Für den Moment ist mir das allerdings egal, und Harry meint nur zufrieden: »Hast doch einen Tischler als Mann. Der macht dir bald einen neuen.«

Eine weitere Stunde später hat sich das Chaos schon etwas

gelichtet, und es gibt erneut eine Kuchenpause. Alina scheint für mehrere Wochen auf Vorrat gebacken zu haben. Meine Umzugshelfer hocken im Wohnzimmer auf Kisten und Kartons herum und stopfen sich ofenfrischen Bienenstich in die hungrigen Mäuler, als Simon und Olaf mit grimmigen Mienen die Bühne betreten. Sofort wird es still, und alle starren die beiden an, was Olaf zu einer komischen Grimasse veranlasst.

»Essen ist gut«, seufzt Simon theatralisch und schneidet damit Olaf das Wort ab, der gerade schon wieder zu einer bösen Bemerkung à la »Was glotzt ihr so?« ansetzen wollte. Ich erkenne das sofort an der steilen Falte zwischen seinen Augenbrauen. Die Gefahr-in-Verzug-Falte.

Okay, die beiden sind nach ihrem Gespräch unter Männern in einem Stück zurückgekommen. Sie haben keine offensichtlichen Blessuren davongetragen und scheinen auch weiterhin einen gesellschaftsfähigen Umgang miteinander zu pflegen, woraus ich schließe, dass dieses zukunftsorientierte Gespräch erfolgreich verlaufen ist. Oder zumindest gewaltfrei, was unter den aktuellen Umständen ja auch schon was ist.

Ich bin natürlich sehr neugierig, aber noch erschöpfter, und so bleibe ich einfach bewegungslos auf meinem Sofa sitzen. Das steht mittlerweile endlich im Wohnzimmer anstatt davor und macht sich mit seinem dunklen Grau vor der weißen Wand ausnehmend gut.

Abgesehen von meiner Erschöpfung plagt mich noch etwas anderes, was ich nicht richtig zuordnen kann. Mit meinem Bauch stimmt etwas nicht. Er wird in regelmäßigen Abständen hart wie ein Stein, und das fühlt sich sehr seltsam an. Nicht unbedingt schmerzhaft, mehr als ob jemand mir mit starken Armen fest um die Taille greift. Da sich ja mittlerweile ein großes Repertoire an seltsamen Instanzen in meinem Kopf eingenistet hat, übernimmt die leicht hysterische die Bewertung dieser Tatsache und zischt mir zu: »*Das sind bestimmt Wehen. Ohgottohgottohgott!*«

Vorerst ignoriere ich die Stimme. Wehen sollen ja wehtun, und mein Bauch tut nicht weh, aber ich bin trotzdem froh, als sich kurze Zeit später ein Großteil der Umzugshelfer verabschiedet.

Meine Eltern müssen noch zu einem Geburtstag, Jutta muss auf ihr Sofa, Tom muss zu Nummer dreiundsiebzig, Mara muss noch ein wenig Geld verdienen, und Olaf muss zu seiner neuen Flamme. Harry und Edgar müssen die Tiere versorgen, und Elena und Alina sind beide so müde, dass ihnen bereits um sechs die Augen zufallen. Umziehen ist anstrengend, das kann ich nur bestätigen, und so lasse ich mich von allen Seiten umarmen und behalte die komischen Aktivitäten meines Bauches für mich. Ich will ja niemanden beunruhigen.

Etwas verloren stehe ich dann in meinem neuen Zuhause und überlege, was ich als Nächstes tun soll. Theoretisch könnte ich sofort ins Bett gehen, das zum Glück auch schon aufgebaut ist. Aber mein Bauch vollführt immer noch diese seltsame Erstarrungsakrobatik, und so beschließe ich, Gertrude anzurufen.

Sie beruhigt mich erst mal. Vermutlich seien das Übungswehen, sagt sie. Nichtsdestotrotz ordert sie mich in die Klinik, weil sie eh gerade da ist. Ein Baby entbinden. Sie will sich das mal anschauen.

Jetzt habe ich ein wirklich flaues Gefühl im Bauch. Etwas unsicher laufe ich zu Simon, der in seiner Werkstatt rumkramt und nach irgendetwas sucht.

»Kannst du mich in die Klinik fahren?«, frage ich hastig, als ich ihn endlich hinter der großen Werkbank entdecke. Alarmiert kommt er auf die Füße.

»Mein Bauch ist hart, und Gertrude sagt, dass es vermutlich nicht schlimm ist. Aber sie will sich das anschauen«, erkläre ich, und kommentarlos greift er nach seinem Autoschlüssel. Wie immer notfalltauglich, der Mann.

Er fährt zügig und plaudert auf der gesamten Fahrt scheinbar ganz locker mit mir. Aber sein Gesicht ist angespannt, und als er den Wagen vor der Klinik parkt, sehe ich, dass seine Hände ganz leicht zittern. Mir ist auch nach Zittern zumute. Einfach weil ich von diesem Tag so erschöpft bin und ganz plötzlich schreckliche Angst habe, dass etwas mit der Bohne nicht in Ordnung sein könnte.

Wir gehen zur Geburtsstation, und Simon legt dabei schützend einen Arm um mich. Gertrude erwartet uns schon mit einem freundlichen Lächeln und drückt mich kurz an sich, dann reicht sie Simon die Hand und erklärt ihm strahlend, wie sehr sie sich freut, ihn kennenzulernen.

»Wir gehen in eins der Geburtszimmer, aber da bleiben wir nicht lange.« Aufmunternd lächelt sie mir zu und weist uns den Weg. Ich streife mir zügig die Schuhe von den Füßen und lege mich auf das Bett. Weder haben die Zimmer hier klangvolle Namen, noch verfügen sie über irgendeine besondere Ausstattung. Es gibt nur ein Bett, einige technische Geräte, einen roten Pezzi-Ball und Gertrude. Und das reicht mir vollkommen.

»Dann wollen wir mal. Ich taste als Erstes deinen Bauch ab«, informiert sie mich, als sie sanft meinen Pulli hochschiebt und mit ihren Händen konzentriert über meinen Bauch fährt. Das Ganze dauert eine Weile, und sie nickt immer mal wieder. Ihr durchgehend freundliches Gesicht gibt mir Hoffnung, dass es der Bohne gut geht.

»Jetzt würde ich mir gerne den Muttermund anschauen«, sagt sie dann, streift sich ein paar Einweghandschuhe über und wartet, dass ich sie an meinen MuMu lasse. Ergeben spreize ich die Beine und werfe Simon einen düsteren Blick zu.

»Ich guck weg«, murmelt der, stellt sich an das Kopfende des Bettes und schaut mir einfach von oben in die Augen. Wegschauen ist zwar was anderes, aber das ist allemal besser als zuschauen.

Das Abtasten ist unangenehm, und ich gebe ein verhaltenes Grunzen von mir, woraufhin Simon fest meine Schultern greift. Ich bin froh, dass er bei mir ist.

»Der fühlt sich so an, wie er sich anfühlen soll«, verkündet Gertrude vom anderen Ende des Bettes. »Jetzt lassen wir noch mal das CTG laufen, aber ich kann dir schon sagen, dass es keine muttermundwirksamen Wehen sind. Das heißt, es tut sich was, aber nicht so dramatisch, als dass wir wirklich auf eine zu frühe Geburt zusteuern würden.«

Vorsichtig windet sie mir das elastische Band des Wehenschreibers um den Bauch, und mit einem zarten Piepen nimmt das Gerät seinen Dienst auf. Die Tür geht auf, und eine ältere Frau schaut um die Ecke.

»Gertrude«, flötet sie, während sie mir freundlich zunickt. »Es geht los.«

»Bin auf dem Weg!« Gertrude drückt mir einen Kuss auf die Wange, schmeißt rasch ihre Handschuhe in den Müll und sagt: »Keine Sorge. Dr. Meegan kommt gleich zu dir. Ich muss rüber. Ist aber Nummer fünf, das könnte zügig gehen. Danach schaue ich wieder nach dir. Diese Nacht wirst du wohl hierbleiben müssen. Aber morgen, denke ich, kannst du nach Hause. Bis später!« Und mit diesen Worten entschwindet sie.

Dr. Meegan entpuppt sich als patente Mittvierzigerin, und entweder hat sie heute ausnehmend gute Laune, oder sie hat genetisch einfach Glück gehabt und ist immer so gut drauf.

Strahlend betritt sie den Raum. Sie trägt ihre eisgrauen Haare im Nacken zu einem kleinen Dutt gewunden, und unter ihrem weißen Kittel blitzt eine schrillgrüne Bluse hervor.

»Schwangere Frauen sollten auch nicht umziehen«, begrüßt sie mich beherzt und reicht mir ihre Hand. »Aber keine Sorge, die Herztöne vom Kind sind gut und Ihre Wehen nicht der Rede wert.« Sie setzt sich auf den Bettrand. »Trotzdem bleiben Sie über Nacht zur Beobachtung hier. Ich werde Ihnen noch etwas Magnesium geben, und dann heißt es schonen und Ruhe. Verstanden?« Ich nicke ergeben. »Wir wollen doch, dass Ihr Baby noch mindestens bis zur fünfunddreißigsten Woche da bleibt, wo es hingehört. Wir machen Ihnen dann mal ein Bett fertig.«

Mit diesen Worten verschwindet sie wieder, und Simon und ich bleiben alleine zurück. Es ist mittlerweile schon acht Uhr, und langsam wird es dunkel vor dem Fenster. Simon sieht genauso erschöpft aus, wie ich mich fühle.

»Ich fahre kurz zum Hof und hole dir ein paar Sachen«, erklärt er, küsst mich auf den Mund und versucht sich an einem Lächeln. »Schaffst du eine Stunde ohne mich?«

Er legt den Kopf schief, und ich nicke. »Klar. Bring alles mit, was du finden kannst. Ich bin zu verwirrt, um dir eine detaillierte Liste zu erstellen.«

»Ich werde mich vom Chaos inspirieren lassen«, antwortet er, dreht sich um und läuft etwas steif zur Tür.

Simon braucht genau fünfundvierzig Minuten, dann ist er schwer bepackt zurück im Kreißsaal, in dem ich immer noch herumliege.

»Du hast schon mitbekommen, dass ich nur über Nacht hierbleiben soll?«, frage ich, erschüttert von den beiden Reisetaschen, die er mit sich führt.

»Ich war zu müde, um irgendwelche Entscheidungen zu

treffen. Ich hab einfach alles eingepackt, was ich in die Finger bekommen habe.«

Aus seiner rechten Jackentasche zieht er ein Snickers und reicht es mir. Dankbar nehme ich es, pule das Papier ab und vertilge den Schokoladenriegel in Rekordzeit. Mein Bauch gibt Ruhe, und langsam kann ich mich etwas entspannen. Simon zieht sich einen Hocker heran und legt seinen Kopf auf den Rand des Bettes. So lungern wir gemeinschaftlich herum, bis ich eine Stunde später endlich ein Bett auf der Gynäkologischen Abteilung bekomme. Gertrude huscht noch einmal zu uns herein, als Simon gerade meine gesamte kosmetische Ausstattung auf dem Bett verteilt. Nummer fünf ist erfolgreich entbunden, und sie hat nun endlich Feierabend.

Die nette Ärztin taucht auch noch einmal auf und legt mir einen Zugang, über den sie mir Magnesium in die Ader tropfen lässt. Dann versucht sie Simon nach Hause zu schicken, aber es bleibt bei dem Versuch. Er schüttelt nur stur den Kopf und sagt: »Und wenn ich die ganze Nacht in der Ecke stehen muss, ich bleibe hier.«

»Solange Sie im Zimmer allein sind, geht das auch, aber wenn hier noch eine Dame mit reinkommt, müssen Sie gehen«, entscheidet sie resolut, und Simon kontert: »Dann setze ich mich auf den Flur.«

»Ihr Mann ist stur«, informiert mich die Ärztin, und ich bekomme gerade noch ein Nicken zustande, während mir die Augen schon zufallen. Stur und energisch und noch so viele Dinge mehr, die ich gerade alle sehr gut gebrauchen kann. Ich will hier nicht alleine bleiben. Basta. Und ich bin Simon dankbar dafür, dass er das zu wissen scheint.

Wir haben gemeinschaftlich beschlossen, niemanden zu informieren. Es ist ja schließlich nichts passiert und würde nur zu

Verwirrung und besorgten Anrufen führen. Schlimmstenfalls sähen sich die Öko-Gang und/oder meine Eltern gezwungen, das Krankenhaus zu stürmen und mich mit irgendwelchen homöopathischen wehenhemmenden Globuli zu füttern. Nicht auszudenken. Erschöpft schlafe ich erst mal ein und wache gegen halb zwei wieder auf.

Simon sitzt immer noch auf dem kleinen Hocker direkt neben meinem Bett. Er hat das Kinn in die Hand gestützt und sieht mich an.

»Du beobachtest mich«, murmele ich schlaftrunken, und Simon blinzelt mit seinen vor Müdigkeit kaninchenroten Augen.

»Ich bewache dich«, flüstert er mit rauer Stimme zurück. »Habe ich eigentlich erwähnt, dass ich eine klitzekleine Krankenhaus-Phobie habe?«

»Hast du nicht«, flüstere ich zurück, und die Bohne streckt sich im Bauch einmal, so dass ich ein wenig den Rücken durchdrücken muss. Simons Blick wandert zu ihr, und er legt sanft eine Hand auf meinen Rippenbogen.

»Geht's ihr gut?«, fragt er leise.

»Jo. Sie hat sich nur gestreckt. Ich habe keine Wehen mehr. Wollen wir nach Hause gehen?« Ich bin gewillt, klammheimlich mit meinem müden Mann aus dem Krankenhaus zu türmen.

»Bist du verrückt? Bestimmt nicht. Wir machen alles so, wie Gertrude es gesagt hat.« Mit diesen Worten legt er den Kopf auf den Bettrand und verschränkt seine rechte Hand mit meiner.

»Okay«, murmle ich leise, drücke einmal kurz seine Hand und schließe wieder die Augen.

Kapitel 31

Nach dem kleinen Krankenhaus-Intermezzo bin ich krankgeschrieben und erst mal zur Bettruhe verdonnert. Bettruhe klingt in meinen Ohren ein wenig nach Hausarrest und Einzelhaft, und das macht mir Angst. Außerdem kann ich mich doch nicht in ein Bett legen, während gefühlte eine Million Dinge noch unerledigt sind. Die fleißige Arbeitsbiene in mir läuft Amok und bräuchte dringend Valium oder Stärkeres.

Aber da das neue Ziel ja das wehenfreie Erreichen der fünfunddreißigsten Woche ist, beuge ich mich der Bettruhe-Verordnung und lege mich hin. Von meinen Einwänden hat sich ohnehin niemand sonderlich beeindrucken lassen.

Stattdessen werde ich von Simon mit viel Papier und Kugelschreibern ausgestattet, um Listen anzufertigen. To-do-Listen, was wann zu erledigen ist: im Büro, in meiner halb fertigen Wohnung, für die Bohne.

Und wenn ich etwas kann, dann Listen erstellen. Ich war ja schließlich mal die ungekrönte Excel-Listen-Queen. Beim Aufschreiben fühle ich mich sogar ganz wohl, und ich komme nicht umhin, die Situation kritisch zu begutachten. Ob Simon mich manipuliert hat? Wie Paris und meine Mutter? Wie bringe ich Paula dazu herumzuliegen? Richtig: Stift + Zettel = Ruhe.

Da meine vollgeschriebenen Blätter aber jeden Tag von unterschiedlichen Menschen abgeholt werden, die sie dann kurze Zeit später mit Haken versehen zurückbringen, gehe ich davon aus, dass die Listen einen Sinn machen.

Doch wie vermutlich jeder Chef vor mir muss auch ich feststellen: Delegieren hat seine Tücken. Die ausführenden Organe haben ein Eigenleben, und das fließt in das Ergebnis mit ein.

Im Klartext bedeutet das: Meine gesamte Babyausstattung ist jetzt schockrosa, da die ausführenden Organe Andrea und meine Mutter waren. Sogar die Babyschale, die ich eigentlich in einem freundlichen Dunkelblau bestellt hatte, ist plötzlich rosa mit kleinen pinkfarbenen Teddybärchen darauf. Mir gefriert das Lächeln im Gesicht, als die beiden mit stolzgeschwellten Mutterbrüsten das Ding hereintragen.

»Oh!«, japse ich entsetzt und klappe schnell den Mund wieder zu, bevor ihm etwas Böses entfleuchen kann.

»Ist die nicht süß?«, quietscht meine Mutter und wedelt mit einer grellpinken Schnullerkette vor meiner Nase herum.

»Ja«, hauche ich und werde auch noch mit einem T-Shirt beglückt, auf dem »Super-Mom« steht. Alles rosa, versteht sich. Zum Glück kommt Tom in diesem Moment um die Ecke. Er begreift den Ernst der Lage umgehend.

»Ihr verrückten Weiber!«, knurrt er. »Das Kind ist ja schon gestört, sobald es zum ersten Mal in diesem …«, er deutet angewidert auf die Babyschale, »… diesem Ding liegen muss.«

»Halt's Maul, Bruder!«, flötet Andrea und bewirft ihn mit einem rosafarbenen Strampler, worauf Tom stöhnend gegen die Wand taumelt. Hektisch zerrt er etwas aus seiner Hosentasche und wirft es mir zu. »Das ist für echte Bohnen!«, ruft er und schlägt sich mit der Hand aufs Herz. Ich fange das Ding und muss grinsen. Ein Schnuller. Nicht pink, sondern tiefschwarz mit einem Totenkopf drauf. Ja, so habe ich mir das vorgestellt.

»Danke«, hauche ich glücklich, während ich mir das einzige nicht mädchenfarbene Teil meiner gesamten Baby-Ausstattung fest gegen die Brust drücke.

Alina und Elena haben die Liste der noch anstehenden Arbeiten in meiner neuen Wohnung an sich genommen. Sie putzen, räumen Dinge ein, die ich vermutlich hinterher nie mehr wiederfinden werde, und fechten Kämpfe mit den festgeklebten Türen des Kleiderschrankes aus. Ich vermute, dass sie bei dieser Gelegenheit auch gleich noch meinen gesamten Hausstand auf seine biologische Wertigkeit untersuchen und das eine oder andere Teil kurzerhand entsorgen. Aber auch das ist nicht zu ändern.

Mara kümmert sich um meine intellektuelle Bespaßung und versorgt mich nahezu täglich mit sämtlichen marktgängigen Zeitschriften, und Harry hat beschlossen, dass es mir guttut, wenn er mir und der Bohne täglich ein Kapitel aus *Harry Potter* vorliest. Wobei er die spannenden Stellen leider immer auslässt, da sie mich und die Bohne zu sehr aufregen könnten.

Und so hockt unser Wald- und Wiesenork vor dem Sofa in der Werkstatt und liest mit stockender Stimme von Zauberern und anderen magischen Dingen, während Mara in Kostüm und High Heels danebensitzt und versucht, mir die neueste Kollektion von Prada schmackhaft zu machen. (In die ich allerdings frühestens zur Einschulung der Bohne passen werde, fünfzehn Kilo mehr waren es zuletzt auf der Waage.) Alle sind aufs Innigste um mein Wohlergehen bemüht, und was bedeuten dagegen schon eine rosafarbene Babyschale und der Verlust meines gesamten Vorrats an Tütensuppen?

Das Sofa in der Werkstatt ist übrigens vorübergehend zu meinem Lebensmittelpunkt geworden. Morgens lege ich mich drauf, und abends stehe ich wieder auf, um ins Bett zu gehen.

Dummerweise tut mir bereits nach vier Tagen der Rücken weh, und an Tag sechs fühle ich mich wie Antje das Walross, weil die mangelnde Bewegung und das gute Essen bestimmt an fünf der fünfzehn Kilo schuld sind.

Aber ansonsten geht es mir gut. Es gibt keine weiteren Wehen, und meine kleine Bohne und ich treten mehrmals täglich in einen Zustand inniger Zwiesprache. An Tag eins des Sofa-Projekts hatte Jutta mir nämlich verschwörerisch zugeraunt: »Und das genießt du jetzt! Nie wieder wirst du deinem Kind so nahe sein, und nie wieder wirst du so viel Ruhe haben! Also entspann dich!«

Simon hat zum Glück zurzeit nicht so viel zu tun, und wenn er doch mal an eine der großen Maschinen muss, werde ich kurzfristig in den Garten ausquartiert, wo die Maisonne mir bereits angenehm warm auf den Bauch scheint.

Ansonsten haben wir Zeit. Ganz viel Zeit. Und das ist herrlich. Wir hören Musik, liegen zusammen auf dem Sofa – ich benötige mittlerweile zwei Drittel des Platzes, er begnügt sich mit einem Drittel – und philosophieren über das Leben. Endlich erfahre ich auch, welches Ergebnis das zielführende Gespräch mit Olaf hatte: die friedliche Koexistenz von Bohnenerzeuger und Bohnenmuttermann. Es wurde per Handschlag besiegelt, sich allen weiteren Entwicklungsschritten des Bohnen-Projekts flexibel und freundlich zugetan anzupassen, ohne die Bohnenmutter mit problematischen Gefühlen zu belasten. Das nenne ich mal ein Ergebnis! Dagegen sehen G8-Gipfel aus wie Elternvertreter-Wahlen im Kindergarten.

Wie diese Vereinbarung allerdings in der Realität umgesetzt wird, bleibt abzuwarten. Wenigstens haben alle Beteiligten die feste Absicht, mich nicht in den Wahnsinn zu treiben. Das ist doch erst mal sehr positiv.

Abends husche ich schnell unter die Dusche, damit meine Beine nicht vergessen, wofür sie gemacht wurden und ich wenigstens frisch rieche. Und jeden Abend hockt Simon dabei auf dem Badewannenrand und schaut mir zu. Obwohl Gertrude mehrmals betont hat, dass es mir wirklich gut geht und ich durchaus alleine duschfähig bin, ist er nicht davon abzubringen, mich zu bewachen.

Da ich mein ganzes Leben lang schlank war, ist die Tatsache, dass ich jetzt rundherum rund bin, schon sehr befremdlich. Bereits vor Wochen habe ich den Blickkontakt zu meinen Füßen verloren und bewege mich jeden Tag mehr wie eine gehbehinderte Ente.

Simon sieht das allerdings anders. Er findet mich wunderschön. Und ich weiß, dass er das wirklich so meint, weil seine Augen ein ganz besonderes Funkeln haben, wenn er mich betrachtet. Und weil er mir jeden Abend huldigt, finde ich mich auch selbst irgendwann, trotz fünfzehn Kilo mehr auf den Rippen, ganz ansehnlich. Dick, aber schick. Was sind wir Frauen doch anpassungsfähig und beeinflussbar.

Es ist Mitte Mai, und still und leise bin ich von meiner Krankschreibung in den Mutterschutz gerutscht. Simon hockt neben mir auf dem Sofa und macht seine Abrechnung, während ich im Internet nach einer Firma für den Druck der neuen Flyer fahnde.

»Paula?«, reißt Simon mich aus meinen Druckkostenlisten, und ich hebe den Kopf.

»Hm?«

»Das ist jetzt sehr wichtig«, sagt er und klappt seinen Laptop zu. Ich lasse die Hände weiterhin über der Tastatur schweben und harre der wichtigen Ankündigung, die da kommen wird.

»Ich möchte noch mehr Bohnen mit dir machen«, sagt er und dreht den Kopf, um mich anschauen zu können.

Etwas verwirrt runzle ich die Stirn. Er interpretiert meinen Gesichtsausdruck richtig und fährt fort: »Nicht sofort, versteht sich. Aber dieser Zustand der Schwangerschaft ist toll. Das müssen wir einfach noch mal machen.«

»Klar. Ob du das nach acht Wochen Schlafentzug, dem Anblick von überlaufenden Windeln und Dreimonatskoliken auch noch so siehst, ist allerdings fraglich«, gebe ich zurück, aber er grinst nur und klappt seinen Laptop wieder auf. Ein paar Minuten arbeiten wir schweigend weiter, dann halte ich inne und frage: »Ob du mich auch noch liebst, wenn ich meine Fußspitzen wieder sehen kann?«

»Immer, Süße!«, sagt er bestimmt, während seine Finger sich zügig weiter über die Tasten bewegen.

Kapitel 32

In der Nacht 14. auf den 15. Juni bekomme ich Wehen. Die Rede ist hier nicht von kleinen, lustigen, muttermundunschädlichen Kontraktionen, sondern Wehen, die irgendwo auf dieser Welt an einem Erdbeben-Seismograf erkennbar sein müssen.

Und es geht auch nicht sanft und langsam los zum Drangewöhnen, sondern gleich richtig.

»Wehen!«, grunze ich und schlage Simon, der friedlich neben mir schlummert, auf die Schulter.

Simon wacht auf, blinzelt mich an und schaltet umgehend in den Notfallmodus: »Welche Woche ist das jetzt?«

»Siebenunddreißigste.« Ich blicke starr an die Decke, weil der nächste Schmerz-Tsunami auf mich zurast.

Simon murmelt »feinfein« und schlüpft in die Prothese, die neben dem Bett geschlafen hat. Gleichzeitig reißt er das Handy ans Ohr. »Paula sagt, sie hat Wehen«, brummt er noch etwas schlaftrunken, und ich erhoffe Gertrude am anderen Ende. Meine Chancen stehen gut, denn wen sonst sollte er um halb drei Uhr morgens über meine Wehen in Kenntnis setzen? Er wirft mir über die Schulter einen prüfenden Blick zu und sagt: »Vielleicht eine Viertelstunde.« Ohne einen weiteren Kommentar legt er auf und sagt zu mir: »Okay, und los.«

Als ich mich endlich langsam aus dem Bett hieve, ist er schon fast fertig angezogen. Meine Schlafhose lasse ich einfach an und streife mir nur schnell ein frisches Shirt über. Dann sinke ich wieder auf den Bettrand, weil der nächste verheerende Tsunami über mich hereinbricht. Es raubt mir kurzfristig den Atem, und Simon packt mich von hinten an den Schultern.

»Atmen, Frau. Dahin atmen!«, erklärt er resolut und legt seine Hand auf meinen steinharten Bauch. Woher weiß er das? Dann sagt er: »Du kannst mir nicht erzählen, dass du nicht schon vorher was gemerkt hast? Das geht jetzt ein wenig schnell.«

Stumm schüttle ich den Kopf, während der Schmerz langsam abebbt. »Ich hatte nur Rückenschmerzen gestern Abend. Aber doch keine Wehen«, stoße ich keuchend hervor. Allerdings besteht die Möglichkeit, dass diese Rückenschmerzen eine Art Vorhut waren. Ich erinnere mich schwach, so etwas mal in einem der klugen Ratgeber gelesen zu haben. Aber eins steht fest: Wenn das hier Wehen sind, möchte ich bitte ganz schnell Drogen. Viele Drogen. Das ist nicht zum Aushalten.

Simon telefoniert schon wieder. »Wir brauchen einen Rettungswagen, meine Freundin hat verdammt heftige Wehen in verdammt kurzen Abständen«, informiert er vermutlich den Menschen, den man unter der 112 so erreicht. Er gibt die Adresse durch und legt auf. »Wir zwei schaukeln jetzt nicht noch im Auto durch die Gegend.«

Während er mir mit einer Hand sanft den Rücken streichelt, sucht er mit der anderen nach der Geburtsliste. Auf der stehen die Telefonnummern der Menschen, die im Fall der Geburt informiert werden müssen. Lange Liste, kann ich nur sagen. Als Erstes stehen dort natürlich Andrea und Jutta, weil die ja bestenfalls noch vor dem Erscheinen der Bohne auftauchen sollten. Ich muss kurzfristig mit dem Denken aufhören und mich auf das Atmen verlegen.

Simon hält mich an den Schultern, und ich atme so viel und so tief, dass mir ganz schummrig vor Augen wird. Aber es scheint ein klein wenig zu helfen. Ich bin weit davon entfernt, irgendetwas unter Kontrolle zu haben, aber es zerreißt mich nicht mehr ganz so heftig.

»Geht los«, sagt Simon in sein Handy. »Ruf Andrea an. Und Mädels, gebt Gas! Die Bohne hat es eilig.«

Im nächsten Moment hören wir das Martinshorn, und grellblaue Helligkeit blitzt in der dunklen Nacht vor dem Fenster auf.

»Die bekommen alle einen Herzinfarkt«, jammere ich leise. Die Öko-Gang muss ja Schlimmstes befürchten, wenn des Nächtens ein Rettungswagen auf den Hof prescht. Entfernt höre ich Typhus und Herpes ein hysterisches Gebell anstimmen. Simon stopft mir ein Kissen in den Rücken und flüstert: »Ich muss denen kurz zeigen, wo wir sind, und aufpassen, dass die Hunde sie nicht fressen. Bin gleich wieder da, okay?«

Ich nicke und lehne mich zurück. Argwöhnisch betrachte ich meinen Bauch. Ruhe. Ist das hier wie beim Zahnarzt? Der Vorführeffekt, oder was?

Noch bevor mich jemand orangerot Gekleidetes erreicht, schießt Harry durch die Tür.

»Alles okay«, rufe ich ihm entgegen. Ich muss die Gunst der wehenfreien Minuten nutzen und mich mitteilen. Wenn die nächste Wehe kommt, ist es aus mit der Kommunikation und vermutlich auch mit Harry, der dann umgehend an einem Schock sterben wird. Wie man von den Kaninchen her weiß, ist er nämlich sehr zartbesaitet, und ich vor seinen Augen mich im Wehenkrampf windend … nicht auszudenken.

»Oh, ja, oh!« Harry springt um mich herum und sieht dabei sehr lustig aus. Er trägt eine grüne Schlafanzughose und ein wild gepunktetes Oberteil. Seine Haare befinden sich im totalen

Ausnahmezustand. Ich bin beinahe erstaunt, dass sich seine übliche Katastrophenfrisur noch steigern lässt.

»Ganz ruhig!«, beschwört er mich hektisch, während er wild mit den Armen vor mir herumfuchtelt.

»Ich bin ruhig. Das ist nichts anderes, als wenn deine Kühe kalben, okay?« Leider überrollt mich im nächsten Moment eine Wehe, und ich muss mir eingestehen, dass es schon ein klein wenig anders ist. Seine Kühe brüllen sich nämlich nicht die Seele aus dem Leib. Ich schon.

Dass die freundlichen Rettungssanitäter mit mir reden, bekomme ich erst eine gefühlte Stunde später mit. Dann nämlich, als die Wehe abebbt. Beherzt werde ich auf eine Liege gelegt und festgeschnallt. Die Kerle haben ja mal echt was zu schleppen an mir, denke ich mitfühlend und versuche mich ganz leicht zu machen.

Auf dem Weg zum Rettungswagen eilen Edgar und Elena neben mir her. Beide sehr aufgeregt und in sehr lustige Bademäntel gehüllt. Nur Simon ist nicht aufgeregt. Der ist cool und trägt die Kliniktasche.

»Nun regt euch mal ab. Das war doch ein absehbares Ereignis«, beruhigt er die beiden, während ich ins Auto geladen werde. Die nächste Wehe kommt, und ich grunze. Ich grunze sehr laut und höre im Hintergrund Simon schimpfen. »Das ist meine Frau, und sie bekommt unser Kind. Ich fahre mit. Punkt.«

Um Himmels willen, die wollen ihn doch wohl nicht hierlassen? Ich brauche ihn. Dingend. Fast so dringend wie starke Drogen. Freundlicherweise ebbt die Wehe ab, und ich kann meinen Unmut persönlich kundtun: »Ich fahre nicht ohne Simon!«, brülle ich. »Sonst bekomme ich hier einen so unfassbaren hysterischen Anfall, dass Sie gleich die Wiederbelebung einleiten können!«

Okay, ich klinge jetzt schon hysterisch, aber ich hatte es auch noch nie in meinem Leben mit solchen Schmerzen zu tun. Irgendjemand murmelt was von versicherungstechnischen Dingen, aber Simon sitzt schon neben mir.

Die Fahrt reicht für drei volle Wehen, dann nimmt Gertrude mich am Eingang der Notaufnahme in Empfang. »Juhuuu!« Sie strahlt mich an und sieht wie immer blendend aus. »Dann kann es ja losgehen.« Sie reibt sich freudig die Hände und marschiert vorneweg.

Vor dem Kreißsaal ist die Hölle los. Diverse Menschen stehen dort im Weg herum. Und diese Menschen gehören alle zu mir. Als ich um die Ecke gerollt werde, eilt Andrea sofort mit grimmiger Miene an meine Seite. Auch Jutta ist schon da. Zumindest körperlich, ihr Geist schläft noch. Das steht ihr ins müde Gesicht geschrieben. So eine kleine Geburt lässt sie als Veteranin sicherlich nicht in Hektik verfallen. Sogar Mara ist gekommen und sieht sehr blass und wieder sehr klein aus.

»Wow, seid ihr alle schnell«, staune ich, bis die nächste Wehe kommt. Simon begleitet uns wie selbstverständlich bis in den Kreißsaal, wo ich mich flugs nach Wehenende schwungvoll auf das hübsche Geburtsbett wuchte. Ganz plötzlich bin ich guter Dinge. Es geht los. Die Bohne kommt. Bald ist alles überstanden.

Und jetzt gebt mir Drogen!

Vorher will Gertrude noch meinen Muttermund untersuchen, und danach wird sogar sie leicht hektisch. »Voll eröffnet, die Drogen fallen aus«, stellt sie fest, und als hätten die Wehen nur auf dieses Stichwort gewartet, geben sie richtig Gas. Vollgas, um genau zu sein.

Ich vergesse meine Gelüste auf Drogen. Ich vergesse schlicht alles: Simon, der noch in der Ecke steht, die Mädels um mich herum, das Leben, die Welt. Übrig bleiben ich und die Wehen.

Ich sehe nur noch Gertrudes Kopf zwischen meinen Beinen, und dieser Kopf spricht ab und zu. »Atmen!«, sagt er. »Nicht pressen!«, »Tief atmen!«, »Flach atmen!«, »Hecheln!«, »Nicht schreien!« und dann: »Pressen, Baby!«

Mein Geist hat sich ausgeklinkt, aber mein Körper weiß seltsamerweise genau, was sie meint. Er ist offensichtlich Profi, und er presst. Ich höre noch ein leises »Gleich geschafft!« von Gertrude, und dann sehe ich die Bohne. Kommentarlos wird mir das blutige und zerknitterte Etwas auf den Bauch gelegt und mit einem dicken Handtuch bedeckt. Und dann steht die Welt still.

Denn unter dem Handtuch lugt das Bohnengesicht hervor. Ganz klein und runzelig und mit winzigen Augen. Und eines dieser Augen öffnet sich jetzt einen Spaltbreit und sieht mich an.

Oh, sie sieht mich an. Sie ist da. Und sie schaut ein wenig vorwurfsvoll aus, wie sie so nach oben linst.

»Hallo«, hauche ich heiser und ehrfurchtsvoll. Dann kommt mir plötzlich ein Gedanke. »Sollte sie nicht schreien?«, frage ich in den Raum und erkenne meine eigene Stimme kaum.

»Nein. Das muss sie nicht. Alles ist gut.« Gertrude erscheint lächelnd in meinem Gesichtsfeld und verschwindet genauso abrupt wieder.

Ich kann es überhaupt nicht fassen. Warm und schwer liegt meine kleine Bohne in meinem Arm, und ich muss weinen. Jutta weint, Andrea weint und dann entdecke ich Simon, der ganz hinten in der Ecke steht.

»Du musst gucken kommen«, raune ich und lüfte das Handtuch ein kleines Stück mehr.

Er kommt und guckt und weint auch. Laut- und bewegungslos. Dann beugt er sich zur Bohne und flüstert ihr etwas zu, während seine Tränen auf meine Brüste fallen. Und dann flüstert er mir auch etwas zu: »Du bist eine Heldin.«

»Gibt es einen Anwärter, um die Nabelschnur durchzuschneiden?«, fragt Gertrude in diesen Moment hinein. Ohne mit der Wimper zu zucken, schnappt Simon sich die Schere. Und ganz plötzlich weiß ich mit absoluter Gewissheit: Er wird die Bohne lieben. So wie ich die Bohne lieben werde.

Wieder flüstere ich leise »Hallo« und berühre ganz vorsichtig die kleine Stirn meiner Tochter. Die Liebe ist noch nicht ganz angekommen, aber ich glaube eine Vorhut davon spüren zu können.

Sie ist so unfassbar klein und ganz zerknautscht. Nicht weiter verwunderlich, sie war ja vor zehn Minuten auch noch in meiner Gebärmutter und hat einen harten Weg hinter sich.

»Schatz, du bist ein Naturtalent!« Gertrude beugt sich zu mir und grinst. »Das war toll. Darf ich die Kleine mal kurz mitnehmen, um sie zu untersuchen? Geht ganz schnell, danach bekommst du sie sofort wieder. Es ist nichts gerissen bei dir, alles ist gut.« Dann nimmt sie mir mit einer geschickten Bewegung die Bohne vom Bauch. Simon begleitet die beiden wie selbstverständlich, und Jutta kommt an meine Seite. »Ich bin stolz auf dich«, murmelt sie und küsst mich. Andrea drückt ihr Gesicht von der anderen Seite gegen meine Wange und weint weiter. Zeit scheint innerhalb dieses Kreißsaals keine Rolle zu spielen, ich könnte nicht sagen, ob eine Minute oder drei Stunden vergangen sind.

Kurze Zeit später liegt die Bohne wieder auf meinem Bauch. »Alles ist gut«, wiederholt Gertrude. »Sie ist zwar ein wenig zu früh, aber mit stolzen dreitausendfünfhundert Gramm Gewicht und neunundvierzig Zentimetern Länge ausgestattet. Sie war einfach fertig gebrütet und wollte raus.«

Gertrude schnappt sich einen Lappen und beginnt »sauber zu machen«, wie sie es ganz pragmatisch nennt. Gibt eine Menge sauber zu machen, beobachte ich aus dem Augenwinkel, aber es interessiert mich nicht weiter. Simon bleibt bei mir. Er setzt sich in altbekannter Manier auf einen Hocker neben dem Bett und guckt mir konsequent in die Augen.

»Ich hab auch vorhin nicht geguckt«, murmelt er und grinst mich vorsichtig an. Im Moment ist mir das zwar scheißegal, wer wann wohin geguckt hat, aber tief in meinem Innersten weiß ich, dass es mir ab morgen vielleicht nicht mehr so egal sein wird. Deswegen bin ich prophylaktisch ein wenig erleichtert.

Die Bohne ist ganz warm auf meinem Bauch. Und still. Hin und wieder schaut sie mich an. Einäugig und ein klein wenig fassungslos. Was ich ihr nicht verdenken kann, mir geht es genauso.

Jutta kommt wieder – mir war gar nicht aufgefallen, dass sie überhaupt weg war. Sie berichtet von einer Menschentraube vor dem Kreißsaal. Alle da. Mutter, Vater, Bruder, Öko-Gang. Ich will, dass meine Mama kommt. Aber wenn sie rein darf, kann ich meinen Papa nicht vor der Tür stehen lassen. Und dann muss Tom auch mit, sonst ist er nachher noch traumatisiert, weil ich ihn ausschließe. Kompliziert, das Ganze. Bevor ich irgendwas entscheide, beschließe ich, ein wenig die Augen zuzumachen, wobei ich ganz vorsichtig die Bohne an meinen Bauch drücke. Plötzlich bin ich hundemüde.

»Willst du sie anlegen?«, fragt Gertrude mich im nächsten Moment, und ich öffne schläfrig die Augen. Anlegen? Hä?

»Jetzt ist der Saugreflex ganz stark«, sagt sie leise und sieht mich fragend an. Okay, schließlich ist Gertrude die mit der Ahnung. Vorsichtig manövriert sie den kleinen Menschen an meine linke Brust und stellt das Bett am Kopfteil ein wenig höher. Die Bohne schmatzt. Im nächsten Moment schließen sich ihre kleinen Lippen um meine linke Brustwarze, und ich schnappe nach Luft. Himmel hilf! Ich dachte, ich bin durch mit Schmerzen. Die Bohne saugt an, und ich stöhne auf. Verdammt, tut das weh! Oben links und unten mittig.

»Du gewöhnst dich dran.« Gertrude lächelt mir aufmunternd zu. »Diese Vormilch ist ganz wichtig für die Babys. Aber das Saugen veranlasst auch deine Gebärmutter, sich zusammenzuziehen. Das sind Nachwehen.«

Die Bohne trinkt und schläft dann ein. Ich möchte auch ganz dringend schlafen, aber erst mal kleidet Gertrude mich ganz fürsorglich neu ein, und mein Bett macht sie bei dieser Gelegenheit auch noch hübsch. Und auch die Bohne bekommt etwas zum Anziehen, zum Glück nicht in Rosa, sondern in neutralem Weiß.

Jetzt schlafen. Dringend, aber ich stelle fest, dass ich die Bohne nicht in das kleine Plastikbettchen legen kann. Es geht nicht. Sie ist doch gerade erst aus mir rausgekommen. Aber mit ihr auf dem Bauch kann ich irgendwie auch nicht schlafen. Nachher fällt sie noch runter. Großes Dilemma! Simon sorgt für Abhilfe, indem er mir seine Hände entgegenstreckt.

»Ich nehme sie«, sagt er, und seine Stimme zittert ein wenig. Ob er Angst hat, dass ich sie ihm nicht gebe? Beherzt reiche ich das kleine Bündel rüber, und Simon nimmt sie mit gekonntem Griff entgegen. So weit kommt es noch. Schon in der ersten Stunde Gluckenmutter-Anzeichen. Wehret den Anfängen, sag ich da nur.

Tatsächlich schlafe ich ein wenig, und als ich wieder aufwache, sitzt Simon mit der Bohne auf dem breiten Fensterbrett und erklärt ihr die Welt. Er ist gerade bei dem komplizierten Verhältnis von Mensch und Natur angekommen, und ich lausche erschöpft seiner Stimme.

Jetzt war er doch dabei, und alles war anders als geplant. Er scheint allerdings nicht weiter traumatisiert zu sein.

Mit einer Hand fahre ich über meinen wabbeligen Bauch, der immer noch die Größe eines Fußballs hat. Ich kann nicht glauben, dass sie da drin war. Und dass ich sie gerade eben geboren habe. Das grenzt alles an ein Wunder. Aber das größte Wunder ist, dass mein Körper genau wusste, was zu tun ist. Phänomenal.

Ich bin stolz auf meinen Körper, auf die Bohne, auf Simon und die Welt. Außerdem fühle ich mich jetzt langsam fähig, die vermutlich immer noch wartende Menschenhorde vor dem Kreißsaal in Empfang zu nehmen. Schließlich hat die Bohne das Glück, jetzt schon verdammt viele Fans zu haben.

Epilog

So klein die Bohne auch ist, sie vermag die Welt um sie herum zu den seltsamsten Dingen zu veranlassen. Die Menschen schleichen, flüstern, lachen oder weinen in ihrer Gegenwart. Alle. Sogar Olaf schleicht, flüstert, lacht und weint, als er sie am nächsten Tag im Arm hält.

Die Bohne heißt jetzt auch nicht mehr Bohne. Obwohl ich den Projektnamen lieb gewonnen habe, hat das Kind doch auch einen anständigen Namen verdient. Vielleicht gewährt mir der Standesbeamte ja »Bohne« als zweiten Vornamen. Einen Versuch wäre es wert. Dann würde die Bohne nämlich Florentine Bohne Schmidt heißen.

Florentine klingt nach Freiheit und Sonne. Und Lachen und Freude. Meine neue Entschlussfreudigkeit hat das innerhalb von fünf Minuten entschieden, nachdem Simon irgendwann mit einer langen Namensliste neben dem Bett herumsaß und grübelnd aus dem Fenster starrte. Offenbar hoffte er auf eine kosmische Erleuchtung.

Florentine ist jetzt drei Wochen alt. Seit sie da ist, frage ich mich an manchen Tagen ernsthaft, warum Menschen freiwillig Kinder bekommen. Gut, die Frage klärt sich von selbst: Weil sie keine Ahnung haben. Bleibt noch die Frage: Warum tun sie es dann wieder? Es gibt ja auch Serientäter, die hören gar nicht mehr auf damit.

An anderen Tagen frage ich mich, wie ich es so lange ohne Florentine in meinem Leben ausgehalten habe. Das hängt immer davon ab, wie viel Schlaf ich in der Nacht zuvor bekommen habe. Denn auch wenn manche Menschen der Überzeugung sind, die Notwendigkeit von Schlaf werde vollkommen überbewertet, kann ich persönlich das nicht bestätigen.

Das Projekt Dad-Sharing, ausgehandelt zwischen Simon und Olaf, funktioniert bisher gut, und auch die Mitglieder meiner Öko-Gang haben in den letzten drei Wochen starke Ambitionen zur Brutpflege entwickelt. Sogar Harry, der anfangs große Angst hatte, Florentine überhaupt zu berühren, trägt sie mittlerweile mit einem leisen Lied auf den Lippen durch die Küche und schaukelt sie sanft in seinen starken Armen.

Wenn ich nicht gerade stille, wickle, schlafe oder esse, bin ich verliebt. Bis über beide Ohren. Und mich beschleicht das Gefühl, dass ich das Bohnen-Projekt noch nicht abgeschlossen habe.

Vielmehr glaube ich, es hat gerade erst angefangen.

Danksagung

Ich liebe Danksagungen! Denn sinnvollerweise schreibt man sie am Ende des Buches und hat somit die Chance, den ganzen Prozess des Schaffens noch einmal zu erleben. Dann wird die Autorin (ich) ganz rührselig, isst sehr viel Schokolade und erinnert sich an die Menschen, ohne die »Das Bohnen-Projekt« niemals hätte geschrieben werden können. In seiner Gänze führt diese Situation (Rührseliges-vor-dem-Computer-Herumgesitze) dazu, dass ich unter immensen Kreativitätsanfällen leide, die entweder in einem neuen Roman enden oder eben in einer Danksagung wie dieser (dies ist übrigens die extrem stark verkürzte Version).

Erst mal wie immer: Danke an meine wunderbaren und kreativen Plot- und Autoren-Freundinnen Birte & Claudia. Die Welt wäre sehr langweilig ohne euch!

Danke an Kris Alice, dass du an die Bohne und an Paula geglaubt hast!

Danke an den Sommer, dass du so beschi…, äh, bescheiden warst. Bei Regen schreibt es sich viel leichter.

Danke an Anna Mechler für die »Bohnen-Geburtshilfe«!

Dann danke ich dem wunderbaren Team von Diana, insbesondere meiner Lektorin Anja Franzen, und Dr. Katja Bendels für die tolle Zusammenarbeit. Ich verspreche auch feierlich, nie wieder so viele Klammern zu benutzen.

Danke an Dr. Eumel Stief für Dr. Clemens Morgenroth. Ohne Dr. Stief hätte Dr. Morgenroth vermutlich nicht eine solch authentische, juristische Muttersprache bekommen. Sollte ich die außerordentlich korrekten Angaben seinerseits bezüglich des Kündigungsschutzes bei Schwangeren nicht ordnungsgemäß wiedergegeben haben, musste ich das Recht der Geschichte beugen. (*hüstel* Nur Autoren dürfen das.)

Danke an Kathy aus dem hohen Norden! Es ist eine Sache, über das Wunderding »C-leg« zu lesen, aber eine ganz andere, zu erfahren, wie das Leben mit dieser hochtechnischen Beinprothese wirklich ist. Simon hat dich und deine feine Sicht auf die Details wirklich gebraucht. Du hast dieser Geschichte noch einmal richtig Leben eingehaucht.

Danke an meinen Lieblings-Architekten Michael, der über meine sonderbare Frage mit dem Scheunendach wohl heute noch lacht. Michael, du weißt doch: potenziell einstürzende Dächer, Rollläden und Abstellräume sind meine Lieblingsthemen.

Danke an Mine, Mama, Margot, Murmel, Merle (nein, ich kenne nicht nur Frauen, die mit »M« beginnen), Katha, Indra, Birte und meine Schwester fürs Lesen! Ganz besonders danke ich

Hella, die das Manuskript schnell noch mal im Kreißsaal weggezwitschert hat, bevor ihre eigene »Bohne« zur Welt gekommen ist. Du bist echt voll krass lässig!

Und Mine ist auch lässig. Viel lässiger, als ich es je sein werde. Was sie als die beste Beta-Leserin in Mitteleuropa prädestiniert, und somit überreiche ich ihr an dieser Stelle die »goldene Bohne«! Herzlichen Glückwunsch! (Wollen wir bald mal weit wegfahren, Rotwein trinken und uns bekloppte Geschichten ausdenken?)

Und noch mal danke an Murmel für die Fotos!

Mein besonderer Dank gilt außerdem Timo Schlolaut, Retter der ahnungslosen Mac-Userin (das bin ich)!

Liebe Pepe, danke für das Wallewalle, das Basta und den Lolli-Kuchen!

Danke an Ina Engel (das ist kein Pseudonym, sie heißt wirklich so), die mir als beste Heilpraktikerin der Welt geduldig alle medizinischen Fragen beantwortet hat!

Danke an Anne Landmann wegen des Muttermunds (ja, in Fachkreisen auch »MuMu« genannt), der vorzeitigen Wehen und der Info, was in diesem Fall zu tun ist.

Danke an Juliane für die Smileys an der Windschutzscheibe und das Ertragen meiner ausführlichen Ausführung: Was bitte ist Simons Problem? (Das war, bevor ich wusste, was sein »Problem« ist, versteht sich.)

Danke an »meine« Jutta für die Möglichkeit, mein Hirn outzusourcen, den roten Lippenstift, die *bella figura* und die interessante Sichtweise zur Lebensform des gemeinen Ingenieurs in freier Wildbahn. Ich finde, jeder Mensch braucht eine Jutta!

Wie immer gilt: Alles, was in diesem Buch passiert, sowie sämtliche Figuren, die auftauchen, sind erstunken und erlogen.

Danke an meinen Mann. Du bist mein Held. Seni seviyorum!

Liebe Leserinnen und Leser, danke fürs Lesen! Ich hoffe, Sie hatten Freude mit Paula, Simon und der Bohne und wir lesen uns ganz bald wieder.

Auf die Bohnen dieser Welt!

Herzlichste Grüße

Kristina Steffan